ANN MAH

Der Duft von weißem Burgunder

ANN MAH

DER DUFT VON WEISSEM BURGUNDER

Roman

Deutsch von Babette Schröder

blanvalet

Die Originalausgabe erschien 2018 unter dem Titel
»The Lost Vintage« bei William Morrow, New York.

Das Zitat von Paul Éluard auf S. 7 stammt aus dem Gedicht »Liberté«,
in: Paul Éluard, *Gedichte*, übersetzt von Stephan Hermlin,
Verlag Volk und Welt, Berlin 1949.

1. Auflage

Redaktion: Margit von Cossart
Umschlaggestaltung: © Favoritbuero, München
Umschlagmotiv: © Drunaa/Trevillion Images;
Miiisha/Shutterstock.com
AF · Herstellung: sam
Satz: GGP Media GmbH, Pößneck
Druck und Bindung: GGP Media GmbH, Pößneck
Printed in Germany
ISBN 978-3-7341-0860-0

www.blanvalet.de

Für Lutetia

Et par le pouvoir d'un mot
Je recommence ma vie
Je suis né pour te connaître
Pour te nommer
Liberté

Und durch die Macht eines Wortes
Beginne ich mein Leben noch einmal
Ich lebe, um dich zu kennen
Um dich zu nennen
Freiheit

»Liberté« von Paul Éluard, 1942

1. Kapitel

Meursault, Burgund
September

Ich hätte es niemals zugegeben, aber eigentlich hatte ich mir geschworen, nie mehr an diesen Ort zurückzukehren. Ich hatte sehr wohl unzählige Male von ihm geträumt, von den geschwungenen Hängen mit den knorrigen Reben, von der Sonne, die in der Hitze nur als weißer Streifen am Himmel zu erkennen war, von dem flirrenden Licht und den Schattenflecken. Doch die Träume gingen stets schlecht aus. Schwere Wolken verdunkelten den Himmel, raue Winde wirbelten Blätter auf, die sich leise Geheimnisse zuflüsterten. Jedes Mal schreckte ich aus dem Schlaf hoch. Mein Herz pochte beunruhigend, und in meinem Hals saß ein Kloß, der sich auch nicht vertreiben ließ, wenn ich kaltes Wasser trank.

Und dennoch war ich nun hier. Dies war mein erster Morgen im Burgund. Von meinem Zimmerfenster aus sahen die Weinreben genauso aus, wie ich sie in Erinnerung hatte. Wie es sich für den Spätsommer gehörte, hingen sie voll von üppigen, fast reifen Trauben. In zwei oder drei Wochen begann die *vendange*, die jährliche Weinernte, und ich würde zu den Erntehelfern gehören, die die Trauben in alter burgundischer Tradition von

Hand schnitten. Bis dahin sahen wir zu, wie die Früchte reiften und immer süßer wurden, die Chardonnay-Trauben eine hellgrüne Farbe annahmen und die des Pinot Noir ein tiefes Schwarz.

Ich zuckte zusammen, als es an der Tür klopfte. »Kate?«, rief Heather. »Bist du wach?«

»Guten Morgen!«, gab ich zur Antwort, und sie trat ins Zimmer.

Ihr Lächeln war noch genau so, wie ich es aus der Collegezeit in Erinnerung hatte – fröhlich strahlende Augen umgeben von Lachfalten und kleine ebenmäßige Zähne.

»Ich habe dir einen Kaffee mitgebracht.« Sie reichte mir eine Tasse und strich sich die dunklen Locken aus dem Gesicht. »Hast du gut geschlafen?«

»Wie eine Tote.« Nachdem ich fast vierundzwanzig Stunden von San Francisco nach Frankreich unterwegs gewesen war, war ich eingeschlafen, kaum dass mein Kopf das Kissen berührt hatte.

»Fühlst du dich hier oben auch wohl? Ich fürchte, das Zimmer ist ein bisschen spartanisch eingerichtet.«

Heather blickte sich um – ein schmales, mit frischen Laken bezogenes Bett, ein Garderobenständer aus Bugholz, der als Kleiderschrankersatz diente, sowie ein verschrammter Schreibtisch vor dem Fenster würden für die kommenden Wochen meine Zuhause sein.

»Alles in Ordnung«, versicherte ich ihr, obwohl sie recht hatte. Trotz des Straußes feuerroter Dahlien auf dem Kaminsims und der glänzenden honigfarbenen Dielen wirkte das Dachzimmer mit dem nackten Fenster und den ausgeblichenen Tapeten, die sich von den Wänden lösten, irgendwie trostlos. »Ich glaube, dieses Zimmer hat schon in meiner Kindheit so ausgesehen.«

»Ach ja, du hast ja früher mit deiner Mutter hier gewohnt. Das hatte ich ganz vergessen. Das Zimmer steht leer, seit dein Großvater gestorben ist. Wie lange ist das jetzt her? Zwanzig Jahre? Aber sei unbesorgt, es gibt keine Geister, das sage ich den Kindern auch immer.« Sie zwinkerte mir zu, und ich lachte. »Wie dem auch sei, im Keller finden wir bestimmt noch ein paar Möbel. Einen Nachttisch habe ich da unten neulich schon entdeckt.«

»Ihr seid so nett«, brach es spontan aus mir heraus. »Ich kann euch gar nicht genug dafür danken, dass ich bei euch wohnen darf.«

Heather und ich hatten uns seit Jahren nicht gesehen, doch als ich sie vor drei Wochen per E-Mail fragte, ob ich bei der Weinlese mithelfen dürfe, schrieb sie umgehend zurück: *Komm, sobald du magst. Die* vendange *beginnt irgendwann Mitte September – bis dahin könntest du mir bei einem anderen Projekt helfen*.

Jetzt winkte sie ab. »Sei nicht albern, du gehörst zur Familie! Du weißt doch, dass du hier immer willkommen bist. Und wie gesagt, wir wollten schon ewig den Keller entrümpeln. Der …« Sie zögerte, und ihr Blick fuhr zum Fenster. »Der Zeitpunkt ist perfekt.«

»Dies ist mein erster Urlaub seit Jahren«, gab ich zu.

Zu Hause in San Francisco erforderte meine Arbeit als Sommelière viele Überstunden. Jede freie Minute verbrachte ich mit dem Studium von Wein, jede Reise war Recherchen vorbehalten. Ich buchte stets Nachtflüge, damit ich vom Flughafen aus direkt zur Mittagsschicht ins Restaurant hetzen konnte.

»Ich habe davon geträumt, einmal im Courgette zu essen«, sagte Heather sehnsuchtsvoll. »Ich kann immer noch nicht glauben, dass es geschlossen ist.«

»Es war für alle ein Riesenschock. Vor allem, nachdem wir den dritten Michelin-Stern bekommen hatten …«

Bevor ich weiterreden konnte, ertönte draußen das Dröhnen eines Motors, und als ich aus dem Fenster blickte, sah ich einen gelben Traktor auf den Hof rumpeln. Am Steuer saß mein Cousin Nico. Neben ihm saß eine große, schlanke Gestalt, deren Gesicht im Schatten lag.

Heather trat neben mich. »Da sind Nico und Jean-Luc. Sie waren in der Werkstatt.«

Ich stellte die Kaffeetasse auf dem Fenstersims ab. »Seht ihr Jean-Luc oft?«

»Oh ja. Er und Nico sind immer noch superdicke Freunde – und natürlich superstarke Konkurrenten.« Sie lachte. »Obwohl Jean-Luc sehr zu Nicos Leidwesen im Vorteil ist. Keine Frau, keine Kinder … Er ist total frei und kann ständig arbeiten.«

Ich verschränkte die Arme und zwang mich zu lächeln. Ich konnte zwar nicht hören, was die Männer sprachen, doch der Klang von Jean-Lucs Stimme drang zu mir herauf. Ich erkannte sie, auch wenn ich sie über zehn Jahre nicht mehr gehört hatte.

Als spürte er, dass ich ihn beobachtete, drehte Jean-Luc sich um und blickte zu mir hoch. Ich erstarrte und hoffte, dass die Fensterläden mich verbargen. Dann ging Nico auf das Haus zu, und Jean-Luc wandte sich ab, er neigte den Kopf über ein Klemmbrett. Langsam atmete ich aus.

»Bruyère!« Nicos Stimme schallte die Treppe herauf. »Hast du meine Gummistiefel gesehen?«

»Ich komme sofort!«, rief Heather.

»Er nennt dich immer noch Bruyère?«

»Ja, nach all diesen Jahren besteht dein geliebter Cousin weiter darauf, dass der Name ›Heather‹ für Franzosen unaussprechbar ist.« Sie verdrehte die Augen, doch in ihrem Blick lag Milde.

Eine weitere Erinnerung aus Collegezeiten. »Eh-zaire? Ehzaire?«, hatte Nico immer gesagt und war zunehmend an ihrem Namen verzweifelt, bis er sie eines Tages einfach *bruyère* genannt hatte. Das französische Wort für Heather, die Heide.

»Es ist irgendwie süß, dass er einen eigenen Kosenamen für dich hat.«

»Ach, Kate.« Eine Hand auf den Türrahmen gelegt, blieb Heather stehen. »Der ganze Ort nennt mich Bruyère.« Ein wehmütiger Ausdruck huschte über ihr Gesicht, dann schlüpfte sie aus dem Zimmer und rief mir über die Schulter zu: »Ich bin unten, wenn du was brauchst.«

Ich hörte, wie sie die Stufen hinunterflog, und dann Nicos Stimme, die einen Schwall Französisch von sich gab, das Lärmen von Kinderstimmen und das Klappern von einer Million Plastikspielsachen, die auf den Holzfußboden krachten.

»Ach, Thibault!«, schalt Heather ihren Sohn, musste jedoch zugleich lachen.

Ich warf einen weiteren verstohlenen Blick aus dem Fenster. Jean-Luc lehnte am Traktor und hielt einen Arm über die Augen, um sie vor der Sonne zu schützen. Von hinten wirkte er erstaunlicherweise kaum verändert. Er war immer noch schlank, sein braunes Haar glänzte wie früher golden.

Hoffentlich hatte er mich nicht gesehen …

Nachdem ich ausgepackt und mich überwunden hatte

zu duschen, obwohl das Wasser in dem lachsfarbenen Badezimmer nur lauwarm war, herrschte Ruhe im Haus. Um einen weiteren Kaffee zu trinken, begab ich mich mit meiner Tasse nach unten in die Küche. Auf dem Tresen fand ich eine Nachricht von Heather: *Bringe die Kinder in die Ferienbetreuung. Nimm dir Kaffee und Toast.* Pfeile deuteten auf eine Stempelkanne und einen Laib Brot.

Ich steckte eine Scheibe in den Toaster und wartete an die Arbeitsplatte gelehnt, dass sie heraussprang. Alle Räume in diesem Haus waren sonnendurchflutet, das Licht fiel durch saubere Leinenvorhänge auf Bücherregale und breite Holzdielen. Doch die Morgensonne brachte Spuren von Altersschwäche zum Vorschein, die mir am Abend zuvor nicht aufgefallen waren: verblasste Tapeten, Risse in den Decken, an einer Wand blätterte die Farbe ab. Auf den Sims über dem Kamin hatte Heather einige silbergerahmte Familienfotos gestellt. Wie jung sie und Nico auf ihrem Hochzeitsfoto aussahen! Ihre Wangen waren glatt und rund wie bei einem Baby. Die steife Korsage von Heathers trägerlosem Kleid verbarg ihr Geheimnis: Sie war bereits mit ihrer Tochter Anna schwanger. Ich hatte das Kleid in einem Brautgeschäft in San Francisco mit ihr zusammen ausgesucht, sah es jedoch heute zum ersten Mal wieder. War das tatsächlich schon zehn Jahre her? Ich hatte immer noch ein schlechtes Gewissen, dass ich die Hochzeit damals verpasst hatte.

Heather und ich hatten uns an der University of California in Berkeley kennengelernt – wir waren Freundinnen und Kommilitoninnen. Wir studierten beide Französisch im Hauptfach und nahmen am selben Auslandsprogramm teil. Als wir in Paris eintrafen, konnte Heather gerade in einer *boulangerie* ein Croissant kaufen und litt derart unter Heimweh, dass sie eigentlich früher abreisen wollte. Doch dann stellte ich ihr meinen französischen Cousin Nico vor, und sieben Monate und eine ungeplante Schwangerschaft später war aus einer stürmischen Romanze eine ernsthafte Beziehung geworden. Ich wäre skeptisch gewesen, hätte ich nicht bemerkt, wie sie sich anhimmelten, wenn sie sich unbeobachtet fühlten. Jetzt hatten sie zwei Kinder und lebten auf dem Weingut der Familie, das Nico zusammen mit seinem Vater, meinem Onkel Philippe, betrieb.

Mit einem Knall sprang mein Toast heraus. Ich nahm mir ein Messer, setzte mich an den Tisch und bestrich die Scheibe mit Butter und Marmelade, die wie buntes Glas glitzerte. *Confiture de cerises* war die Lieblingssorte meiner Mutter. Die Kirschen stammten aus dem Garten des Weinguts. Der herbsüße Geschmack der Marmelade erinnerte mich an die Besuche während meiner Kindheit. Meine Mutter hatte einen Löffel davon in meinen Joghurt gerührt und streng darauf geachtet, dass ich auch ja nichts übrig ließ. Sie fürchtete, ich könnte den Zorn ihres Vaters erregen, wenn ich Essen vergeudete.

Ich glaube, wir waren beide ein bisschen erleichtert, als Grandpère Benoît starb und diese Besuche ein Ende hatten. Kurz darauf ließen sich meine Eltern scheiden, und meine Mutter wurde aus beruflichen Gründen nach Singapur versetzt. »Ich habe keine Geduld mehr mit Europa, hier ist es so provinziell. Asien ist die Zukunft«, pflegte sie stets zu sagen. Ich konnte mich nicht daran erinnern, wann meine Mutter das letzte Mal einen Fuß auf französischen Boden gesetzt hatte. Abgesehen von dem einen Jahr, das ich in Frankreich studiert hatte, war ich seitdem ebenfalls nicht mehr hier gewesen.

Geräuschvoll kaute ich meinen Toast, dann trug ich den vollgekrümelten Teller zum Spülbecken. Durchs Fenster sah ich Nico und Jean-Luc in die Weinberge hinaufgehen und hinter einer Hügelkuppe verschwinden. Erleichtert atmete ich aus. Ich räumte die Küche auf, wischte die Arbeitsplatten ab und spülte das Geschirr. Während ich an einem besonders klebrigen Marmeladenklecks herumschrubbte, wanderten meine Gedanken zu dem wahren Grund, aus dem ich hergekommen war – dem Test.

Es war achtzehn Monate her, dass ich den Test das letzte Mal gemacht hatte, doch ich konnte mich noch lebhaft an jedes Detail der viertägigen Prüfung erinnern. An die Form der schlichten Glaskaraffen, in denen sich der Wein für die Blindverkostung befunden hatte. An das Geräusch meines Stifts, mit dem ich mir knappe Notizen zu jedem Wein gemacht hatte – zu seiner Herkunft und Herstellung. An den Geschmack von gerösteten Mandeln, Holunderblüten und Feuerstein, der den Weißburgunder charakterisierte, bei dem ich versagt hatte. An das grauenhafte, demütigende Gefühl, das mich überkommen hatte, als ich begriff, dass ich einen der beliebtesten Weine der Welt nicht erkannt hatte – den Wein, den der französische Zweig meiner Familie seit Generationen herstellte. Den Wein, von dem diese Familie glaubte, er flösse in unseren Adern.

Natürlich wusste ich, dass das Bestehen des Tests keine Erfolgsgarantie war. Ich kannte die Bewertung einiger anerkannter Weinkenner, die auf den Titel Master of Wine pfiffen und ihn als albernes, teures Chichi abtaten. Doch es gab einen Teil in mir, der voller Neid den *Wine Spectator* verschlang und bis zum Morgengrauen das Wissen auf Karteikarten notierte, und jener Teil kam sich ohne diesen Titel wie ein Versager vor. Die Qualifikation »MW« war wie ein Dr. phil. oder Dr. med. – sogar wertvoller, denn es gab nur dreihundert Masters of Wine auf der ganzen Welt. Fünf Jahre lang hatte ich mich auf den Test vorbereitet, Hunderte von Stunden und Tausende von Dollar in das Kreisen, Nippen und Ausspucken von Wein investiert.

Der erste Test war eine Katastrophe gewesen, ein peinliches Bombardement von Fragen, die mir nur bewusst machten, wie viel ich noch zu lernen hatte. Ein Jahr später bestand ich den Theorieteil – eine Reihe einfacher Fragen zu Weinanbau und -herstellung, zu Verkauf und Lagerung sowie der besten Art, ihn zu trinken. Doch ich musste noch den praktischen Teil bestehen, eine albtraumhafte Prüfung in Form einer Blindverkostung. Ein Wald aus Stielgläsern mit Dutzenden von unterschiedlichen Weinen, die ich anhand weniger Schlucke identifizieren musste. Das Programm »Master of Wine« bezeichnete sich selbst als den härtesten Wissens- und Kenntnistest in der Welt des Weines und ließ jedes Jahr voller Stolz die Mehrheit der Kandidaten durchfallen. Ich hatte nur noch eine Chance, den Test zu bestehen, anschließend verbot mir das steife britische Institute of Masters of Wine, jemals wieder daran teilzunehmen.

»Frankreich ist deine Achillesferse. Und noch nicht einmal der ganze französische Wein. Nur der Weißwein«, hatte Jennifer vor einigen Monaten festgestellt, als wir eine meiner praktischen Prüfungen durchgingen.

»Das ist witzig, weil der Test so viel mehr umfasst als zu der Zeit, als ich ihn gemacht habe. Nicht nur Südafrika, auch den Libanon, Australien, Oregon, Kalifornien …«

»Wein aus der ›Neuen Welt‹ gab es auch schon in der guten alten Zeit«, neckte ich sie. »Und das nicht nur in Südafrika.« Jennifer war in Cape Town geboren und eine unermüdliche Verfechterin des Pinotage.

»Aber in der ›Neuen Welt‹ kennst du dich hervorragend aus. Kanntest dich schon aus, als du gerade erst angefangen hattest. Nein, die Weißweine der ›Alten Welt‹ musst du studieren. Du bist das genaue Gegenteil von mir.« Jennifer blickte mich über den Rand ihrer Brille hinweg an. »Hast du mal überlegt, nach Frankreich zu gehen?«

»Nach Frankreich?«

»Sieh mich nicht so entsetzt an. Ja, nach Frankreich. Du weißt schon, dieses Land, in dem ein bisschen Wein produziert wird? Pass auf, Kate, als deine berufliche Mentorin ist es meine Aufgabe, dir unaufgefordert Ratschläge zu erteilen. Also, wenn du diese verdammte Prüfung bestehen willst, musst du dich mit französischem Wein auskennen. Und das tust du nicht. Das ist merkwürdig. Es ist fast, als hättest du etwas gegen ihn.«

Sie durchbohrte mich mit ihrem Blick, eine Mischung aus mütterlicher Sorge und professioneller Autorität. Jennifer und ich hatten uns in einem spanischen Restaurant in Berkeley kennengelernt, in dem sie Chef-Sommelière war und ich als Collegestudentin kellnerte, um mir etwas dazuzuverdienen. Sie hatte mich unter ihre Fittiche genommen und mich ermuntert, mich weiter mit Wein zu beschäftigen. Ohne ihre Unterstützung hätte ich es nie so weit gebracht.

Unter ihrem Blick lief ich rot an. »Ich glaube, ich habe schon ziemliche Fortschritte mit den Bordeaux-Sorten gemacht.«

»Oh, du weißt genug, um zurechtzukommen.« Sie wedelte mit der Hand. »Aber ich meine *richtig* kennen. Nicht nur die Unterschiede zwischen den einzelnen Regionen, sondern den Unterschied zwischen den verschiedenen Anbaugebieten. Du musst das Terroir verstehen, den Unterschied schmecken, den drei Meilen ausmachen. Besuch Weingüter. Rede mit den Winzern. Trink Wein. Die meisten Menschen würden sich um deine Probleme reißen.« Sie beugte sich auf ihrem Stuhl vor. »Du sprichst doch noch Französisch, oder?«

Ich starrte auf die Reihe halb leerer Gläser. »Ich könnte wieder reinkommen, wenn ich es versuchen würde.«

»Denk darüber nach. Ein ausgedehnter Urlaub. Drei oder vier Monate mindestens. Du musst reisen. Und du solltest zur Weinlese hinfahren. Den Prozess aus erster Hand miterleben.«

»Drei oder vier *Monate?*« Ich hatte nur zehn Urlaubstage im Jahr. »So lange kann ich mir nicht freinehmen.«

»Warum nicht? Du hast doch auch diesen Job in Australien gemacht.«

»Das war direkt nach dem College«, protestierte ich. »Jetzt habe ich Verpflichtungen. Autoraten. Miete.« *Sie spricht von Frankreich,* schrie eine Stimme in meinem Kopf. *Dorthin kann ich nicht zurück.* Stattdessen sagte ich: »Das ist zu kompliziert.«

»Denk noch mal drüber nach.«

»Mach ich«, sagte ich, entschlossen, den Gedanken schnell wieder zu vergessen.

Doch dann geschahen ein paar Dinge.

Als Erstes erhielt ich einen Anruf von einer Headhunterin. Ich liebte meine Arbeit als Sommelière im Courgette und schnitt Headhuntern normalerweise das Wort ab, bevor sie mit ihrem Geschwafel überhaupt beginnen konnten. Doch diese Frau sagte, noch ehe ich sie unterbrechen konnte, ein Wort, das mein Herz höherschlagen ließ: »Sotheby's.«

Sie stelle eine Liste von Kandidaten zusammen, um im Napa Valley eine Weinabteilung zu eröffnen. Die Qualifikation Master of Wine war äußerst begehrt. Ein langer Prozess, aber die Gespräche mit den Kandidaten, die in die engere Auswahl kamen, würden erst nach dem Test stattfinden. Jennifer Russel habe mich wärmstens empfohlen. Ob ich interessiert sei?

Zunächst wich ich aus. Das Courgette wurde von der Kritik als Sternerestaurant gefeiert und war äußerst beliebt. Andererseits war mir klar, dass ich nicht ewig bleiben konnte. Ich wollte schlafen gehen, wenn die Sonne unterging, nicht umgekehrt. Ich wollte eine Beziehung mit jemandem haben, der samstagabends zum Essen ausging, statt zu arbeiten. Und ich konnte nicht bis ins hohe Alter Kartons schleppen und täglich vierzehn Stunden auf den Beinen sein. Früher machte ich gern Witze darüber, dass mich nur ein Leistenbruch von der Arbeitslosigkeit trenne – bis ich befördert wurde, weil der leitende Sommelier wegen eines Leistenbruchs gehen musste. Die Aussicht auf einen beruflichen Wechsel klang verlockend, insbesondere zu einem so angesehenen Auktionshaus wie Sotheby's. Ich würde mit Sammlern von Lagenweinen zu tun haben, Verkäufe organisieren, einen regelmäßigen, gut bezahlten, begehrten Job mit allen Sozialleistungen haben. Ja, erklärte ich ihr, ich bin interessiert. Nein, versicherte ich ihr, der Test sei kein Problem, und ich hoffte inständig, dass dem auch so war …

Das Zweite, was passierte, war für uns alle ein Schock. An einem grauen, eiskalten Julinachmittag, wie er zuweilen im Hochsommer in San Francisco vorkommt, wurde Bernard »Stokie« Greystokes – *bon vivant*, Weinkenner und Inhaber des Courgette – wegen Unterschlagung verhaftet. Die Bundespolizei führte ihn zwischen dem Mittags- und dem Abendgeschäft in Handschellen ab. Als wir einige Tage später zur Arbeit kamen, erfuhren wir die traurige Wahrheit. Stokie war pleite, das Restaurant insolvent, und wir waren unsere Jobs los. Nach fünfzehn Jahren schloss das Courgette für immer seine blau-weiß gestreiften Türen.

Wir versammelten uns in einer Spelunke, die drei Blocks entfernt lag. Auf Margaritas folgten Tequilas und schließlich Tequila direkt aus der Flasche. In unserer Fassungslosigkeit wegen Stokie, unserer Trauer um das Courgette und unserer Angst um unsere Bankkonten klammerten wir uns aneinander. Doch als ich im Morgengrauen von hämmernden Kopfschmerzen erwachte, zwang ich mich, pragmatisch zu denken. Meine Ersparnisse genügten, um einige Monate über die Runden zu kommen, doch der Test fand erst in knapp einem Jahr statt. Ich musste mir einen neuen Job suchen.

»Warum nutzt du die Zeit nicht, um dich ganz der Prüfungsvorbereitung zu widmen?«, fragte Jennifer, als sie mich am nächsten Morgen anrief. »In meinen Augen ist das die perfekte Gelegenheit für eine ausgiebige Weinreise.«

»Wäre da nicht das kleine Problem mit dem Geld.«

»Vermiete deine Wohnung über Airbnb. Kauf dir von deinen Ersparnissen ein Flugticket nach Frankreich. Hast du nicht Verwandte mit einem Weingut in Meursault?«

»Ja«, gab ich zögernd zu.

»Frag sie, ob du ein paar Monate bei ihnen wohnen kannst. Sag ihnen, du hilfst gegen Kost und Logis auf dem Gut mit. Glaub mir, ich habe noch nie erlebt, dass ein Winzer einen freiwilligen Helfer abweist. Und«, fügte sie hinzu und erwärmte sich zunehmend für ihre Idee, »wenn du dich bald darum kümmerst, könntest du sogar zur *vendange* dort sein!«

Jennifer konnte stur und penetrant sein, doch in all den Jahren, die ich sie kannte, hatte sie mir niemals einen schlechten Rat erteilt. Ich schluckte meinen Stolz hinunter, schrieb Heather und Nico, und einige Wochen später fand ich mich dort wieder, wo ich mich am allerwenigsten vermutet hätte. Auf einem Direktflug nach Paris.

2. Kapitel

»Also los.« Heather drehte den Türknauf und öffnete knarrend die Tür. Dahinter führte eine Treppe hinunter in die Dunkelheit. »Mach dich auf was gefasst.«

Ich folgte ihr in den Keller und atmete die kühle, feuchte Luft ein, die ein wenig modrig roch. Im schwachen Schein einer Glühbirne, die von der Decke hing, kamen Berge von Gerümpel zum Vorschein. Kartons, aus denen alte Kleider hervorquollen, umgekippte Zeitungs- und Zeitschriftenstapel, bergeweise alte Möbel, die umzukippen und uns unter sich zu begraben drohten. Ich sah Fernseher aus Zeiten, in denen es noch keine Fernbedienung gab, ein Radio aus der Ära, als das Fernsehen noch nicht erfunden war, einen gesprungenen Globus aus Zeiten vor der Sowjetunion, eine Kiste voller Fächer, die vermutlich in Gebrauch gewesen waren, bevor der elektrische Strom erfunden wurde. Und das war nur das, was direkt vor uns stand.

Heather legte den Kopf in den Nacken. »Das gibt's doch nicht«, flüsterte sie. »Vermehrt sich das Zeug, während wir schlafen?«

»Das ist wie in einer Folge von *Leben im Chaos*.«

»Mmh?« Sie riss den Blick von dem Gerümpel los und sah mich an.

»Das ist eine Realityshow, in der Leute in Schutzanzügen Wohnungen entrümpeln.«

»Darüber gibt es eine ganze *Fernsehsendung?* Gott, manchmal sind mir die Staaten ziemlich fremd.«

»Es gibt Menschen, die wegen ihres Sammelzwangs sterben. Das ganze Zeug bricht über ihnen zusammen, und sie ersticken.«

»Sind wir die Typen in den Schutzanzügen oder die, die lebendig begraben werden?«

»Wir könnten beides sein.«

»Ich würde ja gern lachen«, sagte sie finster. »Aber genau so könnte es sein.« Sie rollte eine Packung Müllbeutel auseinander. »Komm. Du fängst auf der einen Seite an, ich auf der anderen, dann treffen wir uns in der Mitte. Wahrscheinlich irgendwann im Februar. Was meinst du?«

»Klar.« Ich nickte, und sie riss einige schwarze Plastiksäcke von der Rolle und reichte sie mir.

Eigentlich hatte Heather nach dem Mittagsessen mit mir nach Beaune fahren wollen, um durch die verwinkelten Gassen der Altstadt zu schlendern und auf dem Place Carnot Limonade zu trinken. »Es ist dein erster Tag«, hatte sie gesagt. »Wir haben noch genug Zeit, *la cave* auszuräumen, ehe die *vendange* beginnt.« Dennoch hatte sie irgendwie erleichtert gewirkt, als ich ihr vorschlug, direkt mit der Arbeit zu beginnen. »Ich will dir helfen, so gut ich kann«, hatte ich gesagt, was zum Teil der Wahrheit entsprach.

Ich verschwieg ihr, dass ich noch nicht so weit war, einen Nachmittag mit einer Freundin, die ich zehn Jahre nicht gesehen hatte, in Erinnerungen zu schwelgen oder Geheimnisse auszutauschen.

Jetzt arbeiteten wir in kameradschaftlichem Schweigen. Das Zerreißen von Pappe und das Rascheln der

Müllsäcke waren die einzigen Geräusche. Hin und wieder rief ich ihr zu, was ich in einem der Kartons gefunden hatte.

»Hier sind alte, fleckige Strampelanzüge drin. Kaputte Schnuller. Schmuddelige Stofftiere.«

»Weg damit!«

»Ungefähr eine Million Stoffwindeln.«

»Weg damit!«

»Ein mittelalterliches Folterinstrument?« Ich hielt ein Plastikobjekt mit sich windenden Gummischläuchen hoch.

»Ach, Gott, meine Milchpumpe. Weg damit!«

Es schien mir merkwürdig, diese Erinnerungsstücke zu begutachten, ohne ihren ideellen Wert zu kennen. Wie beispielsweise einen Berg statisch aufgeladener Shirts aus knallbuntem Polyester. Ich hielt eins hoch und betrachtete die breiten gelb-blauen Streifen. Auf dem Rücken stand der Name CHARPIN, darunter eine große 13.

»Ein Fußballtrikot … vielleicht Nicos?«, rief ich Heather zu.

»Weg damit!« Dann fügte sie leiser hinzu: »Aber erzähl es ihm nicht.«

Ich legte eins von Nicos Fußballtrikots auf den Stapel mit den Sachen, die wir behalten wollten, und stopfte den Rest in einen Müllsack. Als ich den nächsten Karton öffnete, berührten meine Finger weiches Leder, und ich zog ein Paar winzige Babyschuhe mit verblassten rosa Schleifen hervor. Als ich sie umdrehte, sah ich, dass ein Name in die Sohlen gestickt war – Céline. Die Schuhe hatten meiner Mutter gehört, die in diesem Haus aufgewachsen war. Sosehr ich mich bemühte, es fiel mir schwer, sie mir als Baby vorzustellen, das etwas so Niedliches getragen hatte. In meinem Kopf sah ich sie immer als tadellos gekleidete Geschäftsfrau mit makellosem blondem Bob.

Ich zögerte. Sollte ich die Schuhe für sie aufheben? Sie hatte nie viel auf ihr Erbe gegeben. Als ich auf die Welt gekommen war, hatte sie schon nicht mehr in ihrer Muttersprache geredet – hatte sogar ihren Akzent verloren und »aus steuerlichen Gründen« ihre französische Staatsbürgerschaft aufgegeben. So hatte sie beides auch nicht an mich weitergegeben. Dennoch, diese winzigen Schuhe waren eins der wenigen Dinge, die von ihrer Kindheit übrig waren. Ich stellte sie fürs Erste auf den Stapel mit den Sachen, die aufbewahrt werden sollten.

Unten in dem Karton fand ich einen kleinen vergilbten Matrosenanzug mit eckigem Kragen und Messingknöpfen. »Oh, sieh mal!«, rief ich. »Der muss Onkel Philippe gehört haben.« Ich griff nach einem leeren Karton. »Ich packe einen Karton für ihn und Tante Jeanne.«

Heather kam herüber und nahm mir den Anzug ab. Sie zögerte. »Nicos Eltern sind im Urlaub auf Sizilien.«

»Ja, aber sie können doch alles durchsehen, wenn sie zurück sind.«

Wieder zögerte sie, und selbst in dem trüben Licht hier unten sah ich, dass ihr die Röte in die Wangen stieg. »Ich glaube, du hast recht«, sagte sie schließlich und ging zurück auf ihre Seite, ehe ich ihr noch weitere Fragen stellen konnte.

Am späten Nachmittag wateten wir durch ein Meer aus randvollen Müllsäcken. Trotzdem wirkte der Keller noch seltsam unberührt. Überall Berge von Gerümpel. »Ich schwöre dir, das Zeug vermehrt sich jedes Mal, wenn wir uns umdrehen«, sagte Heather stöhnend, als wir Kartons und Plastiksäcke nach oben brachten und auf die Ladefläche von Nicos Pick-up hievten. Doch nach einer Tasse Tee und ein paar Shortbreads fassten wir neuen Mut. Zurück im Keller, schafften wir es, ein paar Quadratmeter Kellerboden freizuräumen. Heather zog einen zerschrammten Lederkoffer hervor, ein kastenartiges Relikt aus einer anderen Zeit mit stabilen Seiten, einem Messingverschluss und einem dicken Ledergriff.

»Kannst du dir vorstellen, dieses Ding mit dir herumzuschleppen? Ohne Räder?« Sie kniete sich auf den Boden, um den Verschluss zu öffnen. »Hm.«

»Was ist?« Ich blickte von einem Karton voller Bücher auf.

»Der Verschluss klemmt.«

»Warte.« Ich quetschte mich an einem Metallregal vorbei. »Zeig mal.« Als ich neben dem Koffer kniete, entdeckte ich ein Schild an dem schweren Griff, ein abgenutztes Lederschild mit den Initialen H. M. C. Ich drückte auf den Verschluss. »Der Koffer ist abgeschlossen. Ist da irgendwo ein Schlüssel?«

Heather schaltete die Taschenlampe ihres Smartphones ein und richtete den Lichtstrahl auf den Boden. »Hier ist keiner.« Dann versuchte sie erneut, den Verschluss zu öffnen. »Vielleicht können wir das Schloss knacken? Ist hier unten irgendwo ein Werkzeugkasten?«

»Wir könnten es«, ich grub in der Tasche meiner Jeans, »hiermit versuchen.« Ich hielt ihr meinen Korkenzieher hin.

Sie lachte. »Hast du das Ding immer bei dir?«

»Für den Notfall.« Ich reichte ihn ihr.

Sie führte die Spitze des Korkenziehers in das Schloss

ein und schlug mit dem Rücken eines französisch-englischen Wörterbuchs auf das Ende. »Ich weiß nicht, ob das funktioniert.«

»Lass mich mal.« Ich nahm das Wörterbuch, zielte sorgfältig und schlug zweimal zu. Dann hörte ich ein Knacken, und der Verschluss sprang auf.

»Ich werde mich nie wieder über deinen Korkenzieher lustig machen«, versprach Heather und hob den Kofferdeckel an. »Puh! Noch mehr alte Kleidung. Kannst du dir das vorstellen?«

Ich zog ein geblümtes Kleid aus einem verblichenen Baumwollstoff hervor, vermutlich aus den 1940er-Jahren. Es hatte einen schlichten rechteckigen Ausschnitt und kurze Puffärmel. Und es sah abgetragen aus. Unter den Armen und auf dem Rock waren dunkle Flecken, winzige Löcher scharten sich um ein großes Loch. Darunter lag ein rot-weiß gepunktetes Baumwollkleid im selben Stil, das noch mehr Löcher hatte. Ein praktischer Hosenrock aus dickem braunem Tweed. Ein Paar Stegsandaletten, deren graues Wildleder abgenutzt war und glänzte. Ein zerdrückter beiger Hut mit einer mottenzerfressenen Krempe. Einige gehäkelte Damenhandschuhe und ein Einzelstück aus schwarzem Seidenpikee.

»Wem haben diese Sachen gehört?« Ich hielt das gepunktete Kleid hoch. Es reichte mir bis knapp unters Knie und war für eine Frau meiner Größe bestimmt. »Das Zeug kann nicht von meiner Großmutter sein. Die war winzig.«

»Sieh mal.« Heather grub weiter in dem Koffer. »Hier sind noch andere Sachen. Eine Karte.« Sie faltete sie auseinander. »*Paris et ses banlieues*. Paris und seine Vororte?« Erneut griff sie in den Koffer. »Und … ein Umschlag!«

Sie hob die Lasche an und zog einen Stapel Schwarz-Weiß-Fotografien hervor, die in dem schwachen Licht kaum zu erkennen waren. »Wollen wir hochgehen? Ich muss sowieso das Abendessen vorbereiten.«

Wir schleppten den Koffer hoch. In der hell erleuchteten Küche wuschen wir uns die schmutzigen Hände, dann studierten wir die Fotos.

»Ich bin mir fast sicher, dass das eine von unseren Parzellen ist.« Heather hielt eine Aufnahme der Weinberge hoch, in denen eine kleine Steinhütte mit einem gewölbten Ziegeldach stand. »Ich erkenne die *cabotte*. Sie ist oval, was ziemlich selten ist – normalerweise sind die Hütten rund.«

Als Nächstes folgte ein Foto von zwei Jungen mit einem hellen Labrador. Das letzte Bild zeigte ein Gruppenporträt vor dem Haus. In der Mitte stand ein stämmiger Mann mit einem dunklen Schnurrbart. Ein Lächeln spielte um seine Lippen, die Augen waren im Schatten einer Schirmmütze verborgen. Eine schlanke Frau mit feinen Gesichtszügen stand neben ihm und lächelte steif. Sie trug ein kariertes Baumwollkleid. Davor hockten die zwei Jungen, die sie schon von dem Foto mit dem Hund kannten. Der kleinere schaute finster in die Kamera, der etwas ältere, der zerzaustes Haar und ein blasses schmales Gesicht hatte, blickte aus dunklen Augen in die Linse. Neben den Kindern stand ein hochgewachsenes junges Mädchen mit lockigem schulterlangem Haar. Sie trug ein geblümtes Kleid und hatte eine runde Schildpattbrille auf der Nase.

»Das Kleid, das das Mädchen anhat«, sagte ich. »Das ist das aus dem Koffer.«

»Wer ist sie? Erkennst du jemanden?«, fragte Heather.

Ich schüttelte den Kopf. »Meine Mutter hatte es nicht so mit Familiengeschichte. Aber dieser Junge«, ich deutete auf den finster dreinblickenden Jungen, »sieht genau aus wie Thibault. Findest du nicht?«

Heather lachte. »Du hast vollkommen recht.« Sie betrachtete die Gesichter, dann drehte sie das Foto um. »*Les vendanges.* 1938. Dann ist es nicht Nicos Vater, denn der ist in den Fünfzigern geboren.«

»Einer der Jungen muss Grandpère Benoît sein. Aber wem gehört der Koffer? Soweit ich weiß, hatte er keine Schwester.« Ich berührte das abgenutzte Namensschild und strich mit den Fingern über die Initialen. »Wer ist H.M.C.?«

Heather schüttelte den Kopf. »Ich habe keine Ahnung. Eine lang vergessene Tante? Eine Tochter, die in Ungnade gefallen ist?«

Bevor ich etwas erwidern konnte, flog die Hintertür auf, und Thibault sauste herein. »Maman!« Er stürzte auf Heather zu. »Wir haben eine Überraschung für Kate!«

»Für mich?«, fragte ich.

Anna erschien in der Tür, dann Nico, die Arme voller Flaschen. »Ich habe einige Weine für eine *dégustation* ausgewählt, um dir bei der Vorbereitung auf die Prüfung zu helfen«, erklärte er.

»Ja!« Heather klatschte in die Hände. »Das heißt, es gibt CFC zum Abendessen.«

»Was ist CFC?«, fragte ich, während Nico mir eine Flasche zum Öffnen reichte.

»*Charcuterie. Fromage. Crudités.* Aufschnitt. Käse. Salat.« Heather wuschelte ihrer Tochter durchs Haar, dann nahm sie ein paar Holzbrettchen aus einem der Regale.

»Alles, was man für eine ausgewogene Mahlzeit braucht«, sagte Nico.

»Und ganz ohne zu kochen«, ergänzte Heather.

Zwanzig Minuten später saßen wir um den Küchentisch, schnitten Stücke von zerlaufendem Käse, stapelten Scheiben von *saucisson sec* auf ein Stück Baguette und luden Salat auf unsere Teller. Vor uns stand ein Wald aus Stielgläsern.

»Jetzt probier diesen hier.« Nico schenkte mir einen anderen Weißwein ein und beobachtete, wie ich ihn im Glas kreisen ließ und tief einatmete.

»Die Farbe ist klar und hell … gelb mit einem Hauch Gold …«, begann ich. »Eine Nase von Steinobst – weißem Pfirsich – und etwas Geröstetem. Mandeln?« Ich träufelte einige Tropfen auf meine Zunge. »Ja … Pfirsich. Aprikose. Und ein schöner langer Abgang mit Gewürznoten.« Ich nahm noch einen Schluck und seufzte leise. Als ich die Augen öffnete, stellte ich fest, dass mich alle beobachteten – Heather, Nico und die Kinder, die ihre Baguettestücke auf halbem Weg zum Mund in der Luft hielten.

»*Alors?*« Nico hob fragend die dichten Augenbrauen.

»Ausgezeichnet«, sagte ich, um Zeit zu gewinnen.

»Und? Welches Anbaugebiet?« Er hatte das Etikett weggedreht, sodass ich es nicht lesen konnte.

Ich überlegte. »Montrachet?«

Entsetzt sah er mich an. »*Mais non,* Kate. Der letzte Wein war ein Montrachet. Dieser ist ein Meursault. Unser Wein. Probier ihn noch mal.«

Beim zweiten Schluck schmeckte ich hinter der Frucht eine blumige Note heraus, und etwas Sinnliches, fast

Verführerisches, das ich nicht benennen konnte. Ich wollte unbedingt herausfinden, was es war. Wo hatte ich schon einmal etwas Ähnliches getrunken?

»Er kommt mir irgendwie … bekannt vor.«

»*Pas mal,* Katreen!« Nico schürzte die Lippen und nickte. »Es ist der Wein von Jean-Lucs Weingut. Sein Vater hat ihn produziert.«

»Ah. Jean-Lucs Vater.« Ich schluckte etwas heftiger als beabsichtigt.

»Er ist aus einer der letzten Lesen von Gouttes d'Or, die er je gemacht hat«, erklärte Nico. »Ich habe ihn aus dem *cave* geholt, damit du ihn mit den anderen vergleichen kannst.«

»Gouttes d'Or … Goldtropfen«, wiederholte ich.

Ich trank noch einen Schluck, und gegen meinen Willen stieg eine Erinnerung in mir auf: Jean-Lucs Hände hielten eine Flasche, die von einer dicken weißgrauen Schicht Kellerschimmel überzogen war. »Gouttes d'Or«, hatte er gesagt, und seine Augen hatten vor Stolz geglänzt. »Der Wein meiner Familie. Dieser ist ein 1978er, einer der besten *millésimes*. Und der erste Wein, den mein Vater hergestellt hat.« Mich überkam eine derart heftige Sehnsucht, dass der Wein auf meiner Zunge bitter schmeckte.

»Maman!« Thibault durchbrach die Stille und ließ klappernd die Gabel fallen. »Ich will *Barbapapa* sehen! Ich bin fertig!«

Ich schob mein Glas fort und hoffte, dass es niemandem aufgefallen war.

»Ich bin auch fertig.« Anna rutschte von ihrem Stuhl.

»Moment, Moment, was sagt ihr?« Heather blickte sie erwartungsvoll an.

»Danke für das Essen, Maman! Darf ich bitte aufstehen?«, fragten sie im Chor.

»Ja, ihr dürft«, sagte sie. »Schön, dass ihr gefragt habt.«

Sie verschwanden im Wohnzimmer, und gleich darauf hörte man, wie der Fernseher eingeschaltet wurde.

»Apropos *les caves*«, Heather nahm ihr Weinglas und trank einen Schluck, »Kate und ich haben dort unten heute etwas Interessantes entdeckt.«

»*Ah bon? Quoi?*« Nico langte über den Tisch und spießte eine Restscheibe Schinken von Thibaults Teller auf. »Einen zerkratzten Louis-XV.-Sekretär?«, fragte er hoffnungsvoll. »Oder vielleicht ein scheußliches Gemälde, das ein Werk des jungen Picasso ist?«

»O nein. Einen alten Koffer voller Kleider. Und ein paar Fotografien.« Sie nahm die Fotos vom Tresen, reichte sie Nico und schaute ihm über die Schulter, während er sie durchsah.

»Das ist eine unserer Parzellen«, sagte er und hielt bei dem Bild von den Weinbergen mit der Steinhütte inne. »Mein Vater hat früher in der *cabotte* mit mir campiert. Erinnerst du dich, Kate? Ich glaube, einen Sommer warst du dabei. Papa sagte immer, es sei wie früher. *Comme autrefois*.«

In meinem Kopf tauchte die Erinnerung an eine dunkle Nacht auf. Ein Himmel voller Sterne. Flackerndes Lagerfeuer. Würstchen, die auf Stöcken gegrillt wurden und, anstelle von S'mores, Riegel dunkler Schokolade, die man zwischen zwei Baguettescheiben schmolz.

»Wir haben immer ein Feuer in der Mitte der Hütte gemacht.« Nico wandte sich dem nächsten Foto zu, es war das Gruppenporträt. »Wow, das Haus sieht ganz genauso aus.«

»Es wurde 1938 aufgenommen.« Heather schnappte sich ein *cornichon* von seinem Teller und biss genüsslich in die kleine Gewürzgurke. »Erkennst du jemanden?«

Nico betrachtete die Menschen auf dem Bild. »Den.« Er zeigte auf den stämmigen Mann, dessen grobe gallische Gesichtszüge und dunkle Augen seinen eigenen glichen. »Das ist unser Urgroßvater. Edouard Charpin. Er ist im Krieg noch ziemlich jung in einem Arbeitslager gestorben … Das muss wenige Jahre nach dem Entstehen dieses Fotos passiert sein. Und das«, er ließ den Finger zu der schlanken Frau gleiten, »ist unsere Urgroßmutter Virginie. Hier ist unser Großvater Benoît.« Er zeigte auf das Kind mit dem schmalen Gesicht. »Und der kleine Junge ist sein Bruder Albert. Er ist Trappistenmönch geworden.«

»Im Ernst?«, fragte Heather.

»Das war damals nichts Ungewöhnliches, *chérie*.«

»Wer ist das?« Heather beugte sich über Nicos Stuhl, sodass ihr Kopf seinen berührte. Sie zeigte auf das junge Mädchen im geblümten Kleid. »Ist sie mit euch verwandt?«

Nico betrachtete das Foto genauer. »Sie sieht ganz aus wie …«

»Thibault?«, unterbrach ihn Heather. »Das hab ich auch gedacht.«

Nico sah sie verwirrt an. »Ich wollte sagen, dass sie wie Kate aussieht. Sieh dir ihren Mund an.«

Heather atmete geräuschvoll ein. »O mein Gott, du hast recht.«

Ich blickte auf das Mädchen auf dem Foto. Ob es ebenfalls grüne Augen hatte? Und Sommersprossen auf der Nase? Als ich aufsah, starrten Heather und Nico mich derart durchdringend an, dass ich errötete.

»Wer ist H. M. C.?«, fragte ich in dem Bemühen, das Thema zu wechseln. »Diese Initialen stehen auf dem Koffer.«

»Das weiß ich nicht«, räumte Nico ein. »Mein Vater kennt sich besser mit unserer Familiengeschichte aus. Er verwahrt das *livret de famille* – unser Stammbuch.« Er schob die Fotos zurück in den Umschlag. »Wie du weißt, reagiert er allerdings manchmal ein bisschen gereizt auf diese Dinge. Er spricht nicht gern über die Vergangenheit.«

Ich nickte und erinnerte mich an Onkel Philippes scharfe Gesichtszüge und seine schmalen Augen. Als Kind hatte er mir Angst gemacht, er konnte unseren Kabbeleien mit einem einzigen vernichtenden Blick ein Ende bereiten. Selbst als Studentin hatte mich seine kühle Distanziertheit eingeschüchtert – ganz zu schweigen von seiner Angewohnheit, ständig mein Französisch zu korrigieren, sodass ich in seiner Gegenwart keinen Ton mehr herausbrachte. Ja, Nico hatte recht. Mein Onkel würde sich nicht gerade über Fragen nach der Vergangenheit freuen.

»Aber es ist irgendwie so traurig.« Ich griff nach dem Umschlag mit den Fotos. »Man hat sie mit der Zeit einfach vergessen.«

Auf der anderen Seite des Tisches sackten Heathers Schultern kaum merklich ein Stück nach unten, dann begann sie, das Geschirr abzuräumen.

»Mal ehrlich«, sagte sie, »könnte das nicht jedem von uns passieren?«

Schon bald stellte sich eine gewisse Routine ein. Morgens brachten Heather und ich die Kinder in die Betreuung, dann entrümpelten wir weiter. Ein paarmal fuhren wir zum Recyclinghof, der sich außerhalb von Beaune befand. Mit jeder Fuhre, die wir dort abluden, brachte Heather dem Leiter, der uns beim Entladen half, eine Dose selbst gebackener Brownies mit. Im örtlichen Secondhandladen, der gespendete Sachen für einen guten Zweck verkaufte und morgens geschlossen hatte, stellten wir alles, was noch gut nutzbar war, vor der Hintertür ab und stahlen uns wie Diebe davon. Gegen Mittag legten wir eine kurze Pause ein – meist wärmten wir Essensreste in der Mikrowelle auf. Wir aßen im Stehen am Küchentresen und blickten dabei auf unsere Smartphones – »Erzähl das bloß nicht Anne und Thibault«, murmelte Heather –, dann kehrten wir in den Keller zurück, bis es Zeit wurde, die Kinder abzuholen.

Anfangs hatte mich die Aussicht ein wenig beunruhigt, so viel Zeit mit Heather allein zu verbringen. Ich fürchtete, sie würde mir unangenehme Fragen zu meinem Leben in San Francisco stellen. Im Grunde war es mir nur peinlich zuzugeben, dass ich neben der Arbeit kaum ein Leben hatte. Der Großteil von Freizeit und Geld ging für den Test drauf. Und mir war noch kein Mann begegnet, den es nicht störte, neben meinem Studium die zweite Geige zu spielen.

Doch zu meiner Überraschung verhielt sich Heather äußerst zurückhaltend – sie war so ungewöhnlich still, dass ich mich fragte, ob *ich sie* ein bisschen ausfragen sollte. War sie nur diskret? Oder war sie mit den Gedanken woanders? Sie hatte einiges um die Ohren – das Haus, die Kinder und die Vorbereitungen der bevorstehenden *vendange*. Manchmal erwischte ich sie jedoch dabei, wie sie gedankenverloren ins Nichts starrte und noch nicht einmal ihre zankenden Kinder wahrnahm. Irgendwie wurde ich das Gefühl nicht los, dass sie ein Geheimnis hütete.

Nach einer Woche hatten wir Dutzende von Bücherkartons geöffnet, waren veraltete Reiseführer durchgegangen sowie zahlreiche ledergebundene Bände französischer Klassiker und ausreichend Wörterbücher Französisch-Englisch/Englisch-Französisch, um eine ganze Armee von Übersetzern damit zu versorgen. Entsetzt hatten wir auf ein riesiges Ölgemälde gestarrt, das eine blasse junge Frau darstellte, die auf einem Tablett den Kopf eines bärtigen bleichgesichtigen Mannes mit leerem Blick trug, aus dessen abgeschnittenem Hals Blut auf den Boden troff.

»Widerlich, nicht?«, hatte Heather geflüstert. »Dieses Exemplar, Johannes der Täufer, enthauptet, hing bei unserem Einzug im Esszimmer. Anscheinend war deine Urgroßmutter *très croyante* – eine sehr gläubige Katholikin. Künstlerisch gesehen, ist es Müll, aber … Nun ja, so etwas schmeißt man nicht so einfach weg.«

Bei dem meisten Zeug, das wir fanden, fackelten wir jedoch nicht lange. Aus den Stapeln (den unzähligen Stapeln) von Zeitungen, Zeitschriften und veralteten Formularen in dreifacher Ausführung machten wir ein Lagerfeuer. Wir schleppten einen sperrigen Futon fort, der ständig zu einer Seite wegklappte. Darauf hatten Heather und Nico nach Annas Geburt abwechselnd geschlafen. Allein der Anblick machte Heather verrückt. Ein Küchentisch, den sie in einem widerlichen Graugrün gestrichen hatte, bezeichnete sie als missglücktes Heimwerkerprojekt. Äußerst missglückt. Eine helle Kommode aus Pressspan von IKEA, mit kaputten Schubladen, die wie schiefe Zähne auseinanderklafften, war nur noch etwas für den Sperrmüll.

Wir hatten jedoch auch einige nützliche Möbelstücke ausgegraben – Dinge, die zwar nicht wertvoll waren, aber praktisch und bewahrenswert: einen kleinen Schreibtisch, der einen neuen Anstrich brauchte, einen Sessel, den Heather aufpolstern lassen wollte. Doch trotz sorgfältiger Suche hatten wir nichts weiter gefunden, das die rätselhaften Initialen H. M. C., den Koffer oder seinen Inhalt erklärte.

»Hey!« Heathers Stimme riss mich aus meinen Gedanken. »Erinnerst du dich noch daran?« Sie kam mit einem Stapel französischer Notizhefte herüber – klein und dünn mit Millimeterpapier und buntem Einband. Ich öffnete eins und stieß auf vollgeschriebene Seiten in meiner eigenen Handschrift: *Côte de Beaune-Villages, 2004. Rote Beeren, Erde, Pilze. Weich, rund. Wenig Säure, wenig Tannine.* Ich schlug das Notizheft zu. »Du erinnerst dich doch noch an unseren Weinklub? Oder sollte ich sagen …«, sie warf mir einen durchtriebenen Blick zu, »… den Nerd-Klub?«

Ich lächelte. »Dich scheint er zumindest nachhaltig beeindruckt zu haben.«

»Soll das ein Witz sein? *Ihr* habt doch stundenlang darüber diskutiert, welche *roten Früchte* ihr herausschmeckt. Erdbeeren! Nein, rote Johannisbeeren! Nein, Erdbeeren! Nein, *wilde* Erdbeeren. Am liebsten hätte ich den ganzen Wein in einem großen Becher zusammengeschüttet und runtergekippt.«

»Ich glaube, das hast du auch gemacht.«

»Ach ja?«

Sie lächelte süß, wanderte zurück in ihren Bereich des Kellers und ließ mich mit den Notizheften in der Hand zurück.

Auf die Idee mit dem Weinklub war Jean-Luc gekommen, nachdem er herausgefunden hatte, dass ich in Berkeley einen Weinkurs belegte. »Wenn du in Frankreich bist«, hatte er gerufen, »*musst* du französischen Wein kennenlernen!« Heather war weniger begeistert gewesen, aber zu jener Zeit hätte sie alles getan, um mehr Zeit mit Nico zu verbringen. Nein, nein, sie mochte ihn nicht – schließlich hatte sie zu Hause einen Freund. Sie wollte nur ihr Französisch verbessern. Als mein Cousin Heather einige Wochen später auf einen Stehplatz in die Opéra Garnier entführte und in der Pause eine Piccoloflasche Champagner aus der Jackentasche zauberte, tat mir ihr unbeholfener Freund zu Hause in Berkeley unwillkürlich ein bisschen leid. Dagegen hatte er keine Chance.

Die Treffen unseres Weinklubs fanden in meiner winzigen Dachkammer statt, weil ich die Einzige von uns war, die allein wohnte – meine Gastmutter residierte drei Etagen unter mir in einer weitläufigen bourgeoisen Wohnung. Sie vermietete ihr ehemaliges *chambre de bonne*, das Dienstmädchenzimmer, um ihre magere Witwenrente aufzubessern. Zu viert quetschten wir uns in meine Mansarde. Heather und ich hockten auf dem Bett, Jean-Luc und Nico auf den Terrakottafliesen auf dem Fußboden. Wir tranken aus billigen Weingläsern und kühlten die Weißweinflaschen auf dem Fenstersims, weil sie nicht in den Kühlschrank passten. Auf einem kleinen Tisch stellte ich Baguette und ein Stück Comté bereit, dazu vier Plastikbecher.

»Zum *Spucken?*« Heather sah mich beinahe beleidigt an. »Das ist ein Witz, oder?«

»So war das in meinem Kurs, die Profis machen das so.«

»Aber das ist … eklig!« Sie verzog das Gesicht.

»Na ja, du musst es ja nicht machen«, sagte ich, während Jean-Luc eine Flasche Sauvignon Blanc entkorkte.

Niemand spuckte den Wein aus. Natürlich nicht. Wir begannen mit kleinen bedachten Schlucken und beschrieben den Geschmack mit Wörtern wie »feuersteinhaltig«, »mineralisch« und »säurebetont«. Im Laufe des Abends floss der Wein in alarmierendem Tempo, und unsere Beschreibungen, die wir mit unsicheren Händen in den Notizheften festhielten, klangen wie die Beiträge eines schlechten Lyrikwettbewerbs.

»Ein Apfelbaum neigt sich über umspülte Flusssteine, die Frucht ist von mediterraner Zitronenschale geküsst, mit einem Hauch von bitterer Galle«, deklamierte Heather.

»Tiefgründig«, bemerkte Nico lächelnd und meinte es keineswegs ironisch.

»Was ist?« Heather lachte. »Was?«

Unwillkürlich stieß ich einen übertriebenen Seufzer aus, und als ich Jean-Luc ansah, wirkte er ähnlich amüsiert.

Als Nico seinen Freund Jean-Luc zum ersten Mal erwähnte, dachte ich zunächst, er wollte uns verkuppeln. Doch je mehr Zeit wir zu viert verbrachten, desto klarer wurde mir, dass Nico einfach gern mit Jeel, wie er ihn nannte, zusammen war. Jean-Luc war auf einem benachbarten Weingut aufgewachsen, und ich war ihm begegnet, als ich als Kind zu Besuch im Burgund gewesen war.

Ich erinnerte mich an ihn, weil er das einzige französische Kind gewesen war, das sich getraut hatte, Englisch mit mir zu sprechen. Zu meiner Überraschung war aus dem dürren, ungelenken Jungen ein selbstbewusster junger Mann geworden. Der Braunton seines Haars, das fast golden wirkte, wiederholte sich in der Farbe seiner Augen, die ungewöhnlich klar und tiefgründig wirkten. Sie funkelten unglaublich charmant, blitzten im einen Moment auf, wenn er über einen Witz lachte, und füllten sich im nächsten mit Mitgefühl und großer Wärme. Meine Tante Jeanne sagte immer, alle verehrten Jean-Luc – kleine Babys, kratzbürstige Katzen, die launische Verkäuferin in der *boulangerie*.

Wir hatten im Grunde keine Ahnung, was wir taten, dennoch lernte ich sehr viel bei unseren Weinklubtreffen. Wie man Feuerstein und Kalk herausschmeckt, die den Reiz von Champagner ausmachen. Dass der Mistral einem Côte du Rhône den Geschmack von grüner Paprika verleihen kann. Dass jeder Wein eine Geschichte erzählt – von einem Ort, einem Menschen, einem Moment. Von einem glücklichen oder unglücklichen Sommer, einem selbstbewussten Winzer, einem besorgten, oder vielleicht von einem, der verliebt war.

»Der Wein ruht in der Flasche, verändert sich aber dennoch. Er entwickelt sich«, hatte Jean-Luc eines Abends erklärt. »Und wenn der Korken entfernt wird, atmet er und erwacht erneut zum Leben. Wie ein Märchen. *Un conte de fées.*« Sein Blick hielt meinen fest. Hatte es so angefangen? Mit einem Blick? Damit, dass er mein Haar zurückstrich, dass ich seinen Rücken berührte? Später, als wir allein waren, verriet sein tiefes Erröten, dass er doch nicht so selbstbewusst war, wie ich immer angenommen hatte. »Bei dir komme ich mir wie ein Idiot vor, Kat«, sagte er. »Du … schüchterst mich ein. Mit deinem perfekten Gaumen. Du kannst dich so gut ausdrücken, bist lustig und scharfsinnig … Ich hätte nie gedacht, dass du mich überhaupt bemerkst.«

Ihn so überraschend nervös zu sehen, berührte etwas in mir. Seine Lippen legten sich auf meine, ich spürte seine Wangen rau an meinem Gesicht, die Wärme seines Körpers an meinem. Unsere Kleider sammelten sich als Haufen auf dem Boden.

Hatten wir uns da ineinander verliebt? Bei den langen Spaziergängen durch die schmalen Gassen? Bei den leisen Unterhaltungen spät in der Nacht, wenn wir über unsere Lieblingsbücher und Musik sprachen und darüber, ob nicht angereicherte Dessertweine köstlich oder widerlich schmeckten? All diese aufrichtigen Gespräche – über die Scheidung meiner Eltern und ihre neuen Ehen, das Weingut seiner Familie und das Land, das er eines Tages hinzukaufen wollte – brachten uns einander näher. So nah, dass es sich manchmal anfühlte, als wären wir schon seit Ewigkeiten zusammen.

Es war nur eine Romanze während eines Studienaufenthalts im Ausland. Nur eine verträumte Affäre. Für eine dauerhafte Beziehung waren wir beide zu jung. Doch als ich eines Morgens neben seinem glatten muskulösen Körper erwachte, wurde mir klar, dass ich noch nie in meinem Leben so glücklich gewesen war. Ich hatte vor ihm schon andere Freunde gehabt, aber zum ersten Mal fühlte ich mich gesehen – nicht nur die hübsche Kellnerin oder die mittelmäßige Französischstudentin oder die einsame Jugendliche, die von ihren Eltern zu oft sich selbst überlassen worden war, sondern wirklich mich. Zum ersten Mal hatte ich mich Hals über Kopf und bis über beide Ohren verliebt.

Und dann ging es irgendwie kaputt.

Die Notizhefte, die ich mit den Händen umklammert hielt, waren feucht geworden. Mein linker Fuß war eingeschlafen. Auf der anderen Seite des Kellers rollte Heather einen Müllsack auseinander und schüttelte ihn, sodass das dünne Plastik sich wie ein Segel blähte. Ich kämpfte mit meinem Fuß, fand einen leeren Karton und legte die Notizhefte hinein. Es war lange her. Zehn Jahre. Doch noch immer hörte ich Jean-Lucs Stimme, die in der dunklen Nacht in mein Ohr flüsterte. Noch immer spürte ich seine Arme, die mich an sich zogen …

Ich nahm einen Stapel mottenzerfressener Pullover, warf sie auf die Notizhefte und klappte den Karton zu – er würde ebenfalls zum Recyclinghof gebracht werden. Dann zog ich einen weiteren Karton zu mir heran.

Als ich ihn öffnete, fand mein Herzschlag zu seinem normalen Rhythmus zurück. Kaputter Weihnachtsschmuck. Zerbröselnde Papierketten. Lichterketten, deren Stecker leicht einen Kurzschluss auslösen konnten. Weg damit. Ich griff nach dem nächsten Karton: noch mehr Bücher. Ich betrachtete das erste, ein französisches Lehrbuch, blätterte es durch … Das Periodensystem. Ah, ein Chemiebuch. Weg damit. Auch bei dem Rest handelte es sich um französische Schulbücher: Geschichte, Mathematik, Biologie sowie ein zerlesenes Exemplar des Grafen von Monte Christo. Weg damit. Weiter unten im Karton fand ich einen großen Stapel Hefte, die in braunes Packpapier gebunden waren, *cahiers d'exercices*, vollgeschrieben mit Grammatikübungen in gestochener

Handschrift. Ich blätterte das erste durch, dann legte ich es mit den anderen zur Seite. Weg damit.

Auf dem Boden des Kartons fand ich ein großes flaches Buch. Nein, es war eine Aktenhülle aus braunem Leder mit einer bourbonischen Lilie darauf. Darin befand sich ein vergilbtes Dokument. Auf die eine Seite war ein Pinienzweig gedruckt, der mit verschiedenen Siegeln bedeckt war, oben auf der Seite stand: LYCÉE DE JEUNES FILLES À BEAUNE. Ich las den Text darunter und übersetzte im Stillen die Worte:

Französische Republik
Zeugnis über den Abschluss der Sekundarstufe II
3. Juli 1940
Mademoiselle Hélène Marie Charpin

Ich schnappte nach Luft. »Hélène!«

Heathers Kopf tauchte über einem Stapel Kartons auf. »Alles in Ordnung?«, rief sie.

»Sieh nur! Lycée de jeunes filles«, stieß ich hervor. »H.M.C.« Ich wedelte mit der Mappe in der Luft. »Hélène Marie Charpin.«

»Moment! *Was* sagst du? Warte. Ich komme zu dir.« Heather bahnte sich einen Weg durch das Chaos und nahm mir das Dokument ab. *»Hélène Marie Charpin. Geboren am 12. September 1921 in Meursault.«* Sie strich mit dem Zeigefinger über die Wörter.

»Das muss das Mädchen auf dem Foto sein! Der Koffer hat ihr gehört. Aber …« Ich stutzte. »Wer war sie? Wenn sie mit Nachnamen Charpin hieß, wie ist sie dann mit uns verwandt?«

Heather holte geräuschvoll Luft. »Schau! Das Zeugnis

wurde im Juli 1940 ausgestellt. Das war kurz nach Beginn der Besatzung.«

»Könnte sie im Zweiten Weltkrieg gestorben sein? Haben wir deshalb nie etwas von ihr gehört?«

»Kann sein … vielleicht. Aber warum sollte sie verschwunden sein?«

»Hat Nico neulich nicht gesagt, dass Urgroßvater Edouard im Krieg gestorben ist? Vielleicht hängt das alles miteinander zusammen.«

Sie zuckte die Schultern. »Vielleicht …« Sie nestelte an dem Diplom herum und versuchte, es zurück in die Aktenhülle zu schieben.

»Nico hat gesagt, dass sein Vater es weiß, richtig? Ich wünschte, wir könnten ihn einfach fragen.« Doch als ich Onkel Philippe erwähnte, erinnerte ich mich gleich an einen lange zurückliegenden regnerischen Sommernachmittag. Wir waren noch klein, vielleicht sechs oder sieben, und Nico hatte sich in das Büro seines Vaters geschlichen, um sich eine Schere zu leihen. Als Kinder war uns der Zutritt verboten, und als sein Vater ihn erwischte, hatte er ihm kurzerhand den Hintern versohlt. Nico hatte die Strafe abgetan und behauptet, es habe nicht wirklich wehgetan. Doch den Anblick von Onkel Philippes Gesicht mit den vor Wut zusammengepressten Lippen, aus denen jegliche Farbe gewichen war, hatte ich nicht vergessen. »Aber ich glaube, er ist nicht sehr … zugänglich«, fügte ich hinzu.

Bevor Heather etwas erwidern konnte, flog die Kellertür auf, und Nico sprang die Stufen herunter.

»Nico, hallo! Du errätst nicht, was wir gefunden haben«, hob ich an, doch als ich sein Gesicht sah, verstummte ich. Seine Augen waren dunkel und geweitet, seine Haut gerötet, und er atmete stoßweise, als wäre er gerannt.

»Sie sind zurück«, sagte er zu seiner Frau, und sie zuckte wie von der Tarantel gestochen zusammen.

»Ich dachte, wir hätten noch eine Woche Zeit!«, rief sie.

Nico zuckte die Schultern. »Juan hat ihm die Laborergebnisse geschickt. Papa will keinen Tag länger warten.« Er holte tief Luft und verschränkte fest die Arme vor der Brust.

»Was ist los?«, fragte ich beunruhigt. »Stimmt was nicht?«

Nico und Heather tauschten einen Blick und wandten sich gleichzeitig zu mir um. »Nein, nein, keine Sorge. Es ist nichts«, sagte Nico. »Es ist nur … die *vendange*.« Er zwang sich zu lächeln. »Die Trauben sind reif zum Pflücken, deshalb fangen wir morgen mit der Lese an.«

»Aber ist alles in Ordnung?«, hakte ich nach. »Ihr wirkt so …«

»Ich muss in den Supermarkt«, unterbrach Heather mich. »Wie viele sind wir morgen zum Mittagessen? Achtzehn?«

»Rechne besser mit zwanzig«, sagte Nico.

Sie nickte und machte sich auf den Weg nach oben.

»Ich muss die Geräte rausstellen. Eimer, Gartenscheren …«, murmelte Nico und folgte ihr.

Sekunden später waren sie fort, ich blieb allein in dem dämmrigen Keller zurück. Meine Fragen hingen wie aufgewirbelter Staub in der Luft, setzten sich und blieben unbeantwortet.

12. September 1939

Cher journal,
ich frage mich, ob das auf Englisch auch so albern klingt, wie es mir auf Französisch vorkommt. *Liebes Tagebuch* … Schreiben Mädchen so etwas wirklich?

Ich bin mir nicht sicher, wie ich dieses Tagebuch beginnen soll. Am besten fange ich mit den Fakten an wie eine richtige Wissenschaftlerin. Ich heiße Hélène Charpin und bin heute achtzehn Jahre alt geworden. Ich wohne in Meursault, einem Dorf im Burgund, in der Region Côte d'Or. Papa sagt, dass unsere Familie hier schon Wein herstellt, seit der Duc de Bourgogne die ersten Chardonnay-Trauben an den Hängen gepflanzt hat, was mindestens fünfhundert Jahre her ist. Allerdings ist Papa dafür bekannt, bei solchen Geschichten gern etwas zu übertreiben, wenn er damit ein oder zwei Fässer mehr verkaufen kann. Erst vor wenigen Wochen hat er einem amerikanischen Importeur erzählt, Thomas Jefferson habe den Wein unserer Familie in die Vereinigten Staaten exportiert. »*C'est vrai!*«, sagte er. »Gouttes d'Or war Jeffersons Lieblingsweißburgunder.«

Ich weiß nicht, ob der Händler ihm geglaubt hat, aber er bestellte drei Fässer zusätzlich, und Papa zwinkerte mir zu. Nachdem der Mann in sein Auto gestiegen und zum nächsten Weingut davongebraust war, legte Papa mir einen Arm um die Schultern. »Léna, du bist mein Glücksbringer!«, rief er aus.

Das ist im letzten Monat gewesen, im August. Nachdem wir jetzt mit der Lese begonnen haben, lächelt Papa nicht mehr so oft. Es war ein jämmerlicher Sommer, aber ich glaube, bis zum Beginn der Erntearbeiten vor ein paar Tagen war keinem von uns bewusst, wie kalt und nass er tatsächlich gewesen ist. Die eine Hälfte der Trauben ist unreif, hart und grün, die andere von grauer Fäule vernichtet. Papa und die Männer, die uns bei der Lese helfen, haben die Trauben bis spät in die Nacht verzweifelt sortiert. Gestern Abend ist Albert in der *cuverie* eingeschlafen, und als ich ihn zurück ins Haus trug, war ich entsetzt, dass der Hof von einer Schneeschicht bedeckt war. Seit wann schneit es mitten im September?

Ich habe es Papa nicht gesagt – es kommt mir so makaber vor –, aber ich fürchte, die schlechte Ernte ist ein Omen. Seit Wochen sprechen alle nur noch von Frankreichs Kriegserklärung. Die Menschen sind nervös und warten darauf, dass etwas geschieht. Man hat uns aufgefordert, Gasmasken mit in die Schule zu nehmen, und ich scheue mich, das Radio einzuschalten. Papa scherzt, dass die angespannte Lage zumindest dem Weinverkauf zuträglich sei, aber wann immer er die Zeitung aufschlägt, wird sein Gesicht aschfahl. Wie sollte er sich auch keine Sorgen machen, nachdem er *La Grande Guerre* erlebt hat, der ihm seine beiden Brüder genommen und ihn zum Einzelkind gemacht hat? Zum Glück sind Benoît und Albert noch viel zu jung, um zu kämpfen.

Wegen der angespannten Stimmung dachte ich, dass niemand heute an meinen Geburtstag denken würde, aber das stimmte nicht. Als ich den Kaninchen vor dem

Abendessen Gemüseabfälle in die Käfige schob, kam Papa zu mir.

»*Joyeux anniversaire, ma choupinette.*« Er legte mir ein Satinsäckchen in die Hand. Darin lag eine Perlenkette. Die Perlen sind so klein und weiß wie Babyzähne. »Die hat deiner Maman gehört«, sagte er, was erklärt, weshalb Madame sie sich noch nicht unter den Nagel gerissen hatte, wie den ganzen anderen Familienschmuck.

Ich berührte die Perlen, und sie fühlten sich kühl und glatt an. »*Merci,* Papa.«

Als ich ihn auf die rauen Wangen küsste, bildeten sich Fältchen um seine Augen, und kurz hatte ich das Gefühl, dass er Maman ebenso sehr vermisste wie ich.

»Wenn du lächelst, siehst du aus wie sie«, sagte er, was mehr einem Wunsch als den Tatsachen entspricht. Die wenigen Fotos, die ich von Maman kenne, zeigen eine schlanke junge Frau mit hellen Locken – nicht mit krausem dunkelbraunem Haar so wie dem meinen – und mit einem glücklichen Strahlen in den Augen. (Madame sagt, dass meine Brille mein Gesicht mürrisch wirken lässt.) Maman ist seit über dreizehn Jahren tot – schon so lange, dass ich nicht sicher bin, ob die Erinnerungen, die ich an sie habe, meine eigenen sind oder Dinge, die mir andere Leute über sie erzählt haben. »Sie wäre sehr stolz auf dich.« Papa seufzte. »Genau wie deine *belle-mère* und ich es sind«, fügte er eilig hinzu.

Das ist dermaßen übertrieben, dass ich nur nickte, ein eingefrorenes Lächeln auf den Lippen. Seit Madame meinen Vater geheiratet hat, damals war ich elf, zählt sie die Tage bis zu meinem Auszug. Es würde mich nicht überraschen, wenn sie sie wie der Graf von Monte Christo im Kalender abstreicht. Ich jedenfalls tue es.

Vielleicht weil er meine Zurückhaltung spürte, fuhr Papa fort: »Ich weiß, sie kann etwas eigen sein, aber bitte sei nicht zu streng mit Virginie. Bennys Krankheit hat uns allen große Sorgen gemacht.« Er blickte hinunter auf seine Füße. Die schwache Gesundheit meines Halbbruders beeinflusst unsere Familie wie das Wetter die Weinberge. Nur Albert kann Madame besänftigen. Mit seinen drei Jahren ist er wie ein kleiner Braunbär – *un petit ours brun.* Er bringt die härtesten Herzen zum Schmelzen, sogar meines, das seiner pragmatischen, wissenschaftlich orientierten Halbschwester, die fünfzehn Jahre älter ist als er. Papa holte tief Luft. »Hélène.« Er sprach mich so selten mit meinem ganzen Namen an, dass ich ihn aufmerksam ansah. In der frühabendlichen Dämmerung wirkten seine Augen schwarz. »Ich habe beschlossen, dich deine Studien im nächsten Jahr fortsetzen zu lassen.«

Ich atmete hörbar aus. »Ich darf mich bewerben? In Sèvres?«

»Wenn du willst.«

»Weiß meine *belle-mère* davon?«

»Ich wollte es dir zuerst sagen.«

Keiner von uns sprach laut aus, was wir dachten: Sie wird sagen, dass anständige junge Damen nicht vor der Ehe von zu Hause ausziehen. Die École normale supérieure de jeunes filles, gegründet 1881, ist die angesehenste wissenschaftliche Universität für Frauen in Frankreich. Allerdings befindet sie sich in Sèvres, einem Vorort von Paris – und wenn man Madame über Paris sprechen hört, könnte man meinen, sie redet von

Gomorrha. Ich blickte auf meine Schuhe, hellgraue Stegsandalen, die Papa mir zu Beginn des Sommers gekauft hat, obwohl sie enorm teuer gewesen sind und Madame gesagt hat, ich bräuchte sie nicht.

»Ich rede mit ihr«, versprach er, und die Zuversicht in seiner Stimme beruhigte mich. Vielleicht wird Madame es für klug halten, in meine Bildung zu investieren, weil ich dadurch meine Sommersprossen und schlaksigen Beine ausgleichen könnte.

»Du wirst uns fehlen. Es wird leer im Haus sein ohne dich.« Um Papas Lippen spielte ein spöttisches Lächeln, doch seine Augen blieben ernst.

»Ich weiß ja noch nicht einmal, ob ich angenommen werde. Die Aufnahmekriterien sollen ziemlich anspruchsvoll sein.«

»Natürlich wirst du angenommen. Ich frage mich allerdings, ob du nicht mit der Immatrikulation warten solltest in Anbetracht der derzeitigen Lage.«

»Es ist doch noch gar nichts passiert«, widersprach ich. »Ich glaube, die bluffen nur. Ich wette, es gibt überhaupt keinen Krieg.« Natürlich hoffen wir das alle.

Einen Moment saßen wir nebeneinander und hörten den Kaninchen dabei zu, wie sie ihr Gemüse knabberten. Dann strich Papa seine Jacke glatt und sagte, er müsse sich wieder an die Arbeit machen. Er und die Erntehelfer würden bis nach Mitternacht Trauben pressen.

Die Begeisterung, die mein Vater für die Weinlese hegt, erstaunt mich. Ich sehe nur Sonnenbrände, zerschundene Hände und Kinder, die in den Reben arbeiten, obwohl sie eigentlich in der Schule sein sollten, dreckiges Arbeitsgerät und die Flecken, die für immer auf der Kleidung, die man bei der Ernte und Verarbeitung der Trauben trägt, zurückbleiben. Er hingegen sieht nur die Freude an der körperlichen Arbeit, das befriedigende Gefühl, einer Tradition zu folgen, den Stolz darauf, dass sich dasselbe Land seit Generationen in unserer Familie befindet. Und er hofft natürlich, dass Benny und Albert eines Tages in seine Fußstapfen treten.

Ich bin mir nicht sicher, ob es hier auf dem Weingut einen Platz für mich gibt. Und ob ich überhaupt einen haben möchte. Ich habe darüber nachgedacht, mir eine Stelle als Lehrerin in Dijon zu suchen, wenn ich meinen Abschluss gemacht habe, aber neuerdings überlege ich, ganz woandershin zu gehen, weiter weg – nach Paris, Berlin, Genf oder vielleicht sogar in die Vereinigten Staaten … Würde ich das wagen?

Eine Sache weiß ich genau. Seit Papa Madame geheiratet hat, ist das Gut nicht mehr mein Zuhause. Sollte ich nächstes Jahr einen Platz an der Universität bekommen, werde ich nie wieder hierher zurückkehren.

3. Kapitel

Über den Reben hing ein feiner Nebel, in dem die fernen Ortschaften verschwammen und die Farbe der Traubenblätter intensiver wirkte, sodass sie vor dem grauen Himmel leuchteten. Es war der dritte Morgen der *vendange,* und meine Ärmel waren feucht vom Tau, meine Hände kalt und nass. Wenn ich mich nach vorn beugte, schmerzte mein Rücken. Doch trotz der körperlichen Unannehmlichkeiten bezauberte mich die Schönheit dieses Morgens – die weiche, reine Luft, das Klacken der Baumscheren und das Knirschen der Schritte auf den Schotterwegen, die präzise angeordneten Reben, die die sanften Hügel überzogen. Um diese Uhrzeit, bevor die Sonne hell und kräftig vom Himmel schien, bestand die Landschaft aus Farbflecken. Die fetten Trauben des Pinot Noir waren Flecken in zartem Lila, die Chardonnay-Trauben leuchteten in einem hellen Meergrün, die breiten Blätter der Reben waren smaragdgrüne Kleckse, und die Erde wirkte rostrot.

»*Allez, tout le monde! Ça va?*« Nico stand neben der *cabotte.* »Ich habe ein *casse-croûte* mitgebracht«, fuhr er fort und hielt einen Weidenkorb hoch. »Beenden wir noch dieses Stück, dann können wir essen, bevor wir aufladen. *D'accord?*«

Zustimmendes Rufen, dann beugten wir uns wieder über unsere Arbeit. Die anderen, die erfahrener waren, arbeiteten sich in schnellem Tempo stetig voran, während ich hinterherhing. Schließlich war auch ich mit meiner Reihe fertig und leerte meinen Eimer in die Schubkarre. Die Erntehelfer begannen, Kisten voller Trauben auf den Pick-up zu laden, während Nico danebenstand und jede einzelne auf einem Klemmbrett notierte.

Ich nahm mir das letzte Sandwich aus dem Picknickkorb – ein Stück Baguette mit einer dicken Scheibe *pâté de campagne* und Cornichons –, setzte mich auf eine umgedrehte Kiste und biss in das Brot.

»*Du vin?*« Vor mir erschien ein halbwüchsiger Junge und bot mir ein Glas Wein an.

»*De l'eau?*«, fragte ich hoffnungsvoll. Nach der morgendlichen Schufterei brauchte ich Wasser gegen den Durst, keinen Wein.

»*J'sais pas.*« Er zuckte die Schultern.

Dann eben Wein.

Ich fand einen Plastikbecher, und er schenkte mir einen Schluck ein. Der Wein war jung, noch stark tanninhaltig, hatte jedoch die Farbe von Rubinen. Ich verschlang mein Sandwich und spülte es damit hinunter. Am Horizont ballten sich dicke Wolken zusammen.

Nico schob die letzte Kiste Trauben auf den Lieferwagen und kam zu mir. »Es gibt ein Gewitter«, sagte er und deutete mit dem Kopf auf den Himmel.

Wie aufs Stichwort durchbrach ein Donnern die ländliche Stille. Ich zog mir die Kapuze über den Kopf, um mich vor dem zu erwartenden Regen zu schützen. Doch das Geräusch wurde lauter, bis ich merkte, dass es kein Donner war, sondern ein Motor, der den Hang heraufröhrte. Nach einer gefühlten Ewigkeit tauchte schließlich ein Traktor auf und hielt neben dem Pick-up. Die Reifen gruben sich tief in die Erde. Die Tür ging auf, und Onkel Philippe schwang die langen Beine heraus. Er blickte sich um und registrierte die beladenen Kisten, die auf dem Lieferwagen gestapelt waren, den leeren Picknickkorb, die *vendangeurs*, die zusammenstanden und rauchten.

»Nicolas!«, rief er seinem Sohn zu, der rasch zu ihm ging.

Sie sprachen leise miteinander, wobei Onkel Philippe hin und wieder auf einen der Weinhänge in der Ferne zeigte. Nico nickte und machte sich Notizen auf einem Klemmbrett. Der Wind kam in Böen und fuhr raschelnd durch die Weinblätter. Ich blickte auf meine Laufschuhe und fragte mich, ob sie ein Gewitter wohl überleben würden.

»Kate.« Nico winkte mich zu sich heran, und ich ging zu den beiden Männern.

»*Bonjour*«, begrüßte ich meinen Onkel.

»*Bonjour*, Katreen«, sagte er und nickte mir zu. Seine Augen hinter der randlosen Brille wirkten undurchdringlich.

»Hör zu, Kate«, fuhr Nico fort. »Unser *stagiaire* ist heute Morgen nicht erschienen, und wir brauchen Hilfe in der *cuverie*. Kannst du Papa begleiten?« Er fragte das in lockerem Ton, doch … Bildete ich es mir nur ein, oder schüttelte er kaum merklich den Kopf?

»Also, ich, äh …«, stotterte ich und blickte verstohlen zu Onkel Philippe. Er kontrollierte stirnrunzelnd das Klemmbrett und wirkte derart kühl und zugeknöpft, dass es mich verunsicherte. Die Arbeit im Weinkeller würde mir einen intimen Einblick in den Prozess der

Weinherstellung bieten. Und war ich nicht deshalb hergekommen? »*Bien sûr*«, antwortete ich. »Natürlich.«

»*D'accord*«, sagte Nico, wirkte jedoch nervös. »Dann fährst du jetzt mit Papa zurück zum Weingut, und ich nehme den Traktor, um zum nächsten Abschnitt vorzurücken.«

Er wandte sich ab, um das Team zusammenzutreiben, doch bevor er ging, warf er mir noch einen aufmunternden Blick zu. Oder wirkte er ängstlich? Ich wusste es nicht.

Onkel Philippe und ich stiegen in den Lieferwagen. Verzweifelt suchte ich nach einem unverfänglichen Gesprächsthema – irgendetwas, um das bedrückende Schweigen im Wagen zu brechen. Ich konnte mich nicht erinnern, wann ich das letzte Mal allein mit meinem Onkel gewesen war. War ich überhaupt jemals mit ihm allein gewesen?

Ein greller Blitz erhellte den Himmel, gefolgt von ohrenbetäubendem Donnern. Ich schnappte nach Luft und griff unwillkürlich nach dem Arm meines Onkels. Überrascht sah er mich an.

»Tut mir leid«, krächzte ich, räusperte mich und nahm meine Hand von seinem Arm. »Ich war nur überrascht. Diese Art von Gewitter gibt es in Kalifornien nicht.«

Er lächelte spöttisch. »Sie haben doch nicht etwa Angst?«

»Nein … Nein, natürlich nicht«, stammelte ich mit verschränkten Armen. Durch die Windschutzscheibe sah ich, wie die anderen *vendangeurs* Schutz suchend zusammenliefen.

»Das will ich doch hoffen.«

Er drehte den Schlüssel im Zündschloss. Doch schon

bevor er den Motor starten konnte, prasselte der Regen in dicken schweren Tropfen auf die Windschutzscheibe und verwandelte sich schnell in Hagel.

Es war nur ein Sommergewitter. Dennoch lief mir ein Schauder den Rücken hinunter.

Den Großteil des Jahres lagen die drei mächtigen Weinpressen der Domaine Charpin – riesige altmodische Geräte, die aus massiven, von Metallringen eingefassten Holzfässern bestanden – schlafend unter Schutzhüllen zwischen anderen landwirtschaftlichen Geräten. Während der *vendanges* erwachten sie zum Leben. Breite Eisenscheiben pressten mit enormer Kraft den Saft aus Bergen von Weintrauben und ließen ihn in unterirdische Fässer strömen. Die Geburt des Weines, dachte ich, als ich neben dem fließenden Traubensaft in die Hocke ging, um mir ein Glas abzufüllen. Der frische Most hatte einen herben, unreifen Geschmack, der im Laufe des Gärungsprozesses gefälliger wurde. Doch selbst jetzt, ganz pur, schmeckte ich die ausgewogenen Anteile von Säure, Zucker und Tanninen, die einen bemerkenswerten Jahrgang verhießen.

Onkel Philippe wechselte zwischen den *pressoirs* und der *cuverie* und überwachte alles mit kritischem Blick. Am späten Vormittag bereute ich es ein wenig, dass ich mich bereit erklärt hatte, ihm zu helfen. Seine schmale Gestalt, die sich entschlossenen Schrittes von Aufgabe zu Aufgabe bewegte, lud nicht dazu ein, ihm Fragen zu stellen.

Meine Mutter und ihr Bruder waren hier auf dem Gut aufgewachsen, doch während sie Frankreich verlassen hatte, um im Ausland zu studieren, hatte Onkel Philippe sein ganzes Leben am selben Ort verbracht. Jetzt, mit Mitte fünfzig, dachte er noch lange nicht daran, sich zur Ruhe zu setzen. Meine Tante Jeanne und er lebten außerhalb des Ortes in dem Haus, in dem sie aufgewachsen war. Sie züchteten ihr eigenes Gemüse und hielten Hühner und ein Schwein. Ihre Sparsamkeit zeigte sich auch auf dem Weingut – die Geräte waren abgenutzt, das Gut ziemlich heruntergekommen. Vermutlich war das ein Anlass für Spannungen zwischen den Generationen.

»Darf ich Sie bitten, die *cuves* zu reinigen?«

Onkel Philippe tippte mir auf die Schulter und zeigte auf eine Reihe gewaltiger zylindrischer Fässer. Er sprach ein sehr kultiviertes Französisch und siezte sogar seine Schwiegertochter. Man hatte immer von mir verlangt, dass auch ich ihn siezte – schon als ich ein kleines Mädchen war, das nur gebrochen Französisch sprach und mit der Konjugation der Verben kämpfte. Irgendwann hatte ich aufgegeben und begonnen, Englisch mit ihm zu sprechen (wenn ich überhaupt mit ihm gesprochen hatte).

»Natürlich.«

Ich folgte ihm in die *cuverie*. Er schob seinen Oberkörper in einen der gewaltigen Stahlbehälter und hielt mit sicherer Hand einen Schlauch, aus dem ein kräftiger Wasserstrahl schoss. Als er fertig war, funkelte Feuchtigkeit in seinem weißen Haar. Ich folgte seinem Beispiel und steckte Kopf und Oberkörper in die große schmale *cuve*. Im Inneren war es dunkel und höhlenartig, hin und wieder hörte man den Hall eines herabfallenden Wassertropfens. Ich hob den Schlauch, um Seiten und Decke abzuspritzen, und wurde gleich von dem heftigen Wasserstrahl zurückgeworfen.

»Es erfordert ein bisschen Übung, bis man den Bogen

raushat«, sagte Onkel Philippe und ließ mich mit einer Reihe zu reinigender Tanks allein. Als die Traubenpressen zur Mittagspause verstummten, war ich völlig geschafft. Ich hoffte, in der Pause neben Heather sitzen zu können – ich konnte es kaum erwarten, Onkel Philippes scharfen Blicken eine Weile zu entkommen –, doch ehe ich den Hof überqueren konnte, rief mein Onkel nach mir. »Bitte setzen Sie sich beim Essen neben mich«, wies er mich an.

Innerlich stöhnte ich auf, schaffte es jedoch, eine freundliche Miene aufzusetzen. *»D'accord«*, stimmte ich zu.

In der Küche schrubbte ich mir die Hände.

»Wie läuft's? Kannst du ein bisschen Brot schneiden?« Heather bückte sich mit vom Kochen gerötetem Gesicht, um einen gusseisernen Bräter aus dem Backofen zu ziehen.

»Onkel Philippe hat mich gebeten, mich beim Essen neben ihn zu setzen«, sagte ich leise. »Das kann ich wohl nicht ablehnen, oder?«

Sie verzog das Gesicht. »Wahrscheinlich nicht. Tut mir leid. Ich versuche, mich an dein Ende des Tisches zu setzen.«

Als ich ihr geholfen hatte, die Weinflaschen und Wasserkrüge auf dem Tisch zu verteilen, Brotkörbe, Butterdosen, Gläser mit Senf und Cornichons sowie die Platten und Kasserollen mit selbst gemachter *pâté de campagne* gab es nur noch einen Platz für mich – den neben meinem Onkel. Mir gegenüber saß Nico, um den Rest des Tisches verteilten sich die Angestellten des Gutes.

»Erzählen Sie mir«, sagte Onkel Philippe und schenkte mir Wein ein. »Wie geht es meiner Schwester?«

»Gut.« Ich nestelte an der Serviette auf meinem Schoß herum.

»Ist sie noch in Singapur? Ich komme nie ganz mit, was ihr Leben betrifft.«

Meine Mutter lebte seit über fünfzehn Jahren in Asien. »Ja«, erwiderte ich schlicht. »Sie ist sehr beschäftigt.« Zumindest kam es mir immer so vor.

Das Problem war nicht, dass wir uns nicht verstanden, sondern eher, dass sie sich nicht für mich interessierte – ihre Karriere als Investmentbankerin und die Wohltätigkeitsstiftung ihres zweiten Ehemannes ließen ihr wenig Zeit für anderes.

Das schien Onkel Philippe zu genügen. *»Du saucisson sec?«* Er spießte eine dünne Scheibe Salami auf und legte sie mir auf den Teller. »Sie sind doch nicht etwa Vegetarierin?«

Die anderen hielten im Essen inne. Auf den Gabeln eine ordentliche Portion Sülze, die Messer voller Senf, richteten sie die Blicke auf mich.

»Non, non«, versicherte ich ihm. »Keineswegs.«

»Bei Amerikanern weiß man ja nie«, sagte er. »Im letzten Jahr hatten wir eine Frau hier, die hat sogar nur Gemüse gegessen – noch nicht einmal Eier oder Käse! Wie nennt man das noch?«

»Oh, eine Veganerin.« Ich schmunzelte.

»C'est ça. Une végétalienne. Kannst du dir das vorstellen?«

»Nur Gemüse hat sie gegessen«, bestätigte Nico und schnitt eine wabbelige Scheibe Sülze ab. »Verrückt! *C'est dingue!*« Ungläubig schüttelte er den Kopf.

»Im Grunde«, ich ließ Messer und Gabel über dem Rand meines Tellers schweben, »ist es supergesund, sich rein pflanzlich zu ernähren – und gut für die Umwelt ist es obendrein.«

Alle starrten mich an, als hätte ich einen Bibelvers zitiert.

»*Les Américains* sind so kreative Köpfe. Ich bewundere das«, sagte Onkel Philippe schließlich. »Ich vermute, das ist der Ausgleich dafür, dass es ihrem Land an jeglicher Kultur mangelt. Mir persönlich ist Europa lieber. Nicht nur Frankreich – obwohl ich Frankreich natürlich vorziehe –, aber Italien, Spanien, Österreich. Sogar die kleinsten Orte haben jede Menge Charme.«

»Aber in Amerika gibt es so viel Platz, Papa.« Nico machte eine ausladende Handbewegung. »Weite Himmel, offene Straßen. Chancen.«

»Zu viele Chancen, wenn du mich fragst«, schnaubte sein Vater. »Die Amerikaner versuchen immer, die Dinge zu verändern. Alles zu verbessern.«

»Ist das denn falsch?«, fragte ich beiläufig.

»Nein, natürlich nicht. Aber hier in Frankreich schätzen wir die Tradition. Ich mache Wein auf genau dieselbe Weise wie mein Vater, und der hat es genauso gemacht wie sein Vater. Ja, vielleicht haben wir hier und da einige technische Fortschritte gemacht, aber abgesehen davon hat sich das Gut seit Generationen nicht verändert. Wir brauchen kein *Marketing*«, er stieß das Wort mit starkem französischem Akzent hervor, »oder *Design* oder eine *Website*.« Er schüttelte sich ein bisschen.

»Aber warum denn nicht?«, erwiderte ich, ohne nachzudenken. »Warum nicht eine Webseite einrichten, damit mehr Leute von eurem Wein erfahren? Warum nicht die Labels überarbeiten, um sie für die Kunden attraktiver zu machen? Oder den Honig zum Verkauf anbieten, den ihr aus den Bienenstöcken in den Weinbergen gewinnt? Oder sogar ein Bed and Breakfast hier auf dem Gut betreiben? Ich kenne so viele Amerikaner, die es toll fänden, auf einem Weingut im Burgund zu übernachten.«

Ich sah das Gut vor mir – frisch gestrichen mit restaurierten Zimmern, die wieder im alten Glanz erstrahlten, den Hof gepflegt und voller Blumen …

Über den Tisch hinweg starrte Nico mich mit gequälter Miene an. Ich begriff, dass ich eine Grenze überschritten hatte.

Mein Onkel stieß einen tiefen Seufzer aus. »*Mais non*, Katreen. Verstehen Sie denn nicht? Das ist es, was ich Ihnen zu erklären versuche.« Mit machohafter Herablassung streckte er die Brust heraus. »Wir machen das hier nicht für die Touristen. Es geht uns darum, dass das Weingut genau so, wie es jetzt ist, von der nächsten Generation weitergeführt werden kann. Vielleicht begreifen Sie das nicht, weil Ihre Mutter sich von diesem Leben abgewandt hat. Doch *meine* Aufgabe ist es, das hier eines Tages meinen Enkeln zu überlassen – dieses Land, dieses *patrimoine*.«

»Natürlich zusammen mit *saucisson sec*.« Nico hatte sich wieder gefasst und zwinkerte mir zu. »Schwein ist auch unser *patrimoine*.« Alle brachen in Lachen aus, auch sein Vater.

Heather begann, die Reste des ersten Ganges abzuräumen, und ich stand auf, um ihr zu helfen, die fettigen Teller in die Küche zu tragen. Als ich hereinkam, füllte sie gerade den *pot-au-feu* in eine Schüssel und arrangierte mit angespannter Miene Scheiben von geschmortem Rindfleisch und Markknochen auf einer Platte.

»Er ist ein alter Bock, stimmt's?«, bemerkte sie beiläufig.

»Stur.« Ich öffnete die Spülmaschine und räumte die Teller ein.

»Weißt du, als wir hier eingezogen sind, hatte ich jede Menge Ideen, was man aus dem Gut machen könnte. Wir wollten sogar …« Ein Stück Fleisch fiel von der Platte, und sie beugte sich hinunter, um es vom Boden aufzuheben.

»Was?«, drängte ich. »Was wolltet ihr machen?«

»Ach. Alle möglichen albernen Dinge. Wie den Keller aufräumen. Du hast doch niemandem davon erzählt, oder?«

»Nein.«

»Gut. Das behalten wir auch besser für uns.«

Ich sah sie verwirrt an, doch sie war ganz darauf konzentriert, Pellkartoffeln auf eine Platte zu häufen.

»Ja, mein *beau-père* hat all meine Ideen zunichtegemacht«, fuhr sie fort. »Er wollte nicht mehr Personal einstellen, wollte nicht, dass Nico damit überlastet wird, obwohl das Gegenteil der Fall wäre. Und dann war ich mit Thibault schwanger, und seitdem bin ich ständig erschöpft.« Kurz zeigte sie ein pragmatisches Lächeln, doch dann seufzte sie kaum hörbar.

»Es könnte hier«, ich strich mit der Hand über das zerkratzte Holz des Kaminsimses, »so wunderschön sein.«

»Ich weiß. Es hat viel Potenzial, stimmt's?«

»Sieht er das denn nicht? Dieses Gut ist eine Goldgrube.«

»Manchmal frage ich mich …« Sie nahm eine Prise grobes graues Salz aus einer Schale und streute es über das Fleisch. »Ich frage mich, ob irgendetwas passiert ist.

Vor langer Zeit. Papi ist so reserviert, so abweisend, dass wir ständig die Köpfe einziehen und immer bemüht sind, nicht aufzufallen. Andererseits«, sie blickte lachend auf, »ist er wohl nur unglaublich *französisch.*«

Ich dachte an meine Mutter, die ihre Gefühle auch niemals zeigte. »Bloß niemanden hinter die Fassade blicken lassen.«

»Genau.« Sie nahm eine Platte mit Fleisch. »Nimmst du die andere?«, fragte sie und ging hinaus, ohne meine Antwort abzuwarten.

Noch einmal sah ich mich in der Küche um. Ich hatte die Idee mit dem Bed and Breakfast spontan geäußert, ohne über die dafür notwendigen Renovierungsarbeiten nachzudenken, aber so viel wäre gar nicht zu tun – eine frische Schicht Farbe auf den Wänden, die Böden lackieren, ein paar neue Bäder … Okay, es gäbe schon einiges zu tun. Ich stellte mir vor, wie die Fensterläden kobaltblau gestrichen aussehen würden, die Fensterrahmen in glänzendem Weiß. In der Küche eine Frühstücksecke mit einem langen Tisch, an dem acht Personen Platz hätten. *Petit-déjeuner,* einfach, aber köstlich: frischer Kaffee, Eier, Croissants, Honig aus den Weinbergen.

Ein paar Tage zuvor hatte ich Heather abends im Wohnzimmer vorgefunden, wo sie mit einer Strickanleitung und einem Wirrwarr aus Garn beschäftigt gewesen war. Nico hatte neben ihr gesessen und über einem Sudoku gegrübelt. War es so, wenn man Hobbys hatte? Meine letzte Schicht im Courgette lag noch nicht einmal einen Monat zurück, aber ich vermisste das Restaurant schon mehr als meinen letzten Freund. Mir fehlten die Kollegen und die Routine. Mit fehlten die Beziehungen, die ich während der Arbeit geknüpft hatte, die Gespräche mit den Gästen, den Herstellern und Lieferanten. Mir fehlte der trockene Sherry, an dem ich nach einem langen Arbeitstag und einer Nacht des intensiven Lernens nippte, wenn ich schließlich die Bücher fortlegte, Musik einschaltete und von meiner unglaublichen Selbstdisziplin überwältigt war.

Während der wenigen Wochen im Burgund hatte ich über Frankreich, Amerika und über die unterschiedlichen Einstellungen zur Arbeit und zum Leben nachgedacht. Das äußerst gemächliche Tempo hier in Frankreich gefiel mir einerseits, dann frustrierte es mich wieder. Viele Geschäfte machten eine zweistündige Mittagspause, der Sonntag war der Familie vorbehalten und wurde nicht zum Einkaufen genutzt. Und im Sommer waren mehrere Wochen für den Urlaub reserviert. Die meisten Franzosen, die ich kannte, pflegten mehrere Hobbys, hielten Hühner, züchteten Gemüse, belegten Foto- und Tanzkurse oder spielten in Amateurmannschaften Fußball. Sogar Onkel Philippe ging seinem Interesse für Geschichte nach und begab sich einmal im Jahr auf eine Pilgerreise zu diversen römischen Amphitheatern.

Man wurde zum Vergnügen ermuntert, Ehrgeiz wurde als ungehörig verschrien. Harte Arbeit musste im Geheimen geschehen. Hatte man Erfolg, musste es so wirken, als hätte er sich mühelos eingestellt, quasi durch Zufall. Meine Mutter sagte, das habe sie an Frankreich am meisten gestört – und es sei der Grund, warum sie das Land verlassen hätte.

In den letzten Wochen hatte ich Nicos und Heathers Hingabe füreinander, für die Kinder und für ihre Hobbys bewundert. Ich dachte, sie wären glücklich mit ihrem Leben. Zufrieden, ihre Kinder großzuziehen und für das Gut zu sorgen, bis sie es der nächsten Generation übergaben. Doch nach meinem Gespräch mit Heather fragte ich mich, ob ihre Hingabe nicht ein Ersatz für ihre nicht gelebten Träume war. Sehnten die beiden sich auch nach mehr?

15. Dezember 1939

Cher journal,
heute war der letzte Schultag vor den Weihnachtsferien, deshalb haben die Lehrer in den letzten zehn Minuten des Unterrichts den Schülern ihre Noten mitgeteilt. In Geschichte war ich besser als erwartet, in Englisch schlechter als erhofft. Doch in Chemie habe ich zitternd vor Aufregung auf meinem Stuhl gesessen. Als Madame Grenoble begann, die Namen von der schlechtesten bis zur besten Schülerin vorzulesen, hielt ich den Atem an.

Madame G. hat die Situation ganz offensichtlich genossen. Jedes Mal, wenn sie einen Namen vorlas, wartete sie und nahm zunächst Blickkontakt zu der betreffenden Schülerin auf. Bei Odette Lefebvre schüttelte sie enttäuscht den Kopf, womit ich insgeheim einverstanden war – die dumme Gans hätte mehr Zeit mit dem Auswendiglernen des Periodensystems verbringen sollen als damit, sich nach Paul Moreau zu verzehren.

»*Numéro trois …*« Madame G. hielt inne und genoss unsere gespannte Aufmerksamkeit. Um nicht vor Aufregung an den Nägeln zu kauen, krallte ich die Hände ineinander. »Leroy.«

Ich sah, wie Madeleine Leroys Schultern enttäuscht nach unten sackten. Die arme Madeleine. Sie bemühte sich sehr, doch irgendwie erfasste sie nie den Kern der Dinge.

»*Numéro deux …*« Madame G.s Blick fiel auf mich, und ich drückte die Hände so fest zusammen, dass die Gelenke knackten. Doch dann sagte sie: »Reinach.«

Anschließend konnte ich nichts mehr verstehen, so laut rauschte das Blut in meinen Ohren. Denn wenn Rose die Zweitbeste war, konnte das nur eines bedeuten: Ich war die Beste. Ich! Mir war schwindelig vor Freude und Erleichterung.

Nach der Stunde kam Rose an meinen Tisch und gratulierte mir: »*Félicitations*, Hélène.« Ich packte gerade mit noch leicht zittrigen Händen meine Bücher in den Ranzen.

»Ich hatte nur Glück«, sagte ich mit bescheidenem Lächeln.

Rose kniff kaum merklich die dunklen Augen zusammen und zuckte nonchalant mit den Schultern. »Halb so wild«, sagte sie. »Beim nächsten Mal krieg ich dich.«

»Warten wir es ab«, erwiderte ich süßlich mit zusammengebissenen Zähnen.

Warum musste sie mir den Moment kaputtmachen? Warum musste sie mich daran erinnern, dass sie wie ein listiger Fuchs immer da war, immer direkt neben mir? Seit der Grundschule wetteifern wir um dieselben Prämierungen und haben sie beinahe zu gleichen Teilen zwischen uns aufgeteilt. Doch jetzt konkurrieren wir um die wichtigste Prämie überhaupt: einen Platz in Sèvres. Unser *lycée* hat noch nie ein Mädchen auf die Universität geschickt, geschweige denn zwei aus einer Klasse. Madame Grenoble versichert mir, dass wir beide eine Chance haben, aber im Grunde weiß ich, dass nur eine von uns eine Zulassung bekommen wird.

Es kommt mir so ungerecht vor, dass es Rose sein könnte. Sie hat wunderhübsche Kleider und liebevolle Eltern – sie könnte den Rest ihres Lebens glücklich in Beaune bei ihrer Familie verbringen! Ich hingegen trage eine Brille, bin schrecklich groß und habe eine Stiefmutter, die mich in knallbunte, aus Baumwollresten zusammengeflickte Sachen steckt. Wie soll ich ohne diesen Platz in Sèvres jemals von hier fortkommen?

Rose darf mir die Chance nicht verbauen. Ich muss den Platz einfach bekommen. Unbedingt.

Cher journal, ich bin fest entschlossen, ihn zu bekommen.

4. Kapitel

Ich erwachte im Morgengrauen vom gleichmäßigen Pumpen und Brummen der Traubenpresse, das durch die *cuverie* und über den Hof bis in die entlegensten Winkel des Hauses drang. Als ich mich angezogen, einen gebutterten Toast heruntergeschlungen und einen Becher Tee getrunken hatte, war die erste morgendliche Fuhre Trauben bereits zerquetscht.

Es war der dreizehnte Tag der *cueillette*, wie man die Lese in Frankreich nannte. Oder war es der vierzehnte? Die nebligen Vormittage, feuchten Nachmittage und Abende, die von vollkommener Erschöpfung geprägt waren, verschwammen. Inzwischen hatte ich gelernt, mich in Schichten zu kleiden und den wasserfesten Mantel und die Fleecejacke auszuziehen, sobald die Sonne die Wolken aufgelöst hatte. Ich nahm mir eine eigene Wasserflasche mit aufs Feld, da alle anderen ihren Durst mit Wein stillten. Ich wusste nun, dass die klebrigen schwarzen Flecken an meinen Fingernägeln Gerbstoffe aus den Trauben waren, die sich auch mit noch so viel Schrubben nicht entfernen ließen. Und ich hatte gemerkt, dass meine Gedanken während der harten Arbeit, so anstrengend sie auch sein mochte, zu Ereignissen wanderten, die ich zu vergessen gehofft hatte.

Alles erinnerte mich an meinen letzten Aufenthalt in Frankreich. Der Geruch von Waschmittel. Der Jingle, der im Radio den Wetterbericht ankündigte. Das Toilettenpapier in leuchtendem Rosa. Sogar die Form der Plastikbecher erinnerte mich an Picknicks auf dem Champ de Mars, wo wir unter dem Eiffelturm eine Decke ausgebreitet und uns ganz der süßen Existenzangst hingegeben hatten, auf die alle Franzosen ein Anrecht haben.

Es war vor allem die Erinnerung an einen ganz bestimmten Tag, die mich nicht losließ. An einen herrlichen Frühlingstag im April, an dem Paris in der wohligen Wärme der Sonne aufblühte. Ein mittägliches Picknick mit Baguette und fettem Käse. Weißwein, der nach Stachelbeeren und Flusssteinen schmeckte. Die Beine lang im Gras ausgestreckt, mein Kopf an Jean-Lucs Brust. Als er sprach, stockte er kaum merklich. »Ich habe mir überlegt«, sagte er, »dass ich nächstes Jahr nach Kalifornien kommen könnte. Für ein Praktikum im Napa Valley. Das ist doch nicht weit von Berkeley, *n'est-ce pas?*«

»Im Ernst?« Ich stützte mich auf die Ellbogen. »Das willst du tun?«

Wir hatten eigentlich nie über die Zukunft gesprochen. Auch wenn ich allein war, vermied ich es, daran zu denken, dass ich Ende des Sommers nach Kalifornien zurückkehren würde. Mir blieben noch über vier Monate – genügend Zeit, um meine Rückkehr vorerst zu verdrängen.

»*Oui*, sehr gern, Kat.« Er sprach leise, doch was er sagte, durchfuhr mich wie ein Stromschlag. »*Je t'aime.*«

Ohne Vorwarnung stiegen mir Tränen in die Augen, doch die Worte gingen mir mühelos über die Lippen. Das, was ich antwortete, war so natürlich wie zu atmen.

»*Je t'aime, aussi.*«

»Und überhaupt«, er grinste, »ich glaube, wir könnten jede Menge vom kalifornischen Wein lernen.«

»Wow, wenn du *das* sagst, muss es wirklich Liebe sein.« Ich beugte mich vor und küsste seine kratzige Wange.

Später sollte ich mir niemals vergeben, dass ich die Nacht nicht mit ihm verbracht hatte. Dass ich ihn zum Abschied küsste, als es dunkel wurde und nach Hause ging, um für eine Kunstgeschichtsprüfung am nächsten Morgen zu lernen. Denn so war ich nicht bei ihm, als ihn mitten in der Nacht der Anruf erreichte. Am nächsten Tag traf ich ihn an unserem üblichen Platz im Jardin du Luxembourg. Zusammengekauert saß er in einem Metallstuhl, die Arme um die schmale Gestalt geschlungen, das Gesicht aschfahl vor den leuchtenden Blumenbeeten hinter ihm.

»Was ist passiert?« Ich hielt eine Tüte mit Sandwiches in der Hand.

»*Mon père*«, flüsterte er. Er hatte ganz plötzlich einen tödlichen Herzinfarkt erlitten. Jean-Luc weinte erst, als ich ihn umarmte, und selbst dann weinte er geräuschlos, zurückhaltend, als wollte er kein Aufsehen im Park erregen. Am Nachmittag werde er mit dem Zug zu seiner Mutter und seiner Schwester nach Hause fahren, erklärte er. »Kommst du nach? Zur …«, er schluckte, »… Beerdigung?«

»Mein Gott, ja, Jean-Luc, natürlich.«

»Ich rufe dich an, wenn ich Genaueres weiß. Aber wenn ich dich nicht erreiche, frag Nico. Er weiß Bescheid und wird dir helfen.«

Ich legte die Arme um ihn. »Ich werde da sein«, sagte ich. »Versprochen.«

Ende der Woche fuhren Heather und ich mit Nico in einem klapprigen Citroën, der bei hoher Geschwindigkeit auf der *autoroute* bebte, nach Meursault. Wenn ich anschließend an jenen Tag zurückdachte, erinnerte ich mich nur an einzelne Details deutlich. An den Duft der Lilien, der in der kühlen Luft der Dorfkirche hing. Den schlichten Kranz aus einheimischen Rosen auf dem Sarg. Das laute Knarren der Holzbänke, als die Gemeinde zum Beten niederkniete. Die Tapferkeit von Jean-Lucs Mutter, die perfekt gekleidet und frisiert war, Perlen trug, Parfum und Lippenstift aufgelegt hatte. Einzig die beschlagenen Gläser ihrer Brille verrieten ihre Trauer. An das Gefühl, als Jean-Lucs Schwester Stéphanie mir die Hand reichte – eine flüchtige Berührung zitternder Fingerspitzen. An Jean-Lucs zusammengepresste Lippen, als er die Trauerrede hielt, an seine Augen, die von zurückgehaltenen Tränen glänzten. An die herzlose Schönheit des Tages – klarer blauer Himmel und Sonnenschein –, die sich im glänzenden Holz des Sarges spiegelte, als dieser in die Erde gelassen wurde.

Nach der Beisetzung folgten wir der Trauergemeinde zum Haus von Jean-Lucs Familie. Er stand im Garten inmitten von Männern mit verwitterten Gesichtern und schwieligen Händen. So, wie sie auf die fernen Weinberge blickten – mit der Sorge von Landbesitzern –, nahm ich an, dass es Winzer waren von benachbarten Gütern. Jean-Luc hatte die Arme verschränkt und lauschte mit gesenktem Kopf ihren Ratschlägen, ohne dass seine Miene angespannt gewirkt hätte, wie ich es manchmal in Paris bei ihm bemerkt hatte. Hier, inmitten der Reben, war er zu Hause.

Nachdem Nachbarn und Verwandte gegangen waren, nachdem Jean-Lucs Tante und Onkel seine Mutter und die Schwester für ein paar Nächte mit zu sich nach Charolles genommen hatten und Heather und Nico mit uns das übrig gebliebene Essen und die Stühle weggeräumt und uns zum Abschied umarmt hatten, ehe sie zurück nach Paris fuhren, lief Jean-Luc die Kellertreppe hinunter. Kurz darauf kehrte er mit einer Flasche in den Händen zurück.

»Der erste Jahrgang meines Vaters«, sagte er, säuberte die Flasche und entkorkte sie. »Die trinken wir heute Abend auf sein Wohl.« Er brachte ein kleines Lächeln zustande.

»Auf deinen Vater«, sagte ich und bewunderte den intensiven Goldton des Weines, der die Sonne eingefangen zu haben schien.

»Papa hat jedes Frühjahr einen *millésime* geöffnet, wenn die Reben langsam erwachten. Er sagte, das sei ein Opfer.« Er stieß mit seinem Glas gegen meines. »Auf ein gutes Jahr. Mein erstes Jahr als … Winzer.«

Mir stockte der Atem. »Du … du übernimmst das Gut?«

Noch während ich die Frage aussprach, begriff ich. Natürlich übernahm er das Gut. Er war der einzige Sohn, und seine Schwester konnte es kaum erwarten, aus der Provinz fortzukommen. Er hatte sich das ganze Leben lang auf die Rolle des *vigneron* vorbereitet.

In der dämmrigen Küche wirkte sein Gesicht abgespannt, seine Miene war schwer zu deuten. »Wir haben überlegt, einen *viticulteur* einzustellen, der sich um die Reben kümmert«, sagte er, »oder unsere Ernte an einen *négociant* zu verkaufen. Aber am Ende … Nun ja, das wäre Papa nicht recht gewesen. Ich hielt es für die beste Lösung, und Maman hat mir schließlich zugestimmt.«

Ich versuchte, mir nicht anmerken zu lassen, wie fassungslos ich war. Er war erst zweiundzwanzig, nur ein Jahr älter als ich. Wie wollte er ein Weingut führen, Verträge aushandeln, mit Exporteuren feilschen?

Jean-Luc presste die Lippen aufeinander. Seine angespannte Miene ließ die Falten erahnen, die sein Gesicht vermutlich eines Tages durchziehen würden. In seinen Augen lag jedoch eine bezwingende Zuversicht. »Das Wichtigste ist, dass das terroir in der Familie bleibt. Kat …« Er setzte das Glas ab und nahm meine Hand. »Ich weiß, dass wir darüber gesprochen haben, dass ich nach Kalifornien komme, aber … ich kann nicht. Nicht nächstes Jahr … und wahrscheinlich sehr lange nicht. Und …« Er verstummte. Ich verschränkte die Arme und wappnete mich. Ich wollte nicht weinen. Ich wusste, was als Nächstes kam. Obwohl Jean-Luc überaus einfühlsam war, hatte ich das Gefühl, als würde mein Herz herausgerissen und auf den gefliesten Boden des Wohnzimmers geschleudert. »Das ist …« Er nahm wieder sein Glas, doch seine Hände zitterten dermaßen, dass der Wein über den Rand zu schwappen drohte. »So hatte ich mir das nicht vorgestellt.«

»Schon okay, Jean-Luc. Ich meine, natürlich ist es nicht ganz okay …« Ich schluckte mühsam, um meine Stimme normal klingen zu lassen. »Aber …«

»Kat, *mon amour*«, unterbrach er mich und nahm meine Hände in seine. »*Veux-tu m'épouser?*«

Ich schnappte nach Luft. »Dich heiraten?«

Ich spürte, wie mein Herz hämmerte. »Ist …« Ist das dein Ernst? Wir sind doch viel zu jung, wollte ich sagen.

Doch der Ausdruck auf seinem Gesicht ließ mich die Worte hinunterschlucken.

»Ich weiß, ich weiß … Du denkst, wir wären zu jung. Aber in den letzten Tagen habe ich andauernd darüber nachgedacht. Ich möchte den Rest meines Lebens mit dir verbringen. Ich möchte eine Familie mit dir haben. Mit dir zusammen alt werden. Wenn ich daran denke, dieses Weingut weiterzuführen, kann ich mir nicht vorstellen, es ohne dich zu tun.«

Ich schloss die Augen und überlegte, was ich sagen sollte. Etwas wie: *Das ist verrückt. Du stehst noch unter Schock. Lass uns die Dinge langsam angehen. Wir kriegen das schon hin.* Doch als ich die Augen wieder öffnete, sah ich Jean-Luc. Die langen Beine steckten in glänzenden Schuhen, und sein Mund wirkte ungewöhnlich verletzlich. Die Lippen bebten, als würde er lächeln und zugleich mit den Tränen kämpfen. Zärtlichkeit erfasste mich. Ich möchte mich um ihn kümmern, dachte ich. Und ich will, dass er sich um mich kümmert. Noch nie zuvor hatte ich so empfunden, noch nie wollte ich jemanden glücklich machen und von ganzem Herzen darauf vertrauen, dass er dasselbe für mich tat.

»*Oui*«, flüsterte ich.

Einige Tage später erzählten wir es seiner Mutter und seiner Schwester: »Kat macht mich unfassbar glücklich«, sagte Jean-Luc und legte den Arm um meine Schultern.

Wenn seine Mutter irgendwelche Vorbehalte hatte, behielt sie diese für sich. Sie küsste mich auf beide Wangen und zeigte mir ihr Hochzeitsbild, eine unscharfe Fotografie, die auf den Stufen der örtlichen *mairie* aufgenommen worden war. Ich beobachtete, wie sie einen schmalen Goldring immer wieder um den Finger drehte.

»Mit ihrem Verlobungsring hat sie so viel herumgespielt, bis sie ihn verkauft haben«, erzählte Jean-Luc mir, als wir wieder allein waren.

An jenem Abend traten wir aus dem Haus in die feuchte Frühlingsnacht, überwanden einen niedrigen Zaun und kletterten hinauf zu den Reben, die den Hügel in Streifen teilten. Die trockene Erde war von flachen Furchen durchzogen, die leeren Drahtrahmen warteten darauf, im Sommer die schweren Trauben und das Laubwerk zu stützen. Über uns erstreckte sich der tiefdunkle Himmel, ein Hauch von verbranntem Holz hing in der Luft.

Im Licht seines Handys zeigte Jean-Luc mir winzige Sprösslinge, die aus dem knorrigen Weinstock lugten, das erste Lebenszeichen nach monatelanger Winterruhe. »Als Nächstes warten wir auf die Blüte«, sagte er. »Der Legende nach folgt hundert Tage später die Lese.«

Doch ich erlebte die Lese weder in jenem Jahr noch im nächsten oder übernächsten. Nein, ich verließ Frankreich mit einem Versprechen, das ich brach, kaum dass ich zurück in Kalifornien war. Und nun, zehn Jahre später, stand ich auf einem Stück Land, das an Jean-Lucs Weingut grenzte, pflückte Trauben und zwang mich, nicht darüber nachzudenken, was hätte sein können.

Schließlich begegnete ich ihm. Ich schleppte meinen Eimer ans Ende der Reihe und kippte die Trauben in die Schubkarre, da hörte ich die Hupe des Traktors, und Scheinwerfer leuchteten auf. Kevin und Thomas, die zwölfjährigen Zwillinge, die bei der Lese halfen und doppelt so schnell arbeiteten wie ich, obwohl sie mir nur bis zur Schulter reichten, bewarfen Nico mit Trauben. Sein weißes T-Shirt war voller violetter Flecken.

»Madame, Madame! Helfen Sie uns!«, rief Thomas.

Die Jungen winkten mir zu. Sie bestanden darauf, mich »Madame« zu nennen, wodurch ich mir uralt vorkam. Um die letzte Traubenfuhre zu feiern, werde bei der Weinlese traditionell der Traktor geschmückt, erklärten sie mir. Gemeinsam sammelten wir Zweige mit Blättern und winzige blaue Wildblumen.

»Aber wir brauchen noch mehr Blumen. Größere«, sagte Kevin und deutete auf die weite grüne Landschaft um uns herum.

»Da hinten sind wir an einem Garten vorbeigekommen.« Thomas zeigte die Straße hinunter.

»Jungs! Aber nein!« Ihre Mutter Marianne, eine erfahrene *vendangeuse*, die schon sechzehn Ernten auf dem Gut mitgemacht hatte, warf ihren Söhnen einen tadelnden Blick zu.

»Er war voller Rosen! Bitte, bitte, Maman! Das fällt gar nicht auf, wenn da ein paar fehlen«, protestierte Thomas.

»Frag deinen Vater.« Sie seufzte resigniert und blickte zu ihrem Mann, der zugleich eine Zigarette rauchte, sich den Schuh zuband und telefonierte.

Nico sah von seinem Klemmbrett auf, auf dem er die gefüllten Kisten vermerkte. Er schüttelte den Kopf.

»Ihr meint Jean-Lucs Haus. Seine Maman hat die Blumen gepflanzt. Nein, nein. Da dürft ihr keine Rosen stehlen.« Seine Mundwinkel zuckten, und seine Augen funkelten. »Nur, wenn ich euch dabei helfen darf.«

»Man sollte meinen, dass ein knallgelber Traktor ziemlich auffällt«, sagte Marianne, als Nico zehn Minuten später vor der niedrigen Steinmauer parkte, die Jean-Lucs Grundstück umgab. »Doch wir sind hier an der

Côte d'Or, und es ist die Zeit der *vendanges* … Vermutlich sind auf der Straße nur knallgelbe Traktoren unterwegs.«

Ich bemühte mich zu lachen, doch es wollte mir nicht gelingen. Beim Anblick von Jean-Lucs Zuhause hatte mein Herz zu rasen begonnen, und ich konnte kaum stillsitzen. Das Haus war größer, als ich es in Erinnerung hatte, die roten und gelben Dachziegel bildeten ein für die Region typisches geometrisches Muster. Ein rundes Türmchen schmückte den vorderen Teil des Gebäudes, ein Steinvogel auf der Spitze wachte über den wilden Garten voller Rosen, Lavendel und Rosmarinbüschen.

»Hübsch, *n'est-ce pas?*« Marianne folgte meinem Blick. »Jean-Luc hat die Ställe vor ein paar Jahren zu einem Gästehaus umgebaut, aber von außen sieht man das gar nicht. Eigentlich sollte seine Mutter dort wohnen. Doch dann ist sie nach Spanien gezogen, um näher bei ihrer Tochter und den Enkelkindern zu sein.«

»Thomas, du nimmst die rechte Seite. Kevin, du die linke. Ich bleibe hier im Traktor, falls wir fliehen müssen«, sagte Nico.

Mir pochte das Blut in den Ohren. »Aber es ist niemand zu Hause, oder?« Ich blickte auf die Uhr. »Sechs. Die sind doch sicher noch alle in der *cuverie*.«

»*Normalement, oui*«, stimmte Nico mir zu. »Aber man kann nie vorsichtig genug sein. In Ordnung, Jungs? Bereit? *Allez-y!*« Das letzte Wort stieß er im Flüsterton hervor, und die Jungen stürmten auf das Haus zu.

Marianne lachte. »Der MI5 sind sie nicht gerade«, sagte sie. Als ich nicht reagierte, sah sie mich an. »*Ça va*, Kate?«

»Alles in Ordnung.« Ich schaffte es, mit fester Stimme zu antworten.

»Keine Sorge.« Sie kicherte. »Es ist nicht schlimm, wenn Jean-Luc sie erwischt. Er mag Scherze. Ich bin mir sicher, er hat als Kind genau dasselbe gemacht.«

Ich zwang mich zu einem müden Lächeln.

Die Jungen kamen zu uns zurückgerannt und ließen haufenweise Rosen vor unsere Füße fallen.

»Fangt mit dem Schmücken an!«, wies uns Kevin an. »Wir besorgen noch mehr!«

Sie ignorierten den Protest ihrer Mutter und sausten zurück in den Garten. Ich ging auf die andere Seite des Traktors und wand Rosen durch das Führerhaus. Die vollen Blüten dufteten stark und begannen, an den Rändern bereits zu welken. Ich versuchte, mich daran zu erinnern, wie der Garten bei meinem letzten Besuch vor so vielen Jahren ausgesehen hatte. Es war April gewesen, zu früh für Blumen, zum Schutz vor Frost waren die Knospen noch geschlossen gewesen.

»AHHHHHHHH!!!!!« Die Jungen stürzten auf uns zu. *»Il est là! IL EST LÀ!«*

Ich spähte über die Motorhaube des Traktors und sah Jean-Luc hinter den beiden hersprinten. »*Qu'est-ce que vous faîtes là!*«, rief er. *Was macht ihr da?* Doch dabei lachte er. »Klaut meine Blumen, ihr Rabauken«, fuhr er fort. Als er Nico bemerkte, blieb er stehen. »Steckst du etwa dahinter?«, fragte er.

»Hinter was?«, entgegnete Nico.

»Ich kann die Rosen *sehen*, die ihr aus meinem Garten gestohlen habt.«

»Ich weiß nicht, wovon du sprichst«, sagte Nico unschuldig. »Wir parken hier nur einen Moment, um die *caisses* zu zählen. Das ist unsere letzte Fuhre.« Er klopfte Jean-Luc auf die Schulter. »Apropos, Jeel, wie läuft es mit den *vendanges?* Seid ihr bald fertig? Oder verlierst du unsere kleine Wette?«

»*Pas du tout!* Es gibt erst einen Gewinner, wenn die letzte Traube gepresst ist. Und ich habe gehört, dass du noch einen ganzen Berg vor dir hast.«

»Trotzdem, du könntest schon den Schlachter anrufen und das Schwein bestellen.«

»*Ah, bon?* Ich habe Bruyère gesagt, dass sie ihn anrufen soll.«

Erneut spähte ich über die Motorhaube und sah, wie die zwei sich angrinsten. Dicke Freunde und Konkurrenten wie eh und je.

»Ist das Schwein für La Paulée?«, fragte Thomas.

»*Ouais,* Nico und ich veranstalten nach der Lese immer ein großes Fest, und Bruyère grillt ein ganzes Spanferkel. Ihr kommt doch zu La Paulée, oder?«, fragte Jean-Luc die Jungen.

»*J'sais pas.*« Thomas ging um den Traktor herum, um seine Eltern zu suchen. »Maman? Gehen wir zu La Paulée? Maman? Papa?«

»Oh!« Jean-Luc entdeckte uns. »Ich habe euch hier hinten gar nicht gesehen!« Er kam, um uns zu begrüßen, küsste Marianne auf die Wangen und schüttelte ihrem Mann Raymond, der noch immer telefonierte, kurz die Hand. Dann fiel sein Blick auf mich, und ich hörte ihn sagen: »*Bonjour,* Katherine.« Unsere Hände trafen sich, und mir schoss das Blut in die Wangen, doch bevor ich meine Stimme wiederfand, war er schon auf die andere Seite des Traktors zurückgegangen. Kurz darauf kehrte er zu seinem Transporter zurück, sprang hinein und fuhr winkend davon.

Meine Knie waren weich und zitterten. Ich konzentrierte mich darauf, Rosen und Weinblätter zusammenzubinden und hoffte, dass die roten Flecken auf meinen Wangen in der Dämmerung niemandem auffielen.

»Jedes Jahr sage ich, dass ich nie wieder ein Spanferkel grillen werde. Und jedes Jahr lasse ich mich wieder überreden.« Heather trat von dem Holzofen zurück, ihr Gesicht glänzte dunkelrot. »Ist das Ding heiß genug? Ist es zu heiß? Brät das verdammte Schwein überhaupt da drin? Wer zum Teufel weiß das schon?« Sie ging in die Hocke und blickte in die Flammen, die genug Hitze abstrahlten, um alles im Umkreis von eineinhalb Metern zu verbrennen.

»*Ça sent bon!* Es riecht köstlich«, bemerkte Nico und ließ einen Armvoll Feuerholz auf die Steinplatten der Terrasse fallen.

»Ja, aber von Gerüchen werden wir nicht satt. Erinnerst du dich noch an letztes Jahr?«

»Was ist letztes Jahr passiert?«, fragte ich.

»Ich habe zu spät mit dem Grillen begonnen. Das Schwein brauchte sieben Stunden. Oder waren es acht? Schließlich haben wir um zwei Uhr morgens gegessen … alle waren betrunken.« Sie umklammerte Nicos Arm. »Meinst du, ich sollte schnell zum Schlachter laufen und noch mehr Würstchen besorgen?«

»*Chérie*, wir haben zehn Kilo *saucisses*.« Er klopfte ihr auf die Schulter. »Wir haben jede Menge zu essen. *Ne t'inquiète pas*.«

»Oder vielleicht sollte ich noch einen Linsensalat machen … Noch ist Zeit, oder?« Vor sich hin murmelnd, ging sie zurück zum Haus.

»Vor La Paulée ist sie immer so.« Mit einem liebevollen Lächeln sah Nico Heather hinterher. »*Alors*, Kate«, seine Miene wurde ernst, »ich wollte etwas mit dir besprechen. Wir hoffen, dass du noch ein paar Wochen bleibst, nachdem die *vendanges* jetzt vorbei sind. Um unser Projekt zu Ende zu bringen.« Bei den letzten Worten senkte er die Stimme.

Ich stutzte. »Welches Projekt? Meinst du die Kellerentrümpelung?«

»Äh …« Er blickte sich um. »Ja. *La cave*.« Er flüsterte. »Du und Bruyère, ihr habt so hervorragende Fortschritte gemacht. Es wäre … es wäre schade, wenn ihr nicht weitermacht.«

Ich hatte ein schlechtes Gewissen, Nein zu sagen. Dennoch schüttelte ich den Kopf. »Ich kann euch unmöglich noch länger zur Last fallen.«

»Du bist keine Last. Dass du hier bist, hat Bruyère richtig aufgeheitert. Ich glaube, keinem von uns war bewusst, wie einsam sie ohne andere Amerikaner hier ist.«

Durch das Küchenfenster sah ich Heather am Spülbecken stehen. Sie nahm ein Bund Petersilie und begann, sie zu hacken. Es stimmte, sie wirkte fröhlicher, als ob ihr Schwung zurückgekehrt wäre. Doch wieder schüttelte ich den Kopf.

»Ich muss nach San Francisco zurück. Der Test …« Ich ließ den Satz offen. In Wahrheit fand der Test erst in einigen Monaten statt. Doch ich fühlte mich hier in Meursault unwohler, als ich zugeben wollte.

Nico hatte mir angespannt zugehört, jetzt sackte sein ganzer Körper in sich zusammen. »*D'accord*«, sagte er. »Das verstehe ich natürlich.«

Aber seine Enttäuschung war nicht zu übersehen – und der Situation keineswegs angemessen –, sodass ich mich unwillkürlich fragte, ob er und Heather etwas verbargen. Jedes Mal, wenn ich den Keller erwähnte, wurden sie bleich und gerieten in Panik. Warum wollten sie ihn wirklich aufräumen?

Wider besseres Wissen hörte ich mich sagen: »Meine Airbnb-Mieter haben mir gerade gemailt, ob sie länger bleiben können. Vielleicht kann ich ja versuchen, mein Ticket umzubuchen.«

»Wirklich?« Nicos Miene hellte sich auf.

»Wie lange brauchen wir denn noch?«

»Nicht lange. Höchstens zwei Wochen.«

Zwei weitere Wochen in Meursault. Zwei weitere Wochen, in denen ich unter der Anspannung litt, Jean-Luc über den Weg zu laufen. Aber zwei Wochen mehr hier bei Heather und Nico boten mir auch die Gelegenheit, die Weingüter zu besuchen, die Jennifer mir empfohlen hatte, und die burgundischen Winzer zu treffen, die sie für mich kontaktiert hatte. Zwei weitere Wochen, um so viel Burgunder zu probieren wie möglich. Was würde Jennifer an meiner Stelle tun? Das musste ich gar nicht erst fragen.

Als die Gäste eintrafen, stand die Nachmittagssonne hoch am Himmel, und das brutzelnde Schwein erfüllte die Luft mit seinem köstlichen Duft, was die Gäste sogleich lautstark kommentierten, als sie aus ihren Wagen stiegen. Bald war der Garten voller Traubenleser und ihren Familien. Ich erkannte Nicos Helfer ebenso wie allerlei Freunde, Verwandte, Nachbarn und Angestellte von Jean-Lucs und Nicos Gütern. Marianne und Raymond sprachen mit einem spanischen Paar über Campingbusse aus zweiter Hand, Heather sauste mit diversen Platten voller Speisen hin und her. Horden von

Kindern futterten Hände voll Kartoffelchips, ehe sie davonliefen, um komplizierte Fangspiele zu spielen.

Während ich mich durch die Menge bewegte, war mir stets bewusst, wo sich Jean-Luc befand, der mit den Gästen plauderte. Ich hatte das Gefühl, dass es ihm genauso ging wie mir – so konnten wir uns gut aus dem Weg gehen. Als ich ihm dennoch einen verstohlenen Blick zuwarf, sah ich, dass die Jahre es gut mit ihm gemeint hatten – seine Schultern waren breiter geworden, in sein Gesicht hatten sich Falten gegraben, die ihn jedoch nur noch attraktiver machten. Ich konnte mich noch daran erinnern, wie wir uns beim letzten Mal verabschiedet hatten. Eine knappe Umarmung am Flughafen, ein flüchtiger Kuss. Hätte ich mir mehr Zeit genommen, wenn ich gewusst hätte, dass es ein Abschied von Dauer war?

Doch das war gewesen, bevor mich die Schlaflosigkeit in den dunklen Nachtstunden aus dem Bett getrieben hatte. Bevor mir ständig dieselben Wörter durch den Kopf gingen – zweite Hypothek, Erbschaftssteuer, öffentliche Bekanntgabe der Hochzeit. Bevor die Zweifel meine Gedanken beherrschten: Was, wenn wir zu jung zum Heiraten sind? Was, wenn ich nicht den Rest meines Lebens in Frankreich verbringen möchte? Was, wenn es leichter für ihn ist, Single zu bleiben? Ich hätte fast alles für Jean-Luc geopfert. Doch was, wenn er das Opfer war? Schließlich rief ich ihn von Kalifornien aus an und machte am Telefon Schluss. Weil ich nicht den Mut hatte, ihm dabei ins Gesicht zu sehen.

Der Nachmittag ging in einen prächtigen Abend über, Millionen Sterne funkelten am dunkelblauen Himmel. Heather und Nico kämpften mit dem Schwein und holten es aus dem Holzofen. Es hatte eine knusprige goldene Kruste und saftiges Fleisch, und als Onkel Philippe die ersten Scheiben abschnitt, applaudierten alle spontan. Der Tisch mit dem Buffet ächzte unter Aufschnitt und Salaten, einem riesigen Berg Grillwürstchen, Zucchinigratin und anderem Gemüse, Platten mit sanft zerlaufendem Käse und einer Auswahl selbst gebackener Kuchen und Torten, die Heathers Nachbarn beigesteuert hatten. Wir aßen und tranken, bis der Wein von *ratafia* abgelöst wurde, einem selbst gebrannten *digestif*, der aus leicht vergorenem Traubensaft und tödlichem Korn hergestellt wurde.

Nico und Jean-Luc entzündeten in einer Ecke des Gartens ein Lagerfeuer, und einer der Nachbarn holte ein Akkordeon hervor. Er spielte eine fröhliche Melodie, und eine Gruppe erhob sich zum Tanz. Paare fanden sich zusammen, vollführten die traditionellen Schritte, klatschten und stampften im Takt mit den Füßen. Ich entdeckte Heather und Nico, seine Schwester Chloé und ihren Mann, Onkel Philippe und Tante Jeanne.

Eine schlanke junge Frau mit langem honigfarbenem Haar zog Jean-Luc in die Gruppe, sie schlossen sich den anderen an und drehten sich mit verschränkten Armen im Kreis. Sie blickte zu ihm hoch – ein schmales, attraktives Gesicht, dunkle Augen, die im Feuerschein funkelten. Sie lächelte ihn voller Wärme an, niemand brauchte mir zu sagen, dass sie Jean-Lucs Freundin war. War sie vielleicht eine Nachbarin? Oder eine ehemalige Mitschülerin, ein Mädchen, das er vermutlich kannte, seit sie beide Windeln getragen hatten? Sie bewegte sich zwischen den anderen Tänzern hindurch mit der Sicherheit einer Frau, die diese Schritte seit ihrer Kindheit kannte.

Nicht zum ersten Mal dachte ich, dass dieses Leben meines hätte sein können. Ich hätte die Frau eines Winzers sein können, die sich im strahlenden Lächeln ihres Mannes sonnte und lachte, wenn sie über ihre eigenen Füße stolperte. Ich hätte die Erholung nach der Weinlese genießen können, wäre zufrieden mit unserer harten Arbeit gewesen und hätte voller Zuversicht auf einen hervorragenden Jahrgang gehofft. Stattdessen stand ich nun als Beobachterin am Rand.

Der Akkordeonspieler beendete den Tanz mit einer fröhlichen Fanfare, die Paare lösten sich und applaudierten. Jean-Luc und seine Freundin lachten, das Licht des Feuers ließ ihre geröteten Gesichter glänzen. So wie er dort stand, außer Atem und ein bisschen verschwitzt vom Tanzen, wirkte er nicht wie das idealisierte Bild meiner Erinnerung, er war real. Ein Mensch, der lachte, flirtete, schrie, fluchte, der klug und lustig war, stur und ehrgeizig und vielleicht ein bisschen zu perfektionistisch. In all diesen Jahren war Jean-Luc ein Geist gewesen, ein aus der Sehnsucht geborenes Gespenst, das mich verfolgt hatte. Jetzt, da er vor mir stand, begriff ich, dass ich uns durch meine Entscheidung vor so langer Zeit auf zwei Lebenswege geschickt hatte, die zu weit auseinanderlagen, als dass wir wieder zueinanderfinden könnten.

Ich ging auf die Terrasse, um mir noch ein Glas Wein zu holen. Es war keine Flasche mehr offen, also nahm ich eine neue, entfernte die Folie und drehte meinen Korkenzieher hinein. Ich öffnete noch einige andere Flaschen und verlor mich in der vertrauten Aufgabe, die etwas Tröstliches hatte.

»Du musst Kate Elliott sein.« Eine männliche Stimme,

ein Amerikaner. Überrascht drehte ich mich um. Er hatte dunkles zerzaustes Haar, dichte Augenbrauen bogen sich über einer schwarz gerahmten Brille, ein Lächeln, das zwischen ironisch und zurückhaltend schwankte. »Heather hat mir erzählt, dass noch ein Sommelier hier ist«, fügte er hinzu. »Hallo, ich bin Walker.«

»Hallo.« Wir schüttelten uns die Hand, sein Griff war trocken und fest. »Bist du ein Freund von Heather und Nico?«, fragte ich.

»Nein, ich habe sie erst heute Abend kennengelernt. Ich mache gerade ein *stage* bei Jean-Luc. Ich wohne in seinem charmanten Gästehaus.« Ich nickte und nahm noch eine Flasche Wein. »Oh bitte, lass mich das machen.« Er nahm mir die Flasche ab und schenkte mir etwas Wein ein. »In Frankreich darf eine Lady sich niemals selbst Wein einschenken, weißt du?« Er betonte das Wort »Lady«, als handelte es sich dabei um ein veraltetes Konzept. »Und machst du ein Praktikum hier bei den Charpins?«

»Ja, so etwas in der Art. Nico ist mein Cousin. Und ich bereite mich auf die praktische Prüfung als Master of Wine vor.«

»Wow.« Er machte große Augen. »Der Test ist heftig. Hut ab.«

»Und du? Was führt dich an die Côte d'Or?«

Er nippte an seinem Glas, dann antwortete er: »Ich lerne für die Prüfung als Master Sommelier.«

»Ohh!«, sagte ich mit gespieltem Entsetzen. »So einer bist du.«

»Damit meinst du vermutlich, jemand, der ein Weinexperte ist *und* weiß, wie man ihn serviert?«, fragte er spöttisch.

»Eigentlich meinte ich«, entgegnete ich frotzelnd, »jemand, der die harte Prüfung als Master of Wine nicht auf die Reihe kriegt.«

»Kannst du überhaupt Wein einschenken, ohne ihn zu verschütten?«

Ich lachte. »Sechs Weine«, sagte ich amüsiert. »Mehr müsst ihr nicht erkennen, stimmt's?«

»Jedenfalls ist die Prüfung zum MW schwieriger, als eine Flasche Champagner zu köpfen.«

»Glaub ich nicht.« Ich blickte mich um. »Ist hier irgendwo ein Säbel?«

Lachend hob er die Hände. »Friede!«

»Du willst es nicht darauf ankommen lassen?«

»Nein, hinterher köpfst du noch eins der Kinder, die hier herumlaufen. Das ist mir zu riskant.«

»Das würde ich niemals tun.« Ich nahm eine Flasche und schenkte ihm ein. Als ich sie zurück auf den Tisch stellte, tropfte etwas Wein auf das schneeweiße Tischtuch. »Egal«, sagte ich, als er lachte. »Bist du hergekommen, um bei der *vendange* zu helfen?«

»Ich habe als Sommelier in New York gearbeitet, aber diese Arbeitszeiten ... die haben mich fertiggemacht. Ich hatte etwas Geld gespart und dachte mir, vielleicht sollte ich einfach eine Zeit nach Frankreich gehen. Ich habe einen irischen Pass und spreche Französisch. Der Zeitpunkt schien mir genauso gut wie jeder andere zu sein, um ein bisschen zu reisen und die Weingegend zu erkunden, von der alle ständig reden. Also, im Grunde genieße ich das Leben.« Wieder erschien dieses ironische Lächeln auf seinem Gesicht.

Gegen meinen Willen lachte ich, als das Akkordeon plötzlich einen lauten Ton ausstieß.

»Hey!« Walker deutete mit dem Kopf auf den Rasen, auf dem sich erneut einige Paare versammelten und sich in zwei Reihen aufstellten. »Hast du Lust zu tanzen?«

Er nahm mir das Weinglas aus der Hand, stellte es auf den Tisch und forderte mich auf, ihm zu folgen.

»Ich kenne die Schritte nicht«, sagte ich nervös, als ich Jean-Luc am anderen Ende der Reihe entdeckte.

»Egal!« Er grinste mir über die Schulter zu. »Wir tun einfach so, als ob.«

Und dann zog er mich in die Gruppe und wirbelte mich herum, bis die Gesichter der anderen nur noch verwischte Farbflecken waren.

26. Februar 1940

Cher journal,
die Tage kriechen in trister Monotonie dahin, unsere Mahlzeiten bestehen nur noch aus Gemüse, das unter der Erde wächst. Karotten. Pastinaken. Kartoffeln. Vor ein paar Tagen äußerte ich beim Mittagessen, dass ich mich nach einer Stange Rhabarber sehne, nach einem Blatt Sauerampfer, einer Erbsenschote, nach irgendeinem Hinweis auf den Frühling.

Madame rümpfte die Nase. »Sei dankbar für das, was du hast«, entgegnete sie knapp. »Wir befinden uns im Krieg.«

»Drôle de guerre«, sagte ich, weil die Zeitungen ihn so bezeichneten – Sitzkrieg. Seit September ist rein gar nichts passiert.

»Du solltest dankbar sein, dass du überhaupt etwas zu essen hast.« Sie knallte eine Schüssel mit Rübenpüree auf den Tisch.

»Frankreich wird die *boches* niederschlagen«, rief Benny.

»Arrrh!«, knurrte Albert.

»Es reicht!« Madame erhob die Stimme. »Hélène, du regst deine Brüder auf. Ich verbitte mir dieses Thema bei Tisch.«

»Aber …« Ich holte Luft, um mich zu verteidigen, doch Papa warf mir einen Blick zu.

»Komm nach der Schule zu mir, *ma choupinette*«, sagte er ruhig. »Ich möchte etwas mit dir besprechen.«

Den Rest des Nachmittags machte ich mir Sorgen darüber, dass Papa wütend auf mich sein könnte. Nach der Schule erledigte ich rasch die Aufgabe für die Vorbereitung auf das *baccalauréat*, damit Madame Grenoble mich einige Minuten vor den anderen Schülerinnen gehen ließ, und radelte, so schnell ich konnte, zurück zum Gut. Zu Hause traf ich Papa allein in seinem Büro an.

»*Coucou, ma choupinette*«, begrüßte er mich und blickte von einem Buch auf. Er wirkte etwas abwesend.

»Ich wollte heute Mittag beim Essen niemanden beunruhigen, Papa. Es ist nicht meine Schuld, dass die Jungs sich aufgeregt haben.«

»Hmmm, haben sie das? Das habe ich gar nicht bemerkt. Obwohl wir in Benoîts Beisein natürlich Ruhe bewahren müssen«, fügte er eilig hinzu, als könnte Madame uns zuhören. »Aber ich wollte mit dir über etwas anderes sprechen. Über das hier.« Er schob mir das Buch zu.

Ich nahm es und betrachtete den Titel. »*Le Comte de Monte-Cristo*?«

Der Graf von Monte Christo ist Papas Lieblingsbuch, aber ich habe es nicht mehr gelesen, seit ich ein kleines Mädchen war.

»Was siehst du?«

Ich schlug das Buch auf, las einige Sätze und lächelte. »Dantès wurde gerade von den Gefängniswärtern ins Meer geworfen …«

»Nein. Sieh genauer hin.«

Mein Blick sprang einige Absätze weiter. »Er entdeckt eine Insel und geht an Land?«

Er deutete auf das Buch. »Da.« Er zeigte auf ein Wort. »Und da und da.« Sein Zeigefinger glitt über die Seite nach unten.

Und dann sah ich es: Mit einem Bleistift waren schwache Zeichen zwischen die Zeilen gesetzt. »Da sind … Punkte«, sagte ich.

»*Oui.*« Er lächelte. »Das ist ein Code.« Papa zeigte mir, wie man Nachrichten formulierte, indem man Punkte über bestimmte Buchstaben und Ziffern setzte. »Vor dem Ersten Weltkrieg«, erzählte er, »kurz bevor er an die Front musste, hat mir mein Vater diese Geheimschrift beigebracht. Meine Brüder … waren damals bereits gefallen. Ich war der Einzige, der sich um Maman kümmern konnte, und musste im Notfall in der Lage sein, Geheimbotschaften zu senden.«

»Aber«, protestierte ich, »es wird doch nichts passieren.«

»Ich weiß, *drôle de guerre*«, sagte Papa. »Aber wir müssen vorbereitet sein. *Dieu merci*, dass sich die Lage wieder entspannt. Aber wenn der Krieg tatsächlich richtig ausbricht und ich plötzlich wegmuss … Nun ja, es ist immer gut, auf geheime Weise kommunizieren zu können, *n'est-ce pas?*«, sagte er fröhlich, sah mich jedoch so lange an, bis ich nickte.

Ich räusperte mich. »Hast du es Virginie gezeigt?«

Er zögerte. »Noch nicht. Sie hat schon genug Sorgen. Ich möchte sie nicht noch mehr beunruhigen. Deine *belle-mère* ist sensibler, als sie nach außen hin wirkt. *Oui, c'est vrai*«, erwiderte er auf meine unausgesprochene Skepsis hin. »Wenn ich nicht da bin, musst du ihretwegen und wegen der Jungs stark sein.«

»Aber, Papa …«

»Pass auf, Hélène!« Seine Stimme klang schärfer als jemals zuvor. »Wenn etwas geschieht, und ich fortmuss, übertrage ich dir die Verantwortung. Du musst hier auf dem Gut bleiben. Häuser, die verlassen wirken, werden am ehesten geplündert. Was auch passiert, du musst hierbleiben. Versprichst du mir das?« Ich nickte. »Sag es. Versprich es mir.«

»Ich verspreche es dir, Papa.« Meine Stimme brach, und ich räusperte mich. »Ich bleibe hier und sorge dafür, dass das Gut in Sicherheit ist.«

»Braves Mädchen.« Seine Anspannung ließ etwas nach. »In den *caves* werden wir Folgendes tun.« Papa erklärte mir, dass wir in unserem privaten Keller eine Wand errichten würden, um dahinter die wertvollsten Flaschen zu verstecken. Als *négociants* besitzt unsere Familie eine ansehnliche Weinsammlung. Es sind nicht nur Weine von unserem Gut, sondern auch wertvolle Flaschen von anderen Gütern, die ein beträchtliches Vermögen darstellen. »Selbst wenn wir nur ein paar Tropfen vom Gouttes d'Or verstecken, könnte dir das eine Zukunft sichern.«

»Aber was, wenn sie entdeckt werden?«

Er zuckte die Schultern. »Die Kellerräume sind dunkel und erstrecken sich kilometerweit. Theoretisch wäre das zwar möglich, aber ich verlaufe mich ja selbst manchmal dort unten.« Wir lachten. Das stimmte. Vor ein paar Monaten war Papa hinuntergegangen, um nach einem seltenen Grand Cru zu suchen, hatte seine Lampe vergessen, war einmal falsch abgebogen, dann noch einmal und dann auf der Suche nach der Treppe vorübergehend in Panik geraten. Unsere *caves* sind wie ein Labyrinth. Sie wurden im 13. Jahrhundert von

Mönchen gebaut, mit niedrigen Decken und Bogen und merkwürdigen Wendungen, und sie enden in Sackgassen. »Niemand darf von diesem Projekt wissen. Verstehst du das? *Niemand*«, sagte Papa.

»Was ist mit *belle-mère*? Und den Jungs?«

»Virginie ...« Er blinzelte. »Ja, ihr werde ich es sagen. Irgendwann. Aber den Jungs nicht, sie sind noch zu klein. Das ist zu gefährlich.« Als ich nickte, fügte er hinzu: »Wir werden nachmittags nach der Schule daran arbeiten, wenn noch etwas Licht durch die Fenster fällt.«

Ich biss mir auf die Lippe. »Nach der Schule habe ich eine Chemiewerkstatt. Mit Madame Grenoble. Für das *bac*.«

»Es tut mir sehr leid, *ma choupinette*.« Stumm und vollkommen reglos richtete er den Blick auf den Schreibtisch, und mein Herz begann unruhig zu schlagen. »Angesichts der Lage habe ich entschieden, dass deine Bewerbung für Sèvres warten muss.«

Mir stockte der Atem. »Aber es ist doch noch gar nichts passiert«, protestierte ich. »Letzte Woche habe ich im Kino die Nachrichten gesehen. In Paris waren alle auf den Straßen, sie machen sich überhaupt keine Sorgen.« Tränen brannten in meinen Augen.

»Bitte, Papa«, flehte ich. »Bitte erlaub mir, dass ich mich bewerbe.« Als ich sah, wie er langsam den Kopf schüttelte, fügte ich hastig hinzu: »Oder ... oder warte zumindest noch mit der Entscheidung. Bis zur Prüfung.«

Während Papa nachdachte, hielt ich die Luft an. »*D'accord*«, sagte er schließlich. »Du darfst dich weiter auf das *bac* vorbereiten, wenn Madame Grenoble dir erlaubt, deine Arbeit frühmorgens vor der Schule zu erledigen.«

Am nächsten Nachmittag fingen wir an, im Keller zu arbeiten. Papa zeigte mir den Bereich des *cave*, den er mit einer Wand abtrennen wollte – er ist ziemlich groß, so groß wie unsere Küche. Wir gingen die Weinkisten durch und sortierten die Grands Crus und die seltenen Spitzenweine aus. Ich schätze, wir haben zwanzigtausend Flaschen dort hineingeschafft. Papa hat Ewigkeiten gebraucht, um Steine mit genügend Patina sowie die anderen Dinge zusammenzubekommen, die er brauchte. Morgen Nachmittag fangen wir mit dem Mauern an.

Es ärgert mich, dass ich die zusätzlichen Chemiestunden nach der Schule verpasse, besonders seit Rose mir neulich erzählt hat, dass sie unterschiedliche Verbindungen in einer Methanolflamme aufgehen lassen mussten. Zumindest hat Madame Grenoble mein Fehlen akzeptiert und mir erlaubt, das Labor vor dem Unterricht zu benutzen. Sie ermuntert mich sogar nach der Stunde und in den Kommentaren, die sie unter meine Arbeiten schreibt. Ich bete, dass es genügt, um mich in Sèvres zu bewerben.

Du siehst also, *cher journal*, ich muss mich unbedingt im Herbst in Sèvres immatrikulieren. Anders kann ich mir die Zukunft nicht vorstellen. Ich weiß, dass wir Deutschland den Krieg erklärt haben und alle jungen Männer dienstverpflichtet wurden. Dass nach Einbruch der Dunkelheit Verdunkelung herrschen muss, dass wir überallhin unsere Gasmasken mitnehmen müssen, aber im Grunde kommt es mir nicht so vor, als hätte sich etwas verändert. In Beaune sitzen die Leute auf den Terrassen der Cafés, meine Klassenkameradinnen tauschen Schnittmuster für neue Frühlingskleider, und letzte Woche erzählte Madam Laroche mir, dass sie sieben neue Rosenbüsche in ihrem Garten gepflanzt habe. Verhält man sich so, wenn man mit einem Krieg rechnet?

Nein, ich muss einfach weiter daran glauben, dass nichts passieren wird. Denn wenn es wirklich Krieg gibt, muss ich mein Versprechen halten und mit Madame und meinen Brüdern hier auf dem Gut bleiben. Ich glaube wirklich nicht, dass ich die Kraft dazu habe.

5. Kapitel

»Shhh.« Heather schleppte sich die letzten drei Stufen hinunter und sah sich mit düsterer Miene im dämmrigen Keller um.

»Ich habe doch gar nichts gesagt«, protestierte ich.

»Nein, du nicht.« Vorsichtig legte sie die Hände um ihren Kopf. »Wenn die Treppe knarrt … ist das … die reinste Folter. Kann man denn zwei Tage lang einen Kater haben?«

»Nach dieser Feier? Man kann nicht nur, es ist sogar sehr wahrscheinlich.«

La Paulée hatte geendet, als das warme goldene Licht des Sonnenaufgangs den Himmel färbte. Ich war ins Bett getaumelt, als die Sonne aufging, und war mit hämmernden Kopfschmerzen aufgewacht, als Heather nach Thibault gerufen hatte, weil er nicht in seinem Zimmer war. Schließlich fand sie ihn schlafend in einer Kissenburg, die er sich in der Eingangshalle errichtet hatte. Später aßen wir alle die Reste vom Spanferkel zum Frühstück, anschließend widmeten wir uns der Herkulesaufgabe, Haus und Garten aufzuräumen. Zwei Tage später fanden wir immer noch halb volle Weingläser in irgendwelchen Ecken sowie Pappteller voller Krümel. Auf dem Boden des Garderobenschranks in der Halle entdeckte Thibault sogar einen ganzen Apfelkuchen.

»Wir müssen ja jetzt nicht anfangen«, sagte ich. »Wir

können uns heute unserem Seelenheil widmen, pochierte Eier auf Toast essen und Bloody Marys trinken.«

»Das klingt sehr nach gestern.«

»Gestern Teil II?«

Sie schüttelte sehr vorsichtig den Kopf, als versuchte sie, den Inhalt nicht durcheinanderzuschütteln. »Wirklich verlockend, aber nein, nein, wir machen endlich Fortschritte, findest du nicht?« Hoffnungsvoll zog sie eine Augenbraue hoch.

Ich blickte mich im *cave* um. In der Dunkelheit ragte noch immer bergeweise Gerümpel auf. »Es wird«, antwortete ich ausweichend.

Doch als ich auf meine Seite ging, kam mir der Keller irgendwie etwas geräumiger vor als am Anfang. Es führten Wege durch die Berge, und wir hatten den Bereich vor einem der Fenster freigeräumt, sodass ein wenig Tageslicht in den Raum fiel. Ich hatte mich fast bis zu einer der Wände vorgearbeitet und konnte einen gewaltigen Kleiderschrank erkennen, dessen Türen von weiteren Kartons versperrt waren.

»Okay. Okay«, murmelte Heather vor sich hin. »Fangen wir an.« Sie wirkte heute Morgen irgendwie abwesend.

Ich riss einen Karton auf und entdeckte einen Stapel Jahrbücher von Nicos *lycée*. »Ooooh.« Heather zog eins aus dem Stapel und blätterte es auf. »Sieh dir *les garçons* an.« Sie zeigte mir ein Foto von zwei dürren Teenagern, Nico und Jean-Luc dümmlich grinsend und mit identischen Mützen und Fliegen. »Die zwei waren im Stepptanzklub?« Lachend studierte sie die anderen Bilder auf der Seite. »Oh!« Sie schnappte nach Luft. »Da ist Louise.« Ich erkannte die hübschen Gesichtszüge des Mädchens von La Paulée. Gegen meinen Willen spürte ich einen Anflug von Eifersucht, die mir einen schmerzhaften Stich versetzte.

»Sind sie und Jean-Luc zusammen?« Ich versuchte, beiläufig zu klingen.

Heather ließ das Buch sinken. »Ja. Ich glaube, es ist etwas Ernsteres«, sagte sie schließlich. »Ihr gehört ein Buchantiquariat in Beaune.« Sie hob eine Braue. »Ich bin mir nicht ganz sicher, wie sie davon leben kann, aber ich vermute, dass ihre Eltern sie unterstützen. Hast du von der Maison Dupin Père et Fils gehört? Ihrer Familie gehören einige der erlesensten Weinberge an der Côte d'Or. Ich glaube, sie hat schon seit Jahren ein Auge auf Jean-Luc geworfen, aber sie sind erst seit einem halben Jahr zusammen.«

Anscheinend war Louise nicht nur schön, sondern auch reich. »Magst du sie?«

»Sie ist ganz nett.« Sie biss sich auf die Lippe. »Aber … sie macht so komische Bemerkungen. Wie neulich beim Mittagessen. Thibault wollte das letzte Stück Kuchen ganz für sich haben, und da hat sie zu ihm gesagt: *Ne mange pas comme un juif.* Iss nicht wie ein Jude. Ich war so fassungslos, dass ich mich fast verschluckt hätte. Nico hat nichts gesagt – du weißt ja, wie er ist. Immer um Frieden bemüht. Aber ich sagte, dass *ich* Jüdin bin. Sie hat nur mit den Schultern gezuckt und erwidert, ich solle nicht so empfindlich sein. Das sei doch nur so eine Redensart!«

Ich starrte sie mit offenem Mund an. Ich wusste, dass es in Frankreich wie überall auf der Welt versteckten Antisemitismus gab, aber etwas Derartiges offen zu hören, machte mich sprachlos.

»Ich weiß, wenn man es zum ersten Mal hört, ist es entsetzlich, stimmt's? Diese kleinen Bemerkungen tauchen manchmal auf, aber ich habe mich wohl daran gewöhnt.« Sie ließ das Jahrbuch zuklappen und legte es in den Karton zurück. »Natürlich geht mich Jean-Lucs Beziehung nichts an. Aber ich hoffe sehr, dass er keinen Fehler macht.«

Ich verlagerte das Gewicht zurück auf meine Fersen. »Er weiß ganz sicher, was er tut«, sagte ich und strich sorgfältig die Klappen des Kartons glatt. Als ich wieder aufsah, merkte ich, dass sie mich forschend musterte.

»Hör zu«, begann sie. »Ich will ja nicht neugierig sein. Aber kannst du mir erzählen, was zwischen euch beiden vorgefallen ist? Eure Trennung kam so plötzlich … Die ganze Zeit sagte er, du würdest herziehen, aber dann bist du nie gekommen. Kurz darauf haben Nico und ich Anna bekommen, und sie hatte diese schrecklichen Dreimonatskoliken, und als wir aus dem Nebel damals wieder auftauchten, kam es mir merkwürdig vor, Fragen zu stellen.«

»Er …« Ich räusperte mich. »Jean-Luc hat dir nie erzählt, was passiert ist?«

Sie schüttelte den Kopf. »Ich wollte dir immer mailen. Aber damals hatten wir zu Hause noch kein Internet, und … Na ja, mir fällt immer eine Ausrede ein, stimmt's?«

Unangenehmes Schweigen breitete sich zwischen uns aus. »Es war nichts Spezielles«, sagte ich schließlich. »Wir waren einfach zu jung.«

Eine Erinnerung an den letzten Abend, den wir zusammen in Paris verbracht hatten, tauchte vor meinem geistigen Auge auf. Mein *chambre de bonne* war sauber und ordentlich, meine Koffer standen an der Tür. Wir saßen auf dem Boden, tranken Sekt und sprachen über unsere Zukunftspläne.

Dann erklärte Jean-Luc wie aus dem Nichts: »Ich möchte nicht, dass meine Frau arbeiten geht. Maman hat das auch nie getan.«

»Deine Mutter macht auch ihre Marmelade selbst und legt Gurken ein. Sie und ich könnten nicht unterschiedlicher sein.«

»Und wenn wir Kinder haben?«

»Dann nehme ich mir frei. Oder du tust das. Oder wir wechseln uns ab. Das findet sich schon.«

»*Moi?* Kochen und auf die Kinder aufpassen? *Mais non* – das ist Aufgabe der Frauen.«

»Vielleicht gibt es ja auch eine Krippe?«

»Damit sie die ganze Zeit krank sind?«

»Das sind doch nur ein paar Jahre.«

»Wahrscheinlich länger.«

»Na ja«, ich lachte, »das kommt wohl darauf an, wie viele Kinder wir haben werden.«

»Vier?«

»*Vier*? Eins.«

»Nur eins? Ist er dann nicht einsam?«

»Nein. *Sie* kann doch mit den Kindern in der Krippe spielen.« Ich stupste ihn in die Seite.

»Hm. Ich glaube, das müssen wir erst in Ruhe verhandeln«, sagte er augenzwinkernd und nahm sich noch ein Stück Brot. »Ich habe immer von einer großen Familie geträumt.«

»Du bist ja nur auf die kostenlosen Arbeitskräfte scharf«, sagte ich mit gespielter Empörung.

»Ach, Kat, du hast mich durchschaut.« Dann grinste

er, schlang die Arme um mich und gab mir einen keuschen Kuss auf den Mund, der schließlich leidenschaftlich wurde. Zärtlich glitten seine Finger meinen Nacken hinunter und verschwanden unter meiner Bluse, sodass ich schnell vergaß, wo ich war und was ich gesagt hatte.

Ich blinzelte, und die Erinnerung löste sich auf. »Wir waren zu jung«, wiederholte ich, mehr, um mich selbst zu überzeugen. Heather legte mir eine Hand auf die Schulter, ihre Augen waren voller Mitgefühl. Doch ich wollte nicht weiter darüber sprechen. Es war lange her, und ich hatte zu viel Zeit damit verbracht, in diesen Erinnerungen zu schwelgen, mich zu oft gefragt, ob ich mich hätte anders entscheiden sollen. »Es ist okay.« Ich brachte ein Lächeln zustande. »Das spielt jetzt keine Rolle mehr. So ist es für uns alle am besten.«

Ich zuckte die Schultern, sodass ihre Hand von meinem Arm glitt. Und dann nahm ich mir einen weiteren Karton vor, weil ich den gekränkten Ausdruck auf ihrem Gesicht nicht sehen wollte.

Schweigend arbeiteten wir weiter. Ich zwang mich, mich auf die Gegenstände vor mir zu konzentrieren. Auf einen Berg sich auflösender Staubtücher. Eine alte Packung Waschsoda. Eine Auswahl kupferner Backformen, die stumpf und stark angelaufen waren. Ein altes Buch – es war eine Biografie von Marie Curie. Ich schlug es auf, und beim Anblick der Widmung, die dort in einer geschwungenen, altmodischen Handschrift stand, setzte kurz mein Herz aus:

Hélène

Le Club d'Alchimistes

Ich starrte auf die Worte und versuchte, ihren Sinn zu

erfassen. Das Buch war von Hélène, so viel war klar. Aber *Le Club d'Alchimistes?* Der Klub der Alchemisten? Was war das?

Ich hob den Kopf und rief durch den Keller: »Heather?«

»Ja?« Bildete ich mir das nur ein, oder klang sie wirklich kühl?

»Sieh dir das an.« Ich stemmte mich hoch, ging zu ihr hinüber und zeigte ihr das Buch. »Was denkst du, was das bedeutet?«

Sie blickte auf die Handschrift, dann schüttelte sie den Kopf. »Ehrlich, ich habe keine Ahnung. Es muss ihr gehört haben. Wer auch immer sie ist. Vielmehr war. Hélène.« Sie strich mit der Fingerspitze über den Namen.

»Was ist Alchemie überhaupt? Die magische Verwandlung von Metall in Gold?«

Sie zuckte die Schultern. »Es gibt keine Magie. Sei nicht albern. Das ist nur mittelalterlicher Aberglaube.«

»Woowwww!«, rief Heather. »Du siehst ja toll aus!«

Drei Augenpaare richteten sich auf mich, als ich die Küche betrat. »Leute, das ist doch nichts«, widersprach ich. »Ich hab mir nur die Haare gewaschen.«

»*Und* Schuhe mit Absätzen angezogen. *Und* Lippenstift aufgelegt«, stellte Heather fest, während sie eine Zwiebel schnitt. »Walker wird nicht wissen, wie ihm geschieht.«

»Was meint ihr zwei?«, fragte ich Anna und Thibault. »Sehe ich okay aus?«

Anna legte den Kopf schief. »Die *jeans* sind gut. Und die Bluse gefällt mir. Aber den Schal musst du so binden.« Sie zog ihn mir von den Schultern, nahm ihn doppelt und legte ihn mir als Schlaufe um den Hals. »*Voilà*. Er unterstreicht deine grünen Augen.«

Heather blickte von ihrem Schneidebrett auf. »Oh ja. Sie hat recht.«

»Morgen zeige ich dir, wie du dir mit Eyeliner Katzenaugen machen kannst«, versprach Anna und glitt aus dem Raum.

»Kat, hilfst du mir, den Lego *cave à vin* wieder aufzubauen?« Thibault blickte zu mir hoch.

»Oh, den Weinkeller … das war lustig, nicht? Wie wäre es morgen?«

»Können wir noch ein Erdbeben machen?«

»Na, klar!«, erwiderte ich, und er kritzelte weiter in seinem *Minions*-Malbuch.

»Um wie viel Uhr holt Walker dich ab?« Heather zerdrückte eine Knoblauchzehe.

»Gegen sieben.« Wir blickten beide zur Uhr, die zehn Minuten nach sieben anzeigte.

»Und? Bist du auf heute Abend vorbereitet?«

»Also, ich glaube schon. Warum? Gibt es einen Test?«

»*Du weißt schon*.« Sie zog die Augenbrauen hoch. »Vorbereitet.«

»Wenn du an das denkst, woran ich jetzt denke … Nein! Ich kenne ihn ja kaum.«

»Hey, ich habe gesehen, wie ihr zwei euch auf dem Weinfest unterhalten habt. Da war was zwischen euch!«

»Ja, wie es eben zwischen zwei Amerikanern ist, wenn sie sich in einem fremden Land begegnen.«

»Also, wann hattest du das letzte Mal ein Date?«

»Das ist noch nicht so lange her. Irgendwann im Juni«, wich ich aus und schummelte um ein paar Monate. »In San Francisco war ich mit so einem Technikfreak aus.

Wobei ich nicht genau wusste, ob er wirklich an mir interessiert war oder nur meinen Rat haben wollte. Er entwickelte gerade eine Wein-App.«

»Ich meine ja nur, bleib offen.«

Bevor ich etwas erwidern konnte, fuhr ein Wagen in die Auffahrt. »Er ist da!« Ich nahm meine Tasche, Kleingeld fiel auf den Boden.

Heather beugte sich hinunter, sammelte die verstreuten Münzen ein und reichte sie mir. »Viel Spaß! Und wenn du ihn später mit hernehmen willst, benutz die hintere Treppe. Wegen der Kinder.« Die letzten drei Worte formte sie tonlos mit den Lippen. Dann grinste sie.

Draußen stieß ich auf Walker, der in schwarzen Segelschuhen über den knirschenden Kies auf mich zugelaufen kam. Er trug ein zerknittertes weißes Button-down-Hemd über einer ausgeblichenen, ehemals schwarzen Jeans, dazu eine lose gebundene schmale schwarze Krawatte.

»Hey«, rief er und neigte den Kopf. Ich machte gerade Anstalten, ihn auf amerikanische Art zu umarmen, als er sich vorbeugte, um mir zwei Wangenküsse zu geben, wie es bei den Franzosen üblich war. Unsere Köpfe stießen zusammen, und seine Brille verrutschte. »Ups, sorry. Hashtag Expat-Probleme«, sagte er. Dann erschien wieder dieses ironische kleine Lächeln auf seinem Gesicht.

»Mit wem treffen wir uns noch mal?«, fragte ich, als wir im Auto in Richtung Beaune fuhren.

»Ach, richtig, ja, nur mit ein paar anderen Expats. Alle sind im Weingeschäft, deshalb wird niemand über einen Chardonnay aus Massenabfüllung ins Schwärmen geraten.« Er sah mich an, und ich nickte. »Wir treffen uns zu zwanglosen Weinproben. Jeder bringt eine Flasche mit. In den Cafés sind sie ziemlich cool und verzichten auf ein Korkgeld, solange wir etwas zu essen bestellen. Letzte Woche hat Richard einen Sauternes von 2001 mitgebracht. Der war unglaublich.«

»Woher kennst du die anderen?«

Walker schwieg so lange, dass ich schon dachte, er hätte meine Frage nicht gehört. Schließlich sagte er: »Also, ehrlich? Durch Twitter. Ich weiß, ich weiß – total uncool. Aber ich war gerade erst angekommen und kannte niemanden und …« Röte kroch seinen Hals hinauf.

»Nein, nein, überhaupt nicht. Ich würde dasselbe tun. Ich meine, Hashtag Weinfreaks, oder?« Ich lächelte ihn an, und er gab eine Art verlegenes Glucksen von sich.

In Beaune parkten wir im historischen Zentrum und schlenderten zu dem Café. Aufs Neue bewunderte ich den Charme der gepflegten Kopfsteinpflasterstraßen mit ihren Fachwerkhäusern und den *hôtels particuliers* aus hellem Stein. Die Stadt war seit Jahrhunderten das florierende Zentrum des Burgunderhandels, hier lebten die erfolgreichsten Weinhändler.

Walker blieb auf dem Bürgersteig stehen. »Das ist es. Café de Marie.«

Ich blickte zu der schmutzigen burgunderroten Markise hinauf, deren Rand in Fetzen herunterhing. »Café de la Mairie? Bist du dir sicher, dass wir hier richtig sind?«

Durchs Fenster sah ich einen einsamen Mann am Ende der Bar sitzen, vor sich ein fast leeres Bierglas. Es war eines jener Cafés, in denen Tische, Stühle und in Plastik eingeschweißte Speisekarten von einem dünnen Fettfilm überzogen waren, mit Toiletten, die seit der Mitterrand-Ära keine Bleiche mehr gesehen hatten.

Walker fischte einen Zettel aus der Hosentasche. »Jepp, das hat Richard mir gesagt. Komm.«

Er schob die Tür auf, und ich folgte ihm ins Innere. Der Geruch von verschüttetem Bier und diversen Körperausdünstungen schlug mir entgegen. Abgesehen von einem Kellner und dem einsamen Trinker am Tresen war der Laden leer.

Der Kellner blickte von seiner Zeitung auf. »*Bonsoir, installez-vous.*« Er deutete auf die leeren Tische, und wir ließen uns in einer Nische nieder. »*Qu'est-ce que vous voulez boire*?«, rief er und kam an unseren Tisch.

Ich zögerte. Der Kellner hob die Brauen. »Was willst du trinken?«, fragte ich Walker schließlich.

Er blickte auf die Weinflasche, die aus seiner Kuriertasche lugte, dann wieder zu dem Kellner. »*Un verre* d'Aligoté?«, sagte er. Das war ein Weißwein aus der Gegend.

»Für mich auch. *Deux.*« Ich schenkte ihm ein höfliches Lächeln.

Unbehagliches Schweigen breitete sich aus. Wo waren Walkers Freunde? Gab es sie überhaupt? Oder war das hier nur eine ausgeklügelte Masche, um mich zu einem Date zu locken? Walker wippte mit dem Fuß, er fühlte sich eindeutig genauso unwohl wie ich. Als der Kellner den Wein brachte, spürte ich einen Anflug von Erleichterung.

»Nun, dann … *santé.*« Walker hob sein Glas, und wir stießen an. »Was hast du seit der *vendange* getrieben?«

»Ach, nicht viel. Ich habe nur Heather geholfen, den *cave* zu entrümpeln.«

Ein Funkeln blitzte in seinen Augen auf. »Den Weinkeller deiner Familie? In der Domaine Charpin liegen doch sicher ein paar Juwelen verborgen.«

»O nein, nicht die *caves aux vins*. Bei den Juwelen handelt es sich um kaputte Geräte und mottenzerfressene Socken. Wir haben bergeweise Schrott auf den Wertstoffhof gefahren, etliches konnten wir zum Secondhandladen bringen. Allerdings haben wir auch einiges gefunden, das uns Rätsel aufgibt …« Ich berichtete von Hélène, ihren Kleidern und dem Koffer, dem Buch und den Fotos. »Niemand weiß, wer sie ist. Wir wissen nur, dass sie 1940 das *lycée* abgeschlossen hat. Hat sie im Krieg im Burgund gelebt? Es ist mir peinlich, das zuzugeben, aber ich weiß noch nicht einmal, was hier passiert ist.«

»An der Côte d'Or? Im Zweiten Weltkrieg?« Er schüttelte nachdenklich den Kopf. »Es war grauenhaft wie überall in Frankreich. Besatzung, Deportationen, Exekutionen, Hungersnot … all das. Es war schrecklich belastend.«

»Was ist mit der Résistance?«

»Die Demarkationslinie befand sich in der Nähe von Chalon-sur-Saône. Ich glaube, das ist nur gut dreißig Kilometer von hier. Ich bin mir sicher, dass es dort jede Menge unerlaubter Grenzübergänge zwischen der Besatzungszone und dem Vichy-Frankreich gegeben hat. Wahrscheinlich auch von Leuten, die im Widerstand organisiert waren.«

»Ich frage mich, ob sie so verschwunden ist. Hélène.«

»Vielleicht.« Er nestelte an einer Serviette. »Natürlich behaupten heute alle, sie hätten zur Résistance gehört. Niemand war ein Kollaborateur.«

Die Eingangstür ging auf. Wir drehten die Köpfe und

sahen uns hoffnungsvoll nach Walkers Freunden um, doch es schlurfte nur ein grauhaariger alter Mann herein, der eine Schachtel Zigaretten kaufen wollte.

Als Walker sich wieder umdrehte, wirkte seine Miene eher verärgert als enttäuscht. »Mist!« Er leerte sein Glas. »Wo zum Teufel bleiben die denn?«

»Schon okay«, beruhigte ich ihn. »Die stecken bestimmt nur im Verkehr fest oder so.«

Doch nachdem wir jeder zwei Gläser Wein getrunken und uns einen Käseteller geteilt hatten, war noch immer niemand erschienen. Schließlich, gegen neun Uhr, brachte der Kellner uns die Rechnung und erklärte, er werde in fünf Minuten schließen.

»Ich übernehme das«, sagte Walker und zog ein paar Scheine aus seiner Brieftasche. »Bitte, ich habe das Gefühl, ich bin dir etwas schuldig. Der Abend war eine Katastrophe. Du musst denken, ich hätte mir diese Leute nur ausgedacht. Ich schwöre dir, ich bin nicht geistesgestört.«

»Ich habe gerade auf der Toilette ›Merkmale eines Soziopathen‹ gegoogelt«, witzelte ich. Diese Version von Walker gefiel mir irgendwie besser – er war ruhiger, authentischer –, und ich entspannte mich etwas. Langsam gingen wir zurück zum Wagen und drückten uns so lange im Schatten von Beaunes mittelalterlicher Stadtmauer herum, dass ich schon dachte, wir würden uns küssen. Doch dann stolperte ich, und der Moment war vorbei. Stattdessen hielt ich Walkers Hand, die sich warm und trocken anfühlte. Es war noch früh, aber die meisten Geschäfte hatten geschlossen. Das Café, in dem Heather und ich manchmal nach dem Markt Kaffee tranken, war jedoch hell erleuchtet und voller Menschen. Ich blickte auf die Markise: Café aux Deux Maries. Neben mir zuckte Walker kurz zusammen, riss den Kopf herum und blickte durch das Fenster in das Café.

»Ist alles okay?«, fragte ich.

Er kramte aus seiner Hosentasche die Autoschlüssel heraus. »Ja«, sagte er, drückte einen Knopf und öffnete die Türen. »Ich dachte, ich hätte jemanden gesehen, den ich kenne. Aber ich habe mich wohl geirrt.«

Auf dem kurzen Weg zurück nach Meursault unterhielten wir uns über unsere Lieblingsweinkritiker, und als wir in Heathers und Nicos Auffahrt fuhren, beschlossen wir, zusammen einige Weingüter zu besichtigen. Zum Abschied küssten wir uns auf die Wangen. Ich lud Walker nicht zu mir ein – weder über die Hintertreppe noch über irgendeine andere Treppe.

Später beim Zähneputzen wurde mir etwas klar. Café de la Mairie. Café aux Deux Maries. Hatte er die beiden verwechselt? Sie klangen fast identisch, insbesondere wenn man kein Französisch sprach. Aber Walker konnte doch Französisch, oder nicht?

Ich erinnerte mich an unsere Unterhaltung bei La Paulée. Hatte er das damals nicht behauptet? Vielleicht hatte er mit seinem Können ein bisschen übertrieben – vielleicht war ihm sein Akzent unangenehm oder seine Unsicherheit bei den unregelmäßigen Verben. Vielleicht war Walker trotz seiner Hipsterbrille und seiner Vorfahren aus Brooklyn nicht ganz so gewandt, wie er gern scheinen wollte. Das konnte ich nachempfinden – schließlich hatte ich meine eigenen sprachlichen Unfälle hinter mir. Ich schmunzelte ein bisschen, als ich mich daran erinnerte, wie oft ich die Wörter »*salé*« (salzig) und »*sale*« (schmutzig) verwechselt hatte.

Ich dachte noch an Walker, als ich das Licht im Bad löschte und durch den langen Flur zu meinem Zimmer ging. Als ich ins Bett stieg, wanderten meine Gedanken zurück zu La Paulée, und als ich die Augen schloss, fühlte ich Walkers Hände um meine, als er mich immer wieder über die Tanzfläche gewirbelt hatte, obwohl wir die Schritte nicht kannten.

3. Juli 1940

Cher journal,
alors, nun liegt der Tag, von dem ich so viele Jahre geträumt habe, hinter mir: mein Abschluss des Lycée de jeunes filles in Beaune. Am Ende war es nicht das triumphale Ereignis, das ich mir vorgestellt hatte, sondern eine Erinnerung, die ich am liebsten vergessen würde. Am liebsten würde ich den ganzen Albtraum der vergangenen Wochen vergessen.

Natürlich haben wir die ganze Zeit die Nachrichten im Radio verfolgt – Papa, Madame und ich. Mit jedem Abend, an dem Papa den Apparat ausschaltete, sind wir ein bisschen schweigsamer geworden. Daher weiß ich, dass die Deutschen Belgien angegriffen und besetzt haben – ein schreckliches Omen. Die Informationen waren entmutigend, widersprüchlich und verunsichernd, und es war schwer, die aktuelle Lage einzuschätzen. Ich glaubte den Radiosprechern, die uns versicherten, unsere Truppen seien heldenhaft. Ich glaubte, dass unsere Armee tapfer war – mutiger, stärker und besser vorbereitet als die *boches*. Dass wir siegreich bleiben würden und dass Frankreich – *la belle France*, unser wundervolles Heimatland – unbezwingbar bleiben würde, weil wir, *les Français*, eine besondere Rolle in der Welt innehatten. Von alldem war ich zutiefst überzeugt, weil man es uns in der Schule beigebracht hatte. Erst jetzt begreife ich, wie dumm ich gewesen bin. Ich, die davon getrƤumt hat, Wissenschaftlerin zu werden – wie konnte ich das alles nur so blind akzeptieren, ohne es zu analysieren?

Rückblickend begann ich zu zweifeln, als sich die ersten Kirschen am Baum in unserem Garten zeigten. Ich erinnere mich daran, weil Albert mich drängte, auf den Baum zu klettern und ein paar Früchte für ihn zu pflücken, auch wenn sie noch hart und grün waren. Schließlich beschloss ich hinaufzuklettern – und auch nur, um ihm zu beweisen, dass die Kirschen aus der Nähe genauso ungenießbar waren, wie sie vom Boden aus wirkten. Von meinem Hochsitz im Baum konnte ich die Hauptstraße überblicken, die sich in die Ferne erstreckte. Und da sah ich zum ersten Mal, wie sich kleine Gruppen von Menschen, beladen mit Koffern und schweren Säcken, in einer Kolonne langsam vorwärtsbewegten. Ich entdeckte auch kleinere Möbelstücke, Matratzen und unvorstellbar viele Vogelkäfige. Schwer beladene Mütter schleppten ihre kleinen Kinder durch die gnadenlos vom Himmel brennende Nachmittagssonne. Zunächst war es nur ein schmaler, aber steter Strom, doch nach einem oder zwei Tagen ergoss sich eine undurchdringliche Flut aus schwer beladenen Menschen kilometerweit die Straße hinunter. Als deutsche Flugzeuge wahllos tödliche Kugeln abfeuerten, stoben sie in höchster Panik davon. Sie waren nicht so schnell wie die französischen Soldaten, die ihre Waffen fortschleuderten, um durch die Weinberge zu flüchten, nachdem auf den Straßen kein Durchkommen mehr war.

Das Gut war weit genug von der Hauptstraße

entfernt, sodass wir vor den Angriffen geschützt waren, dennoch hatten die Jungen Angst. Ehrlich gesagt hatten wir alle große Angst. Nur Papa blieb ruhig. Denen, die einen Umweg machten und an unserem Haus vorbeikamen, bot er Wasser und Wein an, einen Teller Suppe, saubere Tücher, um blutige Füße zu verbinden, Schutz in unserer Scheune. Um Madame und der Jungen willen versuchte er, das panische Flüstern der Menschen zu ersticken, die von der Niederlage und den Demütigungen berichteten.

»Die Maginot-Linie wurde durchbrochen.«

»Die französische Armee ist auf dem Rückzug.«

»Paris ist besetzt.«

»Sie kommen«.

Sie kommen.

»Könnt ihr nicht fliehen? Bleibt ihr hier?«, fragte mich eine junge Mutter, während ich ihren Krug mit Wasser füllte. Als ich nickte, bewegte sie die ausgetrockneten Lippen und flüsterte erbittert: »*Dieu vous bénisse.*«

»Gott schütze Sie auch«, antwortete ich unwillkürlich.

Sie warf mir einen Blick zu, als ob ich nicht ganz richtig im Kopf wäre. Dann humpelten sie und ihre drei Kinder zurück zur Straße, um ihre Reise in den Süden fortzusetzen.

Es fällt mir unendlich schwer zu beschreiben, was als Nächstes geschah. Die Deutschen fielen wie ein Todesgeschwader über das Land her, sie donnerten mit Panzern und Motorrädern durch die Côte d'Or. Das Sonnenlicht spiegelte sich in ihren Brillen. Um die Mittagszeit nahm eine kleine Einheit Meursault ein. Am

Ende des Nachmittags hatte sie bereits einen Kontrollposten im Dorf errichtet und uns in der *école* versammelt, um unsere Papiere zu überprüfen und uns zu verkünden, was alles verboten sei. Wir dürfen nach neun Uhr abends nicht mehr auf die Straße. Wir dürfen keine Waffen besitzen, keine ausländischen Sender im Radio hören, kein noch so kleiner Lichtstrahl darf nachts durch unsere Verdunkelungsvorhänge dringen. Wir dürfen keinem Feind Deutschlands helfen oder ihm Unterschlupf gewähren, aber *vor allem* keinen englischen Soldaten. Natürlich dürfen wir den Deutschen keine Forderung abschlagen. Es wird von uns erwartet, dass wir mit den Deutschen ehrlich kooperieren.

Der zuständige Leutnant ist ein schmallippiger Mann, der ein furchtbares Französisch radebrecht. Als er seine Befehle schrie, spürte ich, wie Madame erstarrte, obwohl Papa ihr eine Hand auf den Arm gelegt hatte. Sie befürchtete das Schlimmste, doch so, wie es aussieht, kommt auf uns nicht die unwürdige Aufgabe zu, einen deutschen Soldaten in unserem Haus zu beherbergen – jedenfalls noch nicht. Ich hatte mich bereits innerlich darauf eingestellt, denn unser Haus ist das größte im Ort und eines der schönsten. Als der Leutnant schließlich verkündete, dass er und seine Männer fürs Erste in Beaune blieben, zitterten meine Glieder wie Gelee.

Madame schwankt zwischen widerspruchslosem Erdulden der Gegenwart und irrwitzigen Maßnahmen für die Zukunft. Bei Tisch plappert sie ständig erleichtert vor sich hin. »Zumindest bleibt uns dieses Mal das Grauen erspart … Ich erinnere mich noch an den Ersten Weltkrieg, als wäre es gestern gewesen … Ich habe einen Cousin verloren …« (Bei diesen Worten versteinert Papas Miene stets.) Tagsüber huscht sie panisch durchs Haus und versteckt alle Wertsachen – Silber und Leinen, Bücher und Schmuckstücke, die antiken Porzellanvasen neben dem Kamin, geräucherten Schinken und kistenweise Marmelade, sogar die schönen kupfernen Kuchenformen aus der Küche. Alles wird weggeschlossen.

Inmitten dieser schockierenden Ereignisse – die finstere Krönung war die Nachricht vom Waffenstillstand – erschien mir die Prüfung für das *baccalauréat* im März wie etwas aus einem anderen Leben. Als die Ergebnisse eintrafen, öffnete ich den Umschlag nicht sofort. Nicht weil ich fürchtete, durchgefallen zu sein – ich hoffe, das klingt nicht überheblich, aber ich habe die letzten Monate sehr fleißig gelernt –, sondern weil die Welt aus den Fugen geraten ist. Alles, was mir einst so wichtig erschien, das *bac*, Madames kritischem Blick zu entfliehen, der Traum zu studieren und woanders zu leben, kommt mir jetzt vollkommen lächerlich vor. Albern. Die Vorstellung, so nah bei Paris zu leben, wo sich die *boches* in der Stadt und den Vororten wie eklige Kakerlaken ausbreiten, ist mir zuwider. Ich hätte Angst, mich so weit von Papas schützender Hand zu entfernen.

Ich hielt die versiegelten Prüfungsergebnisse in meinem Schoß, und ehe ich sie öffnete, zwang ich mich, mir einzugestehen, dass mein Traum, im nächsten Jahr nach Sèvres zu gehen, gestorben war. Er würde vielleicht niemals in Erfüllung gehen. Dann schlitzte ich den Umschlag auf und begann zu lesen.

Ich musste mehr darüber weinen, als wenn ich durchgefallen wäre.

Und nun sind wir also beim heutigen Tag angelangt: *la cérémonie de remise de diplômes* – der Entlassungsfeier. (Darf ich überhaupt in der Sprache des Staatsfeindes schreiben?) Heute Morgen hat Papa Pépita vor die Kutsche gespannt und uns nach Beaune gefahren. Am Ende waren wir nur zu zweit, weil Madame die Nerven durchgingen, sie sich ins Bett legte und darauf bestand, dass die Jungen bei ihr blieben. Als wir am *lycée* eintrafen, waren dort nur einige meiner Klassenkameradinnen versammelt. Die anderen waren zu Hause geblieben oder mit ihren Familien in den Süden geflohen. Doch Rose war da. Sie trug eine bezaubernde rosafarbene Cloche auf den dunklen Locken und hielt einen Blumenstrauß aus magentafarbenen Päonien in der Hand.

Ich war froh, dass ich mein neues grünes Seidenkleid angezogen hatte. Nachdem Madame Grenoble mir den Wissenschaftspokal überreicht hatte, drückte Rose meinen Arm, schob mir die Blumen in die Hand und flüsterte, sie wäre ja krank vor Neid, wenn die Preise nicht dermaßen jämmerlich wären – einige belanglose Klassiker und eine große Zahl Werke von in Vichy beliebten Autoren. »Wie soll man sich bei diesem Angebot nur entscheiden?«, murmelte ich und betrachtete die Auswahl. Dann kicherten wir beide. Ich gebe zu, manchmal war der Wettkampf zwischen uns mörderisch, aber in diesen Zeiten spielt das keine Rolle mehr. Rose wird sich im September immatrikulieren, und ich bleibe hier in Meursault.

Unser Direktor, Monsieur Leconte, hielt eine

ungelenke Rede – er schien jede Anspielung auf die Zukunft aus dem zuvor vorbereiteten Text gestrichen zu haben. Dann ging er die Zeugnisse durch und überreichte sie den wenigen von uns, die da waren. Anschließend gab es keinen Empfang, wir standen nur zusammen, bis es unangenehm wurde, noch länger zu bleiben.

Vielleicht weil Papa mich aufheitern wollte, schlug er vor, in Beaune zu Mittag zu essen, aber ich hatte Kopfschmerzen, und so kehrten wir nach Hause zurück. Obwohl es ein strahlender Sommertag war, fühlte er sich unheilvoll an, vor allem nach Monsieur Lecontes Rede, die von bewusst harmlosen literarischen Bezügen nur so gewimmelt hatte. Zudem hatte der Schulchor auf *La Marseillaise* zugunsten des weniger mitreißenden *Maréchal nous voilà* verzichtet (natürlich zu Ehren von unserem lieben neuen Führer, Maréchal Pétain). Allmählich wünschte ich mir, Leconte hätte uns die Zeugnisse einfach per Post geschickt, anstatt diese halbherzige Feier abzuhalten, die sich unheilvoller anfühlte als alles andere.

Und dennoch …

Heute Abend in mein *journal* zu schreiben hat mich wieder an die Flüchtlinge erinnert, die vor unsere Tür gehumpelt gekommen sind. Ich denke an jene armen Seelen mit den blutigen Füßen und den fassungslosen Gesichtern, die ihre Häuser – ihr ganzes Leben – zurückgelassen haben, und mein Selbstmitleid kommt mir lächerlich vor. Sie sind jetzt heimatlos, alles, was sie besitzen, tragen sie bei sich. Viele von ihnen sind von den Menschen getrennt, die sie am meisten auf der Welt lieben. Wenn ich mir vorstelle, von Papa und meinen

Brüdern getrennt zu werden, muss ich weinen. Doch die Wahrheit, die ich noch niemandem gestanden habe, seit ich auf den Kirschbaum geklettert bin, lautet: Ich habe Angst.

6. Kapitel

Das sonntägliche Mittagessen im Haus von Onkel Philippe, zu dem ich die Familie das erste Mal begleitete, hatte Tradition. Doch an diesem Sonntagvormittag wirkte Heather so unruhig, als hätte sie noch nie zuvor bei ihren Schwiegereltern gegessen. Sie polterte in der Küche herum, stellte Gläser mit Olivenpaste und Weinflaschen in einen riesigen Weidenkorb, packte einen Birnen-Frangipani-Kuchen in Pergamentpapier, tuschte sich die Wimpern und band sich immer wieder aufs Neue den Gürtel von ihrem Wickelkleid, bis er schließlich richtig saß – und währenddessen schickte sie unablässig Befehle die Treppe hinauf.

»Anna, du ziehst hoffentlich das Kleid an, das ich dir rausgelegt habe! Nein, nicht die Leggins! Mémé hält uns sowieso schon für nachlässig – beweisen wir ihr das nicht noch, indem wir in Sportkleidung auftauchen. Thibault! Was ist mit deinem Hemd passiert? Ach, was hast du denn mit dem Ketchup angestellt? Nein, der ist zum *Essen*. Den darf man nicht als Blut benutzen ... Ja, du musst dich umziehen. *Na los, zieh dich um*. Nico, bist du schon angezogen? Nico? *Nico!* Wir werden zu spät kommen!« Sie entdeckte, dass ich im Mantel an der Küchentür wartete. »Na, wenigstens *eine,* die auf mich hört. Danke, Kate. Vielleicht willst du dir noch einen Kaffee nehmen.« Sie seufzte und blickte auf ihre Uhr.

»In diesem Tempo kommen wir nicht vor Dienstag hier los.«

»Ehrlich gesagt bin ich etwas zu früh runtergekommen, weil …«, ich senkte die Stimme, »… ich kurz etwas mit dir besprechen wollte.«

»Hm?« Sie nestelte an dem Verschluss ihres Ohrrings. »Was denn?«

»Ich habe mir überlegt«, sagte ich langsam, »dass heute vielleicht ein guter Tag wäre, um Onkel Philippe nach Hélène zu fragen. Weißt du noch, Nico hat doch gesagt, dass er die Stammbücher der Familie verwahrt.«

»Nein!« Heathers Augen weiteten sich. »Wir können seinem Vater nicht erzählen, was wir gefunden haben. Weil er dann wissen will, warum wir den *cave* entrümpeln und …« Sie verstummte. Ich beobachtete, wie rote Flecken auf ihrem Gesicht erschienen.

»Aber willst du denn nicht wissen, wer sie ist?«, fragte ich.

Heather fingerte an einem Mantelknopf herum. »Doch, ich bin schon neugierig, ja. Aber deinen Onkel können wir nicht fragen.«

»Was, wenn wir ihm erzählen, dass eins der Kinder in der Schule bei einem Ahnenforschungsprojekt mitmacht?«

Sie schüttelte den Kopf. »Das hat Thibault letztes Jahr gemacht. Es war eine große Sache, und alle Großeltern waren zum *goûter* eingeladen. Leider reichte der Familienstammbaum nur eine Generation zurück.« Sie blickte einen Moment aus dem Fenster. »Wenn wir einfach in das *livret de famille* schauen könnten, könnten wir herausfinden, wie Hélène mit der Familie verwandt ist und wann sie gestorben ist.«

»Wenn sie tot ist.«

»Sie hat 1940 ihren Abschluss auf dem *lycée* gemacht. Wenn sie noch lebt, ist sie in den Neunzigern. Das wäre zwar möglich, ist aber eher unwahrscheinlich.«

»Stimmt.« Ich nagte an meiner Unterlippe. »Weißt du, wo sie dieses Ding aufbewahren?«

Sie ließ die Schultern hängen. »Nein. Und wir können nicht einfach danach fragen – Papi würde misstrauisch.«

Bevor ich etwas erwidern konnte, erschienen Nico und die Kinder mit gekämmtem Haar und glänzenden Gesichtern. Sie sahen aus, als ob sie kein Wässerchen trüben könnten.

»Was tuschelt ihr zwei da?«, fragte Nico.

»Ach, wir haben nur in Erinnerungen geschwelgt«, sagte Heather, was nicht ganz gelogen war. »Ihr seht toll aus! Gehen wir!«

Nachdem wir im Auto saßen und uns angeschnallt hatten, schaltete Heather wieder in den Anweisungsmodus. »Denkt daran, bei Tisch nicht zu laut zu reden«, sagte sie, drehte sich auf dem Beifahrersitz zu ihren Kindern um und warf ihnen einen strengen Blick zu. »Nehmt nicht mehr als zwei Portionen von der Käseplatte, sonst denkt Mémé, ihr Essen hätte euch nicht geschmeckt. Seid geduldig – denkt dran, das Mittagessen bei Mémé und Papi dauert sehr lange. Benutzt Messer und Gabel auf französische Art – nicht ein Stück abschneiden und dann die Gabel von einer Hand in die andere nehmen, wie Granny es euch beigebracht hat. Mémé *hasst* amerikanische Tischsitten.« Eingeklemmt zwischen Anna und Thibault, kam ich mir wie ein weiteres Kind vor, das dazu angehalten wurde, sich anständig zu benehmen. »Bitte esst alles, was Mémé euch heute serviert«, fuhr Heather fort. »Selbst wenn ihr es überhaupt nicht mögt, sagt nichts – nehmt nur winzige Stückchen, kaut und schluckt sie ganz schnell runter.«

»Selbst wenn es *blanquette de veau* gibt?«, fragte Thibault. »Die Pilze …« Er schüttelte sich.

»*Oui, même la blanquette de veau*«, schaltete sich Nico ein. »Das gehört zu eurem Erbe.«

»Es wird kein *blanquette de veau* geben«, beruhigte Heather ihn. »Mémé hat erst letzte Woche Kalb gemacht.«

Thibaults kleine Brust hob und senkte sich, als er erleichtert ausatmete.

»Wenn es ganz schlimm ist, gib es mir«, flüsterte ich ihm zu. »Ich liebe *blanquette de veau.*« Er sah mich aus seinen großen dunklen Augen an und nickte voller Dankbarkeit.

Meine Tante hatte einen langen Tisch im Garten unter einer alten Eiche aufgestellt, deren Zweige kunstvolle Schattenmuster auf das edle blaue Leintischtuch warfen. Das antike Silberbesteck und das Porzellan glänzten in der Sonne, und eine leichte Brise strich durch die Lavendelzweige, die um jede Serviette gebunden waren. Onkel Philippe schenkte *crémant* in edle Flöten und reichte sie herum.

»*Santé.*« Er erhob sein Glas, und wir taten es ihm gleich. Während wir an unserem Schaumwein nippten, wendete Nico winzige Lammkoteletts auf dem Gasgrill.

»*Bonjour, tout le monde!*«, rief jemand, und meine Cousine Chloé, Nicos Schwester, tänzelte in den Garten – eine kleine, schmale Person in grauer Hose und taubenblauem Pullover. Sie umarmte ihre Eltern, dann tauschte sie mit allen Anwesenden Wangenküsse und hüllte alle in eine Duftwolke aus Moschus. »*Venez, les enfants! Donnez des bises!*«, befahl sie, und es erschienen drei dunkelhaarige kleine Kinder – zwei Mädchen und ein Junge –, die tadellos herausgeputzt waren. Brav drückten sie ihre Wangen an die aller Anwesenden, sogar an Thibaults und Annas und an meine – eine quasi Fremde. Allmählich verstand ich, warum Heather die Sonntage fürchtete.

»Wo ist Paul?«, fragte Nico und warf getrocknete Rosmarinzweige auf den Grill.

»*Au boulot*. Nächste Woche ist Modewoche«, erklärte Chloé, und ich erinnerte mich, dass ihr und ihrem Mann eine kleine PR-Agentur gehörte, die junge Designer vertrat. Sie strich sich durch das volle dunkle Haar. »Die Kinder und ich fahren gleich nach dem Essen mit dem Zug zurück nach Paris.«

»Hilfst du mir aufzugeben, Bruyère?«

Tante Jeanne erschien mit einer in Scheiben geschnittenen Gemüsepastete. Die Schichten aus Aubergine, Tomate, Basilikum und Ziegenkäse glänzten wie Edelsteine. Heather legte eine Scheibe auf jeden Teller, Nico folgte ihr mit der Weinflasche.

»*Juste quelques gouttes pour moi*«, sagte Chloé, und Nico schenkte ihr folgsam nur einen kleinen Schluck ein.

Ich betrachtete meine Cousine. War sie schon wieder schwanger – zum vierten Mal?

»Erwarten wir noch jemanden?«, fragte Nico. Er zählte die Teller durch. »Ich habe einen Teller zu viel.«

»Weil Kate da ist, habe ich Jean-Luc eingeladen«, erwiderte seine Mutter. Sie wandte sich an mich. »Ihr zwei kennt euch doch aus Paris, nicht? Ich dachte, das wäre nett.«

Ich musterte ihr Gesicht, doch sie wirkte ganz und gar ahnungslos. »Wie schön!«, sagte ich so fröhlich ich konnte.

Onkel Philippe erschien mit Jean-Luc in der Terrassentür. »Ich habe diesen *jeune homme* dabei erwischt, wie er in meinen Bücherregalen herumgeschnüffelt hat«, sagte er, ließ eine Hand auf Jean-Lucs Schulter fallen und zog ihn mit sich.

»Ich habe nach dem *Guide Hachette des Vins* vom letzten Jahr gesucht«, erklärte Jean-Luc. »Ich wollte unsere Platzierung für das Presseheft kopieren.«

»*Bien sûr, bien sûr*. Den suche ich dir nach dem Mittagessen heraus«, sagte Onkel Philippe.

»Hey, Jeel, *ça va*?«

Nico begrüßte Jean-Luc mit einem Kuss auf jede Wange, und nicht zum ersten Mal dachte ich über die Unterschiede zwischen der französischen und der amerikanischen Kultur und ihre Auffassung von Männlichkeit nach.

»Kommt … Louise auch?«, fragte Heather beiläufig.

»Nein, sie ist bei ihren Eltern. *Bonjour.*« Jean-Luc begrüßte mich und drückte seine Wange an meine.

»Hallo.«

Kurz trafen sich unsere Blicke, dann wich ich aus. Die kühle Höflichkeit, die in seinen Augen lag, versetzte mir einen Stich. Seine rauen Wangen kratzten über meine, dann ging er weiter, um Chloé zu begrüßen.

»*Allez!*«, rief Tante Jeanne. »*Tout le monde, à table!*«

Als sie die Stimme ihrer Großmutter hörten, rannten die Kinder zu ihren Stühlen. Heather schob mich auf den Platz neben sich, Onkel Philippe saß uns gegenüber. Tante Jeanne eilte zwischen Küche und Garten hin und her und stellte Brotkörbe, Wasserkrüge und eine Platte mit den gegrillten Minilammkoteletts mit Rosmarinblüten, die sie gerade noch in ihrem Kräutergarten geschnitten hatte, auf den Tisch.

»Die Pastete ist köstlich, Mémé«, lobte Heather.

Ob sie sich manchmal albern vorkam, ihre Schwiegereltern mit denselben Kosenamen anzusprechen wie ihre Kinder? »Mémé« *und* »Papi« waren die französischen Äquivalente zu »Oma« und »Opa«.

»*C'est très simple,* Bruyère«, erwiderte Tante Jeanne. »Als Erstes backst du die Tomaten bei niedriger Temperatur zwölf Stunden lang im Ofen.« Sie fuhr fort, das Rezept in allen Einzelheiten zu beschreiben, das mehr Schritte als der *pas de deux* in *Schwanensee* zu beinhalten schien.

Ich blickte zum Kinderende des Tisches, an dem Anna und Thibault mit ihren Cousinen und ihrem Cousin saßen. »*J'ADORE l'aubergine*«, schwärmte Chloés jüngste Tochter Isabelle und verschlang ein Stück Aubergine. Wie alt war sie? Drei? Neben ihr hatte Thibault ein Lammkotelett abgenagt, aber nur den Käse und die Tomaten von seiner Pastete gegessen. Er fing den Blick seiner Mutter auf, schob sich ein Stück Aubergine in den Mund und schluckte es mit Wasser hinunter. Die Basilikumblätter fielen auf den Boden.

Meine Tante stand vom Tisch auf und ging zum Haus. Chloé erhob sich gleich nach ihr und begann, die Teller einzusammeln. »*C'est bon, c'est bon*«, sagte sie und bedeutete uns, sitzen zu bleiben.

Die Männer sprachen über den bevorstehenden Besuch eines amerikanischen Exporteurs. »Wisst ihr, wen er noch trifft?«, fragte Jean-Luc, und die drei stürzten sich in wilde Spekulationen.

Tante Jeanne kehrte mit einer großen Terrine zurück. Chloé folgte ihr mit einer Schüssel gekochter Kartoffeln. »Mmm … *ça sent* …« Heather verstummte, als Tante Jeanne den Deckel von der Terrine nahm.

»*Voilà! Tripes à la mode de Caen!*«, verkündete sie.

Ein intensiver Duft wehte zu mir herüber, Lauch und Karotten verbanden sich mit dem Aroma von Cidre …

»*C'est la recette de ma grandmère*«, erklärte Tante Jeanne stolz.

»Das Rezept ihrer Großmutter«, wiederholte Heather.

»Sie stammte aus der Normandie«, dröhnte Onkel Philippe.

»Stundenlang in Cidre geschmorte Rinderkutteln, die so zart sind, dass sie auf der Zunge schmelzen«, sagte Nico.

»Oh, Madame, Sie verwöhnen uns«, sagte Jean-Luc.

Tante Jeanne füllte mir einen Löffel voll auf den Teller. In einer dünnen Soße schwammen geschnittene Karotten und helle Kuttelstücke. Ich nahm mir Kartoffeln dazu.

»Sie müssen seit Tagen in der Küche gestanden haben«, sagte Jean-Luc zu meiner Tante. »Was für ein Leckerbissen!«

Sie kicherte mädchenhaft. »Ich weiß, du vermisst die Küche von deiner Maman«, sagte sie und füllte ihm eine extragroße Portion auf.

Onkel Philippe erhob sein Glas. »*Merci, chérie*«, dankte er seiner Frau. »Das sieht köstlich aus.« Sie tat sein Lob ab, wirkte jedoch geschmeichelt. »*Bon appétit!*« Alle stießen an.

Ich nahm mein Besteck zur Hand und versuchte, eine Kuttel durchzuschneiden. Sie war sehr zäh. Dennoch gelang es mir, ein kleines Stück abzutrennen, und ich schob es mir in den Mund. Der erste Bissen schmeckte köstlich, die herbe Süße des Cidres überdeckte den widerwärtigen Geschmack der Innereien. Doch auch stundenlanges Schmoren konnte nichts an der Zähheit der Kutteln ändern. Sie verhielten sich wie Gummibänder zwischen den Zähnen. Gegen meinen Willen tauchte das Bild eines Kuhmagens vor meinem inneren Auge auf – ein schmuddeliger weißer Hautlappen aus schwammigem, wabenartigem Gewebe –, der mich mit Ekel erfüllte. Ich versuchte, das Bild zu verdrängen, wandte den Blick von meinem Teller ab und zwang mich, noch einen Bissen zu nehmen. Dann noch einen. Schließlich schaffte ich es, mit einigen strategisch eingesetzten Schlucken Wein, den Großteil des Essens hinunterzuwürgen. Kutteln, egal wie sorgfältig sie gekocht waren, waren nichts für Zartbesaitete.

»Katreen, *encore un tout petit peu?*« Tante Jeanne deutete auf die Terrine.

»*Oh, non, merci.* Es war köstlich, aber«, ich bemühte eine höfliche Floskel, die ich im College gelernt hatte, »*je reserve.*« Ich möchte noch Platz lassen für den Nachtisch.

Sie nickte, beugte sich zu Heather hinüber und fragte halblaut: »Willst du deinen Kuchen noch ein paar Minuten in den Ofen schieben? Oder soll er so hell sein?«

Die Muskeln in Heathers Hals bewegten sich, als würde sie einen riesigen Bissen hinunterschlucken. »Nein. Er kann noch ein paar Minuten in den Ofen.« Sie schob ihren Stuhl zurück. »Ich stelle ihn kurz rein.«

»Kate«, Chloé fing über den Tisch hinweg meinen Blick auf. »Nico sagt, du bist hier, um dich auf eine wichtige Weinprüfung vorzubereiten?«

Ich nickte. »Den Master of Wine.«

»Es gibt da heutzutage derartig viele Auszeichnungen«, sagte Jean-Luc spitz. »Master of Wine, Master Sommelier, den Court of Master Sommeliers, Best Sommelier in the World … Wie soll man die alle auseinanderhalten?«

Onkel Philippe schnaubte. »*Les Américains!* Aus allem müssen sie einen Wettbewerb machen. Wein sollte um des Wissens und der Freude am Wein willen studiert werden.«

»Nun ja, das Master-of-Wine-Programm stammt aus England«, sagte ich.

»*Les Anglais*«, schnaubte er. »Die sind noch schlimmer.«

Chloé ignorierte ihren Vater. »Hat deine Zeit im Burgund dir bei deinen Studien geholfen?«

»O ja! Nächste Woche treffe ich mich mit einigen Winzern aus der Gegend. Alle waren unglaublich großzügig.«

»Ich habe Kate getestet«, schaltete sich Nico ein. »Sie könnte mehr Praxis gebrauchen … aber sie kann es schaffen.« *Elle peut se débrouiller*. Aus dem Mund eines Franzosen war das ein Riesenkompliment.

»Ich frage mich, ob Bruyère mit dem Ofen zurechtkommt«, murmelte Tante Jeanne und drehte sich unruhig zu den Küchenfenstern um.

»Ganz bestimmt, Maman«, versicherte ihr Nico und tunkte ein Stück Brot in die Soße. »Sind noch Kutteln da?«

Sie strahlte ihn an und nahm den Deckel von der Terrine. »Ich habe den Cidre benutzt, den wir letzten Sommer in der Normandie gekauft haben. Dein Vater sagt, er schmeckt den Unterschied nicht, aber ich finde, er verleiht dem Ganzen ein feines Aroma, fast blumig. Findest du nicht?«

Nico beugte sich brav über seinen Teller. »Warte, ich rieche ...« Er hielt inne. »Ist das Rauch? *Rauch?* FEUER!«

Aus dem Küchenfenster quoll scharfer, beißender Qualm. Ich schob meinen Stuhl zurück, doch die anderen waren schneller als ich. Sie sprinteten zum Haus – Nico, Jean-Luc und Chloé vorneweg, meine Tante und mein Onkel keuchten hinterher. Ehe ich ihnen folgen konnte, merkte ich, dass jemand an meinem Ärmel zupfte.

»Kate ... Kate«, hörte ich eine Stimme. Ich blickte hinunter. Dort stand Thibault und hielt mir einen Teller voller Kutteln hin. »Du hast gesagt, du würdest mir helfen. Hilfst du mir?« Er blickte mich aus riesengroßen Augen an.

Ich schluckte. »Das sind aber ganz schön viele Kutteln, Süßer.«

»*Ouais,* Anna, *mes cousins, et moi.*« Er zeigte auf die anderen Kinder. »Wir haben unsere Kutteln alle zusammengepackt. Ich habe ihnen erzählt, was du gesagt hast.« Er flüsterte: »Sie hassen die Kutteln auch.« Ich blickte zu ihrem Tischende. Vier Kinder starrten mich voller Hoffnung an.

Ich ließ den Blick durch den Garten wandern. Vielleicht konnte ich sie ja hier irgendwo verschwinden lassen. Sie vergraben. Tante Jeannes Garten mit den unerbittlich akkurat geschnittenen Hecken und den tadellosen Blumenbeeten starrte mich vorwurfsvoll an – sogar die Kürbisse und die späten Tomaten im Gemüsebeet sahen so ebenmäßig aus wie in einem japanischen Kaufhaus.

»Okay«, sagte ich schließlich. »Gib sie mir.« Ich nahm ihm den Teller ab und stellte erschrocken fest, wie schwer er war.

»*Merci*, Kate!« Er hüpfte zu den anderen Kindern zurück.

Ich setzte den Teller ab und schenkte mir Wein nach – den würde ich brauchen. Ich sah mich um, ob auch niemandem aufgefallen war, dass ich mir selbst Wein eingeschenkt hatte.

»Noch so hungrig?« Jean-Luc kam mit den anderen im Schlepptau an den Tisch. Mit gehobener Braue musterte er den Berg Innereien.

»Eigentlich nicht, aber irgendwie war das plötzlich da.« Ich zeigte auf meinen Teller. »Ist alles okay?«

»Alles in Ordnung. Es riecht schlimmer als es ist.« Heather ließ sich zurück auf ihren Stuhl gleiten. »Ich dachte, ich hätte den Ofen eingeschaltet, habe aber stattdessen versehentlich den Grill angestellt. Als ich den Kuchen hineingeschoben habe, hat das Pergamentpapier Feuer gefangen. Überall war Rauch.«

»Ich behalte den Ofen immer im Auge – zumindest in den ersten Minuten.« Tante Jeanne schnalzte missbilligend mit der Zunge.

»Maman, dürfen wir jetzt Käse essen?«, meldete sich Thibault.

»Nein, Liebes. Erst, wenn ihr das Hauptgericht aufgegessen habt«, antwortete sie mechanisch.

»Alles aufgegessen! Käse, bitte!«, sang er, und die anderen Kinder stimmten in den Chor mit ein: »*On a terminé! Fro-mage, s'il vous plaît! On a terminé! Fro-mage, s'il vous plaît!*«

»*Attendez les adultes*«, ermahnte Chloé sie mit strengem Blick. Sie mussten warten, bis auch die Erwachsenen fertig waren.

»Möchte jemand noch etwas von den Kutteln?«, Tante Jeanne legte eine Hand auf den Deckel der Terrine.

»Mir war gar nicht klar, dass du so ein Kuttelfan bist.« Heather deutete mit dem Kopf auf meinen Teller, während ihre Schwiegermutter Chloé und Onkel Philippe einen Nachschlag gab.

»Ich auch nicht. Der Teller stand auf einmal vor mir«, sagte ich und taxierte die zähen trüben Fleischstücke mit der rauen Oberfläche.

Als ich wieder aufblickte, sah ich, wie Jean-Luc nachdenklich die leeren Teller der Kinder betrachtete.

»Eigentlich«, er stützte sich in seinem Stuhl hoch, »war das für *mich* gedacht.« Er langte hinüber, zog den Teller zu sich und begann zu essen.

Von der gegenüberliegenden Tischseite starrte Onkel Philippe mich an. Ich spürte seinen prüfenden Blick auf mir, doch als ich versuchte, ihm in die Augen zu sehen, sah er woandershin.

»Wenn ihr kleinen Äffchen so gern Käse esst«, sagte Jean-Luc zu den Kindern mit einem frotzelnden Singsang in der Stimme, »sagt mir doch mal, was euer Lieblingskäse ist? *Jeune homme?*«, fragte er Thibault.

»Comté!«

Er wandte sich interessiert an die Mädchen. »*Et vous, les filles*?«

»Comté*!*«, rief Isabelle. Dann sprachen die Kinder über unterschiedliche Käsesorten – *chèvre, brebis, vache*, Ziege, Schaf, Kuh – und ahmten die Laute ihrer Lieblingstiere nach. Bei dem fröhlichen Geschrei kam ich gar nicht dazu, Jean-Luc zu danken. Doch er konzentrierte sich derart intensiv auf die Kinder, dass mein Dank vermutlich das Letzte war, was er hören wollte.

Ich lehnte mich auf meinem Stuhl zurück. Dieses Mittagessen – der Wein, die Anspannung, Jean-Lucs eisiges Verhalten, gefolgt von seiner überraschenden Freundlichkeit – das alles bedrückte mich derart, dass sich meine Brust auf einmal wie zugeschnürt anfühlte. Ich murmelte eine Entschuldigung, schob meinen Stuhl zurück und ging zum Haus.

Nach dem hellen Sonnenlicht erschien mir das Wohnzimmer dunkel. Ich wartete einen Moment, bis sich meine Augen an die Lichtverhältnisse gewöhnt hatten, lauschte auf das Ticken einer Uhr und atmete den Geruch von Rauch und Zitronenseife ein. Schließlich nahmen die einzelnen Gegenstände, die mir von den Besuchen meiner Kindheit vertraut waren, Form an. Eine Messinguhr, die schwach im Dämmerlicht glänzte. Der Kamin aus hellem Stein, in den Trauben und Blätter gemeißelt waren. Rechts und links davon standen zwei tiefe Ledersofas. Zwei türkische Teppiche dämpften die Geräusche auf dem gefliesten Boden. Über mir liefen glänzende dunkle Holzbalken über die gesamte Decke und verliehen dem Raum etwas Finsteres. Meine Absätze klackerten, als ich in Richtung Gästetoilette ging. Der Efeu, der auf dieser Seite des Hauses wuchs, die Mauern bedeckte und die Fenster verdunkelte, verlieh dem Licht hier einen hellgrünen Schimmer. Ich zog die Toilettentür zu, lehnte mich von innen dagegen und schloss die Augen.

Meine Cousine und mein Cousin waren in diesem Haus groß geworden, wie schon ihre Mutter vor ihnen und davor eines ihrer Elternteile und immer so weiter bis zu den ersten Vorfahren, die an dieser Stelle ein Stück Land erworben hatten. Wie war es, sein ganzes Leben im selben kleinen Ort zu verbringen, auf demselben Fleckchen Land, umgeben von denselben Menschen und Gegenständen? Seit meinem zwölften Lebensjahr hatte ich nicht mehr mit meinen beiden Elternteilen zusammengelebt. Nicht mehr, seit die Bank meine Mutter zur Vizepräsidentin befördert hatte, womit ein Umzug nach Singapur verbunden war. Sie war in das nächste Flugzeug nach Asien gestiegen und hatte es meinem Vater überlassen, mich großzuziehen. Meine Eltern verkauften ihr Haus in einem der Randbezirke von Marin County und teilten den Erlös bei der Scheidung unter sich auf. Beide hatten inzwischen neue Familien – mein Vater eine junge Frau und einen kleinen Sohn, und meine ehrgeizige Mutter einen silberhaarigen Anwalt, der zu ihrer Bankerkarriere passte. Außerdem hatte sie eine ganze Schar erwachsener Stiefkinder, die jedoch praktischerweise in New York lebten, auf der anderen Seite der Erdkugel.

Ich hatte genügend Zeit in Frankreich verbracht, um zu wissen, dass die Worte »*chez moi*« tausendmal mehr bedeuteten als nur das derzeitige Zuhause einer Person. »*Chez moi*« war der Ort, aus dem die eigenen Eltern kamen, oder vielleicht auch die Region, aus der schon die Eltern der Eltern stammten. Das Essen, das man an Weihnachten aß, der Lieblingskäse. Der schönste Sommerurlaub, den man als Kind erlebt hatte – all das bedeutete »*chez moi*«. Und selbst wenn man niemals dort gelebt hatte, war »*chez moi*« mit der eigenen Persönlichkeit verwoben. Es beeinflusste die eigene Sicht auf die Welt und die Art, wie man selbst von der Welt gesehen wurde.

Wo war mein »*chez moi*«? Im Norden Kaliforniens vermutlich – dort hatte ich mein gesamtes Leben verbracht. Abgesehen von meinen Freunden und Kollegen verband mich allerdings nicht viel mit diesem Ort. An Weihnachten aß ich gern chinesisches Essen vom Lieferservice, mein Lieblingskäse war alter Gouda aus den Niederlanden, wo ich noch niemals gewesen war, und meinen schönsten Urlaub als Kind hatte ich als Achtklässlerin in einem dreitägigen Pfadfinderlager im Yosemite-Nationalpark verlebt. Wir hatten Holz gehackt, Squaredance getanzt und auf mit Piniennadeln gefüllten Jutesäcken unter freiem Himmel geschlafen – streitende Eltern waren dort verboten. Heute waren mein »*chez moi*« eher Träume und Ziele, die ich verfolgte, kein konkreter Ort irgendwo. Jahrelang war ich stolz auf diese Unabhängigkeit, diesen Minimalismus gewesen – auf die Fähigkeit, mich schnell auf neue Jobs und neue Restaurants einzustellen oder eine Wohnung innerhalb von zwei Tagen auflösen und umziehen zu können.

Doch seit ich im Burgund war, fühlte ich mich heimatlos. Etwas an dem Land meiner Vorfahren, das unter den zahlreichen Erinnerungen verschiedener Generationen verborgen lag, bewirkte, dass ich mich klein und verletzlich fühlte. Allein. Vielleicht lag es daran, dass wir den Keller ausräumten – etwas Schwermütiges hing über den Gegenständen, die keiner mehr haben wollte –, vielleicht auch daran, dass ich versuchte, mein eingerostetes Französisch wiederzubeleben. Oder lag es an dem Bemühen, wieder ein normales, entspanntes Verhältnis zu Jean-Luc aufzubauen? War es am Ende die ständige Erinnerung daran, was ich vor all den Jahren aufgegeben hatte? Nicht nur die Liebe, sondern auch ein Zuhause?

Ein Windstoß schlug das Fenster zu und holte mich in die Gegenwart zurück. Ich betätigte die Toilettenspülung, nur falls jemand draußen wartete, und wusch mir die Hände mit kaltem Wasser und Lavendelseife. Doch als ich die Tür öffnete, war niemand dort, und durch die hohen Fenster des *salon* sah ich, dass alle draußen am Tisch saßen. Ich drückte mich im Haus herum, stand auf einmal vor den Bücherregalen, atmete ein paarmal tief ein und aus und fasste mich. Nur noch einen Moment.

Mein Blick glitt über die Bücherreihen, Weinführer und Atlanten, einige Lexika, eine Reihe französischer Klassiker, darunter die üblichen Verdächtigen: *Madame Bovary, Les Misérables, Le Comte de Monte-Cristo* … Bei diesem Titel lächelte ich. *Der Graf von Monte Christo*. Ich zog das Buch aus dem Regal, schlug die Titelseite auf und las den Namen, der in altmodischer Handschrift hineingeschrieben war: Benoît Charpin. Es hatte meinem Großvater gehört – obwohl es mir schwerfiel, meine Erinnerung an den weißhaarigen, autoritären Mann mit dem strengen Gesicht mit einem so großartigen Abenteuerroman in Verbindung zu bringen. Ich blätterte durch die Seiten und atmete den staubigen Geruch von altem Papier ein. Aus der Mitte fiel ein schmales Heftchen heraus. Als ich mich hinunterbeugte, um es aufzuheben, blieb mein Blick an dem Titel hängen:

RÉPUBLIQUE FRANÇAISE
VILLE DE MEURSAULT
LIVRET DE FAMILLE
ANNÉE 1933

Ich hielt die Luft an. Dann schlug ich es, ohne nachzudenken, auf, blätterte die vergilbten Seiten um und las die gestochene Handschrift. Es war ein Familienstammbuch – ein Büchlein, das die französische Regierung herausgegeben hatte. Ich las den ersten Abschnitt, der von Hand ausgefüllt und mit offiziellen Stempeln versehen war.

MARIAGE
Entre: Monsieur Charpin Edouard Auguste Clément …
Né le 18 juin 1902 … Profession: Vigneron … Veuf de:
Dufour Marie-Hélène …
Et: Mademoiselle Bonnard Virginie Louise … Née le
18 février 1908 … Profession: Néant … Veuve de:
Néant …
Délivré le 3 mars 1933
Le Maire

Ich erinnerte mich an das Foto von dem stolzen Winzer und der schönen Frau mit dem Puppengesicht neben ihm, das Heather und ich im Keller gefunden hatten. »Unsere Urgroßeltern«, hatte Nico gesagt. »Edouard und Virginie.« Aber Moment. Ich studierte das Büchlein noch einmal genauer und betrachtete die Angaben zu Edouard. *Veuf?* Das bedeutete Witwer. War Edouard schon einmal verheiratet gewesen?

Ich blätterte zur nächsten Seite, auf der »*Enfants*« stand. Ja, hier waren die Einträge von Benoît, geboren 1934, und Albert, 1936.

Auf der letzten Seite, »*Décès des Époux*«, Verstorbene Ehepartner, stand Edouard mit dem schlichten Vermerk »*Printemps* 1943« – Frühling 1943. Der Rest des Heftchens war leer, als ob jemand aufgehört hätte, Eintragungen vorzunehmen.

Hatte ich Hélène übersehen? Ich blätterte wieder nach vorn und las die Seiten noch einmal. Nein, ihr Name tauchte nirgendwo auf. Doch wieder sprang mir das Wort *»veuf«* ins Auge. Wusste jemand, dass Edouard zweimal verheiratet gewesen war? Noch einmal las ich den Namen seiner ersten Frau: Marie-Hélène Dufour. Hélène Marie war die Umkehrung von Marie-Hélène. War das Zufall?

Ich war so in das Dokument vertieft, dass ich erst bemerkte, dass jemand das Zimmer betreten hatte, als ich hinter mir eine Stimme hörte. »Ah, da sind Sie ja. Wir haben uns schon Sorgen gemacht.« Onkel Philippe trat aus dem Schatten.

Beinahe instinktiv ließ ich das Heftchen hinter meinem Rücken verschwinden. »Ihr habt so viele interessante Bücher«, sagte ich und hielt mit der anderen Hand *Le Comte de Monte-Cristo* hoch.

Er trat zu mir und nahm mir das Buch ab. »Ah. Das war das Lieblingsbuch von meinem Vater.« Er blätterte einige Seiten um. »Haben Sie es gelesen?«

»Ja, vor … vor einer ganzen Weile«, stammelte ich und fragte mich, wie ich das *livret de famille* zurücklegen konnte, ohne dass er es bemerkte. »In der Übersetzung natürlich.«

»Natürlich.« Er lächelte schwach. »Und erinnern Sie sich an die Geschichte?«

»Mehr oder weniger.« Ich versuchte vergeblich, den fragenden Ton aus meiner Antwort herauszuhalten.

»Edmond Dantès wird fälschlicherweise des Verrats beschuldigt und viele Jahre eingesperrt«, drängte er.

»Und er flieht und wird unglaublich reich.«

»Und übt fürchterliche Rache an jenen, die ihn getäuscht haben«

»Ja, stimmt.«

»Aber wissen Sie noch, warum?« Er tippte mit einem Finger auf das Buch. »Warum wurde Dantès ins Gefängnis gesperrt?« Bevor ich etwas erwidern konnte, lieferte er selbst die Antwort. »Seine Freunde haben ihm die Schuld zugeschoben. Sie neideten ihm sein Glück. Und Dantès … Nun ja, er hat den falschen Leuten vertraut.« Er klappte das Buch zu. »Ich hoffe, Katreen, dass unser Vertrauen nicht missbraucht wird.«

»Ihr Vertrauen in *mich?*« Ich wollte gerade die Hände heben, als mir gerade einfiel, dass ich sie hinter dem Rücken lassen musste. In der Not ließ ich das Heftchen rasch in meinem Rockbund verschwinden. »Nein, natürlich nicht!«

Er sah mich herausfordernd an, doch ich hielt seinem Blick stand. »*D'accord*«, sagte er schließlich. »Na, wollen wir wieder zu den anderen gehen?« Er forderte mich auf voranzugehen. Ich ignorierte seinen bohrenden Blick und trat hinter ihn, sodass er vor mir hergehen musste. Als wir in den Garten traten, überzeugte ich mich unauffällig davon, dass das *livret de famille* nicht zu sehen war.

»Wir haben dir etwas Käse aufgehoben«, rief Heather, als wir den Weg hinunterkamen.

Ein hölzernes Käsebrett, das schon ziemlich geplündert aussah, stand in der Mitte des Tisches. Ich nahm mir etwas und bemühte mich sehr, die ursprüngliche Form der einzelnen Stücke zu erhalten.

»*Qui veut du café*?«, fragte Heather. »Will jemand Kaffee? Ich setze den Kessel auf.«

»Das mache ich«, sagte Tante Jeanne eilig und stand vom Tisch auf. Einige Minuten später kehrte sie mit einer Kanne Kaffee und einer goldenen Schachtel Pralinen zurück. »Fast hätte ich vergessen, dass Chloé uns die hier mitgebracht hat.«

»Chloé! Das sind ja kleine Kunstwerke.« Ich bewunderte die farbenfrohen Muster auf jeder Schokoladenmuschel.

»Hm?« Meine Cousine blickte von ihrem Smartphone auf. »Ach, *les chocolats?* Die sind aus einem Laden in unserer Straße. Das ist nichts Besonderes«, zwitscherte sie, obwohl ich mir sicher war, dass die Schachtel mindestens die Hälfte des Bruttoinlandproduktes von Montenegro gekostet hatte.

»Was gibt es in der unteren Schicht?« Heather schob einen Finger hinein.

Die Hand meines Onkels schoss nach vorn. »Stocher nicht herum.« Er zog die Schachtel weg. »Es könnte sein, dass dir nicht gefällt, was du entdeckst.«

9. Oktober 1940

Cher journal,
es ist heute in Beaune passiert. Ich befand mich auf dem Place Carnot, als mich zwei deutsche Soldaten anhielten und mich aufforderten, ihnen meine Papiere zu zeigen. Ich bin noch nie angehalten worden, wenn ich allein unterwegs war, und als ich meine Handtasche öffnete, um die Dokumente herauszuholen, zitterten mir die Hände. Ewigkeiten studierten sie die Daten und Stempel und überprüften immer wieder ganz genau jedes Detail. Mein Herz schlug die ganze Zeit dermaßen laut, dass ich fürchtete, sie könnten es hören. Es ist widerlich, dass man sich der Prüfung dieser Leute ausliefern, ihren eisigen Blick fürchten muss. Dass man mit so viel Argwohn behandelt wird, selbst wenn man nichts zu verbergen hat. Ich hasse es, so zu leben, den Kopf einzuziehen wie ein geprügelter Hund, doch ich stand da und war kaum in der Lage, »*Merci*« zu piepsen, als sie mir meinen Pass zurückgaben.

Madame hatte mich nach Beaune geschickt, um Zucker zu kaufen. Früher bin ich gern in die Stadt gegangen, aber jetzt sind meine Besuche selten geworden. Jedes Mal bin ich aufs Neue schockiert, dass die Deutschen überall herumscharwenzeln – sie sitzen in den Cafés, die Zeitungsstände sind voll von ihren Zeitungen, ihre Flagge hängt über dem *hôtel de ville,* ihre rosigen Schweinsgesichter bevölkern den Bahnhof. Oh! Allein ihr Anblick erfüllt mich mit solchem

Abscheu, dass ich fürchte, er könnte in meine Seele sickern.

Zum Glück bin ich normalerweise zu beschäftigt, um mich mit diesem Krebsgeschwür zu beschäftigen, mit dieser Schande, die uns alle bei lebendigem Leib auffrisst. Unsere *femme de ménage, vieille* Marie, hat sich im August zur Ruhe gesetzt, und es ist niemand Neues eingestellt worden. Seitdem übernehmen Madame und ich, aber vor allem *ich*, das muss ich betonen, das Kochen und Putzen, die Wäsche, das Bügeln und Einkaufen. *Uff*, allein mit dem Einkaufen haben wir schon genug zu tun. Wir müssen berechnen, was und wie viel uns laut dieser schrecklichen Lebensmittelkarten zusteht und in endlosen Schlangen anstehen. Wir sammeln und hacken Feuerholz für den Ofen, ganz zu schweigen davon, dass wir die Hühner und Kaninchen füttern und ihre Ställe reinigen. Bei Letzterem helfen uns Benoît und Albert – wenn Madame sie für gesund genug hält, was nicht oft der Fall ist.

In den Wochen, die auf den Waffenstillstand folgten, fürchtete ich, Madame würde einen Nervenzusammenbruch erleiden. Sie verweigerte das Essen und lag meist mit einem feuchten Lappen auf der Stirn im Bett (natürlich nur, wenn sie nicht heimlich ihre »Schätze« von einem Ort zum nächsten schaffte, bis sie schließlich selbst nicht mehr wusste, wo sie was versteckt hatte). Doch vor einigen Wochen lud Madame Fresnes sie zu einem Treffen des Cercle du patrimoine français – einer Art Klub, der sich um das französische Erbe verdient macht – ins Musée des Beaux-Arts de Beaune ein. Vor Madame Fresnes haben wir alle ein bisschen Angst, sogar Papa, denn ihr Mann leitet eines der ältesten *négociant*-Häuser im Burgund. Außerdem kursieren Gerüchte, dass einer ihrer Verwandten enge Verbindungen zu unserem »geliebten Führer«, Maréchal Pétain, pflegt. Deshalb zwang sich Madame, ein Bad zu nehmen und sich anzukleiden. In eine Parfümwolke und ein violettes Seidenkleid gehüllt, das um die Taille schlackerte, da sie so viel Gewicht verloren hatte, machte sie sich auf den Weg in die Stadt.

Nach einigen Stunden kehrte sie mit glänzenden Augen zurück und plapperte von den *wahrhaften* französischen Traditionen, davon, ein *ideales* französisches Dorf zu erschaffen und von der Kraft des neuen Frankreichs unter der Regierung in Vichy. Einem Frankreich, das aus seinen Qualen *gestärkt* hervorgegangen ist. Papa ließ sie eine Weile reden, dann erklärte er ihr ruhig, dass er keine weiteren Lobpreisungen des Vichy-Regimes unter seinem Dach dulde. Madame errötete und erwiderte, dass wir mit den Deutschen zusammenarbeiten müssten, dass Kollaboration der einzige Weg sei zu überleben. Wenn er die Situation akzeptiere, könne er sehen, dass die Besatzung für uns hier an der Côte d'Or gar nicht so schlecht sei. »Diejenigen unter uns, die Wein herstellen, haben Glück«, beharrte sie.

Und wie hat Papa auf diese Renitenz reagiert? (Denn so unbedeutend ihr Einwand war, er war unleugbar renitent.) Einen Moment sackte er auf seinem Platz zusammen. Dann schob er seinen Stuhl vom Tisch zurück, schlich davon und murmelte etwas von Briefen, die er noch zu schreiben habe. Kurzum: Er hat nichts getan.

Meiner Ansicht nach haben sich die Treffen des *cercle*

eher als Segen erwiesen. Seit Madame vor einigen Wochen begonnen hat, sie zu besuchen, hat sich ihre Stimmung gebessert – sie geht summend durchs Haus und neckt die Jungen. Sie ist sogar richtig nett – nein, vergiss das, liebes *journal*. Madame könnte niemals nett sein. Doch sie ist ein wenig milder mir gegenüber, als versuchte sie, den Geist der Gemeinschaft in ihrem eigenen Haus zu leben. Gestern hat sie sich sogar bei mir dafür bedankt, dass ich das WC geputzt habe! Und heute hat sie mich nach Beaune geschickt und gesagt, *sie* werde sich um das Abendessen kümmern. »Eine kleine Abwechslung wird dir guttun, nachdem du so viele Wochen hier oben festgesteckt hast – *ça fait du bien!*«, flötete sie.

Papa hingegen ist in letzter Zeit abwesend und vergesslich, ruhig, fast schweigsam. Ihn quälen Sorgen, von denen ich nur vermuten kann, dass sie mit dem Gut zu tun haben. Wir hatten einen weiteren trüben, kalten Sommer, und die Lese in diesem Jahr war eine Katastrophe – sogar noch schlimmer als die letzte. Die Trauben waren so spärlich und grün, dass wir nur drei Tage für die Ernte gebraucht haben. Selbst wenn Papa den Most hätte chaptalisieren wollen, um die Gärung zu verstärken, es wäre nicht möglich gewesen, denn es gab gar keinen Zucker dafür. Gott weiß, wie wir den Wein mit unserem begrenzten Vorrat an Eiern klären sollen. Wenn das so weitergeht, haben wir kaum Wein, den wir diesem korpulenten Deutschen verkaufen können, der ihn anscheinend unbedingt haben will.

Bei diesem Stress altert Papa zusehends. In den vergangenen sechs Wochen ist er stärker ergraut, und er scheint geschrumpft zu sein. Nachmittags verschwindet er für Stunden in der Natur. Als ich ihn darauf angesprochen habe, erklärte er mir, er müsse die Reben beschneiden. Ich äußerte meine Überraschung darüber, weil die Zweige normalerweise nicht vor dem Winter zurückgeschnitten werden, und da herrschte er mich an, ich solle mich um meine eigenen Angelegenheiten kümmern. Er stürmte aus dem Haus, und ungefähr eine Viertelstunde später sah ich, wie er zwischen den Reben auf und ab lief. Immer wieder. Ich habe absolut keine Ahnung, was er dort macht.

Gestern habe ich hinter dem Haus Holz gehackt, als Papa dazukam, die Schultern auf die inzwischen vertraute Weise hochgezogen und das Gesicht ganz bleich, sogar die Lippen. Als ich im Hacken innehielt, nahm er mir die Axt ab und schlug sie mit mehr Kraft als nötig in das trockene Holz. Ich schlich von hinten an ihn heran und hörte ihn zwischen den Schlägen murmeln: »Die sind von allen guten Geistern verlassen … nicht ich. Die. Nicht ich. Die. Nicht. Ich. Die.« Nachdem er einige Minuten Holz gehackt hatte, warf er die Axt auf den Boden und schritt in Richtung Stallungen davon. Ich habe ihn erst am nächsten Morgen wiedergesehen, als er nach dem Frühstück mit zerknautschtem Gesicht und einer Alkoholfahne erschien. Seine griesgrämige Miene verbot jegliche Frage oder besorgte Äußerung.

Offen gestanden mache ich mir aber Sorgen um Papa. Manchmal wirkt er leer, unsicher vor Scham, vollkommen niedergeschlagen. In anderen Momenten scheint er vor unterdrückter Wut geradezu zu knistern. Madame hütet unterdessen ihre Zunge, bis er verschwindet – worauf sie nicht lange warten muss –, und plaudert endlos von den charmanten Damen, denen sie im *cercle* begegnet. Frauen von solcher Schönheit, Eleganz und solchem Wohlstand (laut ihrer Beschreibung), dass sie mit Helen of Troy konkurrieren könnten. Ehrlich gesagt fand ich Madames Haltung in letzter Zeit erträglicher als die von Papa. Zumindest schluckt sie ihre Angst zum Wohle der Jungen hinunter. Ja, sie piesackt uns und zwingt uns zu gehorchen, doch dadurch hält sie eine Art Routine aufrecht. Und das hilft uns, durch diese Hölle voller Unsicherheiten zu taumeln.

Oh! Da ist Papa, er hört Radio in seinem Büro. Ich höre die vier düsteren Schläge von Beethovens Fünfter Sinfonie, leise gemurmelte Worte: »*Ici Londres. Les Français parlent aux Français.*« Radio Londres, der französischsprachige Hörfunksender der BBC, der bei uns verboten ist. Ich muss ihm sagen, dass er das Radio leiser stellen soll – ich kann es sogar hier oben in meinem Zimmer hören.

7. Kapitel

»Wir machen Fortschritte, findest du nicht?« Das Licht ging an, und Heather polterte die Treppe hinunter.

»Und täglich grüßt das Murmeltier«, stichelte ich und folgte ihr in den Keller.

»Ach komm, so oft sage ich das gar nicht.« Eine Hand auf dem Treppengeländer, drehte sie sich zu mir um. »Oder?«

»Mindestens einmal jeden Morgen. Und normalerweise auch noch einmal nach dem Mittagessen.«

»Nun ja, wenn ich das sage, dann nur, weil es stimmt. Sieh doch, ich kann jetzt schon das machen!«

Sie sprang von der letzten Stufe, drehte sich zu mir um und breitete die Arme aus. »Siehst du, dass ich irgendwo gegenstoße? Nein!«

Ich lachte. »Okay, also … Wie lautet der Plan für den Nachmittag? Sollen wir endlich den Kleiderschrank in Angriff nehmen?«

Unsere Blicke wanderten zu dem Ungeheuer, das vor der gegenüberliegenden Mauer stand: ein massiver Kleiderschrank, mannshoch und fast doppelt so breit. Wie es jemand geschafft hatte, ihn die schmale Kellertreppe hinunterzuschaffen, war ein Rätsel, das sich jedweder räumlichen Logik widersetzte. Doch er stand dort und beherrschte eine der Kellerwände. Das dunkle Holz war von einer dicken Staubschicht und von Spinnweben überzogen. Bislang hatten wir es vermieden, ihn anzufassen, weil alle verspiegelten Türen zerbrochen waren. Unsere Gesichter wirkten in dem zerbrochenen Glas wie kubistische Geister.

»Ja, okay.« Heather unterdrückte ein Schaudern. »Vor dem Ding gruselt mir.«

»Sind es die vielen scharfen Glassplitter? Oder was anderes?«

»Wahrscheinlich nichts.« Sie fasste sich und blickte auf ihr Handy. »Oh, wow, es ist schon spät. Pass auf, am Anfang helfe ich dir … Ist es okay, wenn du dann allein weitermachst? Nico fährt heute Nachmittag mit den Kindern nach Dijon, um neue Schuhe zu kaufen, und ich dachte, ich nutze die Zeit, um bei der *mairie* in Meursault vorbeizufahren. Die verwahren die *registres d'état-civil* für unser Dorf.«

»Die … was? Das Personenstandsregister?« Ich grübelte über ihre Worte nach. Plötzlich dämmerte es mir. »Suchst du nach Hélène?«

Sie errötete. »Ich weiß, das ist heikel. Daraus hat Papi beim Mittagessen am Sonntag keinen Hehl gemacht. Aber …«

Ich presste die Lippen aufeinander. »Er hat mein Interesse an Hélène nur noch verstärkt.«

Ihre Augen funkelten. »Ehrlich? Papi soll sich ja nicht einbilden, er könnte mir etwas vorschreiben. Und jetzt, da wir Urgroßvater Edouards *livret de famille* haben, wird es leichter, ein bisschen zu forschen. Komm, schaffen wir die Kartons vor dem Kleiderschrank zur Seite.« Schnell räumten wir den Platz um den Schrank herum frei, sodass sich die Türen öffnen ließen. Dann zog Heather ihre Arbeitshandschuhe aus und stopfte sie in die Jackentasche. »Bist du sicher, dass ich dich hier unten allein lassen kann?«, fragte sie.

»Ja klar! Du bist diejenige, die überall Gespenster sieht, nicht ich.«

»Okay, gut ...« Trotz ihrer Entschiedenheit schien sie jetzt nur ungern zu gehen. »Ich sollte zum Abendessen zurück sein. Nico und die Kinder essen zur Belohnung in Dijon in der *crêperie*, also ...«

»Avocado-Toast?«

»Du kannst Gedanken lesen.« Sie grinste. »Schick mir eine Nachricht, wenn du etwas brauchst, okay?« Dann sprang sie mit wippenden Locken die Treppe hinauf.

Vorsichtig zog ich die Doppeltüren auf der linken Seite des Schranks auf und leuchtete mit der Taschenlampe meines Handys hinein. An einer Stange hingen weitere alte Kleider. Das marode Gewebe verströmte einen widerlichen Geruch. Hosen mit weiten Beinen. Herrenanzüge aus Tweed und Cord. Grobe Clogs mit dicken Holzsohlen. Ich zog die Kleidung von den Bügeln und stopfte alles in einen weiteren schwarzen Plastiksack.

In den Fächern des Schrankmittelteils fand ich stapelweise zerschlissenes Leinen: vergilbte Bettlaken, feine Tischdecken, von Brandlöchern übersät, zerschlissene Badetücher, die vom Trocknen an der Luft bretthart waren. In den Schubladen darunter befanden sich einzelne Damenhandschuhe aus Ziegenleder, von denen lose Fäden herunterhingen, wo sie einst mit Perlmuttknöpfen geschlossen wurden. Ich öffnete einen weiteren Müllsack und beförderte alles hinein.

Dann machte ich mich an die rechte Doppeltür. Als ich nach dem filigranen Riegel griff, scharrte etwas neben mir, im nächsten Augenblick huschte eine kleine graue Fellkugel wie ein geölter Blitz über meine Füße. Ich schrie auf, sprang zur Seite, verlor das Gleichgewicht und schlug mit der Hand gegen die Schranktüren. Die Kreatur sauste um einen Stapel Kartons herum und verschwand. Eine Maus, es war nur eine Maus. Mein Herzschlag hallte dennoch in meinen Ohren wider. Als ich sah, dass meine Hand voller Blut war, schnappte ich nach Luft.

Ich hatte mir an dem zerbrochenen Glas einen glatten Schnitt am Daumen zugezogen, nicht so tief, dass er genäht werden musste, aber schlimm genug, als dass es stetig blutete. Schnell drückte ich ein dickes Paket Papiertücher auf die Wunde, um jedes Gefühl zu betäuben, und beobachtete, wie sofort wieder ein dunkelroter Fleck erschien. Keine Sorge, sagte ich mir. Das hört schon auf. Doch eine Minute später hatte die Blutung noch nicht nachgelassen. Sollte ich den Notruf anrufen? Wusste ich überhaupt, wie man das in Frankreich machte? Ich rang mit meiner aufsteigenden Panik. Irgendwie tauchten auf einmal Worte aus meinem Erste-Hilfe-Seminar in meinem Kopf auf. *Druck ausüben. Und hochhalten.*

Ich hob beide Hände über den Kopf, schloss die Augen und erinnerte mich an den Tag jenes Erste-Hilfe-Kurses. Das Restaurant hatte vergessen, uns mitzuteilen, dass man den Kurs gebucht hatte, und ich musste im letzten Moment eine Verabredung zum Kaffee mit meiner Freundin Anjali absagen. Das ganze Personal war genervt, und als wir den Heimlich-Griff übten, stellten wir uns vor, die Puppe, an der wir übten, wäre der Geschäftsführer. Als ich daran dachte, wie rigoros wir der Puppe auf den Bauch gedrückt hatten, musste ich schmunzeln. Es war kaum zwei Monate her, doch es kam mir bereits wie ein anderes Leben vor.

Ich blickte hoch zu meinen Händen, nahm das Papiertuch ab und inspizierte den Schnitt. Noch immer sickerte Blut aus der Wunde, doch längst nicht mehr so stark. Und dann entdeckte ich etwas. Über dem Kleiderschrank verlief ein gezackter Riss in der Backsteinmauer. Heather hatte nichts von Bauschäden im Keller gesagt. Ich kniff die Augen zusammen. Die Mauer wirkte uneben, sie war aus Steinen errichtet, die fast dieselbe Größe und Farbe wie die anderen Wände hatten, aber nicht ganz. Oder bildete ich mir das nur ein?

Der pochende Schmerz in meinem Daumen erinnerte mich daran, dass ich die Wunde versorgen musste. Oben im Bad der Kinder wusch ich den Schnitt mit kaltem Wasser aus, sprühte etwas darauf, von dem ich hoffte, dass es sich um ein Wunddesinfektionsmittel handelte, und klebte ein Pflaster darüber. Ein dümmlicher Schneemann mit vorstehenden Zähnen grinste mir von der Daumenkuppe entgegen. Bevor ich in den Keller zurückkehrte, ging ich in die Besenkammer und holte eine Leiter heraus.

Vielleicht hatte Heather recht, vielleicht kamen wir wirklich voran, denn es war leichter als gedacht, die Leiter durch den Keller zu manövrieren. Ich klappte sie neben der Mauer auseinander, nah genug an dem schmutzigen Fenster, um ein wenig Licht zu haben. Ja, von hier konnte ich sehen, dass die Steine ein bisschen anders waren, die oberen waren länger und schmaler. Jemand hatte versucht, die Lücken zu verputzen, aber der Mörtel war im Laufe der Zeit abgesprungen und hatte eine merkwürdige Zickzacklinie gebildet, die quer über der Wand verlief.

Ich wackelte an einem der Steine, doch dabei geriet die Leiter auf dem unebenen Boden ins Wanken. Ich hielt mich an der Wand fest und versuchte, das Gleichgewicht wiederzuerlangen, und plötzlich gaben einige Steine nach und fielen auf der anderen Seite der Wand auf den Boden.

»Gott!«, stieß ich keuchend aus.

Eine Fahrt in die Notaufnahme war das Letzte, was ich gebrauchen konnte. Ich zwang mich, tief durchzuatmen, bis sich mein Herzschlag beruhigte. Dann untersuchte ich meinen Daumen. Es schien ihm gut zu gehen, er hatte nicht wieder zu bluten begonnen. Ich wandte mich zu der Wand um. Die fehlenden Steine hatten eine Lücke hinterlassen. Doch was befand sich auf der anderen Seite? Rasch zog ich mein Handy aus der Hosentasche und leuchtete mit der Taschenlampe hinein, doch der Strahl traf auf nichts, keinen Gegenstand, kein glänzendes Glas. Ich steckte eine Hand durch das Loch und fühlte Luft – sie war kühl, aber nicht kühler als im Rest des Kellers.

Langsam kletterte ich von der Leiter herunter und trat ein Stück von der Wand zurück, um sie mit Abstand zu betrachten. Selbst in dem schwachen Licht erkannte ich den Umriss eines Bogens in der Nähe der Decke. Wie eine Tür, die man zugemauert hatte. Bislang war mir das nicht aufgefallen, weil der Schrank den Großteil der Wand verdeckt hatte. Stand dieses alte Möbelstück aus einem bestimmten Grund dort?

Erneut machte ich mich an den dritten Teil des Kleiderschranks und hielt den Atem an, als die Doppeltüren aufschwangen. Doch der Inhalt glich dem des ersten – an einer Metallstange hing noch mehr alte Kleidung. Ich unterdrückte einen Seufzer, räumte sie weg und legte eine weitere Reihe Schwanenhalshaken frei, die an der Rückwand befestigt waren.

Mein Daumen pochte. Allmählich kam ich mir albern vor. Bald würde Heather nach Hause kommen, und ich war nicht halb so weit gekommen wie gehofft. Und überhaupt … Wonach suchte ich? Nach einem geheimen Keller? Dem verborgenen Schatz des Grafen von Monte Christo? Eine Tür im Kleiderschrank, die nach Narnia führte? Das waren Märchen. Nur, um mir das zu beweisen, versetzte ich der Rückseite des Schranks einen beherzten Stoß, und zu meiner Überraschung hörte ich ein leises, aber deutliches Klicken.

Ich nahm all meine Kraft zusammen und drückte gegen die Rückwand, und siehe da, ein Teil von ihr ließ sich knarrend aufdrücken. In der Mauer dahinter war eine Öffnung, sie war gerade so groß, dass eine Person hindurchpasste.

Ich prüfte, wie stabil der Rahmen war, schwang mich über die Leiste und landete auf der anderen Seite. Der Raum war größer, als er auf den ersten Blick erschien, und stand voller schwerer dunkler Möbel. Bei genauerem Hinsehen erkannte ich, dass es sich um Holzregale handelte, in denen von flauschigem Schimmel überzogene Weinflaschen lagerten. Da ich erst mal keine Spuren hinterlassen wollte, spähte ich auf das Etikett einer Flasche, ohne sie zu berühren. Der Strahl meiner Taschenlampe ließ die Zahl »1929« aufleuchten – ein hervorragender Jahrgang in Frankreich, den ich mir wegen des Börsencrashs im selben Jahr gut hatte merken können. Ich betrachtete einige andere Flaschen und entdeckte weitere ausgezeichnete Jahrgänge aus den 1920er- und 1930er-Jahren.

Was war das hier? Ein Geheimkeller? Natürlich hatte ich Geschichten über solche Keller gelesen – sie waren legendär im Burgund. Im Zweiten Weltkrieg hatte man in den *caves* Mauern errichtet und einen Teil abgetrennt, um kostbare Weine vor den Deutschen zu verstecken. Aber der Krieg war seit über siebzig Jahren zu Ende – die Keller waren doch sicher längst wieder geöffnet und der Wein glücklich hervorgeholt worden? Warum war dieser so lange verborgen geblieben? Ich erforschte den Raum. Das Licht der Taschenlampe glitt über eine heruntergefallene Schiefertafel und Massen von Spinnennetzen. In einer Ecke befand sich, versteckt hinter einem Weinregal, ein kleines Lager: ein Klappbett mit einer groben Decke, ein kleiner Schreibtisch mit einer Öllampe, eine Schüssel und ein Krug. Als ich die oberste Schreibtischschublade aufzog, hörte ich ein Rattern, und meine Finger stießen auf das kühle Metall eines altmodischen Schlüssels. Ich entdeckte ein Schloss in der untersten Schublade, das sich zu meiner Überraschung leicht öffnen ließ.

Die Schublade war leer bis auf einen Stapel Abhandlungen mit Titeln wie 33 *Conseils à l'occupé* (33 Hinweise für die Einwohner der besetzten Zone), *Vichy fait la guerre* (Vichy führt Krieg), *Nous sommes pour le général de Gaulle* (Wir unterstützen General de Gaulle) und eine Handvoll Aufkleber: *Vive le général de Gaulle!*

Einen Augenblick verharrte ich still in der kühlen, feuchten Kellerluft. Ich musste nicht die geschickten Schreinerarbeiten am Kleiderschrank untersuchen oder das schmale Bett aufschlagen oder die kühnen Worte der politischen Traktate lesen, um zu erkennen, dass es sich hier um einen geheimen Unterschlupf handelte. Die Botschaft war unmissverständlich: *Vive le général de Gaulle*. Hier hatte sich die Résistance versteckt.

Ein Schaudern durchlief meinen gesamten Körper bis in die Finger- und Zehenspitzen. Ich habe es gewusst! Meine Familie hatte im Zweiten Weltkrieg der Résistance-Bewegung angehört! Das erklärte die für meine Mutter und meinen Onkel so charakteristische Verschwiegenheit, ihre stets wachsame Haltung. Wenn ein Familienmitglied ein *résistant* gewesen war, hatten sie schon in jungen Jahren gelernt, ihre Meinung für sich zu behalten, um kein Misstrauen zu erregen. Die Kinder der Besatzungszeit erinnerten sich zu genau an die Folgen unbesonnenen Handelns: Deportation. Konzentrationslager. Exekution.

Mit wachsender Aufregung blickte ich mich in dem Keller um. War das hier ein Unterschlupf für jüdische Flüchtlinge gewesen? Oder vielleicht hatten alliierte Soldaten sich hier versteckt und darauf gewartet, fliehen zu können? Oder beides? Ich hatte noch nie jemanden darüber sprechen hören – andererseits gab es eine Menge Dinge, über die man in meiner Familie nicht sprach. Ich blätterte die politischen Traktate durch und suchte nach einem Namen, einem Datum, einer Adresse – nach irgendeinem Hinweis, egal wie klein. Doch die Papiere verrieten kein einziges Detail, und mir war sofort klar, warum: Es war zu gefährlich.

Vor langer Zeit hatte jemand sorgsam einen Tritthocker unter die Öffnung im Kleiderschrank gestellt. Auf diesen stieg ich nun, krabbelte hindurch und sprang auf der anderen Seite hinunter. Die Klappe in der Rückwand des Kleiderschranks schwang in ihren Angeln, und ich schloss sie, indem ich an den Kleiderhaken zog, bis das Schloss einrastete.

Mit geschlossenen Türen wirkte der Schrank so wuchtig. Wer konnte ahnen, dass sich dahinter ein so ausgeklügeltes System verbarg? Es musste Wochen, wenn nicht Monate gedauert haben, den Keller so umzubauen. Ich dachte an den Wein, der hinter der Mauer verborgen war – auch wenn ich nur einen flüchtigen Blick auf die Etiketten geworfen hatte, wusste ich, dass diese Flaschen ein Vermögen wert waren. Und mit einem Anflug von Stolz dachte ich über den kühnen Widerstand nach, der nur wenige Meter von mir entfernt stattgefunden hatte – an all die Leben, die meine Familie vermutlich gerettet hatte, obwohl sie selbst dadurch einer großen Gefahr ausgesetzt gewesen war. Ich dachte daran, was Walker mir letzte Woche erzählt hatte. Wir befanden uns nur wenige Kilometer von der Demarkationslinie entfernt, die die besetzte Zone vom freien Frankreich getrennt hatte. Das Gut musste eine entscheidende Rolle gespielt, die Bewohner Menschen geholfen haben, über die Grenze zu fliehen. Plötzlich ergab alles einen Sinn: dass es keinerlei Informationen über Hélène gab. Ihr spärlicher Besitz. Ein gepackter Koffer, damit sie jederzeit flüchten konnte.

Oben schlug eine Tür. »Kate? Hey, Kate!«, rief Heather, dann kam sie die Treppe heruntergesprungen.

»O mein Gott, Heather!«, rief ich. »*Rate, mal, was ich entdeckt habe.*«

»Was?« Sie bog um die Ecke, beugte sich nach vorn und stützte sich mit den Händen auf den Knien ab, um zu Atem zu kommen.

»Du glaubst nicht, was sich hier hinter dem Schrank befindet … Ich hab es zufällig entdeckt … Ein geheimer Keller … Tausende Weinflaschen … ein Vermögen wert! Sieh nur!«

Ich packte ihren Arm, zog sie zum Kleiderschrank, öffnete die Türen und stieg hinein, um ihr die Klappe in der Rückwand zu zeigen.

Heather sog lautstark die Luft ein. »Was ist das?«

Ich berichtete, wie ich den verborgenen Kellerraum entdeckt hatte. Von den Regalen mit altem Wein. Dem Unterschlupf in der Ecke. Den Texten der Résistance.

»Ich glaube, das hier ist während des Krieges ein geheimer Unterschlupf gewesen.«

»Du meinst während … des Zweiten Weltkriegs?« Sie sah mich ungläubig an.

»Ja, natürlich. Hélène muss eine *résistante* gewesen sein – oder vielleicht eine Spionin. Deshalb können wir keine Informationen über sie finden. Langsam ergibt alles einen Sinn.«

Sie unterbrach mich. »Du irrst dich.«

Ich lachte. »Ich weiß, das klingt vollkommen verrückt, aber ich schwöre dir, ich hab mir das nicht ausgedacht. Da ist tatsächlich ein Geheimkeller auf der anderen Seite des Kleiderschranks, und in einer Ecke befindet sich ein Versteck.«

Ungeduldig strich sich Heather eine Haarsträhne aus dem Gesicht. »Nein, nicht das. Ich meine Hélène. Sie war keine *résistante*. Das weiß ich, weil ich gerade ein Foto von ihr im Archiv der Bibliothek gefunden habe. Mit rasiertem Kopf.«

Ich schüttelte den Kopf. »Das verstehe ich nicht. Meinst du, sie war krank?«

»Nein«, erwiderte Heather scharf. »Das Foto wurde im September 1944 aufgenommen. Nach der Befreiung. Ihr Kopf war rasiert.«

»Aber was bedeutet das?« Ich verschränkte die Arme, ich begriff gar nichts.

Heathers Miene war wie versteinert. Als sie schließlich antwortete, klang ihre Stimme eisig. »Das bedeutet, dass Hélène mit den Nazis kollaboriert hat.«

8. Kapitel

Wie erstarrt stand ich im Keller, den Blick auf den groben Boden gerichtet, bis er vor meinen Augen verschwamm. Irgendwo im Dunkeln klickte es ein paarmal, dann folgte das Brummen des Boilers, der zum Leben erwachte. Heather suchte in ihrer Hosentasche nach einem Taschentuch und tupfte sich die Augen. Die nackte Glühbirne, die von der Decke hing, tauchte ihr Gesicht in fahles Licht.

»Eine Kollaborateurin? Aber wie?« Ich schüttelte fassungslos den Kopf. »Was genau hast du in der *mairie* gefunden?«

Heather holte tief Luft und berichtete. Sie hatte ihre Recherche im Personenstandsregistrierungsbüro von Meursault begonnen und dort nach den *actes d'état civil* von Hélène Charpin gefragt. Doch die Angestellte hinter dem Schreibtisch hatte nur einen Blick auf Hélènes Geburtsjahr geworfen – 1921 – und sie abgewiesen. Sie hatte gesagt, solange die Dokumente nicht über hundert Jahre alt seien, dürfe sie sie nur einem direkten Nachfahren aushändigen. Heather hatte sich nicht so leicht abwimmeln lassen und nach den Unterlagen von Edouard gefragt – meinem Urgroßvater, der 1902 geboren worden war. Die Frau hatte seine *acte de naissance* hervorgeholt, die Geburtsurkunde.

»Die meisten Angaben kannten wir schon«, erklärte

Heather. »Doch als ich genauer hinsah, entdeckte ich, dass an den Rand Notizen geschrieben waren – die Angestellte nannte sie *mentions marginales*. Anscheinend ist es durchaus üblich, Bezüge zu anderen Dokumenten zu notieren.« In Edouards Fall waren in den Notizen Edouards Ehen festgehalten – einschließlich seiner ersten mit Marie-Hélène Dufour im Jahr 1920 – sowie als Ergebnis ihrer Verbindung eine Tochter, Hélène Marie Charpin.

»Dann war Hélène unsere Großtante?«, fragte ich.

»Theoretisch war sie deine Stiefgroßtante. Benoît und Albert waren ihre Halbbrüder … Verwirrend, ich weiß. Schau, um es zu verstehen, habe ich diesen Stammbaum gezeichnet.«

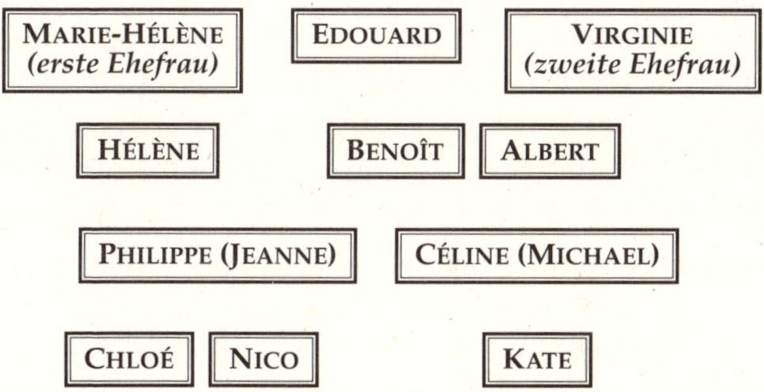

»Aber was hat das alles mit …«, es fiel mir schwer, das Wort noch einmal auszusprechen, »… Kollaboration zu tun?«

»Als ich die *acte de naissance* zurückgab, erklärte ich der Angestellten, dass ich enttäuscht sei, nicht noch weitere Dokumente sehen zu dürfen. Sie war zwar äußerst korrekt, aber ich glaube, sie hatte ein bisschen Mitleid mit mir. Jedenfalls riet sie mir, es im Archiv der Bibliothek von Beaune zu versuchen.« In der Bibliothèque municipale de Beaune sah Heather die Mikrofilme der Lokalzeitung durch, aber die Informationen waren spärlich und während des Krieges ziemlich sicher zensiert. »Ich war ganz schön frustriert«, sagte sie. »Also habe ich es einfach mit irgendeiner Suche probiert – Edouard Charpin. Marie-Hélène Dufour Charpin. Edouard und Marie-Hélène. Edouard und Virginie. Schließlich gab ich Hélènes Namen in die Datenbank für akademische Zeitschriften ein. Und da tauchte dieser Artikel auf. Hier, ich habe eine Kopie ausgedruckt.« Sie zog einige zusammengefaltete Seiten aus ihrer Tasche und reichte sie mir. Der Artikel mit dem Titel *Die Bestrafung weiblicher Kollaborateure nach der Befreiung* stammte aus einer wissenschaftlichen Zeitschrift und war in schwer verständlichem Französisch verfasst.

»Sieh mal hier.« Sie zeigte auf einen Absatz. »Die Autoren beziehen sich auf Hélène und ihren Prozess wegen Kollaboration.«

Ich schlug mir entsetzt eine Hand vor den Mund. »Sie stand vor Gericht? Wegen *Kollaboration?*«

Heather verschränkte die Arme. »Ich habe den Artikel nur rasch überflogen – die Sprache ist ziemlich trocken. Aber ja, es war ein kurzfristig angesetzter Prozess nach der Befreiung. Und es gibt Bilder … Hier ist sie zu sehen.«

Auch auf dem körnigen Schwarz-Weiß-Foto war der Dorfplatz zu erkennen. Inmitten einer wütenden Menge saßen zwei Frauen. Man hatte ihnen dicke schwarze Hakenkreuze auf die Stirn gemalt, ihre Blicke waren nach unten gerichtet, die Mienen finster. Hinter ihnen schwangen zwei Männer in weißen Friseurkitteln Rasierklingen und schoren den Frauen mit höhnischem Grinsen die Haare vom Kopf.

Entsetzen befiel mich. Aufgrund der Gegenstände aus dem Koffer hatte ich mir ein Bild von Hélène gemacht – von einem ernsten Mädchen mit einer empfindsamen Seele –, doch das Foto vor mir zeigte eine kühle junge Frau mit einem harten Zug um den Mund.

Heathers Stimme zitterte vor kaum unterdrückbarer Wut. »Ich kann das einfach nicht glauben, Kate. Mir ist ganz übel. Sie war ein *Nazi*. Ist dir klar, was das heißt? Diese Familienmitglieder – sie sind *Antisemiten*. Ihr Blut fließt durch die Adern meines Mannes … und meiner Kinder …«

Und durch meine, dachte ich, sagte jedoch: »Aber die Menschen sind nicht aufgrund ihrer Gene dazu bestimmt, fanatisch oder xenophob zu werden. Wir wissen nichts über Hélène oder die Umstände, die sie zu ihren Entscheidungen bewogen haben. Ich will sie nicht verteidigen«, fügte ich rasch hinzu. »Was sie getan hat, ist unverzeihlich. Ich will nur sagen, dass wir nicht dazu verdammt sind, ihre Fehler zu wiederholen.«

»Vermutlich.« Doch Heather wirkte noch nicht überzeugt.

»Und ist das nicht Nicos und deine Aufgabe? Thibault und Anna die richtigen Moralvorstellungen zu vermitteln, ihnen ein Gewissen zu geben, sodass nichts dergleichen jemals wieder geschieht?« Sie verschränkte die Arme und seufzte, aber ich wusste, dass sie das Argument überzeugt hatte. »Natürlich«, sagte ich langsam, weil ich noch über meine nächsten Worte nachdachte. »Jetzt ist klar, warum niemand in der Familie jemals von Hélène gesprochen hat, warum man sie totschweigt.«

Ich erinnerte mich an einen meiner seltenen Besuche im Büro meiner Mutter, als ich ungefähr zehn Jahre alt war. Ihre Kollegin Midori fragte mich, was wir in den Sommerferien vorhätten, und ich erklärte ihr, wir würden meinen Großvater in Frankreich besuchen.

»Er lebt im Burgund. Er ist Winzer«, erzählte ich.

Später zu Hause nahm meine Mutter mich beiseite. »Sag nie wieder, dass Grandpère Benoît Winzer ist«, zischte sie leise, als wollte sie nicht, dass mein Vater sie hört. »Amerikaner verstehen nicht, was das bedeutet. Es klingt prätentiös.«

»Was soll ich dann sagen?«

Ich wusste kaum, was ein Winzer war, noch viel weniger, was ein so kompliziertes Wort wie »prätentiös« bedeutete. Aber ich wusste, dass ich nicht lügen sollte.

»Sag, er ist Landwirt.« Sie zuckte die Schultern. »Schließlich ist das die Wahrheit.«

Jahrelang hatte mich dieses Gespräch beschäftigt, und ich hatte mich gefragt, warum meine Mutter persönlichen Fragen stets aus dem Weg ging. War ihre Distanziertheit genetisch bedingt? Und trug ich dieses instinktive Ausweichen ebenfalls in mir? Doch nachdem ich nun von Hélène wusste, ahnte ich, dass der Widerwille meiner Mutter, über die Geschichte ihrer Familie zu sprechen, eine eingeübte Taktik war, die sie und Onkel Philippe als Kinder perfektioniert hatten. Jetzt, da ich von Hélène wusste, war die Wahrheit offensichtlich.

Sie schämten sich.

Am nächsten Morgen traf ich die Kinder allein in der Küche an, bunte Froot Loops lagen auf dem Holztresen verstreut.

»Maman macht *jogging*«, informierte mich Anna und schob die Hand ihres Bruders von der Schachtel mit den Loops. »Und Papa ist in der *cuverie*.«

»Wer bringt euch denn zur Schule?« Ich füllte den Wasserkessel und kramte im Schrank nach einem Teebeutel.

»Kate!« Sie kicherte. »Es ist doch Samstag!«

»Ach, stimmt ja.« Ich rieb mir die Stirn. »Ich glaube, ich bin gestern Abend zu spät ins Bett gegangen.«

Thibault sah mich aus großen braunen Augen an. »Katerbier«, sagte er.

»Moment, *was?*«

»Katerbier. Das trinkt man doch, wenn man Kopfschmerzen hat, *n'est-ce pas?*«

»Kann sein.« Ich unterdrückte ein Lachen. »Ich habe aber keine Kopfschmerzen. Ich habe nur zu lange gelesen.«

»*Ouais*. Das sagt Maman auch immer, bevor sie sich eine Bloody Mary mixt.« Er leckte kurz über die Spitze seines Zeigefingers und blätterte eine Seite in seinem *Tim-und-Struppi*-Comic um.

Ich wartete darauf, dass das Wasser kochte, stützte mich mit den Ellbogen auf dem Küchentresen ab und blickte aus dem Fenster. Zum ersten Mal bemerkte ich, dass der Herbst sich schleichend der Reben bemächtigt hatte, die leuchtend grünen Blätter waren jetzt rostrot gefärbt. In der vergangenen Nacht hatte ich mit einer zusätzlichen Decke geschlafen, und am Morgen hatte ich das Bad mit einem Heizlüfter vorgewärmt, ehe ich mich überwand, mich zum Duschen auszuziehen. Es bestand kein Zweifel. Die Jahreszeiten hatten gewechselt, und bald war es für mich Zeit, nach Kalifornien zurückzukehren. Ich musste meine Wohnung von den japanischen Professoren zurückfordern, die ein Sabbatical in San Francisco verbrachten, mir einen neuen Job suchen, mich wieder meiner Master-of-Wine-Studiengruppe anschließen und mich für den Test anmelden – kurz: mich aus dem zunehmend komplexen Netz aus Familiengeheimnissen befreien und mein eigentliches Leben wieder aufnehmen.

Der Kessel brodelte wütend. Ich schüttete kochend heißes Wasser über meinen Teebeutel und hoffte, dass das Getränk die Müdigkeit vertreiben würde. Am Abend zuvor hatten Heather und ich schnell einen Toast gegessen, danach hatte sie sich unter dem Vorwand zurückgezogen, Migräne zu haben. Derweil war ich viel zu lange aufgeblieben und hatte mithilfe eines französisch-englischen Wörterbuchs die komplizierte akademische Prosa entwirrt.

Soweit ich es verstanden hatte, ging es in dem Artikel, den Heather entdeckt hatte, um die Behandlung von weiblichen Kollaborateuren nach der Befreiung 1944. Damals war es zu *épurations sauvages*, zu außergerichtlichen Säuberungen gekommen. Die Anhänger dieser Bewegung hatten sich spontan zusammengefunden, mit dem Ziel, Kollaborateure zu bestrafen. Sie waren größtenteils von Rache getrieben gewesen und äußerst brutal vorgegangen. Die demütigendsten öffentlichen Bestrafungen waren »horizontalen Kollaborateuren« vorbehalten gewesen – Frauen, die mit dem Feind geschlafen hatten. Man schor ihnen in aller Öffentlichkeit den Kopf, riss ihnen die Kleider vom Leib und beschmierte sie mit Hakenkreuzen. Anschließend wurden die Frauen unter dem hasserfüllten Johlen der Menge durch die Stadt geführt und bespuckt.

Das Kahlscheren als Strafe, schrieben die Autoren, *das auf die Bibel zurückgeht, wo es als Reinigungsprozess betrachtet wurde, war in Frankreich im 20. Jahrhundert weit verbreitet. Auch 1918 schor man Frauen, die mit deutschen Soldaten verkehrt hatten, die Köpfe. Die Nazis rasierten deutschen Frauen den Schädel, die Beziehungen zu Nichtariern oder ausländischen Gefangenen unterhielten. Die femmes tondues – die geschorenen Frauen – haben also eine lange Geschichte. Auch Frauen, die ihre Männer betrogen hatten, wurden mit dem Scheren der Haare bestraft.*

Hélène wurde irgendwo mitten in dem Artikel erwähnt. *Frauen, die der horizontalen Kollaboration angeklagt waren, wurden von der Bürgerwehr* Èpuration sauvage *bestraft,* schrieben sie. *Es waren häufig Prostituierte, wobei sich auch viele junge Frauen unter ihnen fanden, die aus Langeweile oder Wagemut handelten, oder junge Mütter, die verzweifelt versuchten, ihre hungrigen Kinder zu ernähren. Ebenso gab es Frauen, die für die deutschen Soldaten arbeiteten, zum Beispiel als Putzfrau im deutschen Hauptquartier. Weibliche Informanten der Gestapo wie Hélène Charpin, Marie-France Gaucher oder Jeanne Petit wurden leichter zum Sündenbock gemacht als ihre männlichen Gegenparts, denen während der* épuration légale *zwischen 1944 und 1949 der Prozess gemacht wurde …*

Ich überflog den Rest des Artikels auf der Suche nach weiteren Informationen über Hélène, doch ihr Name tauchte nicht mehr auf.

Als ich den Teebeutel aus dem Becher entfernte, empfand ich aufs Neue heftigen Abscheu. Die Autoren hatten sich generell mitfühlend den horizontalen Kollaborateuren gegenüber geäußert. Sie führten aus, dass Sexismus und unterdrückte Wut über Frankreichs Niederlage der

Hauptgrund dafür waren, dass man diese Frauen derart gedemütigt hatte. Doch Hélène hatte nicht einfach nur mit einem deutschen Soldaten geschlafen. Ihr Verbrechen war weitaus schwerwiegender. Sie war eine Informantin gewesen. Eine Verräterin. Es fiel mir schwer, die hässlichen Worte auf dieser Seite mit den Gegenständen in Verbindung zu bringen, die wir gefunden hatten – den mädchenhaften Kleidern, der Biografie von Marie Curie, dem Zeugnis vom *lycée*. Meine Hand rutschte am Griff des Bechers ab, und ein Schwall heißer Flüssigkeit schwappte über mein Handgelenk.

»Au!« Ich griff nach einem Papiertuch und beugte mich hinunter, um die Pfütze aufzuwischen.

»Ist alles okay, Kate?« Thibault glitt von seinem Stuhl und trug seine Müslischale zum Spülbecken.

»Klar, Süßer.«

Er ließ das Geschirr klappernd ins Spülbecken fallen. »Ich gehe jetzt spielen. Bis später!« Und schon war er verschwunden.

»Sollte ich mir Sorgen machen, dass er womöglich etwas anstellt?«, fragte ich mich selbst. Die Familienkatze Chaussettes erschien und schleckte vom Boden.

»Wahrscheinlich.« Anna blickte von den glänzenden Seiten der *Elle* auf. »Aber Maman hat letzte Woche alle Streichhölzer weggeworfen.« Sie zwinkerte mir zu und wandte sich wieder einem Artikel mit der Überschrift *Wie die Stars ihre Jeans tragen* zu – mit einem Foto von einer langbeinigen Gisele Bündchen »*en jean*«.

Vor der Kellertür zögerte ich. Sollte ich ohne Heather weiter dort unten herumstöbern, um nach weiteren Informationen über Hélène zu suchen? Kurz entschlossen, ergriff ich die Gelegenheit.

»Wenn du was brauchst«, rief ich Anna zu, »ich bin im *cave*, okay?«

»D'accord!«

Sie schlug die Zeitschrift zu und zog eine weitere aus dem Stapel, der vor ihr auf dem Tisch lag. Aus Thibaults bevorzugtem Spielrevier – der Eingangshalle – war kein Laut zu hören. Womöglich ein schlechtes Zeichen? Ich ging, ohne weiter darüber nachzudenken, nach unten.

Ich überlegte, ob jemand vor langer Zeit mit Absicht dieses Chaos im Keller angerichtet hatte. Mit dem Fuß stieß ich gegen einen Haufen alter Kleidung. In der ganzen Aufregung hatte ich sie gestern auf dem Boden zurückgelassen. Ich kniete mich neben den Berg, um ihn in einen Müllsack zu stopfen, damit wir ihn später zum Recyclinghof bringen konnten.

Doch plötzlich wallte Wut in mir auf. Ich trat gegen den Sack und verteilte die Hälfte der Kleider wieder auf dem Boden. Meine Mutter und mein Onkel hatten diese schrecklichen Geheimnisse sorgsam geschützt. *Informanten der Gestapo wie Hélène Charpin …* Ich erschauderte, und der Kleiderschrank mit den zerbrochenen Spiegeln teilte mein entsetztes Gesicht in hundert Einzelteile.

Ach, Hélène, wie konntest du nur? Warum hast du das getan?

Ein Geräusch an der Tür ließ mich zusammenzucken. »Heather?«, rief ich den flinken Füßen zu, die die Treppe herunterliefen.

»Kate?« Nico kletterte über ein paar Kartons und kam zu mir. »Wie geht es dir? Bruyère hat mir gestern Abend vor dem Einschlafen alles erzählt. Und sie ist wütender aufgewacht, als ich sie jemals erlebt habe – sie ist sogar

Laufen gegangen. Das ist nicht mehr vorgekommen, seit mein Vater ihr vor Thibaults Geburt erklärt hat, Frauen sollten keine höheren Abschlüsse anstreben.« Er lächelte kurz.

Beim Anblick meines Cousins brannten Tränen in meinen Augen. »Es fällt mir schwer, das alles zu akzeptieren«, gab ich zu. »Wie geht es dir?«

»Pff.« Er blies die Wangen auf. »Gut.« Aber ein Schatten legte sich auf sein Gesicht. »Es erscheint mir unmöglich«, sagte er schließlich. »Unsere Familie … Wir sind doch gute Menschen. Ich kann einfach nicht glauben, dass es wahr ist. Aber dann fallen mir ständig irgendwelche Kleinigkeiten ein. Zum Beispiel, dass Grandpère Benoît niemals über den Krieg reden wollte. Weißt du noch?«

Ich schüttelte den Kopf.

»Wenn Chloé und ich ihn früher gebeten haben, uns Geschichten aus seiner Kindheit zu erzählen, verstummte er regelmäßig. Er erklärte uns, dass er lieber nicht daran erinnert werden wolle. *Mon enfance n'était pas heureux* – sie war nicht glücklich, meine Kindheit, sagte er.« Nico runzelte die Stirn, und sein Gesicht legte sich in tiefe Falten, sodass ich eine Ahnung bekam, wie er in zwanzig Jahren aussehen würde. »Und natürlich ist das alles noch viel schmerzhafter, weil Bruyère Jüdin ist.« Er ließ das Kinn auf die Brust sinken.

Schweigen trat zwischen uns und hing schwer in der kühlen, feuchten Luft. Oben fiel etwas klappernd herunter und kullerte über den Boden.

Nico richtete den Blick auf den Kleiderschrank. »Das ist er also?« Vorsichtig berührte er eine der zerbrochenen Spiegelscheiben. »Dahinter verbirgt sich tatsächlich ein *cave?*«

»Ach ja, der geheime Keller!« Nach den schrecklichen Enthüllungen über Hélène hatte ich an nichts anderes mehr denken können. Als wir uns nun dem Schrank zuwandten, spürte ich die Neugier meines Cousins, und ich entspannte etwas. Vorsichtig öffnete ich die Doppeltür der rechten Seite. »Du willst ihn bestimmt unbedingt sehen. Pass auf, er ist hinter der Rückwand. Hier musst du drücken. Siehst du?« Nico lehnte sich in die Öffnung, und schon war er mit einem Sprung auf der anderen Seite. »Brauchst du eine Taschenlampe?«, rief ich. »Hier.« Ich reichte ihm mein Handy durch die Luke.

Einige Minuten später kletterte er atemlos wieder zurück.

»*C'est incroyable*«, keuchte er. »Unglaublich. Wer kann das gebaut haben? Meinst du, den Unterschlupf in der Ecke … hat wirklich die Résistance genutzt?«

»Das dachte ich zuerst, weil ich diese Pamphlete dort gefunden habe. Aber jetzt bin ich mir nicht mehr sicher.«

»Und der Wein! Natürlich habe ich in der kurzen Zeit nicht jede Flasche geprüft. Aber ich schwöre dir, ich habe noch nie eine solche Sammlung von erlesenem Wein gesehen … einige der ungewöhnlichsten *millésimes* des 20. Jahrhunderts …« Seine Stimme bebte. »Es ist wundervoll und furchtbar zugleich. Das könnte …« Er trat von einem Fuß auf den anderen und starrte auf den Boden. »Kate«, sagte er schließlich. »Ich weiß nicht, wie viel Bruyère dir von unseren Sorgen erzählt hat.«

»Sie hat mir nichts erzählt«, beruhigte ich ihn. Wollte er mir endlich erklären, warum sie sich so merkwürdig verhielten?

»Wir haben einige schlechte Investitionen getätigt. Schlechte Entscheidungen getroffen. Zum falschen Zeitpunkt Schulden gemacht.« Er verzog das Gesicht. »Du hast dich sicher schon gefragt, warum wir den Keller ausräumen. Die Wahrheit ist, dass wir ein Bed and Breakfast eröffnen möchten – nichts Schickes, nur eine schlichte Unterkunft, um etwas dazuzuverdienen. Schließlich haben wir dieses Riesenhaus, und das macht uns nervös … Bruyère kocht und bewirtet gern Gäste … und wir beide möchten, dass die Kinder Menschen aus anderen Gegenden kennenlernen.«

»Das ist doch ein toller Plan«, sagte ich ehrlich begeistert.

»Da ist nur das Problem mit meinem Vater.« Nico seufzte. »Er ist absolut gegen die Idee. Aber Bruyère und ich dachten, wenn wir die Renovierung vorbereiten … Nun ja, dann wird es sehr schwer für ihn, Nein zu sagen.«

Alles ergab auf einmal einen Sinn – Heathers und Nicos Geheimniskrämerei, ihre Eile, den Keller zu entrümpeln – und vor allem ihr entsetztes Schweigen, als ich genau diese Idee Onkel Philippe vorgeschlagen hatte. »Ihr hättet es mir erklären sollen«, rief ich und schlug mir mit der Hand gegen die Stirn. »Dann wäre ich doch diskreter gewesen.«

»Ja.« Nico scharrte verlegen mit einem Fuß über den Boden. »Wir … na ja, es war uns peinlich. Ehrlich gesagt kämpfen wir schon eine ganze Weile und versuchen einen Weg zu finden, wie wir das Gut halten können.« Er schluckte. »Dieser Wein könnte das Wunder sein, das uns gefehlt hat.«

»Er könnte eine Menge wert sein«, stimmte ich ihm zu. »Aber das kann man nur beurteilen, wenn man den Zustand der Flaschen überprüft hat.«

»Du kennst dich doch mit edlen Weinen aus, *n'est-ce pas?*«

»Ich bin keine Expertin. Aber ja, ich habe mich für die Prüfung damit beschäftigt. Und du weißt ja, dass ich irgendwann gern für ein Auktionshaus arbeiten, also mit großen Weinen handeln würde.«

»Dann kannst du uns helfen. Könntest du eine Inventarliste des *cave* erstellen, damit wir genau wissen, was dort lagert?«

Instinktiv wich ich einen Schritt zurück. »Das kann ewig dauern! Ich muss zurück nach Hause, nach San Francisco. Mich auf den Test vorbereiten und ihn dann absolvieren.«

»Aber das wäre doch eine wunderbare Vorbereitung auf die Prüfung!«

»Was ist mit Heather? Sie war gestern Abend so außer sich, dass ich dachte, sie brennt das Haus nieder.«

»Ehzaire interessiert sich nicht für den Wein. Sie will ihn nur loswerden. Die Vorstellung, dass wir womöglich in irgendeiner Form von der Kollaboration profitieren könnten, ist ihr zuwider.« Er sah mich mit flehendem Blick an. »Aber die Sache ist die, Kate: Wir riskieren, zwangsenteignet zu werden. Wir können dieses Geld wirklich gebrauchen. Ich dachte, wenn du bleibst, mit Heather sprichst und uns eine solide Werteinschätzung des Weines gibst«, er wandte den Blick ab, »ändert sie vielleicht ihre Meinung.«

Ich holte tief Luft, doch bevor ich Nein sagen konnte, tauchte das Bild des geheimen Kellers in meinem Kopf auf. Nicht die alten, von Schimmel überzogenen Weinflaschen, sondern der Unterschlupf in der Ecke – der Schreibtisch und sein Inhalt. Die Schriften der Résistance. Wer hatte sie dort zurückgelassen? Die halbe Nacht hatte ich darüber gegrübelt, jedoch keine schlüssige Erklärung gefunden. Wie um alles in der Welt waren diese Dinge in das Haus einer bekannten Nazisympathisantin gekommen?

»Okay«, sagte ich schließlich. »Ich versuche, meinen Flug umzubuchen. Aber nur, wenn Heather einverstanden ist. Und nur für ein paar Wochen.«

»*Mais bien sûr*, das verstehe ich.« Seine Gesichtszüge entspannten sich. »*Merci*, Kate – *merci infiniment*. Ich kann dir gar nicht sagen, wie viel mir deine Hilfe bedeutet. Vor allem weiß ich, dass du verschwiegen bist, weil du zur Familie gehörst. Du verstehst, wie heikel die Situation ist.«

Die strahlende Herbstsonne verwandelte die sich verfärbenden Weinberge in Hänge aus tanzenden Flammen. Ich blieb hinter den anderen zurück, deren Stimmen der Wind zu mir herübertrug, und genoss die Wärme der Sonne, die der dunkle Stoff meines Mantels in sich aufsog, die Kraft meiner Schritte im ansteigenden Gelände. Kurz vor Erreichen der Hügelkuppe erfreute ich mich an der Aussicht auf die goldenen Reben, die sich zu einem spielzeugartigen Dorf hinunterwanden, in dessen Mitte ein weißer Kirchturm aufragte. Und sogar hier war schwach das Läuten der Glocken zu hören, die zur vollen Stunde schlugen. Sonntag in Frankreich – Idylle pur.

Vor mir verlangsamte Heather ihre Schritte, löste sich von den anderen und hob die Hand, um ihre Augen vor dem Sonnenlicht zu schützen.

»Alles okay?«, fragte ich, als ich auf ihre Höhe kam.

Sie betrachtete die Aussicht, ihre Miene war schwer zu

deuten. »Es ist so wunderschön«, sagte sie. »Ich komme fast nie hier hoch, deshalb hatte ich das ganz vergessen. Aber wie sich die Reben an die Hügel schmiegen … das ist bezaubernd. Es lässt mich fast den ganzen anderen Kram vergessen.« Sie presste die Lippen aufeinander. »Aber nur fast.«

Der Wind strich flüsternd durch die Blätter und trieb einen Schauder über meinen Rücken. »Zumindest kommen wir heute um das Familienessen herum«, sagte ich.

»Ich weiß. Nico war total erleichtert, als ihm wieder einfiel, dass Papi und Mémé mit den Kindern nach Dijon in den Zirkus wollten. Ich glaube, momentan macht er sich Sorgen, was wohl passiert, wenn ich mit Papi allein in einem Zimmer bin.«

In der Ferne blieben die anderen stehen, drehten sich um und winkten uns zu. »*Allez, les filles!*«, rief Jean-Luc.

»Möchtest du zurück nach Hause?«, fragte ich.

Heather schüttelte den Kopf. »Gehen wir zu den anderen. Nico hat gesagt, dass er zur *cabotte* möchte. Kannst du dir vorstellen, dass ich in all diesen Jahren noch nie darin gewesen bin?« Forschen Schrittes gingen wir weiter und verringerten stetig den Abstand zwischen uns und den vier Gestalten vor uns.

Kurz nach dem Mittagessen war Jean-Luc so schwungvoll mit seinem Transporter in der Auffahrt vorgefahren, dass der Kies aufgespritzt war. Dann hatte er uns zu einem Sonntagsausflug eingeladen. Louise war bei ihm, sie hatte uns deutlich weniger enthusiastisch begrüßt. Der verschrobene und schwer zu durchschauende Walker vervollständigte das Trio.

Heather und ich erklommen den Hügel, der stete Aufstieg machte eine Unterhaltung unmöglich. Das Herbstlaub, das an den Rändern allmählich brüchig wurde, leuchtete noch in üppigen Farben – das letzte Schauspiel der Natur, bevor der Winter den Reben die Leuchtkraft stehlen würde. Wir holten die anderen ein, die stehen geblieben waren, um die Aussicht zu bewundern. Eine kleine ovale Hütte erschien in einem Meer aus wogenden Blättern, weißer Stein mit einem leicht gewölbten Dach.

»Ist sie nicht hinreißend?« Ich zog mein Smartphone aus der Tasche und machte ein Foto. »Diese *cabottes* gibt es zwar überall im Burgund, aber ich fand immer, dass unsere die schönste ist.« Seit wir als Kinder hier campiert hatten, hatte mich die Hütte verzaubert. Ich erinnerte mich noch an die Geschichten, die Onkel Philippe uns erzählt hatte. Märchen von mutigen Winzern aus alten Zeiten, die vor der Erfindung des Autos auf die *cabottes* angewiesen gewesen waren. Die sich, bis es dunkel wurde, um die Reben gekümmert und in der Hütte geschlafen hatten, um im Morgengrauen gleich aufstehen und ihre Arbeit fortsetzen zu können.

»Wie wird sie beheizt?«, fragte Heather.

»Man macht drinnen in der Mitte ein Feuer«, sagte Nico. »Man rückt die Dachziegel auseinander, damit der Rauch entweichen kann – als Ersatz für einen Schornstein.« Er nickte Jean-Luc und mir zu. »Wisst ihr noch? Papa hat uns das Feuer machen lassen, wenn er mit uns hier draußen war. Kommt«, er schritt voran, »ich zeige sie euch.«

Schnell überwanden wir den Rest des Weges den Hügel hinunter, dann stand die *cabotte* vor uns. Merkwürdigerweise wirkte sie aus der Nähe kleiner als aus der Ferne. Der Eingang bestand schlicht aus einem Loch in der Steinmauer. Eine Tür, mit der man sich vor der Witterung schützen konnte, gab es nicht. Der Eingang war niedrig, sodass wir uns bücken mussten, um einzutreten. Drinnen war es eng und kühl, der Wind blies durch den Eingang herein, und es zog durch die Ritzen in der Steinmauer. In der Mitte des kleinen Raumes deutete ein verkohlter Haufen auf eine Feuerstelle hin.

»Hier, Bruyère«, Nico winkte seine Frau heran. »Hier habe ich meine Initialen hinterlassen.« Er zeigte auf die Buchstaben, die er in den Stein gemeißelt hatte. »Und hier sind Papas.«

Heather kniete sich neben die Mauer. »Wer ist das?« Sie zeigte auf »B. Q. C.«

Nico ging neben ihr in die Hocke. »Das ist mein Großvater. Benoît Quilicus Charpin. Und A. U. – das ist sein Bruder – Albert Ulysse. Und hier … « Er zeigte auf die Buchstaben A. U. C. »Merkwürdig. Das muss noch einmal Albert sein, *le petit insolent!*«

»Gut, dass Nico nicht darauf bestanden hat, unsere Kinder nach seinen Vorfahren zu benennen«, bemerkte Heather trocken an mich gewandt.

Louise sah sich in dem engen Raum um. »Aber wo schläft man hier?«, fragte sie und zog charmant eine Augenbraue hoch.

Jean-Luc zuckte die Schultern. »*Là, ou là, ou là* … Wo man will.« Er deutete auf unterschiedliche Stellen auf dem erdigen Boden.

»Das ist sehr … urig.« Louises Begeisterung schien sich in Grenzen zu halten.

»Wir sind nicht wegen des Luxus hergekommen.« Jean-Luc lächelte.

»Ich sterbe vor Hunger«, verkündete Heather. »Wollen wir hier drin picknicken? Was meint ihr?« Mit zweifelndem Blick sah sie sich in der *cabotte* um. »Oder lieber draußen?«

»Ich hätte den Campingkocher mitbringen sollen. Dann hätten wir uns einen Tee machen können.« Nico klang etwas wehmütig.

Wir gingen nach draußen und fanden neben der *cabotte* eine geschützte Stelle. Heather wühlte in den Rucksäcken und brachte diverse Gegenstände zum Vorschein – eine Picknickdecke, die Nico und Walker ausbreiteten, Wasserflaschen und Limonade, Schokoriegel, Schachteln mit Keksen und einen schweren, in Alufolie gewickelten Klotz, der sich als selbst gebackener Rührkuchen entpuppte.

»Wann hast du die Zeit gefunden, das alles vorzubereiten?«, fragte ich sie und nahm ihr den Kuchen ab.

»Ich?« Heather strich sich die Krümel vom Schoß. »Der ist nicht von mir. Den hat *er* gemacht.« Sie deutete mit dem Kopf auf Jean-Luc.

»*Er* hat einen Kuchen gebacken? Auf keinen Fall. Er kann doch gar nicht kochen.«

»Bevor sie nach Spanien gegangen ist, hat seine Mutter ihm ein paar Dinge beigebracht. Sie hat darauf bestanden. Sie meinte, sonst würde er sich nur von McDonald's und Nudeln ernähren. Er macht sogar ein ziemlich gutes *boeuf bourguignon*.«

Ich biss in den Kuchen, der köstlich schmeckte, mit einem Hauch Vanille, und blickte zu Jean-Luc hinüber.

»Ich persönlich mag die Vanille aus Tahiti«, sagte er zu Louise, die im Schneidersitz neben ihm saß. Die blassen, schlanken Knie lugten durch die Löcher ihrer Jeans. »Die hat eine eher blumige Note.«

War das derselbe Typ, der mir einmal erklärt hatte, Kochen und Kindererziehung seien *le travail des femmes* – Frauensache?

»*Du fruit,* Jeel!« Louise hielt eine Banane hoch, ein strahlendes Lächeln auf den scharfen Gesichtszügen. »Nach dem Kuchen. Du hast es versprochen!« Grinsend nahm er sie ihr aus der Hand und vertilgte sie mit drei Bissen. »Jetzt lass uns wilde Brombeeren suchen. Ich glaube, ich habe auf der Lichtung dort draußen welche gesehen.« Sie richtete sich auf, und die beiden schlenderten davon.

»Komm mit.« Heather bemerkte, wie ich Jean-Luc und Louise beobachtete, und sprang auf die Füße, ihr Schatten fiel auf meinen Schoß. »Erforschen wir die *cabotte*.«

In der Steinhütte fand Heather einen Stock und bohrte mit ihm zwischen den verkohlten Holzscheiten herum. »Ich muss zugeben, dass sich mir der Charme dieses Ortes nicht ganz erschließt. Er erinnert mich an … Ich weiß nicht … Ein mittelalterliches Gefängnis? Stell dir noch ein paar Eisenstäbe vor.« Sie deutete auf den hobbitgroßen Eingang, der an eine Zahnlücke erinnerte. »Habt ihr hier wirklich ge*campt?*«

»Nachts, mit einem Feuer, ist es hier gar nicht so schlecht.«

»Ganz allein hier draußen? In der Dunkelheit?« Sie erzitterte. »*Non, merci*! Ich schneide ein paar Zweige von den Reben ab. Meinst du nicht, dass sie auf dem Esstisch hübsch aussehen würden?« Sie zog übertrieben den Kopf ein und lief hinaus.

Ich hob den Stock auf, den sie hatte fallen lassen, und verschob ein paar Dachziegel wie ein Winzer in früheren Zeiten. Tatsächlich, mit etwas Hartnäckigkeit ließen sich die flachen Steine auseinanderdrücken. Als ich dieses obskure Wissen gerade im Geiste für den Fall abspeicherte, dass es in der Prüfung vorkommen sollte, drangen Stimmen durch die brüchigen Steinmauern zu mir herein. Ich erkannte Louise.

»Sie will, dass ich mit ihr nach New York gehe.«

Jean-Luc murmelte eine Antwort, die ich nicht verstand.

»*Mais non … j'adore* New York! Aber meine Arbeit ist hier. Ich kann doch nicht einfach meinen kleinen Buchladen aufgeben. Und …« Sie seufzte. »*Franchement*, es ist nicht nur wegen der Arbeit. Auch wegen meiner Familie. Ich fühle mich verpflichtet, in ihrer Nähe zu bleiben.«

»Empfindet deine Schwester denn nicht so?«

»Sie sagt, es wäre nur für ein Jahr, vielleicht für zwei. *Au maximum*. Aber ich weiß, wenn sie einmal in Brooklyn ist, kommt sie nie wieder zurück.«

»Vielleicht weil sie weiß, dass sie sich auf dich verlassen kann. Es ist leicht, um die halbe Welt zu reisen, wenn jemand zu Hause die Normalität aufrechterhält. Ich war in derselben Lage und – glaub mir, es ist tausendmal schwerer, derjenige zu sein, der zurückbleibt. Versteh mich nicht falsch – ich mag deine Schwester. Sie ist sehr lustig, und ich bin gern mit ihr zusammen. Aber die Eigenschaften, die ich am meisten bewundere, sind Zuverlässigkeit und Loyalität.« Bei dem letzten Wort wurde Jean-Lucs Stimme tiefer. »Wie die zähen, alten Reben. Jede andere Pflanze würde in diesem harten, steinigen Boden eingehen. Aber denen gefällt es hier, ihnen macht die Plackerei nichts aus. Sie blühen hier sogar auf. Nein, diese Reben lassen dich nie im Stich.«

Louise schwieg. Wer würde nach einer solchen Rede

nicht schweigen? Ich hörte, wie sie sich dem Eingang der *cabotte* näherten, und erstarrte. Was, wenn sie mich hier drin entdeckten? Doch zu meiner Erleichterung entfernten sich ihre Schritte in Richtung Trampelpfad.

Langsam atmete ich aus und starrte auf den Streifen blauen Himmels, der durch das Loch in der Decke leuchtete. Ja, ich hatte es verdient, das Schicksal des Lauschers. Und obwohl sich seine Worte nicht direkt gegen mich gerichtet hatten, schmerzten sie mich. Jean-Lucs Meinung von mir war miserabel. Klar, ich verdiente es nicht anders. Aber dennoch tat es weh.

»Hey«, sagte Walker, der auf einmal vorm Eingang stand, und ich zuckte zusammen. Er duckte sich, betrat die *cabotte* und blickte zu dem Loch hoch, das ich im Dach freigelegt hatte. »Wow. Ich wusste ja, dass die Dinger primitiv sind, aber das ist ja wie in der Steinzeit.«

Ich lachte. »Ich habe gerade darüber nachgedacht, dass das als Frage in der Prüfung vorkommen könnte.« Hochgestochen fuhr ich fort: »*Beschreiben Sie die technischen Aspekte der burgundischen* cabotte, *ihre Geschichte und Rolle in der Weinherstellung des 19. Jahrhunderts*.«

Er lachte und strich mit einer Hand über die Steinmauer. »Apropos Prüfung … Hast du meine E-Mail mit den praktischen Prüfungen vom MW bekommen?«

»Ach du meine Güte, ja. Tut mir leid. Ich hab ganz vergessen zu antworten. Die letzten Tage waren ziemlich turbulent.«

»Ja? Was war denn los? Bist du im Keller auf irgendwelche Skelette gestoßen?«

Der Stock glitt mir aus der Hand und fiel zu Boden. Schnell ging ich in die Hocke und hob ihn auf. »Wie kommst du denn darauf?«

»Nur ein Witz. Aber …« Er kam näher und senkte die Stimme. »Wieso? Hast du etwas entdeckt?«

»Nein«, sagte ich schnell und hoffte, dass er meine Anspannung nicht bemerkte.

»Also, wenn du etwas findest, solltest du es mir unbedingt erzählen. Ich kenne Leute, die mit Qualitätsweinen handeln. Auch wenn es nur ein paar Flaschen sind, werden die bestimmt sehr gern mit der Domaine Charpin zusammenarbeiten wollen. Es gibt Gerüchte, musst du wissen.«

»Ach ja?« Ich bemühte mich um einen neutralen Gesichtsausdruck. »Was für Gerüchte?«

»In den 1930er-Jahren gehörte deine Familie zu den erfolgreichsten *négociants* der Region. Anscheinend war dein Urgroßvater ein genialer Geschäftsmann. Wusstest du das?« Ich schüttelte schwach den Kopf. Meine Mutter hatte Urgroßvater Edouards Geschäftssinn nie erwähnt – natürlich nicht –, aber es erklärte ihre eigene erfolgreiche Bankerkarriere. »Nach seinem Tod ging das Geschäft den Bach runter«, fuhr Walker fort. »Es heißt, die Familie hätte Jahrzehnte überleben können, indem sie nach und nach ihre Sammlung an hervorragenden Weinen verkauft hätte. Nur dass bei Kriegsende alles verschwunden war.«

»Verschwunden? Wie kann das sein?«

»Es ist ein Rätsel. Entweder hat er ihn versteckt und ist gestorben, ehe er jemandem sagen konnte, wo. Oder«, Walker senkte die Stimme, »er hat ihn an die Deutschen verscherbelt.«

»Wirklich?« Ich klang schrill.

»Oh ja, das kam damals ständig vor. Hitler war verrückt nach französischem Wein. Wohlgemerkt nicht, um ihn zu trinken, er war Antialkoholiker. Aber das Dritte Reich hat den Wein mit riesigem Gewinn auf dem internationalen Markt verkauft, um damit den Krieg zu finanzieren.«

»Ja, aber wenn mein Urgroßvater den Wein an die Deutschen verkauft hätte, hätten wir doch das Geld dafür haben müssen«, führte ich aus.

Er zuckte die Schultern. »Vielleicht hat er ihn mit Verlust verkauft. Wer weiß das schon? Es war keine ruhmreiche Zeit für das Burgund. Eine Gruppe von Winzern hat Maréchal Pétain sogar eine Parzelle mit Reben geschenkt. Einen Teil des Hôtel-Dieu de Beaune, mit das beste Land der Region. Wie gesagt – an der Côte d'Or gab es nicht viele Helden.« Er steckte die Hände in die Hosentaschen. »Mehr als siebzig Jahre nach dem Zweiten Weltkrieg wird die Résistance verherrlicht. Kaum noch jemand erinnert sich daran, dass die Mehrheit der Franzosen käsefressende Narren waren, die kapituliert haben.« Ich blinzelte. Noch vor wenigen Tagen hätte ich ihm widersprochen. Doch jetzt brachte ich nicht die Energie auf, Frankreich zu verteidigen. Ich hob das Kinn, sodass mir der Wind über die Wangen strich. »Jedenfalls, wenn du zufällig etwas in diesem Keller entdeckst, solltest du es mir erzählen«, fuhr Walker fort. »Wie gesagt, ich stelle gern den Kontakt zu den richtigen Leuten her, und ich bin mir sicher, dass ein Finderlohn für dich drin ist. Denk dran.«

»Leute?«, rief Heather und steckte den Kopf durch den Eingang. »Wir sollten uns auf den Rückweg machen. Die Sonne geht schon unter.«

Draußen packten die anderen zusammen. Nico sammelte den Müll ein, und Jean-Luc und Louise stopften kreischend und kichernd die Picknickdecke in die schmale Öffnung des Rucksacks. Dann brachen wir auf. Der schmale Weg zwang uns erneut, im Gänsemarsch zu gehen. Abgesehen von den Geräuschen unserer Schuhe auf dem Trampelpfad und dem unablässigen Gesang der Vögel, die irgendwo versteckt zwischen den Blättern hockten, strahlten die Weingärten eine majestätische Ruhe aus. Bald würden die Weinblätter braun werden und herabfallen, und eine Armee von Winzern würde sich über die nackten Zweige hermachen, sie für den Winter stutzen und das Schnittholz am Straßenrand verbrennen.

Ich ließ mich hinter die anderen zurückfallen und stampfte in ihrem Schatten mit den Füßen auf. Die Schönheit dieses Landes raubte mir den Atem, doch jetzt war mir klar, dass es sich bloß um eine Hülle handelte, die einen faulen Kern verbarg.

11. Februar 1941

Cher journal,
bis zu diesem Winter war mir nicht klar, wie quälend die Kälte ist – ein stetes Tropfen, bis das sprichwörtliche Fass plötzlich übergelaufen ist. Zum Beispiel heute Morgen. Ich hatte mir fest vorgenommen, aus dem Bett zu springen und in der Küche den Ofen anzumachen, bevor die anderen zum Frühstück herunterkommen würden. Doch als ich aufwachte, schneite es – schon wieder –, und in Hof und Garten türmten sich undefinierbare weiße Schneeberge. Wie üblich war meine Schürze gefroren, weil sie immer nass vom Abwasch ist, wenn ich sie abends ablege, genau wie die Spitzen meiner Pantoffeln. Mein Hauskleid steht vor Schmutz. Es ist mindestens drei Wochen her, seit wir zum letzten Mal unsere Kleider gewaschen haben. Die Mühe, das Wasser zu erhitzen und dann die Wäsche auszuwringen und zu trocknen, ist selbst an milden Sommertagen reichlich anstrengend. Bei diesem Wetter, bei dem unsere Hände ständig vor Kälte geschwollen sind, erweist es sich als ungeheure Aufgabe. Deshalb haben wir einfach unsere Toleranzgrenze erhöht.

Kurz überlegte ich, wieder ins Bett zu kriechen, das noch ein bisschen warm war, und ein paar weitere Minuten liegen zu bleiben. Dann sah ich Albert vor mir – die riesigen karamellfarbenen Augen, das blasse Gesicht –, und ich zwang mich, die dreckigen Kleider anzuziehen, damit er nicht noch einen Tag in die Schule gehen musste, ohne zumindest ein warmes Getränk im Bauch zu haben.

Als ich nach unten kam und versuchte, das Feuer im Herd anzuzünden, fiel mir natürlich wieder ein, warum meine Schuhe gefroren waren. Ich bin gestern Abend in den Garten gegangen, um ein paar Holzscheite hereinzuholen, damit sie über Nacht trocknen konnten. Bei dem Schneesturm und den eisigen Temperaturen hat sich das Holz aber so vollgesogen, dass es selbst nach stundenlanger Lagerung im Haus heute Morgen noch feucht war. Ich wusste, das würde Madame gar nicht gefallen, aber mir blieb keine Wahl. Also warf ich ein nasses Stück Holz auf die restliche Glut. Es zischte und füllte die Küche mit Rauch, sodass Madame schon mit griesgrämiger Miene herunterkam.

Dieser Winter ist der schlimmste, den ich je erlebt habe. Hinzu kommt die Knappheit an Kohlen und die ständige Quälerei mit der Rationierung – Kleidung, Benzin, Essen, nichts gibt es. Manchmal frage ich mich, ob ich zuerst von außen erfriere oder von innen verhungere. Das Abendessen gestern bestand aus zwei Kohlrüben und einer hauchdünnen Scheibe Schinken für jeden. Ich kann mich nicht erinnern, wann es das letzte Mal Kalbssülze gab oder eine einfache Seezunge für Benoît – früher war das die Schonkost, die der arme Junge erhielt. Madame zählt jeden Bissen, den er in den Mund nimmt, voller Angst, dass er zu mager und wieder krank wird. Brot gibt es nur bei ganz besonderen Gelegenheiten. Butter? Marmelade? Das sind schöne Erinnerungen von einst. Oh, wenn mir nur warm wäre, dann könnte ich den Hunger ertragen. Wenn ich nur satt wäre, könnte ich die Kälte ertragen.

Vor den Jungen tritt Madame weiterhin entschlossen auf, doch wenn sie sich von den anderen unbeobachtet fühlt, gibt sie sich ihrem Unglück hin und bedenkt mich mit finsteren Blicken und scharfen Worten. Wegen der eisigen Temperaturen fallen die Treffen des Cercle du patrimoine derzeit aus, und ohne diese kleine Ablenkung schwindet Madames Entschlossenheit. Heute Morgen am Frühstückstisch beobachtete ich, wie sie in einer klebrigen gekochten Kartoffel herumstocherte, und ich vermute, dass sie dasselbe dachte wie ich: Wie lange kann das noch so weitergehen?

Ich löste gerade die letzte Pelle von Alberts Kartoffel – wir haben begonnen, die Schale nach dem Kochen abzuziehen, weil wir so weniger verschwenden –, als Papa erschien. Er sah so elend aus, die Augen vor Erschöpfung glasig, dass ich ihm sofort eine Tasse von dem Getreidekaffee einschenkte, an den wir uns zu gewöhnen versuchen. Er setzte sich, nippte daran und starrte ins Leere.

»Möchtest du etwas essen?«, fragte Madame.

»Non.«

»Wo bist du gewesen?« Ihre Stimme klang kontrolliert, doch es war Argwohn herauszuhören.

»Zweige beschneiden.«

Cher journal, es ist ganz offensichtlich, dass er uns etwas verheimlicht, weil schon seit mindestens einer Woche ein Meter Schnee auf den Reben liegt.

Madame vermutet wohl dasselbe, denn sie erwiderte: »Es schneit schon wieder.«

»Herrgott, hast du denn nichts als das Wetter im Kopf?«, rief Papa.

Er schob seinen Stuhl zurück, sodass unser »Kaffee« aus den Tassen schwappte, und stapfte aus dem Raum. Albert begann zu weinen, und Madame erlaubte ihm, bei Tisch auf ihren Schoß zu klettern, was normalerweise verboten ist.

Nachdem ich die Jungen warm eingepackt und zur Schule gebracht hatte, drückte ich mich im Dorf herum und hoffte, etwas Essen ergattern zu können – ein Stück Fleisch oder Brot, ein paar Gramm Zucker. Irgendetwas, das an diesem traurigen Tag für etwas Aufmunterung sorgen würde. Wir haben eine Handvoll Lebensmittelkarten, aber die Läden sind immer leer. Wie überleben die Menschen in den Städten? Ohne das Gemüse, das wir im Keller gelagert haben, ohne unsere Hühner und Kaninchen würden wir ganz sicher verhungern.

Als ich zurückkam, war es ruhig im Haus. Madame war draußen im Hühnerstall. Ich hörte, wie die Hennen sich gackernd um die Krümel stritten. Die Tür zu Papas Arbeitszimmer war verschlossen. Ich ging hoch in mein Zimmer, um endlich ein paar Zeilen an Rose schreiben zu können. Vor ein paar Tagen ist ein Brief von ihr aus Sèvres gekommen. Ein kurzer, aber faszinierender Bericht, in dem sie mir alles über ihr Studium berichtete, und ich wollte ihr rasch antworten. Ich öffnete die oberste Schublade meines Schreibtisches, um den Füllfederhalter herauszuholen, und bemerkte das fremde Papier sofort – ein gedrucktes Flugblatt mit der Überschrift *33 Hinweise für die Einwohner der besetzten Zone*. Ich wage es nicht, hier daraus zu zitieren, *cher journal*, es genügt zu sagen, dass ich den Text verschlungen habe, als würde ich hungers sterben, und ihn dann noch mehrmals gelesen habe, bis mir Tränen der Erleichterung in den Augen brannten.

Wer hat das in meinen Schreibtisch gelegt? Ganz offensichtlich nicht Benoît oder Albert – die sind viel zu klein. Die *vieille* Marie hat vor einem halben Jahr gekündigt. Seit Wochen hatten wir keinen Besuch im Haus. Bleiben meine Stiefmutter oder Papa. Ich zog beide in Erwägung.

Im nächsten Moment dachte ich, es kann nicht Madame sein. Schließlich ist sie ein begeistertes Mitglied des Cercle du patrimoine, und ihre regelmäßigen Lobpreisungen der Werte von Vichy – *travail, famille, patrie* (Arbeit, Familie, Vaterland) – wirken durch und durch aufrichtig. In letzter Zeit hat sie der neuerliche Mangel allerdings verärgert. Vor ein paar Tagen hat sie gescherzt, die Ankündigung neuer Rationierungen, wie viele Marken man für welche Lebensmittel brauche, sei die einzig ehrliche Information, die in der Zeitung stünde – alles andere sei zensiert oder falsch, sogar die Todesanzeigen. Nur dass es kein richtiger Scherz war, weil ihr Lachen so kalt klang, dass es mir Schauder über den Rücken trieb. Ja, der ständige Hunger und die Kälte bringen Madame eindeutig gegen unsere Kerkermeister auf. Aber dennoch. Flugblätter der Résistance verteilen? Dazu fehlen ihr, meiner Meinung nach, die Nerven.

Damit bleibt nur Papa. Papa, der seit der Besatzung im Juni distanziert wirkt, als wäre er von einem Nebel umgeben. Papa, der vor Wut und Scham schäumt. Papa, der für Stunden verschwindet, ohne jemals eine plausible Erklärung über sein Fernbleiben zu liefern. Papa, der jeden Abend BBC hört.

Ja, ich bin mir sicher, dass Papa das Flugblatt in meine Schublade gelegt hat. Aber warum hat er das getan? Vielleicht nur als ein *petit bonjour* – eine kleine Geste, um mich aufzumuntern. Das tun wir alle hin und wieder. Wir geben den Deutschen fiese Namen – Fritz, *boches*, Doryphores (Letzteres, weil sie wie gefräßige Käfer die Kartoffelernte geplündert haben) – oder kleiden uns wie zufällig in die Farben unserer geliebten Fahne. Ja, natürlich war es mein geliebter Papa.

Aber das lässt mich an eine andere Möglichkeit denken, die so beängstigend ist, dass ich kaum darüber zu spekulieren wage. Ist Papa einer von denen? Arbeitet er mit der Bewegung zusammen … mit der Résistance? Oh, wie meine Hand zittert, während ich diese Worte schreibe. Beruhige dich, Hélène. Beruhige dich. Es ist ein Riesenunterschied, ob man einen kleinen spöttischen Artikel herumgibt oder sich tatsächlich der Résistance anschließt. Und Papa hat mir gegenüber nie ein Wort über die Bewegung verloren, weder positiv noch kritisch. Soweit ich weiß, sitzt er diesen Krieg weiterhin aus – wie alle in der Familie erträgt er ihn stumm.

Später

Die Vorstellung nagt weiter an mir. Ich kann nicht schlafen und habe deshalb die letzten Gespräche mit Papa analysiert, bin sie nach Hinweisen durchgegangen. Es gibt viele Ungereimtheiten. Ich habe ihn so oft in Verdacht gehabt zu schwindeln, aber nicht verstanden, warum. Ehrlich gesagt habe ich gedacht, er würde sich verstecken, um heimlich zu trinken. Jetzt bin ich mir nicht mehr so sicher. Oh bitte, bitte lass Papa in Sicherheit sein. Ich bewundere, was diese Gruppe tut, aber wenn Papa etwas passiert, wird mir das Herz brechen.

Noch später

Noch immer wach. Mir ist gerade klar geworden, dass ich uns alle in Gefahr gebracht habe, indem ich diese Gedanken so offen hier festgehalten habe. Ich muss ein besseres Versteck für dieses Tagebuch finden.

9. Kapitel

Seit wir den geheimen Keller entdeckt hatten, war Heather nicht mehr mit nach unten gekommen, um mir zu helfen. Sie sagte, ihr fehle die Energie für dieses Projekt, und das konnte ich ihr nicht verübeln. Aber es war einsam dort unten ohne sie, und obwohl Nico Verlängerungskabel in den Schrank gelegt und zwei helle Arbeitsstrahler angeschlossen hatte, war es auch gruselig. In dem verborgenen Raum, der so viele Jahre unberührt gewesen war, hing ein durchdringender modriger Geruch. Die Schatten ließen Formen fremd wirken und Geräusche lauter – das schwache Kratzen und Krabbeln, das auf Mäuse, Spinnen und Kakerlaken hindeutete, zum Beispiel. Ich legte Schachteln mit Gift in den Ecken aus und versuchte, nicht darüber nachzudenken. Sobald ich anfing, mich mit dem Wein zu beschäftigen, vergaß ich ohnehin alles andere.

Denn der Wein … ach, der Wein! Er verzauberte mich, obwohl er in Glas eingeschlossen war. Der Zaubertrank lag in märchenhaftem Schlummer und wartete auf einen Zauberspruch – das Drehen eines Korkenziehers, einen Hauch Luft, der ihn wieder zum Leben erweckte. Die flauschige graue Schimmelschicht auf den Flaschen, das Produkt von Mikroben und Feuchtigkeit, gedieh in einer kühlen, feuchten Umgebung gut. Zunächst hatte ich Sorge, dass die Flaschen verdorben sein könnten, weil sie fast acht Jahrzehnte vernachlässigt worden waren. Doch nachdem ich einige untersucht hatte, stellte ich fest, dass sie sich in makellosem Zustand befanden. Die Korken waren intakt und von Wein umschlossen, was verhinderte, dass Sauerstoff in die Flasche drang und die wertvollen Tropfen verdarb. Schließlich waren die alten Mauern des Kellers genau zu diesem Zweck errichtet worden – um Wein zu lagern.

Obwohl wir noch immer nicht wussten, wer die Flaschen versteckt hatte, stand eines fest: dass ein Experte sie ausgewählt hatte. Die Sammlung war atemberaubend: La Tâche, Clos de Vougeot, Chambertin. Die berühmten Jahrgänge: 1929, 1934, 1935, 1937, die stratosphärischen Jahrgänge, wie Jennifer sie nannte. Und der Wein war lebendig. Auch in der Flasche veränderte er sich und entwickelte sich immer noch weiter bis zu dem Moment, in dem er getrunken wurde. Jede dieser Flaschen war ein Vermögen wert. Sie waren von Beginn an wertvoll gewesen, aber die Jahrzehnte hatten sie fast zu etwas Heiligem werden lassen.

Ich bemühte mich, die Flaschen kaum zu berühren, während ich sie zählte und katalogisierte. Die Zahlen hielt ich in einem Notizbuch fest, um sie später auf meinem Laptop in eine Tabelle zu übertragen. Ich hatte Angst, die kostbare Flüssigkeit zu stören – Wein mag es nicht, bewegt zu werden –, und mehr als alles andere fürchtete ich, eine Flasche könnte mir aus der Hand rutschen und zerspringen.

Am Ende des dritten Tages hatte ich erst einen winzigen Teil katalogisiert – vielleicht tausend Flaschen –, und ich schätzte, dass mindestens noch weitere zehntausend in dem geheimen *cave* lagerten. Zehntausend wertvolle

Flaschen, die dort wie schlafende Schönheiten schlummerten.

»Sie muss groß sein. Mit Minions drauf. Und einem gelben Becher. Aber vor allem groß. Er behauptet, ein Kind in der Schule hätte beim Mittagessen ein heißes Stück Pizza daraus hervorgeholt.«

»Aus einer *Thermosflasche?*« Ich musste lachen.

»Thibault schwört, dass es stimmt.« Heather manövrierte den Einkaufswagen um die Ecke eines Ganges.

Wir blickten auf die geplünderten Regale.

»Nicht viel Auswahl«, stellte ich fest und nahm eine Brotdose heraus, die mit einem Regenbogen und Einhörnern bedruckt war.

Heather seufzte. »Schlechte Mutter. Ich habe zu lange gewartet. All die guten Mamans waren schon vor drei Wochen im Carrefour. Jetzt gibt es eine *rupture* im Lager, und obwohl sie behaupten, sie würden sie nachbestellen, gibt es bis nächstes Jahr im August keine neuen Thermosflaschen.«

»Och, armer Thibault.« Ich schnalzte mit der Zunge. »Bekommt keine heiße Pizza aus einer Thermosflasche. Denk dran – Kindheitstraumata sorgen für faszinierende Lebensgeschichten. Das ist großartiger Stoff für seine Memoiren.«

»Haha. Sehr witzig.« Plötzlich erstarrte Heather, stellte sich auf die Zehenspitzen und zog etwas aus einem der oberen Regale. »Ja!« Sie schwenkte eine Thermosflasche, auf der kleine glupschäugige Wesen abgebildet waren. »Aber die Frage ist«, sie schraubte den gelben Deckel ab und blickte hinein, »bekomme ich da ein Stück Pizza rein?«

»Du hast Konkurrenz«, murmelte ich und deutete mit dem Kopf auf die Frau neben uns – Skinny Jeans, dicke Stiefel, Smokey Eyes, das ganze Programm. Sie starrte auf die Thermosflasche wie eine Katze auf ein Goldfischglas.

»Ich sage dir, Einkaufen ist in diesem Land ein Kampfsport«, murmelte Heather, warf die Flasche in ihren Einkaufswagen und bog scharf in Richtung Tiefkühlabteilung ab.

»Ein ganzer Gang mit Joghurt?« Beim Anblick der kleinen Becher, die sich in fünf Reihen übereinander über mehrere Meter erstreckten, blieb mir der Mund offen stehen.

»Na, komm, du warst doch schon oft in einem französischen Supermarkt.« Heather legte zwei Zwölferpacks Naturjoghurt in den Wagen.

»Ja, aber ich habe noch nie Milchprodukte gekauft. Das ist ja Hardcore.« Ich machte ein Foto mit meinem Smartphone und postete es auf Instagram, wo es sofort von Walker gelikt wurde.

Heather blieb stehen, um etwas durchzurechnen und griff langsam nach einer Packung Joghurtmousse. »Ich glaube, nach einer Weile fallen einem gewisse Merkwürdigkeiten nicht mehr auf. Warum kann man zum Beispiel keine Hühnerbrühe aus der Dose kaufen? Warum ist der Zucker zum Backen mit Vanillearoma versetzt? Warum sind Erdnüsse und Kartoffelchips immer beim Alkohol zu finden?«

Wir rollten zum nächsten Gang, und tatsächlich wurden Dosen mit gesalzenen Nüssen und Tüten voller Kartoffelchips in den Geschmacksrichtungen Cheeseburger und Grillhähnchen neben den Alkoholika feilgeboten.

Ich musterte einige Weinflaschen, Supermarktprodukte, überwiegend Massenware – eine Welt, die nichts mit den exklusiven Abfüllungen an Burgunds Côte d'Or zu tun hatte.

Heather nahm eine Flasche Sancerre aus dem Regal. »Nicht hingucken«, sagte sie und legte sie in den Wagen. »Manchmal will ich einfach etwas Frisches, Leichtes trinken, verstehst du?«

»Sei nicht albern. Wein muss doch nicht teuer sein, um gut zu schmecken. Alles hängt von der richtigen Situation ab. An einem heißen Sommertag ist mir zum Beispiel ein Glas Rosé mit Eiswürfeln lieber als der beste Champagner.«

Heather legte noch ein paar Flaschen mit leuchtendem Rosé in den Wagen, und wir lachten.

»Na, zumindest hast du die Wahl. Ich habe mir die alten Geschäftsbücher angesehen. Damals hat die Familie nur einmal im Jahr ein paar Fässer *vin de table* beiseitegestellt – mehr haben sie nicht getrunken …«

Ich hielt inne. Zu spät hatte ich an Heathers Gefühle dem geheimen Keller gegenüber und allem, was damit verbunden war, gedacht.

Wir gingen langsam weiter, an einer Abteilung vorbei, über der »Vereinigte Staaten« stand. Die Regale waren mit amerikanischen Produkten wie Tabasco, Erdnussbutter und Marshmallows gefüllt, alles zu deutlich überhöhten Preisen.

»Das ist okay«, sagte sie. »Du kannst ruhig über den *cave* reden. Ich war ziemlich wütend, aber ich komme damit klar. Nico hat mir klargemacht, dass wir ja gar nicht wissen, wie viel sein Vater weiß. Ich werde auch niemals etwas erfahren, wenn ich ihn nicht frage, und zu einem solchen Gespräch bin ich noch nicht bereit.« Sie presste die Lippen zusammen.

»Ich auch nicht.« Ich erschauderte bei dem Gedanken an Onkel Philippes Respekt einflößendes Auftreten.

»Aber wenn ich meine persönlichen Gefühle zurückstelle, dann ist die Entdeckung des *cave* ganz offensichtlich das Aufregendste, was jemals auf dem Gut passiert ist. Und das Gut ist Nicos Leben – deshalb will ich natürlich daran teilhaben.«

Sie rang sich ein Lächeln ab, und ich drückte ihren Arm und bewunderte meine Freundin nicht zum ersten Mal für ihre Loyalität.

»Nico ist ein Glückspilz«, erklärte ich.

»Glaub mir«, sagte sie, »um dahin zu kommen, habe ich eine Weile gebraucht. Ich habe ziemlich viel über Verantwortung nachgedacht und darüber, was eine Generation der nächsten schuldet.«

»Wie meinst du das?«

»Was, wenn Anna und Thibault mir und Nico vorwerfen, was Hélène vor all diesen Jahrzehnten getan hat?«

»Aber das wäre total ungerecht!«

»Siehst du? Ich kann meinem Schwiegervater nicht vorwerfen, was Hélène getan hat – nur dass er es uns verheimlicht hat.«

Ich blickte zur Seite. »Du hast recht«, sagte ich schließlich. Und stellte überrascht fest, dass ich es auch so meinte. Wir schoben den Einkaufswagen in Richtung Kasse und stellten uns in eine Schlange, die sich durch den halben Gang mit Tiernahrung zog. Seufzend verschränkte ich die Arme. »Bist du sicher, dass wir …«, ich zögerte, »… dass wir nichts Wichtiges unter Hélènes Sachen übersehen haben?«

»Nein. In dem Koffer war nichts außer Kleidern und Fotos.«

»Was ist mit dem Karton?«

»Welchem Karton?«

»Dem mit ihrem Zeugnis.«

»Da war doch nur ein Haufen alter Schulbücher und Hefte drin, solches Zeug. Nichts Interessantes, oder?«

»Ich bin mir nicht mehr sicher.« Ich nagte an meiner Unterlippe. »Was haben wir eigentlich mit dem Kram gemacht? Haben wir ihn entsorgt?«

»Ich kann mich nicht erinnern.«

»Im Wohltätigkeitsladen? Oder auf dem Recyclinghof?«

»Ich weiß es wirklich nicht mehr. Wahrscheinlich im Wohltätigkeitsladen«, sagte Heather.

Ich versuchte, mir den Inhalt des Kartons zu vergegenwärtigen. Schulbücher. Biologie. Chemie. Physik. Hatte sich darin nicht auch eine Ausgabe vom *Graf von Monte Christo* befunden? Ein Stapel Schulhefte mit dicken braunen Umschlägen, die Seiten mit einer gestochenen Handschrift gefüllt. Ich erinnerte mich, dass ich eins mit Grammatikübungen durchgeblättert und es dann mit anderen weggelegt hatte.

»Die Schulhefte.« Ein seltsames Gefühl legte sich auf meine Brust.

»Ja?«

»Da war ein Stapel Schulhefte in dem Karton. Aber ich habe nur in das erste gesehen.« Ich verschränkte die Arme und löste sie wieder. Meine Haut hatte zu kribbeln begonnen. »Wann macht der Wohltätigkeitsladen zu?«

»Um fünf, glaube ich.«

Die Uhr auf meinem Smartphone zeigte 16:26 Uhr an.

»Wir können auf dem Heimweg nachsehen, ob sie noch geöffnet haben.« Heather lächelte mir aufmunternd zu, zog ihre Einkaufsliste hervor und hakte im Geiste die einzelnen Produkte ab.

»Heather«, meine Stimme klang belegt, »ich glaube – wir müssen … Das klingt jetzt verrückt, aber können wir einfach *jetzt gleich* hinfahren?« Aus irgendeinem Grund, den ich nicht erklären konnte, kroch ein unheimliches Gefühl mein Rückgrat hinauf.

»*Jetzt sofort*? Was ist mit den Einkäufen?«

»Wir können noch einmal wiederkommen. Bitte. Ich habe so ein seltsames Gefühl.«

Offenbar hatte sie den panischen Ausdruck auf meinem Gesicht bemerkt, denn ihr Lächeln erstarb. »Ich würde ja einfach gehen, wenn die Thermosflasche nicht wäre. Die ist nachher bestimmt nicht mehr da. Und wenn ich mit leeren Händen nach Hause komme, ist Thibault am Boden zerstört.«

»Können wir sie hier irgendwo verstecken?« Ich blickte mich suchend um. »Zum Beispiel hinter der Katzenstreu oder so? Nein, warte. Wir können sie in dem Gang mit den amerikanischen Lebensmitteln verstecken. Ich wette, da kauft nie jemand etwas.«

Heather scherte aus der Schlange aus, schnappte sich die Thermosflasche aus dem Wagen, und wir rasten zur amerikanischen Abteilung, die noch genauso verlassen war wie zehn Minuten zuvor.

Wir versteckten die Thermosflasche hinter einer Reihe knallgelber Taco-Schachteln mit der Aufschrift »Old El Paso«, die von menschlichen Händen unberührt schienen, seit man sie ins Regal gepackt hatte.

»Bist du sicher, dass sie hier sicher ist?«, fragte Heather beunruhigt.

»Komm.« Ich grinste sie an. »Kennst du einen Franzosen, der Tacos isst?«

Wir rannten zum Auto. Mit quietschenden Reifen fuhr Heather los und raste immer knapp am Tempolimit nach Beaune, wo sie sich in eine Parklücke direkt vor dem Laden quetschte. Wir flogen zur Tür, wo gerade eine grauhaarige Frau das Türschild umdrehte – *fermé*. Als sie uns durch die Scheibe erblickte, deutete sie schulterzuckend auf ihre Armbanduhr.

Heather spähte durchs Fenster. »Da sind Leute drin! Sie hat noch Kunden! Wie spät ist es?«

Ich blickte auf mein Smartphone. »Viertel vor vier.«

Heather klopfte an die Tür. Sie drehte den Knauf, und die Tür ging auf. Ich folgte ihr in den Laden.

»*Mesdames. Mesdames! On ferme*.« Die grauhaarige Frau stellte sich uns in den Weg.

»Sie schließen erst in fünfzehn Minuten«, sagte Heather und lächelte zuckersüß. »Und Sie haben noch andere Kunden.«

»Ja, aber die bezahlen nur noch«, protestierte sie und warf einen Blick in den hinteren Teil des Geschäfts, wo zwei Leute über offenen Kartons hockten.

»O mein Gott«, flüsterte ich Heather zu. »Das sind Walker … und Louise.«

Heather ging an der Frau vorbei und auf das Paar zu. »Hey, Leute!«, rief sie.

Louises Kopf zuckte nach oben. »Oh, Bruyère! Katreen! *Quelle surprise!*« Sie wirkte irgendwie verunsichert.

»Hey!« Walker begrüßte uns mit einem ausdruckslosen Lächeln.

»Habt ihr was Schönes gefunden?« Heather stand hinter ihnen.

»Nur ein paar alte Bücher.« Louise klappte einen Karton zu und stand auf. »Was kosten die alle zusammen?«, fragte sie die Frau.

»*Attendez* – habt ihr was dagegen, wenn wir einen Blick hineinwerfen?«

Heather kniete sich auf den Boden und öffnete den Karton wieder. Sie zog ein französisch-englisches Wörterbuch heraus und fing meinen Blick auf. So unauffällig wie möglich schüttelte ich den Kopf.

»*J'sais pas*.« Die Frau blies die Wangen auf. »*Trente*?«

Louise fischte aus ihrer Brieftasche zwei Zwanzig-Euro-Scheine heraus.

Die Frau verzog das Gesicht. »Haben Sie es nicht kleiner?«

»Hast du zehn?«, fragte Louise Walker.

Er klopfte sich auf die Taschen. »Tut mir leid.«

»*Putain*«, fluchte Louise. »Dann muss ich ins Café gehen und wechseln.« Sie nahm ihre Handtasche und ging zur Tür.

Heather grub in einem der anderen Kartons, die Louise kaufen wollte, und hielt eine rot-weiß gestreifte Kerze hoch. Wieder schüttelte ich den Kopf. Zu spät merkte ich, dass Walker mich beobachtet hatte.

»Was habt ihr zwei mit diesem Zeug vor?«, fragte ich ihn.

»Keine Ahnung. Louise wollte es haben.«

Heather öffnete einen dritten Karton und hielt ein Heft mit einem braunen Umschlag hoch. Mein Herzschlag beschleunigte sich, und ich nickte.

»Madame.« Heather ging zu der silberhaarigen Frau,

die demonstrativ eine große Messinguhr abstaubte, die die Stunde schlug.

»Diesen Karton würden wir gern kaufen.«

Die Frau stutzte. »Ich weiß nicht … Ihre Freundin interessiert sich für ihn.«

»Ich gebe Ihnen dreißig Euro«, erklärte Heather fest.

»Ich arbeite hier nur ehrenamtlich.«

»Vierzig.«

»Ich bin nicht sicher, ob wir handeln dürfen.«

Ich warf einen verstohlenen Blick zu Walker, der den Austausch stirnrunzelnd verfolgte.

»Wird der Erlös nicht für wohltätige Zwecke gespendet? Überlegen Sie, wie viele hungrige Kinder davon ernährt werden könnten.« Heather setzte ihr überzeugendstes Lächeln auf, als Louise zur Tür hereinstürzte.

»*Mon Dieu*! Alles hatte geschlossen«, sagte sie außer Atem. »Ich musste ganz bis zum Place Carnot!« Sie bemerkte das Geld in Heathers Hand. »Was ist hier los? *Mais non*, Madame, dieser Karton gehört mir. Wir hatten doch eine Vereinbarung, *n'est-ce pas?*«

Madame hob übertrieben die Schultern.

»Genau genommen«, schaltete sich Heather ein, »gehört der Karton mir. Wir haben unseren *cave* entrümpelt, und ich habe versehentlich einige Familienandenken weggeworfen. Mein Mann war schrecklich wütend. Sie verstehen doch, wie persönlich solche Dinge sein können, Madame, *n'est-ce pas?*« Sie machte eine bedeutungsvolle Pause. »Und natürlich wäre ich froh, Ihrer Organisation eine Spende zukommen zu lassen, als Anerkennung für Ihre wunderbare Arbeit.«

»Ich gebe Ihnen fünfzig Euro.« Louise verschränkte die Arme. »Fünfzig für alles.«

»Sechzig«, konterte Heather.

Louise seufzte schwer. »Siebzig.«

Heather bekam schmale Augen, und in ihr blitzte kurz das junge Mädchen auf, das ich auf dem College gekannt hatte. Das derart ungern verlor, dass die anderen Auslandsstudenten sich weigerten, weiterhin mit ihr Karten zu spielen.

»Hundert Euro«, sagte sie und musterte äußerst gelangweilt ihre Fingernägel.

Louise durchbohrte uns mit tödlichen Blicken. Dann hob sie die Hände. »*C'est bon. C'est bon.*« Sie zwang ein Lächeln auf ihr Gesicht, drehte sich um und rauschte aus dem Laden, Walker im Schlepptau.

»Ich ruf dich an«, bedeutete er mir noch rasch und machte eine Geste, als würde er sich ein Telefon ans Ohr halten.

Während Heather ein Bündel Euronoten vor die Kasse legte, hob ich den Karton hoch und überprüfte den Inhalt. Ja, Hélènes Hefte waren noch da, ebenso die Schulbücher. Der Druck auf meiner Brust begann sich zu lösen.

Im Auto umklammerte ich den Karton auf meinem Schoß, nicht bereit, ihn wieder loszulassen.

»Meine Güte, ist das zu fassen? Louise? Mein Gott!« Heathers Augen blitzten. »Warum zum Teufel wollte sie dieses Zeug so unbedingt kaufen? Sie kann unmöglich etwas von dem geheimen *cave* ahnen. Du hast doch Walker nichts erzählt, oder?«

»Natürlich nicht.«

Ich erinnerte mich an den Tag unseres Ausflugs und an die Unterhaltung mit Walker. Ich war doch diskret gewesen – oder etwa nicht? Walker konnte unmöglich von dem geheimen Keller wissen, es sei denn, er konnte Gedanken lesen.

Heather schnallte sich an und setzte so rasant aus der Parklücke, dass mein Kopf gegen die Kopfstütze prallte.

»He, warum so eilig?«, fragte ich. »Wir haben den Karton. Schon vergessen? Wir können uns entspannen.«

Sie fuhr über eine gelbe Ampel. »Machst du Witze?« Ein Leuchten schlich sich in ihre Augen. »Wir müssen zurück zum Carrefour, um diese Thermosflasche zu kaufen! Maman hat einen Lauf!«

Sanftes Nachmittagslicht fiel auf den Küchentisch, und das Haus schien aufzuatmen. Nico und Heather waren mit den Kindern zur *fête foraine* gefahren, einem Volksfest in Mâcon, auf dem es Faschingsspiele, Fahrgeschäfte und *barbes à papa* gab – Zuckerwatte, die Anna und Thibault beharrlich mit dem englischen Begriff *cotton candy* bezeichneten.

»Willst du wirklich nicht mitkommen?«, hatte Heather gefragt und eine Handvoll Plastiktüten in ihre Tasche gestopft. Ich hatte sie fragend angeblickt. »Für den Notfall«, war ihre Erklärung gewesen. »Wenn sie sich nicht schon nach der Fahrt mit der Krake übergeben müssen, dann nach diesem Gerät mit der Fliehkraft – egal. Natürlich willst du nicht mit!«

»Ich habe auf einen ruhigen Nachmittag gehofft.«

»Das klingt wie das vollkommene Glück«, hatte sie mit einem wehmütigen Seufzen gesagt.

»Und vielleicht sehe ich mir Hélènes Sachen an«, hatte ich hinzugefügt.

»Ah«, hatte sie gesagt. »Das klingt weniger verheißungsvoll.«

Jetzt, allein im Haus, hallte die Stille in meinen Ohren wider, nur durchbrochen von dem Vogelgezwitscher im Garten. Ich langte in den Karton und zog eins von Hélènes *cahier d'exercices* heraus. Auf dem Deckel stand *La chimie*, und die Seiten waren voller Notizen, die auf mein laienhaftes Auge wie Kauderwelsch wirkten: Chemische Formeln breiteten sich wie Spinnweben über den Seiten aus, bestehend aus Buchstaben und Zahlen, von denen ich nur die einfachsten erkannte. Hélènes Schrift war nachlässig, beinahe unleserlich. Vielleicht konnte Nico sie entziffern? Obwohl ich nicht glaubte, dass das Heft irgendwelche Geheimnisse enthielt, ließ ich es aufgeschlagen auf dem Tisch liegen.

Das nächste Heft, *L'histoire*, enthielt detaillierte Notizen zum Hundertjährigen Krieg, Henri IV. und diversen königlichen Erlassen. Es folgte *La littérature* mit einer Reihe von Anmerkungen zu wiederkehrenden Themen bei Voltaire. Unwillkürlich musste ich gähnen, doch beharrlich studierte ich jede Seite, bevor ich erneut in den Karton griff.

Meine Finger ertasteten Satin, und ich zog einen dünnen Stapel Briefumschläge heraus, adressiert an Hélène Charpin, Domaine Charpin, Meursault. Ahhh … Briefe? Hatte ich endlich ein Überbleibsel von Hélènes persönlichem Leben gefunden? Nun, das konnte interessant werden! Ich löste die Schleife um das Päckchen, zog den ersten Brief heraus und kniff die Augen zusammen, um die französische Handschrift besser entziffern zu können. Das Papier war brüchig und vergilbt, die Tinte verblasst.

Sèvres, 27. Oktober 1940

Chère Hélène,
du hast mich nach Büchern über die thermische Ausdehnung gefragt, und ich hatte endlich Gelegenheit, Professor de la Haye zu fragen. Er empfiehlt Maxwells eigene Studie Eine dynamische Theorie des elektromagnetischen Feldes, *aber ich bin mir nicht sicher, ob man es noch in der Bibliothek findet. Es scheint mir interessant, dass seine Schrift über die Steuerungstheorie noch immer als maßgeblich gilt, obwohl er schon 1879 gestorben ist …*

Der Rest des Briefes setzte sich so fort, er enthielt weder persönliche Fragen noch weitere Informationen und war mit *Amicalement, Rose* unterschrieben.

Rose? War sie eine Klassenkameradin? Ich nahm den nächsten Brief, dann noch einen, doch alle waren von ähnlicher Art. In freundlichem, zugewandtem Ton verfasst, voll von akademischer Energie, aber frei von jeglichen Nachrichten oder Klatsch, die auf eine Mädchenfreundschaft hindeuteten. Wer immer Rose war – und ihren Briefen nach zu urteilen, schien sie intelligent, zielstrebig und extrem gebildet zu sein –, sie verriet nichts über Hélènes Innenleben. Seufzend schob ich die Umschläge zu einem Stapel zusammen, band wieder die Schleife darum und legte sie zur Seite.

Ich nahm das letzte Heft aus dem Karton und schlug es auf. Es war angefüllt mit französischen Grammatikübungen. Allmählich bekam ich eine Vorstellung, wie es in einem Klassenzimmer der 1930er-Jahre zugegangen war, es war noch öder und strenger als ich vermutet hatte. Die Schrift verschwamm vor meinen müden Augen. Ich blätterte zur nächsten Seite, dann zur nächsten, bis ich die Mitte des Heftes erreichte. Eine leere Seite. Noch eine. Eine dritte. Und dann sorgfältig gezeichnete Spalten und Reihen – eine Tabelle. Abrupt richtete ich mich auf meinem Stuhl auf.

Die Überschriften lauteten *Appellation, Année, Quantité*. Bezeichnung, Jahr, Menge. Als ich die Seite überflog, sprang mir eine Zeile ins Auge: *Les Grands Epenots – 1928 – 35.*

Ich schob meinen Stuhl zurück – die Katze schoss jaulend davon – und sprintete durch die Küche, die Treppe hinauf, den langen Flur hinunter zu meinem Zimmer und nahm mein Notizbuch von meinem Schreibtisch. »Na, los«, murmelte ich und blätterte durch die Seiten, bis ich die Zeile fand, nach der ich gesucht hatte: *Les Grands Epenots, 1928, 35 Flaschen – prüfen???*

»O mein Gott«, flüsterte ich.

Hatte ich gerade eine Inventarliste des geheimen Kellers gefunden – eine Tabelle aller Flaschen, die dort lagerten? Mit zittrigen Beinen lief ich zurück in die Küche. Als ich Hélènes Notizen mit meinen eigenen verglich, stellte ich fest, dass die Bezeichnungen, die Jahrgänge und die Mengen einander genau entsprachen. Ich drückte das Heft an die Brust und verkniff es mir, eine Wange auf die Seiten zu pressen. Aus irgendeinem Grund, den ich nicht ganz verstand, war mir zum Weinen zumute.

Eine halbe Stunde später – ich studierte noch immer Hélènes Inventarliste und verglich sie mit den Informationen, die ich selbst gesammelt hatte – hörte ich ein lautes Klopfen an der Hintertür.

»*Coucou!*« Jean-Luc trat ins Haus. »Oh, hallo, Katreen«, sagte er, ohne mich anzusehen.

»Hallo.« Ich unterdrückte den Impuls, die Arme zu verschränken.

Er wirkte genauso verwirrt, wie ich mich fühlte. »Ich wollte zu Nico. Ist er da?«

»Die sind auf der *fête foraine* in Mâcon«, erklärte ich. »Sie kommen nicht vor heute Abend zurück.«

»Ah. Ich hätte wohl eine Nachricht schicken sollen, bevor ich vorbeikomme.«

»Ich sage ihm, dass du da warst.«

Schweigen legte sich über die Küche, sogar die Vögel hatten aufgehört zu singen, und als ich aus dem Fenster blickte, sah ich, dass es schon dämmerte. Ich schaltete das Licht ein. Sollte ich Jean-Luc auffordern, sich zu setzen? Ihm etwas zu trinken anbieten? Plötzlich fühlte ich mich befangen – allein mit ihm, nach so vielen Jahren. Ich spielte mit meinem Stift.

»Lernst du?«, fragte er äußerst freundlich. Sein Blick fiel auf Hélènes Notizheft, das ich offen auf dem Tisch hatte liegen lassen. »Wow!«, rief er ehrlich überrascht und betrachtete die Seite genauer. »Du musst *bouillie bourguignonne* für die Prüfung machen? Das ist wirklich hart.«

Ich blinzelte. »Wie bitte?«

»*Bouillie bourguignonne.*« Er zog das Notizheft an sich heran. »Siehst du?« Er zeigte auf eine Zeile, in der $CuSO_4 + Na_2CO_3$ stand. »Kupfersulfat und Natriumkarbonat. Auf der *école de viticulture* haben wir alles darüber gelernt. Damit hat man die Reben früher gegen Pilz behandelt.« Jean-Lucs lange Finger glitten über die Seite nach unten. »Aber diese Mengen … Das ist ganz schön viel, wenn ihr nur mit dem Zeug experimentiert. Vielleicht fängst du mit hundert Gramm Kupfer an, nicht mit zehn Kilo. Und sei vorsichtig mit der Schwefelsäure. Pass auf, dass du genug Natriumkarbonat zum Neutralisieren da hast. Damit kannst du dich verätzen.«

Meine Gedanken rasten, und ich versuchte, irgendeinen Sinn in dieser neuen Information zu finden. Wie passte das zu allem, was ich über Hélène wusste?

»Ist das ein Pilzvernichtungsmittel?«, fragte ich, um Zeit zu schinden.

»Ja, früher war es sehr verbreitet, vor allem vor dem Krieg.« Er blätterte um. »Sind das nicht deine Notizen?«

Ich zögerte. Sollte ich ihm von Hélène erzählen? Er und Nico standen sich so nah, ich war mir sicher, dass es nur eine Frage der Zeit war, bis er die Wahrheit erfuhr.

»Sie sind …« Zu meiner Überraschung bekam ich die Worte aus Scham nicht über die Lippen. »Von einer Freundin«, sagte ich schließlich. »Sie gehören einer Freundin.«

Danach änderte sich die Atmosphäre. Jean-Luc klappte das Heft sanft zu und verabschiedete sich. Nachdem ich gehört hatte, wie sein Lieferwagen aus der Auffahrt gefahren war, saß ich noch eine ganze Weile im gelben Lichtschein der Küche und fragte mich, ob ich das Richtige getan hatte.

Als Nico, Heather, Anna und Thibault nach Hause kamen, war ich gerade dabei, das Internet nach Informationen über das Pilzvernichtungsmittel zu durchsuchen. Die Kinder stürmten durch die Hintertür herein. Ihre Wangen waren bemalt mit Schmetterlingen und Schildkröten. Heather und Nico schlenderten müde hinterher.

»Kate! *Kate!* Ich war vier Mal auf einer gigantischen

Achterbahn, und Anna hat einen Fisch gewonnen!« Thibault sprang auf mich zu.

Anna hielt eine durchsichtige, mit Wasser gefüllte Plastiktüte hoch, in der ein orangefarbener Blitz von einer Seite zur anderen flitzte. »Ich glaube, ich nenne ihn Taylor«, sagte sie. »Oder vielleicht auch Swift.«

Heather musterte den Tisch mit den aufgeschlagenen Notizheften und vollgeschriebenen Papierseiten. Neben mir auf dem Tisch stand ein Teller mit geschmolzener Butter und Toastkrümeln. »Hast du dich überhaupt vom Fleck gerührt?«, fragte sie, doch ihre Augen funkelten. »Thibault, Anna, Zeit fürs Bett. Nach oben – Zähneputzen und Pyjamas anziehen, bitte. Es ist schon spät.« Sie klatschte in die Hände.

»Was ist mit Swifty? Ich muss ein Glas für ihn finden!«, rief Anna.

»Das ist ungerecht«, schimpfte Thibault. »Warum darf *sie* immer lange aufbleiben?«

»Ich suche ein Glas für den Fisch«, erklärte Heather. »Jetzt los. Nach oben mit euch.«

»Och, Maman!«, riefen sie im Chor, verließen jedoch gemeinsam die Küche und stapften die Treppe hinauf.

»Ich komme in zehn Minuten nach und bringe euch ins Bett«, rief Heather ihnen hinterher.

»*Quoi de neuf?*« Nico öffnete den Kühlschrank und holte eine Flasche Sprudelwasser heraus.

»Ja, was gibt's Neues? Hast du etwas Interessantes in Hélènes Aufzeichnungen entdeckt?« Heather reichte ihm ein paar Gläser, dann suchte sie in einem der Unterschränke nach einem Gefäß für den Fisch. »Das geht doch fürs Erste, oder nicht?« Sie hielt eine würfelförmige Vase hoch und musterte den Goldfisch.

»Ach, nichts Besonderes – nur eine Inventarliste von dem geheimen Keller«, sagte ich. Ich schob ihnen das Notizheft zu.

Nico verschluckte sich an seinem Wasser. »*Putain*«, fluchte er, als er schließlich wieder Luft bekam. »Eine Inventarliste? Ist das dein Ernst?« Er nahm das Heft. »Wo zum Teufel hast du die gefunden?«

Ich schilderte ihnen, wie ich die Liste in Hélènes *cahier d'exercices* entdeckt und ihre Informationen mit meinen verglichen hatte. »Natürlich habe ich noch nicht den ganzen *cave* inventarisiert – aber die Zahlen, die ich habe, stimmen genau mit ihren überein.«

»*C'est incroyable!*« Nico schüttelte ungläubig den Kopf.

Heather erschauerte. »Und wenn ich mir vorstelle, dass Louise die Liste beinahe in die Finger bekommen hätte.«

»Ja, allerdings.« Ich schob ihr das andere Notizheft hin. »Wie es aussieht, gibt es hier noch etwas anderes.«

»$CuSO_4 + Na_2CO_3$?«, las Heather. »Weißt du, was das ist?«, fragte sie Nico.

»Kupfersulfat plus Natriumkarbonat«, antwortete er. »Das weiß ich noch von der *école de viticulture.* Bei all den synthetischen Verbindungen, die es heute gibt, wird das kaum noch eingesetzt.«

»Anscheinend ist es relativ leicht herzustellen«, fügte ich hinzu. »Es bildet diese hübschen blauen Kristalle.« Ich schob ihnen meinen Laptop zu, auf dem eine Seite mit dem Titel *Wie man Kupfersulfat herstellt* geöffnet war.

Heather trat hinter mich, um die Seite zu studieren. »Natriumkarbonat«, sagte sie. »Das ist Waschsoda.«

»Ja, hier heißt es, dass Schwefelsäure sehr ätzend ist, aber Natrium neutralisiert sie.«

»Nein, nicht Natrium. Natriumkarbonat.« Sie fasste meine Schulter. »Weißt du nicht mehr? Wir haben doch eine ganze Kiste Waschsoda dort unten gefunden.« Sie schnappte nach Luft. »Die Löcher! Auf den Röcken von Hélènes Kleidern. Ich dachte, sie wären von Motten zerfressen, aber Motten gehen nicht an Baumwolle. Ich glaube, die Löcher stammen von Schwefelsäure. Was, wenn Hélène das Pilzvernichtungsmittel selbst hergestellt hat?«

»Ein junges Mädchen? Zu jener Zeit?« Nico schnaubte. »Woher hätte sie wissen sollen, wie?«

»Aber das hier sind ihre Notizhefte«, betonte ich. »Also kannte sie die Formel ganz offensichtlich.« Ich dachte einen Moment nach. »Vielleicht hegte sie eine Leidenschaft für Chemie. Es gibt einen Stapel Briefe von einer Schulfreundin, in denen es nur um thermische Ausdehnung geht. Und in ihrem Koffer lag eine Biografie von Marie Curie.«

»Nun ja, dann kann es schon sein«, schloss Nico.

»Nein«, sagte Heather nachdenklich. »Die Frage ist nicht, *ob* sie das Mittel hergestellt hat. Das hat sie – da bin ich mir sicher. Die Frage ist, wie. Und wo.«

»Und warum«, ergänzte ich.

Wir starrten uns alle drei verblüfft an, bis eine Kinderstimme die Treppe herunterdrang.

»Maaaaamaaaan! *Tu es oùuuuuuuu?* Bring mich jetzt ins Beeeeeeeett!«, rief Thibault.

»Denkt weiter darüber nach«, sagte Heather und ging in Richtung Treppe. »Ich wette, die Antwort ist direkt vor unseren Augen.«

13. Februar 1941

Ich habe dieses Tagebuch an den folgenden Plätzen versteckt: in einer Hutschachtel auf dem obersten Regalbrett in meinem Kleiderschrank. In der untersten Schublade von meinem Schreibtisch. Unter einem Haufen Strümpfe in meiner Kommode. Doch ich bin immer noch nicht zufrieden. All diese Orte sind zu offensichtlich. Sollten die *boches* jemals unser Haus durchsuchen, gehören der Schrank, der Schreibtisch oder die Kommode doch sicher zu den ersten Stellen, die sie sich vornehmen. Oh, wem will ich etwas vormachen – den *boches?* Es ist wahrscheinlicher, dass Madame mein Zimmer durchwühlt – ich bin mir sicher, dass sie hier herumschnüffelt, wenn ich nicht zu Hause bin. Ich muss einen sicheren Platz finden.

15. Februar 1941

In meinem Zimmer in der Nähe des Fensters hat sich eine Bodendiele gelockert, und ich habe mich entschieden, dieses Tagebuch in dem Hohlraum darunter aufzubewahren. Ich sorge mich nur, dass ich das Versteck verrate, weil ich auf Zehenspitzen darüber hinwegsteige, da das Brett jedes Mal unüberhörbar knarrt, wenn man in die Nähe tritt. Aber ich habe den Teppich etwas verschoben, und von außen wirkt die

Stelle unauffällig, lediglich ein wenig uneben, was nur auffällt, wenn man es weiß.

3. April 1941

Cher journal,
verzeih die zitternde Hand. Ich sollte das nicht schreiben. Ich bin verpflichtet zu schweigen, denn ich habe versprochen, keiner Seele etwas zu sagen. Wenn dieses Tagebuch entdeckt wird, hat das schreckliche Folgen für ihn – und wahrscheinlich auch für mich, weil ich das Geheimnis für mich behalten habe. Aber wenn ich es *niemandem* erzähle, platze ich, und deshalb schreibe ich es hier hinein: Papa ist ein *résistant*.

Ich glaube nicht, dass er es mir erzählt hätte, wenn ich ihn heute Morgen nicht erwischt hätte. Ich war mit dem Fahrrad auf dem halben Weg nach Beaune, als ich merkte, dass ich die Lebensmittelkarten der Jungen vergessen hatte. Ich kehrte sofort um, um sie zu holen. Benoît und Albert stehen zusätzliche Milch- und Fleischrationen zu, und Madame, die bei einem Treffen des *cercle* war, hätte mich geohrfeigt, wenn ich ohne ihre Extraportion zurückgekommen wäre. Ich radelte wie von Sinnen zurück und knallte die Tür, als ich hereinkam. Zu meiner Überraschung saß Papa mit zwei fremden Männern am Küchentisch.

»*Ma choupinette!*«, rief er und zwang ein Lächeln auf sein Gesicht, doch die Farbe war aus seinen Wangen gewichen. »Ich habe nicht mit dir gerechnet! Ich habe gerade zwei alte Freunde getroffen, und wir essen zusammen zu Mittag!«

Cher journal, es war zehn Uhr morgens, und vor Papa stand kein Teller. Die anderen Männer blickten von ihren gekochten Kartoffeln auf, die sie mit zwei Dosen Schmalzfleisch, einem hart gekochten Ei für jeden und einer üppigen Handvoll Radieschen und Spinat aus dem Garten verspeisten, und nickten mir zu.

»*Bonjour,* Mademoiselle«, sagte der Jüngere.

Er hatte blaue Augen, braunes Haar und einen auffälligen roten Bart. An seinem Akzent erkannte ich sofort, dass er kein Franzose war, sondern sehr wahrscheinlich Engländer. Die Männer wandten sich wieder dem Essen zu, das sie in Sekundenschnelle herunterschlangen, und Papa spähte in einen auf dem Herd köchelnden Topf und spießte für jeden noch eine Kartoffel auf.

»Ich habe die Lebensmittelkarten vergessen«, erklärte ich und holte sie aus der Dose auf dem Kamin. »*Au revoir*«, sagte ich höflich und verließ das Haus, bevor jemand antworten konnte.

Als ich gerade wieder auf mein Fahrrad stieg, kam Papa heraus.

»Léna«, sagte er leise. »Du hast mich überrascht. Ich dachte, du würdest erst am späten Nachmittag wiederkommen.«

»Was machst du hier?«, flüsterte ich so streng wie möglich. »Warum hilfst du denen? Papa, du weißt doch, wie gefährlich das ist! Wir könnten alle verhaftet werden oder Schlimmeres …« Meine Stimme bebte.

»Darüber reden wir später«, sagte er entschieden. »Vorerst muss ich dich bitten, mit niemandem darüber zu sprechen. Hast du das verstanden?«

»Ja, aber …«

»Gut«, unterbrach er mich. »Du solltest jetzt nach Beaune fahren. Es ist besser, wenn du nicht hier bist.«

Ich radelte nach Beaune und stand in endlosen Schlangen an – neunzig Minuten in der *boucherie* für ein kleines Stückchen Steak, vierzig Minuten beim Schuster, nur um zu erfahren, dass die Sohlen von Benoîts Schuhen durch Holz ersetzt werden müssen, weil es schlicht kein Leder mehr gibt. Die ganze Zeit grübelte ich über das, was ich in der Küche beobachtet hatte. Woher kannte Papa diese Männer? Waren sie die Einzigen, denen er half, oder gab es noch andere? Ich war dermaßen beunruhigt, dass ich beschloss, nicht mehr in die *boulangerie* zu gehen, und direkt nach Hause fuhr, um mit Papa zu sprechen, bevor Madame zurückkehrte.

Er war im *potager* und stach Spargel, der wie wild aus dem Boden schoss. »Ah, du bist zurück«, sagte er. »Hattest du heute Glück?«

»Ein bisschen Steak für die *garçons*.«

»Gut, gut. Da wird sich deine *belle-mère* freuen.« Vorsichtig schnitt er eine Stange ab.

»Papa, was ich heute Morgen gesehen habe … Was bedeutet das? Wer sind diese Männer? Ich habe Angst.« Ich versuchte, mit fester Stimme zu sprechen.

»*Moi aussi*«, sagte er ruhig. »Ja, sieh mich nicht so überrascht an. Ich habe auch Angst, *ma fille*.« Stille, durchbrochen vom Geräusch des Messers, mit dem er den Spargel stach. »Aber weißt du, was ich beschlossen habe?« Er sah mir in die Augen. »Ich habe beschlossen, dass ich mehr Angst davor habe, von innen zu verrotten, als vor dem Gefängnis – oder sogar vor dem

Tod. Ich dachte, ich würde verrückt, buchstäblich, wenn ich nichts tue, wenn ich nicht irgendwie reagiere. Jetzt habe ich wenigstens einen Hauch von Selbstachtung.«

»Dann stimmt es?« Ich schluckte. »Du bist ein … *résistant?*« Obwohl niemand in der Nähe war, formte ich das letzte Wort tonlos mit den Lippen.

Behutsam legte er die Schere auf den Boden. »Ich bin ein *passeur*. Weißt du, was das ist?«

»*Non*.«

»Wie du weißt, gibt es viele … *Leute*, die Hilfe auf ihrer Reise in den … *Süden* brauchen.«

In den Süden. Das hieß zur Demarkationslinie. Ins freie Frankreich. Und dann weiter – nach England, in die Vereinigten Staaten. In die Freiheit.

»Wir geben ihnen ein bisschen Essen, einen sicheren Platz zum Ausruhen, bis wir sie zur nächsten Station ihrer Reise lotsen. Wir sind ein kleines Netzwerk, aber ich kann dir gar nicht sagen, wie befreiend es ist, mit gleichgesinnten Kameraden zusammenzuarbeiten …« Er verkniff sich den Rest des Satzes. »Nun. Ich darf dir nicht zu viele Details verraten.«

»Einen sicheren Platz zum Ausruhen«, wiederholte ich. Dann dämmerte mir, was das bedeutete. »Du meinst *hier?* Auf dem Gut? Aber wo?«

»Die Mauer, die ich im Keller errichtet habe – ich habe ein paar Änderungen vorgenommen.«

Erst wartete ich einen Moment, dass er weitersprach, doch dann wagte ich es, noch eine Frage zu stellen. »Dann gab es noch andere … Gäste?«

»*Oui*.« Sein Gesicht war grimmig. »Und solange ich hier bin, werden auch weitere kommen.«

Ich schwieg und verarbeitete diese Information. Der Ausdruck auf Papas Gesicht verriet mir, dass ich vorsichtig vorgehen musste. »Weiß *belle-mère* davon?«

»Nein, gar nichts. Sie würde dieses Unterfangen nicht gutheißen.« Er wirkte verbissen, doch seine nächsten Worte waren sanft. »Léna, ich bitte dich nicht, dich mir anzuschließen. Aber ich bitte dich um Verschwiegenheit. Niemand darf davon wissen.« Ich bemerkte, wie schmal und ausgezehrt Papas Gesicht geworden war. Ob er auf Mahlzeiten verzichtet hatte, damit er seine Portionen heimlich den Gästen zukommen lassen konnte? »Versprichst du mir das?«, fragte er.

Cher journal, natürlich habe ich es ihm versprochen. Aber ich bedauere es bereits. Ich habe schreckliche Angst, dass Papa abgeholt wird. Das ist dem älteren Bruder meiner Klassenkameradin Laurence passiert. Natürlich haben wir alle vermutet, dass er ein *résistant* war, aber eines Tages ist er einfach verschwunden, und seine Familie litt darunter, dass sie nur spekulieren konnte, was mit ihm geschehen war. Was, wenn uns das passiert?

18. April 1941

Jetzt, nachdem ich die Wahrheit kenne, scheint Papas Geheimnis so offensichtlich. Wenn er für Stunden ohne eine Erklärung verschwindet, weiß ich, dass er in dem geheimen *cave* ist oder bei einem Treffen mit den anderen *résistants*. Wenn Essen aus der Speisekammer verschwindet, weiß ich, dass er es für seine Gäste genommen hat. Wenn er morgens graugesichtig und erschöpft auftaucht, weiß ich, dass er sich die vorangegangene Nacht um seine Schützlinge gekümmert hat – und nachdem ich es mehrere Wochen beobachtet habe, weiß ich sogar, dass er am Morgen nach einer bewölkten Nacht völlig erschöpft sein wird.

Dieses heimliche Kommen und Gehen macht mir Angst. Ich wünschte, Papa würde aufhören. Wenn ich mit ihm spräche, würde er auf mich hören? Lohnt es sich, seinen Zorn auf mich zu ziehen?

21. Mai 1941

Jacques – Papas Lehrling – ist fort. Ohne Vorwarnung, ohne Erklärung. Gestern ist er einfach nicht zur Arbeit erschienen, und niemand hat eine Ahnung, was mit ihm passiert ist. (Als ich beim Abendessen meine Sorge laut formulierte, warf Papa mir einen scharfen Blick zu, sodass ich eine Ahnung habe, was mit ihm geschehen ist.) Deshalb muss ich Papa jetzt in den Weinbergen helfen.

Natürlich mache ich mir nach Jacques' Verschwinden noch mehr Sorgen, dass auch Papa verschwinden könnte. Doch wenn ich das Thema anzusprechen versuche, lenkt er das Gespräch beharrlich in eine andere Richtung. Allmählich habe ich das Gefühl, als wäre seine geheime Arbeit das Einzige, was ihm Frieden bringt. Ich weiß nicht, womit ich ihn zum Aufhören bewegen könnte.

22. Juni 1941

Heute ist der erste Jahrestag unseres *armistice* mit Deutschland, woran Maréchal Pétain mit einer Ansprache erinnerte: *Ihr wurdet weder verkauft noch betrogen noch verlassen*, trug er feierlich vor. *Jene, die euch das erzählen, lügen und treiben euch den Kommunisten in die Arme. Ihr leidet, und ihr werdet noch eine lange Zeit leiden, denn wir haben noch nicht für all unsere Fehler bezahlt*. Papa schaltete das Radio aus, und in mir stieg Abscheu auf, bitter wie Galle, den ich rasch herunterschluckte. Pétains Vorwürfe waren schrecklich ungerecht. Wie konnten wir dieses Leiden *verdient* haben?

Zum ersten Mal habe ich an meiner Zurückhaltung gezweifelt. Hat Papa recht? Ist mein Handeln von der Angst bestimmt? Aber wenn ich über die Alternative nachdenke – den aktiven Widerstand –, nun ja, dann fühlt sich das auch nicht richtig an. Manchmal sehe ich Jungen in Beaune, die voller Stolz in *bleu, blanc, rouge* umherschreiten oder auf irgendeine andere alberne Art ihr Missfallen zur Schau stellen. Das kommt mir unnötig gefährlich vor, so absolut sinnlos. Und ich frage mich: Gibt es einen Weg, diesen Krieg still zu ertragen, aber dennoch ehrenhaft?

30. Juni 1941

Aus dem bitteren, nassen Winter ist ein heißer, feuchter Sommer geworden, und in der Folge sind unsere Reben von Schwarzfäule und *oïdium* befallen – von Mehltau.

»Wir müssen spritzen«, sagt Papa unablässig. *»Mais, il n'y a plus.«* Die *boches* haben das letzte Stück Metall verlangt, und ohne Kupfersulfat gibt es kein Pilzvernichtungsmittel mehr. »Nicht für Liebe oder Lebensmittelkarten«, wie Papa zu sagen pflegt. (Und jedes Mal, schmunzelt er ein bisschen über diesen »Kriegshumor«.) Wir bereiten uns auf eine weitere jämmerliche Ernte vor.

7. Juli 1941

Cher journal,
heute ist etwas Erzählenswertes passiert, das die schreckliche Monotonie durchbricht: In Beaune bin ich Rose begegnet. Im ersten Moment habe ich sie gar nicht erkannt, sie ist so dünn geworden (vermutlich bin ich das auch – wie wir alle), aber als sie mich sah, erschien ein Lächeln auf ihrem Gesicht. Und als sie »Charpin« rief und dabei den Singsang unserer alten Chemielehrerin Madame Grenoble nachahmte, erkannte ich sofort ihre Stimme.

»Rose!« Ich reihte mich hinten in die Schlange an der *boulangerie* ein, damit wir während des Wartens plaudern konnten. »Was machst du hier?«

»Ich warte auf Brot, *comme tout le monde*«, erwiderte sie schulterzuckend.

»Aber warum bist du nicht in Sèvres? Oder ist das Semester schon zu Ende?«

»*Non.*« Ihr Ton lud nicht dazu ein, weitere Fragen zu stellen, deshalb wechselte ich das Thema und fragte sie nach der thermischen Ausdehnung, die sie in ihrem letzten Brief erwähnt hatte. Dank unseres Gesprächs verging das Warten schneller als üblich. Nachdem wir die harten, trockenen braunen Brotkrusten eingesammelt hatten, schlug sie vor, in den nahegelegenen Park zu gehen. »Es ist so hübsch hier, das hatte ich ganz vergessen«, sagte sie und blickte auf das trübe Wasser des Flusses Bouzaise, der zu unseren Füßen vorbeifloss.

»Ich glaube nicht, dass ich seit unserem letzten Schulpicknick hier gewesen bin. Ist das erst ein Jahr her? Seither ist so viel passiert.«

»C'est vrai«, sagte sie leise. »Alles, was passiert ist, bevor ich nach Sèvres gegangen bin, erscheint mir wie ein Traum.«

»Kannst du mir erzählen, warum du nicht mehr dort bist? Wollten deine Eltern, dass du nach Hause zurückkommst? Ich will nicht aufdringlich sein, aber … Sèvres.« Ich stieß einen wehmütigen Seufzer aus.

Um ihren Mund erschien ein angespannter Zug. »Es war nicht meine Entscheidung.« Sie sah mich an, und ich war überrascht, auf ihrem Gesicht so etwas wie Angst zu erkennen. »Hélène.« Sie holte tief Luft. »Man hat mich gezwungen, die Universität zu verlassen, weil ich Jüdin bin.«

»Jüdin? Wie meinst du das? Wir sitzen doch jeden Sonntag hinter deiner Familie in der Kirche. Wir haben die Erstkommunion zusammen eingenommen.«

»Ja, meine Familie geht in die Kirche. Aber die Familie meiner Mutter ist jüdisch, Bankiers aus Frankfurt. Sie sind um die Jahrhundertwende nach Paris gegangen. Die Mutter meines Vaters war ebenfalls eine Jüdin aus dem Elsass, doch er wuchs christlich auf.

Als Maman Papa geheiratet hat, ist sie zum Katholizismus übergetreten.«

»Aber dann bist du Christin.«

»Nach deren Meinung nicht.« Sie presste die Lippen zusammen. »Drei jüdische Verwandte ... genügen.«

»Aber das sind Unmenschen! Plumpe, dumme Rüpel! Wen interessiert, was die denken?« Schon, als ich die Worte aussprach, war mir klar, wie albern sie klangen. Wir sind gezwungen, uns für das zu interessieren, was die *boches* denken, denn das ist der Preis der Besatzung. »Und ...«, fuhr ich fort, »... was hat es mit deinem Platz in Sèvres zu tun, dass du Jüdin bist? Wie konnten sie dich zwingen abzugehen? Nach all der harten Arbeit? Das ist doch nicht gerecht!«

»Lebst du hinterm Mond, Hélène?«, unterbrach sie mich in scharfem Ton. »Das Statut des Juifs schließt Juden aus Universitäten und von den meisten Berufen aus. Im Grunde gehöre ich noch zu den Glücklichen. Mein Onkel ist Arzt in Paris und musste seine Praxis schließen. Es gibt viele andere – Anwälte, Architekten, *fonctionnaires* ... alle werden gezwungen, ihren Beruf aufzugeben.«

Die Ungerechtigkeit ließ so heftige Wut in mir aufwallen, dass ich zitterte. »Aber das dürfen wir doch nicht zulassen! Das ist nicht richtig. *C'est pas correct!*«

Sie sah mich fassungslos an. »Was können wir tun, Hélène? Sie haben uns besiegt. Wir sind machtlos. Wir haben keine Rechte – weder als Individuen noch als Nation.«

Plötzlich verstand ich, was Papa im letzten Jahr durchgemacht hatte – die Hilflosigkeit, die Wut, die Scham.

Am liebsten hätte ich mir die Haare gerauft, vor Zorn geschrien, einen deutschen Soldaten ins Gesicht geschlagen, bis er blutete. Doch nichts von alldem konnte ich tun. Ich konnte gar nichts tun.

»Was sagen deine Eltern?«, stieß ich schließlich hervor.

Sie seufzte. »Sie streiten die ganze Zeit. Papa meint, wir sollten einen Weg finden, Frankreich zu verlassen. Er glaubt, die Lage würde nur noch schlimmer. Aber Maman will nicht, dass er unser Familiengeschäft opfert – und zudem ist unser Zuhause hier. Wir sind Franzosen. Zumindest dachte ich bisher, dass wir das sind.« Sie starrte auf den Fluss, auf das Wasser, das unter dem grauen Himmel schmutzig aussah, und plötzlich liefen ihr Tränen über die Wangen. »Es kommt mir so selbstsüchtig vor, das zu sagen«, fuhr sie schluchzend fort. »Aber ich bin so untröstlich, dass ich nicht mehr studieren kann. Ich habe keine Hoffnung, jemals einen Abschluss zu machen.«

»Sag das nicht – irgendwann werden die Alliierten kommen.«

»Klar, so sicher, wie es weiße Raben gibt.«

Wir blickten auf das Wasser. Wolken aus Algen wuchsen direkt unter der Oberfläche, und es schien erstaunlich grausam, dass überhaupt irgendetwas in dem derzeitigen Elend wachsen konnte. Die Welt ist so rücksichtslos.

»Mir fehlt es auch«, gestand ich. »Das Labor. Madame Grenobles Vorlesungen. Das Periodensystem. Vor allem vermisse ich dieses Gefühl der Gewissheit, wenn man endlich verstanden hat, warum eine chemische Reaktion so oder so abläuft. Kein Rätsel, keine Intrige – nur reine Wissenschaft.«

»Ich muss immer an das Experiment denken, das ich in Sèvres zurückgelassen habe«, sagte sie. »Mein Kupfersulfat bildete gerade Kristalle – wunderschöne blaue Scherben, sie sahen aus wie Edelsteine.«

»Hättest du sie nur als *petit souvenir* mit nach Hause bringen können. Papa hat gerade neulich gesagt, dass wir unbedingt Kupfersulfat für unsere Weinstöcke brauchen. Zur Pilzbekämpfung.«

»Wenn wir genügend Kupfer hätten, könnten wir es selbst herstellen. Es ist eigentlich nicht schwer.«

Es gab unzählige Gründe, warum ich hätte vorgeben sollen, sie missverstanden zu haben. Doch meine Wut simmerte in mir, und einen subversiven Plan gegen die Deutschen zu schmieden, gefiel mir. Ich schwieg, analysierte die Idee und betrachtete sie aus verschiedenen Blickwinkeln.

»Ich weiß, wo wir ein paar Kupferstücke finden«, sagte ich und dachte an den verschlossenen Lagerraum, in dem Madame ihre Schätze hortete. »Was brauchen wir noch?«

»Waschsoda.«

»*Pas de problème.*« Damit wuschen wir dieser Tage unsere Kleidung.

»Und Schwefelsäure. Aus einer alten Batterie vielleicht?«

»Schwieriger, aber nicht unmöglich. Was noch?«

Sie listete weitere Gegenstände auf: Schalen aus Steingut, flache Backformen aus Keramik, Schutzkleidung wie Schürzen und Sicherheitsbrillen. »Und natürlich müssen wir eine Art Labor einrichten – nichts

Großartiges, aber wir brauchen einen Ort, der gut zu belüften ist und isoliert liegt. Die Anfangslösung sondert schädliche Dämpfe ab, die sich im Laufe einiger Tage oder Wochen verflüchtigen.«

»Ah.« Ich ließ die Schultern hängen. »Das ist ein Problem.«

»*Ouais*«, stimmte sie mir zu.

»Aber allein über so etwas nachzudenken, hebt meine Laune.« Ich lächelte düster. »Obwohl es vermutlich schrecklich gefährlich wäre, wenn man überlegt, was sie mit den *résistants* machen.« Wir haben alle von Folterungen gehört. Sie kursieren im Ort, werden in warnendem Ton herumgeflüstert. »Und vor allem angesichts deiner Lage …«

Rose seufzte, nickte jedoch zustimmend. »Du hast bestimmt recht. Es ist sicherer, nichts Verbotenes zu tun.«

16. Juli 1941

Rose und ich hatten uns für den Nachmittag wieder im Park verabredet, aber sie kam zu spät – so spät, dass mir nur wenige Minuten blieben, bis ich die Jungen bei den Nachbarn abholen musste.

»*Désolée*«, sagte sie traurig, als sie schließlich zu mir stieß. Ich sah, dass ihr Gesicht bleich und ihre Miene leer war.

»Was ist los? Was ist passiert?« Ich fasste ihren Arm und zwang sie, sich zu setzen.

Sie blickte in ihren Schoß. »Sie sind gekommen«, berichtete sie mit leiser Stimme.

Plötzlich schnürte mir die Angst die Kehle zu. Natürlich wusste ich, wer gekommen war – die *boches*.

»Geht es dir gut? Haben Sie dir wehgetan?«

Sie schüttelte den Kopf. »Sie haben das Haus geplündert. Mamans Silber, den Schmuck, den sie vergessen hatte zu verstecken, das Porträt von Urgroßvater Reinach, unsere *caves* …« Sie kniff die Lippen zusammen. »Als sie entdeckt haben, dass der Keller fast leer ist, sind sie so wütend geworden, dass sie randaliert und mit ihren Knüppeln auf die Wände eingedroschen haben. Schließlich sind sie durch die Mauer gebrochen und haben die Flaschen gefunden, die Papa versteckt hatte.« Ihre Stimme war nur noch ein Flüstern. »Sie haben alles mitgenommen.«

»Aber wie? Was haben sie gesagt?«

Sie zuckte die Schultern. »Der Anführer hat behauptet, es sei seine Pflicht«, sie fuhr in gespielt wichtigtuerischem Ton fort, »allen jüdischen Einfluss auf die nationale Wirtschaft zu beseitigen.«

Ich kochte vor Wut. »Diese dreckigen *boches*-Bastarde.«

Rose fuhr überrascht auf. »Oh, *non, non, non,* Hélène, das waren keine Deutschen«, sagte sie. »Die waren aus Vichy.«

»Es waren *Franzosen?*«, fragte ich atemlos.

»*Oui.*«

»Aber deine Familie ist doch auch französisch! Wie können die so etwas tun? Wie können Franzosen einander so etwas antun?«, jammerte ich. »Wir müssen etwas unternehmen. Wir können das nicht weiter zulassen.«

Rose zuckte die Schultern, und beim Anblick ihres

blassen Gesichts und ihres resignierten Blickes bildete sich ein Kloß in meinem Hals.

»Darüber haben wir doch schon gesprochen, Hélène. Wir können nichts tun.«

Ich schloss die Augen vor der Sonne, das Licht leuchtete rot durch meine Lider. Seit jenem Tag auf dem Kirschbaum bestimmt Angst mein ganzes Handeln. Ich habe sie auch benutzt, um andere zu kontrollieren, vor allem Papa. Doch nach meinen Gesprächen mit Rose ist meine Angst einer brennenden Wut gewichen.

»Etwas zu zerstören würde mich sehr, sehr befriedigen«, sagte ich leichtsinnig. Bevor sie antworten konnte, schlug die Kirchturmuhr zur Viertelstunde. Ich sprang von der Bank und schnappte mir mein Rad. Wenn ich die Jungen noch rechtzeitig abholen wollte, musste ich kräftig in die Pedale treten. Als wir uns zum Abschied auf die Wangen küssten, schlug ich Rose ein weiteres Treffen Ende der Woche vor. »*Bon courage.* Und wer weiß …«, versuchte ich sie mit einem Scherz aufzumuntern. »Vielleicht habe ich bis dahin einen Ort für ein geheimes Labor gefunden.«

»Wenn dir das gelingt«, sagte sie zu meiner Überraschung, »helfe ich dir, das Kupfersulfat herzustellen. Es ist mein Ernst. Ich muss etwas unternehmen, Hélène, sonst werde ich noch … ganz verrückt.« Ihre Stimme wurde leiser, doch als wir uns ansahen, war ihr Blick voller Trotz.

Ich fuhr zurück ins Dorf und war so mit unserem Gespräch beschäftigt, dass ich die vertraute Landschaft mit der roten Erde und den knorpeligen Weinstöcken kaum wahrnahm – die *cabotte*, die in der Ferne zwischen einem Meer aus Blättern schwebte … Unsere kleine Steinhütte inmitten der Reben. Sie ist ungefähr zehn Kilometer vom Gut entfernt, und niemand geht je dorthin.

Die Idee kam mir, als ich gerade durch ein derart tiefes Schlagloch fuhr, dass ich beinahe über den Lenker katapultiert worden wäre. Die *cabotte*. Konnte es einen besseren Ort für ein geheimes behelfsmäßiges Labor geben?

18. Juli 1941

Zuerst lehnte Papa unsere Idee ab. »*Absolument non*«, sagte er. »Unter keinen Umständen. Das ist zu gefährlich. Und überhaupt … Was wissen zwei junge Mädchen über die Herstellung von Kupfersulfat?«

»Aber Papa«, erklärte ich ihm, »das ist doch das Gute an unserem Plan. Selbst wenn man uns erwischt, wie sollten die je auf die Wahrheit kommen?«

Er lachte. Ein kurzes, scharfes Bellen. Dann trommelte er mit den Fingern auf den Küchentisch. »Es könnte funktionieren, *ma choupinette*, weißt du das? Es könnte tatsächlich funktionieren.«

Mit ein bisschen Überredungskunst gelang es Papa, Madame davon zu überzeugen, sich von einem erstaunlich großen Karton mit Backformen aus Kupfer zu trennen. »Das ist zum Wohle des Weinbergs und unserer Söhne«, sagte er in lieblichem Ton. Anscheinend hatte sie »vergessen«, den Karton den Deutschen zu übergeben, was mich zu der Überlegung brachte, was sie in ihren geheimnisumwobenen Regalen sonst noch beiseitegeschafft hatte. Von Papa bekamen wir auch eine alte Autobatterie, ein letztes Relikt von seinem geliebten Citroën, den er in einem der Ställe versteckt hatte.

Rose und ich haben unser Projekt heute mit einem kleinen Unfall begonnen. Als ich die Säure in den Topf aus Steingut füllen wollte, habe ich etwas davon verspritzt, aber ich bin mit einem Loch im Kleiderrock davongekommen. Einem ziemlich großen Loch – zum Glück hab ich mir nicht die Hände verätzt. Wir haben vereinbart, abwechselnd zur *cabotte* zu fahren, um den Stand der Verdunstung zu überprüfen.

25. Juli 1941

Die Flüssigkeit hat ein wundervolles unnatürliches Blau, und die Farbe wird stetig dunkler. Ich denke, nur noch ein oder zwei Tage, dann können wir sie mit Wasser und Waschsoda mischen und sie auf die Weinstöcke spritzen. Ich platze vor Stolz! Rose, wie immer ganz pragmatisch, hat mich darauf hingewiesen, dass unser erster Versuch zwar erfolgreich war, aber sehr bescheiden. Sie schätzt, dass wir gerade einmal genug Pilzbekämpfungsmittel für einen Hektar Reben hergestellt haben – was bedeutet, dass wir schnell mehr Kupfer finden müssen, um weitermachen zu können. Mehr Kupfer … Eine Lammkeule wäre leichter zu bekommen. Ein reiner weißer Zuckerhut. Ein Paar feiner Lederhandschuhe. Aber Rose sagt, ihr Bruder habe einen Freund, der auf dem Schwarzmarkt mit Altmetall handelt, und mit dem wollen wir nächste Woche Kontakt aufnehmen. Ich werde Papa fragen, ob er bereit ist, etwas Wein gegen Kupferreste einzutauschen.

Wenn ich mir überlege, dass ich vor wenigen Monaten Angst hatte, ein Flugblatt der Résistance zu lesen (wohlgemerkt nicht, es weiterzugeben, sondern es bloß zu *lesen*). Und jetzt zögere ich nicht, mich mit einem professionellen Schwarzhändler zu treffen. Andererseits ist sogar Madame – oder vielleicht insbesondere Madame – dafür bekannt, ein Stück Butter, einen Lippenstift oder ein Päckchen Zigaretten aus zwielichtiger Quelle zu beschaffen. Und ich muss zugeben, dass es überaus befriedigend ist, die *boches* zu hintergehen.

Tatsächlich, meine Angst ist Wut gewichen. Und die Wut hat mich stark gemacht.

10. Kapitel

»Also, Kate! Das ist äußerst bemerkenswert«, sagte Jennifer ungefähr zum dreißigsten Mal. Sie fuhr herum und rammte dabei versehentlich meinen Arm. »Ups, tut mir leid, Schatz. Ich hab nicht gemerkt, dass du hinter mir stehst. Ich bin ein bisschen überdreht. Ich fasse es einfach nicht. Der Schrank! Diese Tür! Diese Flaschen!« Der Strahl ihrer Taschenlampe schnitt durch die Dunkelheit. »Ist es sehr anders, als du es vorgefunden hast?«

Ich rieb mir die Stelle an meinem Arm, wo sie mich getroffen hatte. »Ich habe versucht, den Wein so wenig wie möglich zu erschüttern.«

»Gut gemacht.« Sie nickte anerkennend, trat zwischen die Weinregale und bückte sich, um die Flaschen genauer zu inspizieren.

Ich hatte gar nicht mehr an Jennifers halbjährliche Reise nach Frankreich gedacht, bis ich vor zwei Tagen eine E-Mail von ihr erhielt. Sie kündigte ihre baldige Ankunft an und lud mich ein, sie zu ihren Treffen mit den Winzern zu begleiten. Wir hatten den ganzen Tag zusammen verbracht, und zwischen den Terminen hatte ich ihr von der Entdeckung des geheimen Kellers berichtet, dabei allerdings sorgsam Einzelheiten über Hélènes schmutzige Geschichte ausgelassen. Und ich hatte Nicos und Heathers Einladung zum Abendessen auf dem Gut ausgenutzt, um ihr den *cave* zu zeigen. »Komm etwas früher«, hatte ich vorgeschlagen, und sie hatte eifrig zugestimmt.

»Weißt du«, sagte Jennifer jetzt und richtete das Licht der Taschenlampe auf eine Flasche Pommard Rugiens. »Ich bin keine Expertin für außergewöhnliche Weine, und ich bin kein Freund von Pauschalurteilen, aber ich glaube, da hat jemand seine Sammlung sehr sorgsam zusammengestellt. Hier liegen einige der besten Vorkriegsweine, und die sind nicht zufällig ausgewählt.« Sie schloss die Augen und atmete die kühle, feuchte Luft ein. »Und offensichtlich sind die Bedingungen hier unten vorzüglich, um Wein zu lagern – selbst wenn man ihn jahrzehntelang vernachlässigt.« Sie ging weiter an der Reihe entlang. »Hast du Flaschen vom Gouttes d'Or gefunden?«

»Nein, noch nicht, obwohl es laut Inventarliste einen kleinen Vorrat geben müsste.«

Die Gouttes d'Or füllten nur eine Zeile in Hélènes Notizheft, nur ein Jahrgang – 1929, der weithin als der beste *millésimes* des 20. Jahrhunderts galt.

»Du solltest nach ihm suchen. Diese Sammlung ist ein Vermögen wert, daran besteht kein Zweifel. Aber mit den Gouttes d'Or wäre sie ein ungeheuerliches Vermögen wert.«

Wir blieben im Keller und suchten gemeinsam nach den Flaschen. Von Zeit zu Zeit schnappte Jennifer beim Anblick eines der Etiketten nach Luft. »*Sorry, sorry*«, entschuldigte sie sich jedes Mal. »Das ist für mich, als würde ich einer berühmten Persönlichkeit begegnen.« Doch den unglaublichen Weißwein entdeckten wir nicht.

»Jennifer, was hältst du von dem *cave?*«, fragte Nico, als wir kurz darauf aus der Kellertür traten und wie Maulwürfe gegen das helle Licht in der Küche anblinzelten.

Er reichte jeder von uns eine schmale Flöte *crémant*. Die Bläschen des Schaumweins stiegen an die Oberfläche, und wir stießen auf unser Wohl an.

Jennifer stellte das Glas auf dem Tresen ab und legte die Hände an die Wangen. »Fantastisch«, sagte sie. »In all den Jahren, die ich in der Weinbranche bin, habe ich nichts Vergleichbares gesehen. Ich habe noch nicht einmal von etwas so dermaßen Ungewöhnlichem überhaupt *gehört*.«

»Wie sollen wir weiter vorgehen? Was rätst du uns?«, erkundigte sich Nico.

»Nun ja, wenn die Inventur abgeschlossen ist und ihr mit dem Rest der Familie gesprochen habt, könntet ihr Kontakt zu den großen Auktionshäusern aufnehmen.«

Sie diskutierten die Vor- und Nachteile von New York und London, und ich ging zum Ofen, um nach dem Blech mit Pasteten zu sehen, die die Küche mit ihrem unwiderstehlich butterigen Duft erfüllten.

»Danke noch mal, dass ihr Jennifer zum Essen eingeladen habt«, sagte ich zu Heather, die Salatblätter in einer Steingutschale anrichtete.

»Ach, sei nicht albern. Ich liebe es, Gäste zu haben. Und überhaupt, *du* hast doch gekocht.«

»Ah, du meinst Picard hat gekocht.«

Am Nachmittag waren Nico und ich in eine Filiale der französischen Supermarktkette gefahren und hatten den Einkaufswagen mit dem exklusivsten Tiefkühlessen gefüllt, das ich je gesehen hatte – winzige Briochewürfel mit getrüffelter Gänseleber, Rinderfilet mit Pilzen in

Blätterteig, delikate Schokoladen-Éclairs und Himbeertörtchen. Alles war fertig, musste nur noch in den Ofen oder die Mikrowelle geschoben oder einfach nur aufgetaut werden.

»O ja, Picard …« Heather mischte gedankenverloren die Salatblätter.

»Ist alles okay?«

»Mir geht's gut. Warum?«

»Nichts … Nur dass du normalerweise außer dir bist vor Begeisterung, sobald man den Namen Picard erwähnt.« Ich musterte sie genauer. Sie wirkte erschöpft.

»Mir geht es *gut*«, beharrte sie.

Ehe ich weiter in sie dringen konnte, trat Jean-Luc durch die Hintertür, gefolgt von Louise und Walker.

»Ich fasse es einfach nicht, dass du sie eingeladen hast«, raunte ich Heather zu, während die anderen sich vorstellten.

»Es ging nicht anders«, zischte sie zurück. »Nico hat gesagt, Jean-Luc wolle unbedingt Jennifer kennenlernen, und du weißt doch, dass Louise zu ihm gehört wie Shampoo zu Conditioner. Und *du*«, bemerkte sie und krauste die Nase, »hast Walker gefragt.«

»Ich weiß, ich weiß! Aber wie gesagt, wir sind ihm bei Picard über den Weg gelaufen, und es schien ihm wirklich leidzutun.«

Vielmehr hatte er erklärt, dass er sich Louises Verhalten in dem Secondhandladen überhaupt nicht erklären könne. Ich war mir noch nicht sicher, ob ich ihm trauen konnte, aber er hatte so sehnsüchtig auf den Inhalt meines Einkaufswagens geschielt. »Macht ihr eine Party?«, hatte er gefragt. Und da hatte ich ihn spontan eingeladen.

»Hallo«, sagte Walker und trat zu mir an den Tresen, wo ich den Wein fürs Abendessen öffnete. »Brauchst du Hilfe?«, fragte er.

Ich legte die Flasche in meine Hand und zeigte ihm das Etikett. »Meinst du, ich sollte den dekantieren?«

Er stieß einen Pfiff aus. »Aloxe-Corton, 2008? Ja, unbedingt, der braucht Luft.«

Ich spähte durch das dicke Glas auf die dunkle Flüssigkeit. »Bist du sicher? Ich glaube nicht, dass er viel Bodensatz hat.«

»Im Zweifel lieber dekantieren – zumindest ist das meine Philosophie.«

»Und das ist eine hervorragende Philosophie.« Jennifer tauchte neben uns auf. »Hallo.« Sie nickte Walker zu.

»Miss Russell«, sagte er. »Es ist mir eine Ehre, Sie kennenzulernen. Ich bin ein großer Bewunderer Ihrer Arbeit.«

»Und welche Arbeit wäre das?«

Schmeichler stimmten Jennifer stets skeptisch, und sie musterte ihn mit scharfem Blick.

»Ihr Blog auf der Webseite vom Cost Club«, antwortete er, ohne zu zögern. »Ich sage den Leuten immer, *da* müsst ihr nach Weintipps gucken. Vergesst Robert Parker!«

»Ach, Gott, das liest doch niemand mehr«, sagte Jennifer mädchenhaft.

»Das stimmt nicht! Ich habe mich dort angemeldet, damit ich keinen Post verpasse. Mir hat vor allem Ihre Analyse des portugiesischen Markts gefallen.«

Er zitierte einige Punkte, während Jennifer aufmerksam zuhörte. Sie merkten nicht, dass ich ins Esszimmer ging, um den Dekanter zu suchen.

Die Blätterteigkrusten der Filets brauchten deutlich länger, bis sie goldbraun wurden, als auf der Packung angegeben war, sodass wir alle schon recht vergnügt waren, als wir uns zum Essen setzten.

»Nico, der Wein ist sehr gut«, lobte Jennifer und atmete über ihrem Glas das Aroma ein. »Und Kate, die Zusammenstellung ist wundervoll.«

»Danke.« Ich schnitt das Fleisch an. »Aber bei Rindfleisch und rotem Burgunder kann man eigentlich nichts falsch machen, oder?«

Aus dem Augenwinkel sah ich, wie Louise einen Schluck trank und das Gesicht verzog. »*C'est le* 2008?« Jean-Luc drehte den Kopf zum Sideboard, wo ich die Flasche zurückgelassen hatte.

Ich nickte, weil ich den Mund voll hatte.

»Du hast ihn dekantiert«, stellte er fest.

Ich kaute zu Ende und schluckte. »Ja, ich war mir nicht sicher, aber …«

»Ich dekantiere immer«, meldete sich Walker neben mir. »Die älteren Rotweine brauchen das natürlich wegen des Bodensatzes. Aber ich finde, dass die Belüftung jedem Wein guttut, egal ob jung oder alt.«

»Ah bon?« Jean-Luc machte eine skeptische Miene, Messer und Gabel schwebten über dem Rand seines Tellers. »Ich finde eigentlich, dass der Wein beim Dekantieren zu schnell an Geschmack verliert. Er bekommt genug Sauerstoff, wenn man ihn einfach im Glas kreisen lässt.«

»Dann dekantierst du grundsätzlich nie?« Walker klang derart ungläubig, als hätte Jean-Luc ihm gerade eröffnet, einen lange vermissten Hamster eingefroren zu haben, um ihn später wiederzubeleben.

»Nein, nicht *nie*.« Jean-Luc klang gereizt. »Wie du

schon gesagt hast, hat man bei alten Rotweinen das Problem mit dem Bodensatz, dann muss man dekantieren. Aber ich finde, dass viele Sommeliers zu aggressiv dekantieren, ohne dabei an die Empfindlichkeit des Weines zu denken.«

»Ja, wir Sommeliers sind schon brutal«, entgegnete Walker spöttisch.

»So direkt hätte ich es nicht formuliert, aber …« Jean-Luc zerteilte ein Artischockenherz.

Louise, die neben Jean-Luc saß, räusperte sich und legte besitzergreifend eine Hand auf seinen Oberschenkel.

Heather stürzte den letzten Rest Wein hinunter, stand auf und verkündete: »Sieht aus, als könnten wir noch einen Wein gebrauchen. Nein, nein«, sie bedeutete uns, sitzen zu bleiben, und ging um den Tisch herum, *»ich* mache das.« Sie nahm eine Flasche vom Sideboard.

»Oh, *chérie*, das ist nur ein einfacher *vin de pays*«, protestierte Nico. »Warum machst du nicht etwas Besonderes auf?«

»Nein.« Heather riss die Folie herunter und schraubte den Korkenzieher hinein. »Ich erkläre den Weinklub heute Abend offiziell für beendet.«

Sie zog den Korken aus der Flasche und schenkte Wein in das nächste leere Glas, das zufällig Jennifers war.

Meine Mentorin trank einen großen Schluck. »Köstlich«, erklärte sie augenzwinkernd.

Heather machte die Runde um den Tisch und schenkte allen ein. Nur Louise legte eine Hand über ihr Glas. *»Non, merci«*, sagte sie und verzog kaum merklich die Lippen.

»Louise trinkt nichts unter einem Premier Cru«, erklärte Walker trocken.

Ich dachte, er würde scherzen, bis Louise lässig mit den Schultern zuckte und ohne jegliche Scham sagte: »Von allem anderen bekomme ich furchtbare Kopfschmerzen.«

Heathers Ablenkungsmanöver erfüllte seinen Zweck. Als wir die Éclairs und Beerentörtchen kreisen ließen, plauderten unsere Gäste wieder fröhlich miteinander. Heather und Louise entdeckten eine gemeinsame Leidenschaft – den Fischhändler auf dem Markt.

»Hast du gesehen, wie er eine *daurade* füllt?«

»Ab-so-lut scharf.«

Jennifer und Jean-Luc beugten sich zusammen über einen Mondkalender für Weinreben, den er aus der Tasche geholt hatte, und sie fragte, worin er sich von einem für die südliche Hemisphäre unterscheide. Nico und Walker diskutierten leidenschaftlich die beste Route, um die USA zu durchqueren. Ich ergriff die Gelegenheit, mich in die Küche zu stehlen und Wasser für Kaffee heiß zu machen.

Absätze klackerten über die Holzdielen, dann sagte Jennifer hinter mir: »Was für ein reizender Abend, Süße!«

Ich wandte mich von dem Schrank ab, in dem ich nach der Pressstempelkanne gesucht hatte. »Danke.« Ich sah, dass sie den Mantel über dem Arm trug. »Gehst du schon?«

»Leider ja. Ich muss morgen früh nach Bordeaux. Du weißt ja, wie anstrengend diese Reisen sind. Aber das war eine wunderbare Erholung. Ich gehe gestärkt in sechs weitere Tage voll entsetzlichem Small Talk.«

»Ich bin froh, dass du Heather und Nico kennengelernt hast.«

»Ich auch.« Jennifer musterte mich. »Und du, Kate? Wie geht es dir?«

»Gut.« Ich errötete. »Du hattest recht. Ich habe hier Fortschritte gemacht.« Wie gern hätte ich ihr alles erzählt – von Hélène und den schrecklichen Familiengeheimnissen, von denen ich wünschte, wir hätten sie niemals entdeckt. Doch als ich den Mund öffnete, merkte ich, dass ich es nicht konnte. Ich nahm Jennifer in den Arm und küsste sie flüchtig auf die Wange. »Danke, dass du gekommen bist.«

»Es war mir ein Vergnügen, meine Liebe.«

»Und es tut mir leid wegen des merkwürdigen Dialogs zwischen Jean-Luc und Walker vorhin«, fügte ich leise hinzu.

Sie klopfte mir auf die Schulter. »Sie haben beide feste Prinzipien. Das bewundere ich.«

»Mir war gar nicht klar, dass Dekantieren so ein heikles Thema ist.«

»Ach, Kate.« Ihr Gesicht legte sich in fröhliche Falten. »Da ging es doch kein bisschen ums Dekantieren.«

»*Désolée,* Mesdames.« Die Frau hinter dem Tresen schüttelte das aschblonde Haar. »Ich kann Ihnen nicht helfen.«

Ihr Bedauern war ebenso offensichtlich wie ihr Entschluss, keinen Millimeter von den offiziellen Richtlinien abzuweichen.

»Bitte«, flehte ich. »Ich weiß, ich habe meine Geburtsurkunde nicht dabei, aber ich schwöre Ihnen, dass ich eine direkte Verwandte der Familie Charpin bin. Sind Sie sich sicher, dass Sie die Akte meiner Großtante nicht herausgeben können?«

»Ihre Mutter ist hier in Beaune geboren«, fügte Heather auf ihre überzeugendste Art hinzu.

»Mesdames …« Die Stimme der Büroangestellten gewann an Schärfe. »Wie gesagt, ich wünschte, ich könnte Ihnen helfen. Aber ohne die richtigen Unterlagen kann ich nichts machen. *Merci. Bonne journée.*« Die Botschaft war unmissverständlich – sie wies uns ab.

»Spießige alte *fonctionnaire*. Diese blöde französische Bürokratie«, schnaufte Heather, als wir auf die Treppe der *mairie* hinaustraten.

Wie aufs Stichwort zuckte ein kräftiger Blitz über den Himmel, gefolgt von krachendem Donner, dann begann es wie aus Eimern zu schütten.

»Mist!«, rief Heather durch den Wolkenbruch. »Wir haben den Regenschirm vergessen.«

»Sollen wir warten, bis es aufhört?«, brüllte ich über den Lärm zurück.

Sie wickelte sich in ihren Mantel. »Sieht aus, als bliebe uns nichts anderes übrig.«

Unter einem Säulenvorbau beobachteten wir, wie das Wasser vom Himmel stürzte.

»Wir wussten, dass es nicht einfach wird«, bemerkte ich.

»Trotzdem, in diesem verdammten Land ist alles so furchtbar rigide. Es ist ein Wunder, dass überhaupt irgendetwas erledigt wird«, fuhr Heather erbost auf.

Eine Windböe blies uns direkt ins Gesicht, dann verwandelte sich der Regen plötzlich in Hagel.

Heather richtete den Riemen ihrer Handtasche. »Ich habe mich ein bisschen über Frankreich nach der Befreiung informiert«, sagte sie, »und ein paar Bücher online bestellt. Die Bestrafung dieser horizontalen Kollaborateure war, wie wir schon in diesem Artikel gelesen haben, unglaublich brutal. Ihnen wurde nicht nur der Kopf geschoren – diese Frauen wurden halb nackt und mit Teer beschmiert durch die Stadt getrieben, getreten, geschlagen und bespuckt. Das war purer Frauenhass. Ja, eine Menge von ihnen waren Prostituierte. Aber einige wurden von den Nazis vergewaltigt. Andere waren gezwungen, Beziehungen einzugehen, um an Nahrungsmittel und Medikamente für ihre Kinder zu kommen. Und einige wurden fälschlicherweise aus Eifersucht denunziert. Mindestens zwanzigtausend Frauen wurden die Haare abrasiert – fast in jeder Stadt und in jedem Ort in Frankreich. Frauen wurden als Sündenböcke benutzt.« Ihre Stimme war lauter geworden, um gegen den Sturm an von mir gehört zu werden. »Und weißt du, was mit den Männern passiert ist, die kollaboriert haben? Nichts! Viele von ihnen haben nur versucht, die Aufmerksamkeit von ihrer eigenen Kollaboration während des Krieges abzulenken!« Ein Windstoß riss die Worte von ihren Lippen.

Doch ehe ich antworten konnte, tönte über uns ein tiefer Bass. »Wer hat im Krieg kollaboriert?«

Ich fuhr herum, und mein Herz begann zu hämmern. Denn auf der Stufe über uns stand Onkel Philippe. Er trug eine schwarze Regenjacke, die große Kapuze über den Kopf gezogen, sodass sein Gesicht im Schatten lag.

»*Bon… Bonjour*«, stotterte ich und blickte zu Heather. Sie hatte den Mund geschlossen, als ob sie sich nicht traute, etwas zu sagen.

»*Bonjour*«, erwiderte er knapp. »Was, wenn ich fragen darf, treibt ihr Mädchen hier?«

Ich versuchte, mich zu fassen. »Dasselbe könnten wir Sie fragen«, antwortete ich, während meine Gedanken rasten.

War er uns hierher gefolgt? Wie lange stand er schon dort? Wie viel von unserer Unterhaltung hatte er mit angehört?

»Ich habe die Neuausstellung meines Fahrzeugscheins beantragt«, sagte er.

Bildete ich mir das nur ein, oder flackerte sein Blick?

»Fußball …«, krächzte Heather. Sie räusperte sich. »Ich habe die Kinder zum Fußball angemeldet.«

Onkel Philippe stieg eine Stufe tiefer, sodass er nun direkt über uns stand. »Ich dachte, Katreen«, sagte er, »ich hätte mich neulich deutlich ausgedrückt. Aber ich habe vergessen, dass Ihre Mutter zu viel Zeit in Amerika verbracht hat. Sie hat ganz offensichtlich versäumt, Ihnen beizubringen, dass man ältere Menschen zu respektieren hat. Oder die Vergangenheit!«

»Ich respektiere die Vergangenheit«, beharrte ich. »Aber ich habe auch das Recht, sie zu kennen.«

»Ich glaube, Sie verstehen nicht«, sagte er in eisigem Ton, »dass der Zweite Weltkrieg für meine Generation immer präsent ist. Er beeinflusst jeden Aspekt unseres Lebens. Ihr werdet niemals begreifen, was es heißt, in seinem Schatten aufzuwachsen. Habt ihr eine Ahnung, wie leicht ihr es habt? Wie lächerlich eure Probleme im Vergleich dazu sind? Wie trivial? Was auch immer ihr zwei hier treibt, ich sage euch jetzt: Hört auf! Gebt Ruhe! Es gibt Dinge, von denen ihr nichts zu wissen braucht. Dinge, die besser vergessen bleiben.« Er durchbohrte mich mit seinem Blick, seine Augen waren dunkel vor Wut. »Haben Sie mich verstanden?«

Ich verschränkte die Arme, damit er nicht sah, wie ich zitterte. »*Oui … oui*«, stammelte ich.

»Gut.« Er stieg die restlichen Stufen hinunter und verschwand mit einem letzten wütenden Blick um die Ecke des Gebäudes.

»Was meinst du, wie viel er von unserem Gespräch gehört hat?«, fragte ich Heather einige Minuten später.

Wir waren zum Auto gerannt, wo wir nun saßen und uns von der Heizung wärmen ließen.

»Anscheinend nur den Schluss.«

»Hoffentlich.« Ich nagte an meiner Lippe. »Also, was tun wir? Es sieht aus, als könnten wir unmöglich weitermachen.«

Sie sah mich fassungslos an. »Machst du Witze? Wir müssen dranbleiben. Jetzt erst recht.«

»Aber was ist mit dem, was er über den Respekt vor der Vergangenheit gesagt hat, und …«

»Begreifst du nicht, Kate?«, fiel sie mir ins Wort. »Ich muss die Wahrheit herausfinden. Wenn sie eine Kollaborateurin war, wie weit ist sie gegangen? Was, wenn sie Menschen in die Gaskammer geschickt hat?« Sie holte tief Luft, und ich sah, dass sie mit den Tränen kämpfte. »Ich muss es wissen«, sagte sie ruhiger. »Das verstehst du doch, oder? Es hätte meine Familie sein können. Es hätte ich sein können.«

Während sie sprach, spürte ich, wie sich eine schwere Last auf meine Schultern legte. Wochenlang hatte der Mantel der familiären Verantwortung über mir geschwebt, die unbeantwortete Frage nach der Schuld. Ich war dem aus dem Weg gegangen, doch jetzt, als ich den Schmerz in Heathers Gesicht sah, begriff ich, dass die Folgen dieser Wahrheit längst nicht nur meine Gefühle betrafen. Ich hatte Heather gesagt, dass sich die Geschichte unserer Familie nicht wiederholen würde. Jetzt verstand ich, dass es nur einen Weg gab, wie wir das tatsächlich verhindern konnten: indem wir die Wahrheit ans Licht brachten. Die ganze Wahrheit.

Ich legte eine Hand auf mein Herz, das in merkwürdigem Rhythmus schlug, und sah Heather an. Dann atmete ich tief durch und versprach ihr so ruhig wie möglich: »Wir werden die Wahrheit herausfinden.«

3. August 1941

Cher journal,
der Schrotthändler heißt Bernard, aber ich weiß nicht, ob das sein richtiger Name ist oder ein *nom de guerre*. Unser erstes Treffen fand in einem Café in Beaune statt, einem Etablissement mit schmutzigen Scheiben, in dem jeder den Augenkontakt mit den anderen Gästen mied. Wenn ich raten müsste, würde ich sagen, Bernard ist einige Jahre jünger als ich – seine Wangen sind von Aknepusteln übersät –, und er ist ein Prahlhans, was mich an die Jungen auf dem *lycée* erinnert. Obwohl Bernard ein Angeber ist, schwört Roses Bruder, dass er vertrauenswürdig ist. Deshalb habe ich ihm trotz meiner Bedenken den Tauschhandel vorgeschlagen – Wein gegen Kupfer. Er hat zwei Lieferungen zur *cabotte* gebracht. Beide Male schaffte es sein Wagen mit dem Holzvergaser nicht den Berg hinauf, sodass wir aussteigen und schieben mussten. Vor lauter Angst, dass die *boches* uns anhalten und durchsuchen könnten, hätte ich fast einen Nervenzusammenbruch erlitten, doch bislang hat uns niemand erwischt. Ich habe nicht gefragt, woher er die Kupferreste bekommt, und auch nicht, was er mit dem Wein anstellt, den ich ihm gebe. Vorsichtshalber habe ich die Etiketten von den Flaschen entfernt.

21. August 1941

Seit fünf Wochen spritzen wir die Reben mit dem selbst hergestellten Pilzvernichtungsmittel. Ich wage zu behaupten, dass die Pflanzen reagieren. Auch Papa bestätigt, dass die Blätter kräftiger und gesünder wirken und nicht mehr von diesem weißen Schimmelpilznetz überzogen sind.

»Ich fasse es nicht«, sagte Rose, dann seufzte sie. »Es ist wie ein Wunder.«

Wir hatten uns in der *cabotte* getroffen, um nach unserer Lösung zu sehen und ein kleines Picknick zu machen. Ich stieß mit meinem Blechbecher gegen ihren, und wir tranken den letzten Rest Apfelcidre auf unseren Erfolg.

»Kein Wunder«, entgegnete ich entrüstet. »Wissenschaft.«

»Trotzdem«, staunte sie. »Wer hätte gedacht, dass ein paar alte Kupferdrähte eine Traubenernte retten können. Du hast selbst gesagt, dass dein Vater die Hoffnung aufgegeben hatte.«

»Und jetzt denkt er, dass es sich sogar lohnt, die Gouttes d'Or auf Flaschen zu ziehen.«

»Gouttes d'Or«, wiederholte sie nachdenklich. »Warum heißt der Wein so?«

»Das weiß niemand.« Ich klopfte mir die Krümel vom Schoß. »Mir gefällt die Vorstellung, dass er so heißt, weil seine Farbe an Gold erinnert.«

»Dann haben wir«, sie legte den Kopf schief, »in gewisser Weise aus Metall Gold gemacht.«

Ich lachte. »Sieht so aus.«

»Das ist mehr als Chemie. Das ist Alchemie.«

»Alchemie.« Allein das Wort klang wie ein Geheimnis. »Alchemie«, wiederholte ich entzückt.

Ihr Lächeln wuchs. »Wir sind der Klub der Alchemisten.«

22. September 1941

Wieder ist ein Geburtstag vorbei: Vor einer Woche bin ich zwanzig geworden. Wir haben nicht gefeiert – wir waren mitten in der *vendange* und alle zum Umfallen müde –, aber Albert hat ein kleines *panier* mit Brombeeren für mich gesammelt, die wir mit einem Hauch Zucker gegessen haben.

Und so ist eine weitere Lese zu Ende gegangen. Unsere Trauben sind dieses Jahr zwar nicht sensationell, aber unsere Ernte fiel üppiger aus als bei anderen, und dafür sind wir dankbar. Ich bin froh, dass wir sie alle zusammen – Papa, die Jungen, unsere Nachbarn und ich – eingeholt haben.

21. Oktober 1941

Heute war ich in der Apotheke in der Stadt – Benny hat Husten, und Madame schickte mich los, in der Hoffnung, dass ich eine Tinktur ergatterte –, als ich Bernard draußen entdeckte. Ich hatte ihn seit einigen Monaten nicht mehr gesehen – nicht, seit er Mitte August zum letzten Mal Kupferreste in die *cabotte* gebracht hatte. Wie Fremde gingen wir auf der Straße aneinander vorbei, noch nicht einmal unsere Blicke begegneten sich. Dennoch fiel mir auf, dass er humpelte.

Dieser Krieg schafft merkwürdige Freundschaften. Vor einigen Monaten hätte ich niemals gedacht, dass ich mich eines Tages um einen verschlagenen Jungen sorgen würde, der sich durch sein vorlautes Mundwerk in Gefahr bringt. Doch ich kann tatsächlich nicht schlafen, weil ich mich besorgt frage, warum er wohl humpelt.

5. November 1941

Heute Abend haben wir mindestens dreißig Mal am Radio herumgedreht, weil wir den Londoner Sender hören wollten. Die Deutschen haben geschickterweise das Funksignal blockiert, aber mit etwas Hartnäckigkeit fanden wir ihn schließlich. Wie erleichternd es war, die vier düsteren Töne von Beethovens Sinfonie zu hören – wenn ich mir vorstelle, dass sie mir einmal bedrückend vorgekommen sind! Seit ein paar Wochen werden codierte Nachrichten gesendet, seltsame und nervtötende Sätze, die wie abgetrennte Glieder in der Luft hängen. *Lisette geht es gut. Ich mag Siamkatzen. In England regnet es ständig*. Sie klingen so albern, dass schwer zu glauben ist, die Alliierten würden auf diese Weise ihre Invasion ankündigen. Während wir zuhören, beobachte ich jedoch unauffällig Papa und versuche herauszufinden, ob ihm die Sätze etwas sagen.

9. Dezember 1941

Gestern Abend hörte ich Papa und Madame reden – ihre vor Wut vibrierenden Stimmen drangen durch die Wände.

»*Non, c'est pas possible!* Nicht in meinem Haus«, zischte Madame. Es ist erstaunlich, wie laut sie flüstern kann. Schließlich begriff ich, dass es um Papas heimliche Aktivitäten ging. Nicht um seine Arbeit als *passeur* – von der ahnt Madame zwar etwas, doch ihr fehlen Beweise. Es ging um das Unterbringen von Leuten in unserem Keller. Offenbar hat sie einen Haufen schmutziger Lumpen am Fuß der Kellertreppe gefunden und erschrocken festgestellt, dass es sich um die zerrissene Uniform eines englischen Piloten handelte. »Eine Uniform von einem *Anglais*! Voller Blut! Wie zum Teufel ist die dort hingekommen?« Sie bemühte sich nicht mehr, leise zu sein.

Zunächst wich Papa aus – »*C'est rien, chérie*, nur alte Lumpen« –, doch dann konfrontierte Madame ihn damit, dass immer wieder Lebensmittel in der Speisekammer fehlen. »Zwei Kilo Kartoffeln, drei Dosen Sardinen und ein Glas eingemachter Kirschen! Ich glaube, Hélène bestiehlt uns und verkauft die Sachen auf dem Schwarzmarkt!« Da gestand Papa, dass er sich an ihren Vorräten bedient hatte. »Für ein paar Freunde«.

»Was für Freunde?«

»Freunde, die Hilfe brauchen.«

»Wer braucht deine Hilfe mehr als deine eigene Familie? Deine heranwachsenden Söhne? Wenn du weiter Essen an diese Taugenichtse verteilst, bleibt nichts mehr für uns!«

»Das sind keine Taugenichtse«, widersprach Papa. »Darf ich dich daran erinnern, Virginie, dass wir uns im Krieg befinden?«

»Und darf ich dich daran erinnern«, gab sie schrill zurück, »dass du zwei kleine Kinder hast? Benoît könnte wieder krank werden! Mehr zu essen würde ihn stärken.«

»Es wird Benoît wohl kaum schaden, zwei Löffel Kirschmarmelade abzugeben. Ob du es glaubst oder nicht, es gibt tatsächlich Menschen, die sie dringender brauchen als dein Sohn.«

»Wer?«, hakte sie nach. »*Wer?* Einer von diesen verschwitzten englischen Tunichtguten? Meinst du, ich weiß nicht, was du im Keller treibst? Denkst du, ich hätte das Fehlen der Wäsche im Schrank nicht bemerkt? Ich hätte die widerlichen Schmutzringe in der Wanne nicht gesehen? Das schlampig abgewaschene Geschirr, das nass ins Regal geräumt wurde? Ich bin nicht dumm, Edouard – ich weiß, dass du da unten Leute versteckst. Aber das muss aufhören! Verstehst du? Das wird aufhören.«

»*Chérie*, bitte, du überreagierst. Ich bin vorsichtig.«

»Ach ja?« Sie brach in hemmungsloses Schluchzen aus. Es hielt eine Weile an. Papa schwieg währenddessen. Schließlich schien sie sich zu sammeln. »Edouard«, sagte sie mit festerer Stimme. »Ich flehe dich an, bitte hör auf. Joséphine Fresnes sagt, *résistants* werden von der Gestapo sofort erschossen. Einfach so. Und wofür? Dieser Kampf ist es nicht wert. Wir sollten uns ruhig verhalten, uns um unsere eigenen Angelegenheiten kümmern und geduldig das Kriegsende abwarten. Joséphine sagt …«

»Joséphine Fresnes?«, stieß Papa hervor. »Meinst du, mich würde die Meinung von irgendjemandem aus diesem albernen, charakterlosen Cercle du patrimoine interessieren? Nazizirkel trifft es wohl besser.«

»Wir schützen unser Erbe«, beharrte Madame.

»Ihr seid Feiglinge!«

Stille. Ich stellte mir vor, wie sie sich in entgegengesetzten Zimmerecken gegenüberstanden – Madame schmollend, Papa trotzig mit verschränkten Armen. Obwohl ich fast ständig Angst hatte, war ich stolz auf meinen Vater.

Schließlich begann Madame, mit sanfter Stimme wieder zu sprechen: »Dass ich zornig geworden bin, war falsch. Natürlich steht es mir nicht zu, dir etwas vorzuschreiben. Und ich bewundere dich dafür, dass du tust, was du für richtig hältst. Aber ich habe auch Pflichten – meinen Kindern … *unseren* Kindern gegenüber. Du sollst wissen, dass ich genau aufpassen werde. Und wenn du nicht aufhörst, Fremde in unserem Haus zu verstecken, melde ich es das nächste Mal, wenn ich jemanden unten im Keller höre.«

»Du willst mich anzeigen? Deinen Ehemann? Das würdest du nicht wagen.«

»Nein, vielleicht nicht. Aber einen englischen Piloten? Ich könnte behaupten, er sei bei uns eingebrochen. Er wäre ganz schnell weg.« Sie schnippte mit den Fingern. »In einem Kriegsgefangenenlager.« Ich konnte praktisch hören, wie sich die Rädchen in ihrem Kopf drehten.

»Warum, Virginie?«, schrie Papa. »Warum tust du das? Interessiert dich unsere Freiheit denn gar nicht?«

»Non«, erwiderte sie. »Mich interessiert unsere Sicherheit.«

Ein schrilles Heulen ertönte aus dem Zimmer der Jungen, dann ein zweites – meine Brüder waren vom Streit ihrer Eltern aufgewacht und fürchteten sich in ihren Betten. Ich hörte, wie Madame die Zimmertür öffnete und zu ihnen lief, das Murmeln ihrer Stimme, als sie die Kleinen tröstete. Ihr Schluchzen übertönte das leise Weinen unseres Vaters.

3. Februar 1942

Cher journal,
die Kälte fällt wie ein Rudel Wölfe über uns her. Ich habe mir geschworen, mich vor meinen Brüdern nicht zu beklagen, aber wir frieren ständig, und wir haben ständig Hunger. Ich dachte, der letzte Winter wäre der härteste meines Lebens gewesen, aber dieser ist noch schlimmer, weil wir noch weniger zu essen und zum Heizen haben. Meine Fingernägel sind brüchig und gelb, meine Beine von blauen Flecken übersät, die nicht mehr weggehen, mein Haar ist dünn. Gestern haben wir jeder nur eine einzige Kartoffel gegessen, dann haben sich Albert und Benny um die Pellen gestritten.

Heute Morgen bin ich mit dem Fahrrad nach Beaune gefahren, um wieder einmal die Läden abzuklappern. Ehrlich gesagt hatte ich keine Hoffnung, Essen zu bekommen – ich wollte einfach nur von zu Hause fort. Papa verlässt nur selten sein Arbeitszimmer, ich glaube, er schläft mittlerweile auch dort. Madame ist unerträglich geworden. Ständig hat sie Zahnschmerzen, die ihr Gesicht anschwellen lassen, sodass sie nuschelt und ihre Vorwürfe kaum zu verstehen sind. In der *boulangerie* habe ich zufällig Rose getroffen, aber es war zu kalt, um sich draußen anzustellen, und das sagte ich ihr nach wenigen Minuten.

»Gehst du nach Hause?«, fragte Rose.

»Wohin sonst? Man kann ja nirgendwo mehr hin.«

»Ich habe eine Italienischstunde«, sagte sie. »Hast du Lust, Italienisch zu lernen?«

»Du lernst Italienisch? Warum?«

»Ich dachte, vielleicht hast du Lust, ein paar Worte zu lernen. Es ist eine wunderschöne Sprache.«

»Nein, danke.« Aber als ich mich abwandte, schlenderte ein Spähtrupp auf die Bäckerei zu – es waren noch nicht einmal Deutsche, sondern französische Polizisten, miese *collabos.* Sie forderten alle auf, ihre Papiere zu zeigen. Ich erkannte einen der *gendarmes,* einen blassen blonden jungen Mann, groß und dünn. Es war Madames Neffe Michel. Früher haben er und ich in den Weinbergen zusammen Verstecken gespielt. Ich reichte ihm meine Papiere, unsicher, was ich sagen sollte. Sollte ich ihn wie einen Freund grüßen? So tun, als wären wir uns noch nie begegnet? Ich entschied mich für Letzteres – ich wollte abwarten, bis er mich zuerst erkannte. »*Merci,* Mademoiselle«, sagte er und reichte mir die Papiere zurück, ohne zu enthüllen, ob er mich erkannt hatte. Die zwei wandten sich Rose zu und starrten eine ganze Weile auf ihren Ausweis. Michels Blick wanderte zwischen uns hin und her. »Gehören Sie zusammen?«, fragte er mich.

»Ja«, erklärte ich, »wir sind Schulfreundinnen.«
»Passen Sie auf, mit wem Sie sich abgeben«, sagte er halblaut.

»Was fällt dem ein!«, zischte ich, als sie die Straße hinuntergingen.

»Er hat das gesagt, weil ich Jüdin bin«, sagte Rose mit schwacher Stimme. Ihre Hände zitterten so, dass sie kaum ihre Papiere wieder in die Handtasche stecken konnte.

Ich schluckte meine Empörung herunter und drückte ihre Hand. »Geht's?«, fragte ich.

Sie nickte, aber ihr Griff verriet etwas anderes.

»Komm«, sagte ich. »Ich bringe dich zu deiner Italienischstunde.«

Ich begleitete Rose zu einem Gebäude auf dem Place Marey, wo wir zwei Treppen hinaufstiegen und an eine Tür klopften. Nach einem Moment spähte ein bärtiger Mann durch den Türspalt.

»Bonjour, mon cousin«, sagte Rose.

Daraufhin ließ er uns ein, und wir traten in einen kleinen Empfangsbereich mit einem Schreibtisch und zwei Besucherstühlen. Durch eine offen stehende Tür mit der Aufschrift *privé* blickte ich in einen großen Raum mit riesigen Maschinen.

»Dein Cousin?«, zischte ich Rose in der Diele zu. »Ich dachte, du hättest Italienischunterricht.«

»Si, posso parlare l'italiano«, sagte der Mann. Er deutete mit dem Kopf auf mich. »Wer ist das?«

»Eine Freundin. Sie ist eine von uns«, erklärte Rose.

Er verschränkte die Arme und musterte mich aus tiefblauen feindseligen Augen. Er war jünger, als ich im ersten Moment gedacht hatte, der Bart und die

Schatten unter seinen Augen ließen ihn älter wirken. Er schüttelte den Kopf.

»*Non.*«

»Wir können ihr vertrauen«, insistierte Rose. »Sie hat mit mir das Kupfersulfat hergestellt. Bernard kann für sie bürgen. Bitte.«

»*Non.*«

»*S'il te plaît*«, wiederholte Rose. »Sie ist die Tochter von … Avricourt.«

Ihre Worte trafen mich wie ein Schlag. Papas Vorname ist Edouard, das weiß Rose – genau wie ich weiß, dass ihr Vater Marcel heißt.

»Seine Tochter?« Stahlauge betrachtete mich eine Spur weniger argwöhnisch.

Rose nickte. »Sie ist eine hervorragende Chemikerin – und ich brauche ihre Hilfe.«

Meine Hilfe? Bei was? Panik umschloss mich wie ein Schraubstock.

»Moment«, flüsterte ich. »Was ist hier los? Ich habe nie gesagt …«

»War sie mit dir in Sèvres?«, fragte Stahlauge.

»Wir waren zusammen auf dem *lycée*. Sie kennt sich im Labor besser aus als ich. Madame G. war immer ganz begeistert von ihr.«

»Eine *lycéen?*« Er schnaubte. »Sie hat noch nicht einmal eine richtige Ausbildung.« Er machte Anstalten, die Tür zu öffnen.

Unter meiner aufsteigenden Angst regte sich allmählich Empörung. »Ich habe den Wissenschaftspreis gewonnen«, informierte ich ihn von oben herab. »Wenn dieser blöde Krieg nicht wäre, würde ich in Sèvres studieren.«

»Ganz bestimmt.« Er grinste schief.

Ich richtete mich zu voller Größe auf. Eigentlich bin ich so groß wie die meisten französischen Männer, doch wie ich gereizt feststellte, war Stahlauge noch einen Kopf größer als ich.

»Sie müssen mir ja nicht glauben«, sagte ich kühl. »Aber ich bezweifle, dass Sie in diesen Zeiten jemanden finden, der qualifizierter ist als ich. Oder loyaler zu Frankreich steht, und das ist die reine Wahrheit. Ich lüge nie.«

Nach einer Pause lachte Stahlauge. »Hat sie ein Fahrrad?«, fragte er. Als Rose nickte, gab er nach. »*D'accord*. Sie darf am Donnerstag zum Treffen kommen. Aber wenn sie sich uns anschließen will, sollte sie besser lernen, wie man lügt.«

Gott hilf mir, *cher journal*. Wie es aussieht, bin ich in eine Gruppe der Résistance geraten.

25. Februar 1942

Wir treffen uns an verschiedenen Orten in Beaune: In der Werkstatt eines Fassbauers in der Rue des Tonneliers. Dem bescheidenen Haus eines wohlwollenden Weinhändlers in der Rue de L'Arquebuse. Am Place Marey. Es ist die Werkstatt eines italienischen Druckers, der vor zwei Jahren nach Bologna zurückgekehrt ist. Stahlauge – Stéphane (das ist natürlich nicht sein richtiger Name) – ist mit dem Drucker irgendwie verwandt. Oder vielleicht ist das seine Tarnung? Ich stelle nicht zu viele Fragen. Mithilfe der Druckerausrüstung stellt er Traktate her und fälscht

Dokumente. Sie nennen mich Marie – den Namen habe ich zu Ehren meiner geliebten Madame Curie gewählt.

Bislang habe ich an drei Treffen teilgenommen und am Rand der Gruppe neben Rose gesessen. Jedes Mal waren fünf oder sechs Leute da, und es überraschte mich nicht besonders, Bernard unter ihnen zu finden. Sie sprachen über das Verteilen von Flugblättern und das Verschieben von versteckten Waffen. Stéphane leitet die Treffen. Nachdem wir uns jetzt ein paarmal begegnet sind, bin ich weniger gekränkt, dass er anfänglich so misstrauisch mir gegenüber gewesen ist. Wie alle Gruppen der Résistance ist auch unsere äußerst gefährdet, unterwandert oder verraten zu werden. Nur ein Wort, ob versehentlich geäußert oder von der Gestapo herausgeprügelt, und alles kann verloren sein.

Heute habe ich gehört, wie sie seltsame Diebstahl- und Sabotagepläne schmiedeten, die mir vollkommen abwegig vorkamen. Wie kann man in das Waffenlager im Château du Clos de Vougeot einbrechen? Wie realistisch ist es, eine Lieferung an einem der kleineren Bahnhöfe der Region zu stehlen? Wie lange kann sich ein Mann in einem Weinfass verstecken? Stéphane erwog jede dieser Ideen geduldiger, als ich es ihm zugetraut hätte. Wie schwierig ist es, Sprengstoff herzustellen? Bei dieser letzten Frage wandten sich alle Rose zu – oder vielmehr sollte ich sie Simone nennen –, und plötzlich verstand ich, was unsere Rolle in der Gruppe war. »Wir durchdenken gemeinsam verschiedene Möglichkeiten«, sagte Rose. Stéphane nickte und ging zum nächsten Punkt über.

Die nächsten zehn Minuten litt ich solche Angst, dass schwarze Punkte vor meinen Augen tanzten. Sprengstoff herstellen? Natürlich hatte ich darüber gelesen. Aber wo sollten wir das Material finden? Die Ausstattung? Und was, wenn wir erwischt wurden? Bei der Gefahr, in eine schäbige Zelle gesperrt zu werden – oder noch schlimmer, das Opfer einer spontanen Exekution zu werden –, wurde mir übel vor Angst. Ich hatte mich gerade entschieden, Rose und Stéphane zu sagen, dass ich nicht weiter mitmachen würde, als das Treffen zu Ende war. Anders als letzte Woche, als die Gruppe sich auflöste, ohne sich auch nur zu verabschieden, winkte Stéphane uns heute alle zu sich heran. »*Venez nous rejoindre*«, sagte er, kommt zusammen, und als er merkte, dass ich mich im Hintergrund hielt, kam er zu mir und schloss seine Hand um meine. Sein Griff fühlte sich sanfter und beruhigender an als erwartet. Er neigte den Kopf und sang die Marseillaise, und wir stimmten mit ein. Es war kein lauter Chor, sondern ein geflüsterter, trotziger Refrain.

»*Allons enfants de la Patrie, le jour de gloire est arrivé.*«

Seit über zweieinhalb Jahren hatte ich diese Worte nicht mehr gesungen. Als ich in die Gesichter der anderen blickte, sah ich, dass ich nicht als Einzige zu Tränen gerührt war. Und plötzlich stand es für mich fest, so sicher wie die Gesetze der Chemie: Es ist nicht länger vernünftig, passiv zu bleiben. Es ist nur noch feige.

Rose hat mich ins *lycée* geschickt, um mit Madame Grenoble zu sprechen. »Sie hat dich immer gemocht«, sagte sie, wobei ich mir da nicht so sicher war. Jedenfalls bin ich heute Nachmittag zu meiner alten Schule geradelt. Ich traf Madame G. in einem der Klassenzimmer an, wo sie Klausuren korrigierte. Sie schien überrascht, mich zu sehen, und grüßte mich mit einem abwesenden Lächeln. Während ich mich durch diverse Höflichkeiten zu meiner eigentlichen Bitte vorarbeitete, wich sie nicht von ihrem Platz hinter dem Schreibtisch. Ich wolle meine Studien weiterverfolgen, erklärte ich ihr. Ich hoffte, das Schullabor für besondere Projekte nutzen zu dürfen, so wie ich es vor zwei Jahren bei der Vorbereitung auf das *baccalauréat* getan hatte.

»Du warst immer die fleißigste Schülerin«, sagte sie lächelnd. »Es ist so schade, dass du deine Studien wegen dieser … Situation unterbrechen musstest.« Mit einer ihrer glatten weißen Hände strich sie eine unsichtbare Staubfluse vom Ärmel ihres Kostüms, die Nägel waren in zartem Rosa lackiert. »Ja, ich glaube, das ließe sich einrichten.«

»Oh, Madame, vielen Dank!« Ich lächelte über das ganze Gesicht und bemühte mich, angemessen erfreut zu klingen. »Ich kann Ihnen gar nicht sagen, was mir das bedeutet. In den letzten Monaten war ich so niedergeschlagen.«

Doch sie winkte meinen Dank fort. »Womit willst du dich befassen?«

»Nun, Rose hat noch ihre Schulbücher aus Sèvres,

und wir dachten, wir könnten demselben Lehrplan folgen.«

»Wir? Rose?«

»Sie erinnern sich doch noch an Rose Reinach, *n'est-ce pas?* Meine Rivalin?«, sagte ich halb im Scherz.

»*Bien sûr.* Ich erinnere mich sehr gut an sie.«

Plötzlich legte sich ein Schleier über Madames Augen, und ihr Lächeln wirkte gekünstelt. Oder bildete ich mir das nur ein?

»Wir treffen uns manchmal, um unsere Bücher zusammen durchzugehen. Sie ist genauso wild darauf wie ich, mit der Arbeit fortzufahren.«

»Wurde Mademoiselle Reinach nicht wegen moralischer Verderbtheit in Sèvres exmatrikuliert?«

Ich zuckte zusammen und hoffte, dass sie es nicht bemerkt hatte. »Das ist ein gemeines Gerücht«, erklärte ich.

Sie zögerte, die Muskeln an ihrem Hals bebten leicht. »Weißt du, im Prinzip darf ich nur Schülern dieser Schule Zugang zum Labor gewähren – noch nicht einmal anderen Mitgliedern des Lehrkörpers ist der Zutritt gestattet.«

Ich sah meine Chance davonschwimmen und reagierte rasch, um das zu verhindern. »*S'il vous plaît,* Madame«, flehte ich. »Nur eine Stunde hier und da. Wir werden weder Ihre Zeit noch irgendwelches Zubehör vergeuden. Wir hoffen nur, unsere wissenschaftlichen Kenntnisse zu vertiefen.« Ich sprach in möglichst ernstem Schulmädchenton.

»Nun …« Ihre Gesichtszüge wurden weicher. »Lass mich nachdenken.«

Rose wartete drei Straßen weiter auf dem Friedhof auf mich. »Wir sind drin«, erklärte ich ihr.

11. Kapitel

Drei pochierte Eier bebten vor mir auf dem Teller in einer *sauce meurette*, einer Burgundersoße mit viel Wein und etwas Bacon. Mit den Spitzen der Gabel stach ich in ein Eigelb und nahm mit dem Löffel einen üppigen Bissen.

»Wie schmeckt es?« Walker beobachtete mich von der gegenüberliegenden Tischseite.

»O mein Gott.« Ich schloss die Augen, um zu Ende zu kauen. »Wie sind die *escargots?*«

»Die Schnecken sind ein bisschen gummiartig, aber die Petersilien-Knoblauch-Butter ist köstlich.« Er tauchte ein Stück Baguette in eine der Mulden in seinem Teller.

Walker hatte vor drei Tagen angerufen, um mich zum Abendessen einzuladen. Keine E-Mail, keine Textnachricht, sondern ein richtiger Anruf kam – ich wäre fast vom Stuhl gefallen.

»Oh, trifft sich deine Weingruppe?«, hatte ich vorsichtig gefragt.

Ich hatte es noch immer nicht geschafft, bei einer der Proben dabei zu sein, und vermutete allmählich, dass die Gruppe gar nicht existierte.

»Nein, nein. Ich habe Gutes über ein Restaurant gehört – Chez Pépé. Ich würde es gern testen. Mit dir«, fügte er hinzu. Als wir uns auf Donnerstagabend einigten, sagte er: »Das ist ein Date!«

Ich erstarrte und wusste nicht, was ich antworten

sollte. War es ein Date? Wollte ich, dass es eines war? Ich hatte keine Ahnung, also entschied ich mich für ein fröhliches »Bis dann!«.

Chez Pépés Wände waren von Weinregalen gesäumt, der Raum wurde von Strahlern ausgeleuchtet, die eine helle, warme Atmosphäre erzeugten. Die Gäste bestanden zur Hälfte aus Einheimischen, zur Hälfte aus Touristen – Letztere besuchten Beaune zu jeder Jahreszeit. Unser Kellner mit zotteligem Schnurrbart und tätowierten Armen hätte auch in einen Biergarten in Brooklyn gepasst. Er sprach uns sofort auf Englisch an, was mich ärgerte, obwohl das nicht gerechtfertigt war, doch Walker nahm es dankbar an. Die zwei unterhielten sich übermäßig lange über die Weinkarte – selbst wenn man unsere Berufe berücksichtigte und dass wir uns mitten im Burgund befanden. Sie bemühten sich derart, sich als Weinkenner gegenseitig zu übertrumpfen, dass ich irgendwann abschaltete.

»Und?«, fragte ich, als der erste Gang serviert wurde. Ich spießte mit der Gabel einen butterigen Croûton auf und zog ihn durch die mit Eigelb angereicherte Soße. »Was hast du in letzter Zeit so getrieben?« Ich hatte mich tatsächlich schon seit einigen Wochen gefragt, was Walker eigentlich mit seiner Zeit anstellte.

Er blinzelte. »Habe ich dir erzählt, dass ich bei Louise arbeite?«

Ich hielt das für eine rhetorische Frage – er hatte es mir nicht erzählt, und das wussten wir beide –, dennoch schüttelte ich den Kopf.

»Ich helfe ihr im Buchladen. Nur auf- und umräumen, solche Sachen.«

»Oh, wow!«, sagte ich höflich.

»Ich brauche ein bisschen Geld.« Er zuckte die Schultern. »Übrigens besitzt sie eine tolle Sammlung antiquarischer Weinbücher. Sie verbringt viel Zeit bei Haushaltsauflösungen und in Antiquariaten. Deshalb war sie so heiß darauf, das Zeug in dem Wohltätigkeitsladen zu kaufen. Weißt du noch, an dem Nachmittag, als wir dich und Heather getroffen haben?«

Ich hatte den Mund voll pochiertem Ei und nickte nur.

»Eigentlich wollte ich das schon seit einer Weile ansprechen.« Er brach ein Stück Baguette durch. »Ich weiß, dass Louise das immer noch unangenehm ist, aber ehrlich, ihre Absichten waren harmlos. Sie dachte, in den Kartons könnte etwas für ihren Laden sein, das ist alles.«

Seine Erklärung wirkte irgendwie nicht ganz aufrichtig, aber er sprach ganz natürlich und verzog leicht verschämt die Lippen, sodass ich beschloss, sie nicht zu hinterfragen.

»Heather und ich waren nur ein bisschen überrascht, das ist alles«, erklärte ich.

Unser Kellner räumte die leeren Teller ab und kehrte gleich darauf mit den Hauptgerichten zurück – Steak frites für Walker und einen Salat mit gebratenen Hühnermägen. »Aber das ist kein Problem.«

»Okay, cool.« Er holte tief Luft und atmete aus. Wir nahmen beide unser Besteck zur Hand. »Da wir gerade offen sprechen ...«, er hielt inne, um ein Stück von seinem Fleisch abzuschneiden. »Was ist zwischen dir und Jean-Luc?«

»Was meinst du?«, fragte ich.

»Jedes Mal, wenn ich euch zwei zusammen sehe, wirkt er schlecht gelaunt. Habt ihr irgendein Problem?«

»Eigentlich nicht.« Er sah mich ungläubig an. »Na ja«, gab ich zu. »Wir kennen uns schon vom College, und da war … mal was. Aber das ist lange her.«

»Louise ist davon überzeugt, dass er in dich verliebt ist. Es bricht ihr das Herz.« Er bemerkte meine skeptische Miene und zuckte die Schultern. »Du magst von ihr denken, was du willst, aber sie liebt ihn wirklich.«

»Ich bin mir sicher, dass Louises Herz keinen Schaden nehmen wird«, sagte ich. Es klang harscher als beabsichtigt, deshalb fügte ich an: »Ich meine, ich bin mir sicher, dass Jean-Luc sie auch wirklich gern hat.« Ich schnitt ein Stück Hühnermagen ab. »Ist es komisch, von Herzen zu sprechen und gleichzeitig Innereien zu essen?«

Vielleicht verstand Walker meinen Scherz als das, was er war – ein schwacher Versuch, das Thema zu wechseln, denn er lächelte und spießte einen seiner Pommes frites auf. Eine Weile aßen wir schweigend und lauschten auf das Aufbranden und Verebben der Stimmen an den anderen Tischen.

»Und du?«, fragte Walker unvermittelt und fixierte einen Punkt auf dem Tisch. »Was ist mit deinen … Innereien?«

»Oh, die sind köstlich …«, hob ich an, als er seine Hand auf meine legte.

»Kate«, sagte er und schob seinen Teller zurück. »Ich mag dich. Du hast eine merkwürdige Vorliebe für Innereien, aber ich mag dich trotzdem.« Er langte über den Tisch und wischte mir etwas vom Kinn. »Ein Krümel.«

»*Fromage? Dessert?*« Unser Kellner wuchtete eine schwere Tafel mit der Speisekarte auf die Tischkante.

Walker sah blinzelnd darauf. »Möchtest du Käse und dann ein süßes Dessert? Lass uns das machen«, erklärte er, ohne erst meine Antwort abzuwarten. »*Époisses et Crème brûlée, s'il vous plaît.*« Der Kellner notierte unsere Bestellung auf einem Notizblock und eilte davon.

Ich kippte einen Schluck Wein hinunter, ohne ihn zu schmecken. Walker *mochte* mich? Was bedeutete das? Ich blickte verstohlen auf seine Hände – kräftige Finger, dunkle Härchen auf dem Handrücken – und versuchte, mir vorzustellen, wie sie mich berührten. Der Gedanke war nicht unangenehm. Andererseits war es ziemlich lange her, seit mich überhaupt ein Mann berührt hatte. Ohne Vorwarnung tauchte ein Bild vor meinem inneren Auge auf. Jean-Lucs Hand, deren lange Finger mit meinen verwoben waren, seine goldbraunen Augen, die mich voller Verlangen ansahen, als er sich zu mir beugte …

No, no, no. Ich zwang mich in die Gegenwart zurück. »Hoffentlich teilst du die Crème brûlée«, sagte ich und warf ihm einen Seitenblick zu.

Als es ans Zahlen ging, lehnte Walker meine Kreditkarte ab. Auf der Straße streiften sich unsere Hände, bis sich unsere Finger verschränkten. Mein Handgelenk war in einem unbequemen Winkel verbogen. Würde es spröde wirken, wenn ich die Hand wegzog? Bevor ich mich entschließen konnte, was ich tun sollte, verlangsamten sich unsere Schritte im Schatten des Hospices de Beaune, und wir küssten uns. Es war ein sanfter, zärtlicher Kuss, doch auch als seine Hände meinen Nacken berührten, konnte ich nicht abschalten. Mein Kopf sprang von einem Gedanken zum nächsten. Schmiere ich ihm Lippenstift ins Gesicht? Spürt er das Muttermal durch meinen Pullover? Ist das abstoßend? Irgendwie tut mir der Nacken weh.

»Kate«, murmelte er und seufzte, als wir uns voneinander lösten. »Ich kann einfach nicht genug von dir bekommen.«

Ich reagierte mit einem unbestimmten »Mmm«.

»Willst du, dass wir irgendwohin gehen?«, raunte er mir ins Ohr.

Ich lehnte mich an seine Brust und atmete seinen würzigen Geruch ein, der mir fremd war. Gegen meinen Willen tauchte ein Bild von Jean-Luc und Louise in meinem Kopf auf, wie sie über einen intimen Scherz lachten. Ich verdrängte es.

»Klar.« Ich war beschwipst genug – und hemmungslos genug – zuzustimmen.

Er wirkte unsicher. »Ich wohne noch in Jean-Lucs Gästehaus. Aber er schläft jetzt wahrscheinlich.«

Obwohl er vermutlich recht hatte, schüttelte ich den Kopf. »Nein.« Es kam heftiger heraus als beabsichtigt.

Wenn er die Vehemenz bemerkte, überging er sie. »Okay, also, wie wäre es bei dir?«

Ohne nachzudenken, sagte ich: »Nur, wenn wir die Hintertreppe benutzen.«

»Dann benutzen wir die Hintertreppe.« Seine Lippen strichen über meinen Hals, und ein Schauder rieselte meinen Rücken hinunter. »Wir werden uns auf Socken und Zehenspitzen wie Diener in einem Kostümfilm aus dem 19. Jahrhundert hineinschleichen.« Er grinste schief, und als ich lachte, beugte er sich vor und küsste mich erneut.

Zurück auf dem Gut, sah ich unten Licht brennen und Heather in der Küche umherlaufen. Walker parkte am Anfang der Auffahrt. Vorsichtig schlichen wir über den Kies und näherten uns langsam dem Seiteneingang. Als wir nur noch wenige Schritte entfernt waren, wurden wir plötzlich von Scheinwerferlicht erfasst. Ich hatte Heathers Sicherheitsbeleuchtung vergessen, die von einem Bewegungsmelder aktiviert wurde. Bevor ich in die Dunkelheit hechten konnte, flog die Hintertür auf.

»*C'est qui?*«, fragte Heather. »Wer ist da?« Dann entdeckte sie Walker und mich. »Ohh! Hallo!«, rief sie. »Wie war das Essen?«

»Gut, gut«, murmelte ich.

»Sieht so aus! Hallo, Walker!«

»Hey«, sagte er und zog ein wenig den Kopf ein. »Wie geht's?«

»Ein schöner kühler Abend. Gemütlich.« Sie schlang die Arme um ihren Körper und grinste.

»*Chérie*, ist alles okay?« Nico trat hinter sie, dann entdecke er uns. »*Bonsoir, vous deux*.« Er nickte uns freundlich zu und warf Heather einen gespielt missbilligenden Blick zu. »Na, komm, *chérie*. Bring die zwei nicht weiter in Verlegenheit.«

»Tut nichts, was ich nicht auch tun würde!«, rief Heather.

»*Bonne nuit*«, sagte Nico entschieden. Und mit einem kurzen Winken schloss er die Tür.

Ich hob die Hände und bedeckte meine brennenden Wangen. Walker begann zu lachen. »Ich komme mir vor wie auf der Highschool, aber mit den neugierigsten und großzügigsten Eltern der Welt.«

Irgendwie gelangten wir ohne weitere Zwischenfälle in den dritten Stock. Walker wartete in meinem Zimmer, während ich ins Bad ging, und als ich zurückkehrte, stand er mit nachdenklicher Miene neben dem Schreibtisch. Als ich das Zimmer mit seinen Augen sah, fiel mir erneut auf, wie karg es eingerichtet war – das schmale Bett mit der dünnen Decke, der Bugholz-Garderobenständer, auf dem meine Kleider hingen, der zerschrammte Schreibtisch, auf dem mein Laptop, Weinbücher, Lernunterlagen und meine Notizbücher herumlagen. Ich schloss die Tür hinter mir und legte zur Sicherheit den Haken vor.

»Es ist ein bisschen spartanisch«, gab ich zu.

»Ein *bisschen*? Es ist wie in einem Nonnenkloster.«

»Man gewöhnt sich daran.«

»Komm her, Schwester Kate.« Mit einem verruchten Grinsen zog er mich an sich. »Lass uns sündigen.«

Ich wusste nicht genau, was ich erwartet hatte, doch am Ende war alles ein bisschen peinlich. Das alte Bett quietschte gnadenlos, was ich zwar gewusst, aber irgendwie vergessen hatte. Schließlich landeten wir auf dem Boden, der härter und kälter war, als ich vermutet hatte, und außerdem längst mal gründlich hätte gewischt werden müssen. Walker war aufmerksam, doch links neben meinem Kopf schwebte eine Wollmaus und ich fürchtete die ganze Zeit, dass sie zu uns wehen und sich in meinem Haar verfangen könnte. Unser Zusammensein war angenehm, allerdings nicht sonderlich leidenschaftlich, und als wir uns wieder anzogen – der harte Holzfußboden hinderte uns am Kuscheln –, fühlte ich mich gut, attraktiv und selbstbewusst. Das war nett, dachte ich. Nett, aber ich hatte nicht viel empfunden.

Nichts von meinen Gedanken ahnend, tauchte Walker mit zerzaustem Haar aus dem Ausschnitt seines Pullovers auf. Er fing meinen Blick auf, und bei seinem verlegenen Lächeln empfand ich einen unerwarteten Anflug von Bedauern. Walker schien ein guter Kerl zu sein. Zu schade, dass es zwischen uns nicht richtig funkte.

Einige Minuten saßen wir ganz still nebeneinander auf der Bettkante. Ich überlegte, wie ich elegant aus der Situation herauskam. Mehr als alles andere wollte ich mir den Pyjama anziehen, drei Gläser kaltes Wasser trinken und schlafen gehen, ohne mir Sorgen zu machen, ich könnte Walker aufwecken, wenn ich mitten in der Nacht auf die Toilette musste. Schließlich sprach er zuerst.

»Hast du dich eigentlich jemals mit diesen Übungsaufgaben für den MW befasst, die ich dir geschickt habe?«

»Ja«, sagte ich ein bisschen zu laut. »Ich habe die Fragen beantwortet, aber einige haben es ganz schön in sich. Ich wollte Jennifer bitten, sich anzusehen, was ich geschrieben habe.«

»Ich könnte das tun«, bot er an. »Wenn du willst.«

»Wirklich?«

Es war so lange her, dass ein Kollege sich eine Übungsaufgabe von mir angesehen hatte, dass ich sofort auf sein Angebot ansprang.

»Natürlich«, sagte er.

Ich schlug ein Bein über das andere, und die Bettfedern quietschten entsetzlich. »Also, ich würde dich ja einladen, hier zu übernachten, aber ich fürchte, dieses Bett würde uns im Dunkeln massakrieren.«

»Oh.« Flackerte Enttäuschung in seinem Blick auf? Er streckte eine Hand aus und strich über die kleinen Härchen an meinem Haaransatz. Das Bett protestierte mit einem schrillen Quietschen. »Gott, ich glaube, du könntest recht haben.«

Aus den Tiefen des Hauses hörten wir eine Kinderstimme. »Maman! Maman! Was ist das für ein komisches Geräusch immer wieder?«

»Vielleicht ist das mein Stichwort. Ich sollte gehen.« Walker stand auf, und das Bett stieß einen wütenden Schrei aus.

»Mamaaaaaaan!«, rief Thibault.

Walker verzog das Gesicht, streifte seine Jacke über den Pullover und nahm seine Kuriertasche. Er blieb neben dem Schreibtisch stehen. »Ich kann deine Antworten jetzt mitnehmen, wenn du willst, dass ich sie mir ansehe. Der Buchladen hat morgen geschlossen, also habe ich Zeit.«

Suchte er nach einer Ausrede, mich wiederzusehen? Erneut empfand ich leises Bedauern. »Also, wenn es dir auch bestimmt nicht zu viel Mühe macht. Sie sind in dem grünen Notizbuch auf dem Schreibtisch«, sagte ich, und er steckte es in die Tasche.

Reglos wartete ich auf dem Bett, dass er zu mir kam und mich ein letztes Mal küsste. Ein sanftes Streichen über meine Lippen.

»Ich schicke dir morgen eine Nachricht, okay?«, sagte er. Dann ging er und schloss leise die Tür hinter sich.

So vorsichtig wie möglich ließ ich mich aufs Kissen sinken und stieß die Luft aus.

»Ach, sieh an, sieh an! Wen haben wir denn da?« Als Heather mich am Küchentisch entdeckte, strahlte sie.

»Morgen«, murmelte ich in meinen Kaffeebecher.

»Ist es ein guter Morgen?« Sie füllte den Kessel mit Wasser, um Tee zu kochen. »Moment.« Ihr Kopf fuhr herum. »Er ist doch nicht etwa noch hier?«

»Nein! Bist du verrückt? Er ist gestern Nacht gegangen.«

»Puh.« Sie atmete aus. »Ich meine, es ist kein Problem,

wenn er über Nacht bleibt – wir können den Kindern erzählen, er wäre zum Frühstück vorbeigekommen oder was auch immer.«

»Ehrlich gesagt«, ich würgte einen Schluck Kaffee hinunter, »glaube ich nicht, dass wir uns deshalb Gedanken machen müssen.« Sie hob fragend eine Augenbraue. »Es kribbelt nicht«, erklärte ich ihr.

»Ach du Schande.« Sie verzog das Gesicht. »War es schlimm?«

»Nein. Es war … Na ja, nett. Es war wie … als wären wir seit ewiger Zeit verheiratet. Nichts für ungut.«

»Hey, unterschätz den Sex verheirateter Paare nicht«, sagte sie und verzog leicht die Lippen. »Aber«, sie sprach lauter über das Pfeifen des Kessels hinweg, »wenn du mich fragst, Walker sah gestern Abend aus, als wäre er dir treu ergeben.«

Ich starrte auf den Boden meines Kaffeebechers. »Vielleicht fand er es ja auch sonderbar, und wir können einfach so tun, als wäre das nie passiert.«

Doch als ich kurz darauf nach oben in mein Zimmer lief, um ein Haargummi und mein Handy zu holen, das ich dort zum Aufladen zurückgelassen hatte, fand ich drei Nachrichten von Walker vor.

Die erste lautete: *Hey.*

Die zweite enthielt das Emoji einer Hand – winkte sie oder hieß das »abklatschen«?

In der dritten stand: *Hoffe, es ist nicht total uncool, dir so früh zu schreiben. Danke für gestern Abend. Ich fahre für ein paar Tage nach Paris, aber wenn ich zurück bin, müssen wir uns sehen.* 🎉🍸😎

Etwas verwirrt blickte ich auf seine Nachrichten. Hatte ich seine Gefühle falsch eingeschätzt? Ich strich mit dem

Finger über das Display und dachte über eine Antwort nach. Doch wenn ich zu schnell zurückschrieb, vermittelte ich womöglich den Eindruck, meine Gefühle wären ähnlich euphorisch.

Ich schob das Handy in die Hosentasche und wollte einen Stift und mein Notizbuch einsammeln, um mich im Keller wieder an die Arbeit zu machen. Doch nur mein Stift lag an seinem üblichen Platz auf dem Schreibtisch. Ich suchte in einem Stapel Unterlagen und Weinbücher, dann unter dem Stuhl und dem Bett, überall auf dem Boden, und allmählich breitete sich ein mulmiges Gefühl in meiner Magengegend aus. Hatte Walker es mitgenommen? Ich dachte an seinen eiligen Aufbruch in der Nacht. Ich hatte ihm gesagt, er solle das grüne Notizbuch mitnehmen – aber dort, in der Mitte des Schreibtisches, lag das grüne. Er musste das rote genommen haben, das die Inventarliste enthielt. Unweigerlich drängte sich mir die Frage auf: Hatte er das absichtlich gemacht?

Ich tippte eine Nachricht in mein Smartphone. Meine Hände zitterten dermaßen, dass es länger dauerte als eigentlich nötig: *Hi! Ich fand es auch schön! Danke noch mal für den tollen Abend. Hast du vielleicht versehentlich das rote Notizbuch mitgenommen und nicht das grüne???*

Ich hatte entschieden, auf Emojis zu verzichten und stattdessen mit drei guten alten Fragezeichen zu enden.

Als ich die Nachricht abschickte, erhielt ich sofort die Meldung »zugestellt«. Kurz darauf hüpften drei kleine Punkte in einer Blase auf und ab. Walker schrieb eine Antwort. Doch dann verschwanden die Punkte.

Und es folgte nichts.

Den Rest des Tages spürte ich einen heftigen Druck auf Kopf und Nacken, der sich zu einem unerträglichen Schmerz auswuchs. Ich hoffte, Walker würde später auf meine Nachricht antworten, doch mein Handy blieb stumm – und als ich schließlich versuchte, ihn anzurufen, sprang direkt die Mailbox an. Wie konnte ich nur so dumm sein? Ich schämte mich, Heather und Nico zu erzählen, was geschehen war, und ging ihnen aus dem Weg. Über Mittag arbeitete ich durch und wartete, und als sie die Kinder von der Schule abholten, brach ich zu einem Spaziergang auf.

Ich fahre für ein paar Tage nach Paris, hatte Walker geschrieben. Das hatte er am Abend zuvor gar nicht erwähnt. War die Reise schon länger geplant? Oder war es ein spontaner Entschluss gewesen, der mit dem Inhalt des Notizbuches zu tun hatte? Hatte er mich verführt, damit er es mir stehlen konnte? Hatte er irgendwie von dem *cave* erfahren? Während ich schnellen Schrittes in Richtung Dorf eilte, analysierte ich immer wieder in allen Einzelheiten den Abend, bis ich mich vor Verzweiflung ganz elend fühlte.

In Meursault passierte ich den zentralen Platz und lief weiter die Rue de Cîteaux hinauf, eine hübsche kleine Straße, die von Winzerhäusern gesäumt war. Ich war ganz in Gedanken versunken, als wie aus dem Nichts der Friedhof vor mir auftauchte – Grabsteine hinter einer niedrigen Steinmauer. Plötzlich schoss mir ein Gedanke durch den Kopf. Warum war ich darauf nicht früher gekommen? Wenn Hélène irgendwo begraben lag, dann doch sicher hier.

Sobald ich zwischen die Grabsteine trat, stürmten Erinnerungen auf mich ein. Ich war schon einmal hier gewesen. Vor langer Zeit – an dem Tag, an dem Jean-Lucs Vater beerdigt worden war. Unwillkürlich nahm ich den Weg zu der Grabstätte und erschrak, als sich eine große Gestalt von einer Bank erhob und mir zuwinkte. Jean-Luc.

»*Ça va*, Kat?«, fragte er und kam über den Rasen auf mich zu. Wir begrüßten uns ungelenk und schafften es irgendwie, uns nicht zu umarmen.

»Es tut mir leid«, entschuldigte ich mich. »Ich wollte dich nicht stören.«

»Schon okay. Ich wollte gerade gehen.«

»Kommst du oft her?«

Er wirkte verlegen. »Als ich heute Morgen aufgewacht bin, musste ich an ihn denken, denn es ist der Geburtstag meines Vaters. Er wäre heute siebenundsechzig geworden.« Er sprach ganz ruhig, doch ich spürte deutlich seinen Schmerz.

»Es tut mir so leid, Jean-Luc.«

»Ja. *C'est comme ça, alors.*« Er zuckte die Schultern. »Und du? Was führt dich her?«

Ich zögerte. »Ich … versuche, mehr über meine Vorfahren herauszufinden.« Ich blickte auf die Grabsteine. »Aber ich weiß nicht genau, wo ich suchen soll. Dieser Friedhof ist größer, als ich ihn in Erinnerung hatte.«

»Ich glaube, deine Familie liegt dort drüben.« Er zeigte auf eine entlegene Ecke unter einem Kastanienbaum. »Ich kann es dir zeigen, wenn du willst.«

Ich folgte ihm über die schmalen Friedhofswege und versuchte, dabei nicht auf seine langen Beine zu starren.

»Hier ist es.« Jean-Luc zeigte auf ein bescheidenes Mausoleum aus grauem Stein. Auf einer Tafel an der

Vorderseite stand CHARPIN. Auf dem spitzen Dach war ein auffälliges Kreuz angebracht.

»Wir haben ein Mausoleum?«

Er zuckte die Schultern. »Deine Familie lebt schon sehr lange hier.«

An den Seitenmauern waren Gedenktafeln angebracht, die an die Charpins aus den letzten beiden Jahrhunderten erinnerten. Die älteste war von Jean-Pierre Auguste, der 1865 gestorben war.

»Suchst du nach jemand Bestimmtem?«, fragte Jean-Luc.

»Nach meinen Urgroßeltern. Also, nicht nach meinem Urgroßvater Edouard. Er ist im Krieg in einem Arbeitslager gestorben, und die Familie hat seine sterblichen Überreste nie zurückerhalten. Aber ich dachte, vielleicht meine Urgroßmutter …«

Jean-Luc berührte eine Gedenktafel. »Hier? Marie-Hélène? Geliebte Ehefrau von Edouard. Geboren 1903, gestorben 1926.«

Ich schluckte. »Und … siehst du eine … Virginie? Oder, Hélène? Oder meinen Großvater? Benoît?«

»Hmmm. *Non.*« Er trat von der Gruft zurück und studierte die umliegenden Grabstellen.

Mir schwirrte dermaßen der Kopf, dass mir schwindlig wurde. Wo war Virginie? Wo Grandpère Benoît? Ich wusste, dass meine Urgroßmutter nach dem Krieg gestorben war und mein Großvater, als ich zwölf war. Doch warum lagen einige Mitglieder meiner Familie hier, andere aber nicht? Das ergab keinen Sinn.

»Hey!«, rief Jean-Luc. Er stand neben dem Kastanienbaum und winkte mir zu.

Als ich zu ihm trat, zeigte er auf eine schlichte Bank,

deren dunkelblaue Farbe abblätterte. An der Lehne befand sich eine kleine Gedenktafel:

Hélène Marie Charpin
12. September 1921–4. November 1944

»Hast du danach gesucht?«, fragte Jean-Luc.

Zitternd blinzelte ich die Tränen fort, die mir überraschend in die Augen geschossen waren. »Ich glaube, ja.« Es war mir unmöglich erschienen, dass sie überlebt hatte, doch jetzt traf mich die Gewissheit wie ein Schlag.

»Die Arme. Sie ist nur wenige Monate nach der Befreiung gestorben.« Er strich mit dem Zeigefinger über die Daten. »War sie eine Verwandte?«

Ich nickte. »Meine Großtante. Sie war …«

Ich überlegte, wie ich es ihm am besten erklären sollte. *Sie war eine Kollaborateurin. Ihr wurde der Schädel rasiert. Sie war eine Schande.* Doch die Worte blieben mir im Hals stecken, und ich schwieg. Der Satz hing unvollendet in der Luft.

Jean-Lucs Miene verfinsterte sich. »Was ist?« Sein kühler Ton ließ mich zusammenzucken. Doch ehe ich antworten konnte, fuhr er fort: »Ich war nur höflich. Habe mein Interesse bekundet. So etwas tun Freunde normalerweise, *n'est-ce pas?*«

Meine Wangen brannten. »Ich wollte nicht andeuten, dass du zu neugierig bist. Aber es ist kompliziert«, sagte ich schärfer als ich gewollt hatte.

»Warum bist du zurückgekommen, Kate?«, fragte er herausfordernd, und es war klar, dass er nicht den Friedhof meinte. Er sprach von Meursault. Burgund. Frankreich. »Hast du jemals darüber nachgedacht, was passiert ist, nachdem du weg warst? Du bist einfach so verschwunden.« Er schnippte mit den Fingern. »Ohne einen einzigen Gedanken an die zu verschwenden, die du zurückgelassen hast. Am wenigsten an mich.«

»Das ist nicht wahr«, widersprach ich. »Aber egal. Jetzt siehst du doch auch, dass es die richtige Entscheidung war. Dein Gut läuft hervorragend.«

»Nein.« In seiner Wange zuckte ein Muskel. »Jetzt sehe ich, dass ich ein Idiot war zu glauben, Liebe würde genügen. Jetzt weiß ich, dass eine Beziehung Kompromisse erfordert. Opfer. Anstrengung. All die Dinge, die du mir nicht geben konntest.«

»*Ich*?« Meine Stimme überschlug sich. »Und was ist mit dir? Du hängst mehr an diesem Ort als an irgendetwas anderem oder an irgendjemandem, am wenigsten an mir.«

Empört schüttelte er den Kopf. »Wenn du das immer noch nicht verstehst, ist es ganz egal, was ich sage. Dann wirst du es nie verstehen.«

Wütend starrte ich auf den Horizont. Die Tage wurden kürzer, die Sonne ging bereits unter. »Weißt du was? Vergiss es. Ich muss nach Hause, ehe es dunkel wird. Das hier ist ohnehin sinnlos.«

Er öffnete den Mund, um mir zu widersprechen, doch als er sah, dass ich meine Jacke zuknöpfte, wurde seine Miene weicher.

»Lass mich dich wenigstens nach Hause bringen«, sagte er.

»Ich gehe lieber zu Fuß.«

»Komm schon, Kat. Das ist eine ziemliche Strecke. Das schaffst du nicht vorm Dunkelwerden.«

»Unterschätz mich nicht«, zischte ich, drehte mich auf dem Absatz um und schritt eilig davon.

In einem Punkt hatte Jean-Luc zumindest recht gehabt. Als ich bei Heather und Nico eintraf, hatte sich der Himmel kobaltblau gefärbt, und die ersten Sterne funkelten. In der Auffahrt sah ich die Autos meiner Freunde stehen, und ich straffte die Schultern und bereitete mich auf ein weiteres schwieriges Gespräch vor. Meine Auseinandersetzung mit Jean-Luc hatte mich vorübergehend von der Sache mit Walker abgelenkt. Aber jetzt musste ich Farbe bekennen.

Als ich die Küchentür öffnete, hörte ich die Kinder über die beste Pasta streiten.

»Spaghetti!«

»Nein, Spaghetti sind total doof!«

»Mamaaaan, sie hat gesagt, ich bin doof!«

»Auuuu!«

Sie rannten ins Wohnzimmer, und ihre Stimmen entfernten sich.

Als Heather mich sah, hellte sich ihre Miene auf, und erneut plagte mich das schlechte Gewissen. »Kate, hallo! Wir haben dich ja den ganzen Tag nicht gesehen!«

»Hallo!« Hastig hängte ich Jacke und Tasche an einen Haken.

»Kate!« Nico kam auf Socken in die Küche. »Wir haben dich beim Mittagessen vermisst!«

Ich errötete. »Ja, ich bin im *cave* hängen geblieben und hab es dann einfach ausfallen lassen.«

»Ahhh!« Er strahlte. »Hast du was Gutes gefunden? die Gouttes d'Or, *peut-être?*«

»Noch nicht.« Ich biss mir auf die Lippe. »Ich muss

euch was erzählen«, sagte ich leise. »Ich habe totalen Mist gebaut.«

Heather ließ die Orange, die sie in der Hand hielt, auf die Arbeitsplatte sinken. Nico kam zu mir und legte mir eine Hand auf den Arm. Ich holte tief Luft und berichtete ihnen so schnell wie möglich von Walker und dem fehlenden Notizbuch. »Das ist allein meine Schuld«, endete ich. »Es tut mir so leid.« Ich zwang mich, ihnen in die Augen zu sehen.

»Hat er dir wehgetan?«, fragte Nico. »Denn wenn, dann schwöre ich, dass ich …« Er ballte fest die Hände.

»Nein, nein, so war das nicht«, sagte ich. »Ehrlich gesagt bin ich mir sogar noch nicht mal sicher, ob er es absichtlich mitgenommen hat.«

Heather glitt an ihrem Mann vorbei und legte die Arme um mich. »Wie du schon sagst, du kennst nicht die ganze Geschichte. Vielleicht war es ein Versehen.« Sie klopfte mir sanft auf den Rücken.

»Bruyère hat recht«, sagte Nico. »Stell keine Vermutungen an, solange du noch nicht mit Walker gesprochen hast. Brauchst du das Notizbuch, um unten weitermachen zu können?«

»Eigentlich nicht.« Ich löste mich von Heather und wischte mir mit dem Finger die Augen. »Ich habe alles in meinen Laptop eingegeben. Wie wir es besprochen haben.«

Nico seufzte erleichtert auf. »Dann kümmern wir uns um Walker, wenn es so weit ist.« Er öffnete den Kühlschrank und holte eine Flasche Wein heraus. »Hier.« Er nahm ein Glas und schenkte mir einen Schluck ein. »Damit fühlst du dich gleich besser.«

Und das Komische war, dass ich mich nach einigen

Schlucken eisgekühlten Chardonnays tatsächlich besser fühlte.

»Ich sollte das Abendessen vorbereiten«, sagte Heather und öffnete einen Schrank. »Nudeln?«, fragte sie.

»Ich helfe dir.« Ich ging zum Spülbecken und füllte Wasser in einen Topf.

»Wir müssen Kate erzählen, was wir herausgefunden haben«, sagte Nico, während er einen vollen Müllbeutel aus dem Eimer holte. »Wir waren heute Nachmittag auf der *mairie* und haben Hélènes Dokumente eingesehen. Leider konnte die Angestellte ihre *acte de décès* nicht finden. Offenbar hat es dort in den Siebzigerjahren gebrannt, dabei sind viele Akten verloren gegangen.«

Heather schaltete sich ein. »Es ist also möglich, dass sie noch am Leben ist!«

Ich schüttelte den Kopf. »Nein. Ich war heute Nachmittag auf dem Dorffriedhof. Dort gibt es eine Gedenktafel für Hélène. Sie ist 1944 gestorben, kurz nach der Befreiung.«

»Ach, wie schade.« Heather zuckte die Schultern.

»Hélènes Mutter ist auch dort begraben«, fügte ich hinzu. »Aber merkwürdigerweise liegt keiner von unseren Verwandten dort. Virginie nicht und Benoît auch nicht.«

»*C'est vrai*«, sagte Nico. »Grandpère Benoît ist gestorben, als ich zwölf war, und er wurde in Mâcon beigesetzt – neben seiner Mutter Virginie. Ich kann mich noch an den Trauerzug erinnern. Stunden im von der Sonne aufgeheizten Auto, und Maman hat uns verboten, die Fenster zu öffnen.«

»Grandpère Benoît …« Ich rieb mir die Augen und erinnerte mich. Bei seiner Beerdigung war ich nicht gewesen. Meine Mutter war zu diesem Anlass allein hergekommen.

»Neulich«, sagte Heather nachdenklich, »hast du gesagt, Benoît habe nie vom Krieg gesprochen, weil seine Kindheit so unglücklich war. Aber hat er Hélène mal erwähnt?«

Nico schüttelte den Kopf. »Nie. Und deine Mutter?«, fragte er mich.

»Nein.«

Wir schwiegen. Im Hintergrund plärrten Stimmen aus dem Fernseher.

»Vielleicht«, Nico nahm die Weinflasche und schenkte sich ein kleines Glas ein, »können wir meinen Vater fragen.«

»Ja, richtig.« Heather lachte. »Weil unsere letzte Unterhaltung mit ihm ja so gut verlaufen ist.«

Nico strich sich durchs Haar und blickte nachdenklich zur Kellertür. »Eigentlich glaube ich, dass es an der Zeit ist, dem Rest der Familie von dem geheimen *cave* zu erzählen.«

An jenem Abend brauchte ich lange, bis ich einschlafen konnte, und dann träumte ich von dem Test. Es war immer derselbe Albtraum: Jedes Mal, wenn ich eine Frage beantwortete, verdoppelte sich die Anzahl der Testgläser. *Bordeaux, rechtes Ufer*, schrieb ich, und als ich den Kopf hob, um den Wein im Glas kreisen zu lassen und daran zu riechen, erschienen fünf weitere Weine auf meinem Tisch. Dann waren es zehn, fünfzehn, dreißig, sechzig. Die Zeiger der Uhr rasten, und ich ließ den Wein immer heftiger im Glas kreisen, bis er auf meine Prüfungsunterlagen schwappte. Mein vibrierendes Smartphone, das auf dem Tisch vor mir lag, kündigte eine Nachricht von Jennifer an: *Es ist Bordeaux, linkes Ufer!*

Meine Handflächen waren schweißnass. Warum lag mein Handy hier auf dem Tisch? Hatte der Aufsichtführende es gesehen? Würde er mir Betrug vorwerfen? Das Handy meldete eine weitere Nachricht. Wieder von Jennifer. *Tipp: Es ist nicht Graves! ;-)*

Ich schnappte mir das Handy und schob es in die Hosentasche, doch es vibrierte ununterbrochen weiter, sodass ich mich kaum konzentrieren konnte. Wenn sie doch nur aufhören würde, mir Nachrichten zu schicken. Ich schloss fest die Augen. Jennifer, dachte ich. Hör auf. HÖR AUF!

Schweißgebadet wachte ich auf. Mein hämmernder Herzschlag dröhnte mir derart laut in den Ohren, dass ich einige Sekunden brauchte, bis ich begriff, dass ein Teil des Lärms tatsächlich von meinem vibrierenden Smartphone stammte. Ich nahm es vom Nachttisch und drückte den Home Button, damit sich das Display einschaltete.

Verpasster Anruf von Walker.

Verpasster Anruf von Walker.

Nachricht von Walker: *Hallo – Sorry, hab die Nachricht erst jetzt gelesen und gerade nachgesehen. Ich glaube, ich hab das falsche Notizbuch eingesteckt – da sind keine MW-Aufgaben drin. Ich bin nicht sicher, ob es grün oder rot ist … Hab ich erwähnt, dass ich farbenblind bin? Ich bring es dir gleich vorbei, wenn ich aus Paris zurückkomme. Bald mehr!*

Farbenblind? War er ehrlich, oder war das ein Trick? Eine ganze Weile starrte ich auf seine Worte, das künstliche Licht des Displays erleuchtete das dunkle Zimmer, dann schaltete ich es aus. Ich drehte mein Kopfkissen um und schmiegte die Wange an den kühlen Baumwollstoff, versuchte, wieder einzuschlafen. Aber meine Gedanken kreisten um die Ereignisse des Tages – zuerst Walkers falsches Spiel, dann die Auseinandersetzung mit Jean-Luc. Ich warf mich von einer Seite auf die andere, und als ich die Augen schloss, sah ich merkwürdige Formen vorbeischweben. Ohne dass ich wusste, warum, war mein Gesicht tränennass.

16. Juli 1942

Cher journal,
Kaliumnitrat. Kohle. Schwefel. Nur drei Dinge, doch wenn man sie im richtigen Verhältnis mischt, genügt ein Funke, um damit etwas zu zerstören. Rose und ich beschlossen, Schießpulver herzustellen, weil sie diese Verbindung irgendwie mochte. »Das ist der älteste bekannte Sprengstoff«, sagte sie. »Die Chinesen kannten ihn schon im 9. Jahrhundert.« Und ehrlich gesagt, war er auch am einfachsten herzustellen.

Mit einer winzigen Menge hatten wir sofort Erfolg. Rückblickend glaube ich, das war das Problem – es gab uns zu viel Selbstvertrauen. Madame Grenoble stellte uns kleine Mengen von häufig benötigten Elementen zur Verfügung, darunter Schwefel und Kaliumnitrat (für das sie beharrlich den wissenschaftlichen Begriff Potassium nitrate verwendete). Sie ließ uns zwar nie ganz unbeaufsichtigt im Labor, doch zuweilen kam es vor, dass sie sich mit einer anderen Lehrerin unterhielt oder Papiere aus dem Hauptbüro holte. Bei diesen Gelegenheiten wurden Rose und ich augenblicklich aktiv, wogen genaue Mengen Schwefel und Kaliumnitrat ab und füllten das Pulver in durchsichtige Umschläge. Später, in der *cabotte*, benutzten wir den Mörser meiner *belle-mère*, um ein Stück Kohle zu zermahlen, füllten den schwarzen Staub in eine kleine Metalldose und wogen ihn bei unserer nächsten Laborsitzung aus. Angesichts der begrenzten Zeit und

Mittel brauchten wir insgesamt drei Wochen, um ein Stück Sprengstoff in der Größe eines Zuckerwürfels herzustellen. Wir testeten ihn eines Nachmittags auf einer Lichtung hinter der *cabotte*: Rose hielt ein Streichholz an den Docht, dann rannten wir davon. Die Funken schossen derart hoch in die Luft, dass wir auf unsere Fahrräder sprangen und wie zwei Verrückte flohen. Wir fürchteten, die *boches* hätten es auch gesehen und würden eine Patrouille schicken, um die Ursache zu untersuchen.

Anschließend lautete unser Problem nicht mehr »ob«, sondern »wie«. Insbesondere: Wie kommen wir an genügend Schwefel, um eine nützliche Menge Sprengstoff herzustellen? Irgendwie hatte Stéphane Kaliumnitrat von einem *charcutier* besorgt, einem missmutigen Mann, der keine Verwendung mehr für seinen Vorrat hatte, nachdem es kaum noch Fleisch zum Pökeln gab. Nun hing unser Erfolg davon ab, ob wir Schwefel fanden.

»Wir könnten versuchen, den Schlüssel zum Vorratsschrank zu stehlen«, schlug ich eines Tages auf dem Weg zum *lycée* vor.

»Unmöglich.« Rose stöhnte. »Den gibt sie nie aus den Händen.«

Das stimmt. Madame G. passt auf den Schlüssel auf wie ein Wärter in dem Gefängnis, in dem die Anführer der Résistance verrotten.

»Überhaupt …«, sagte Rose. »Ist dir aufgefallen, dass sie jedes einzelne Stück vermerken muss, das sie aus dem Schrank nimmt? Bis auf ein zehntel Gramm? Wenn wir etwas stehlen, bekommt sie Schwierigkeiten. Das ist aussichtslos.«

»Ist es nicht«, insistierte ich mit zusammengebissenen Zähnen. Doch wir fanden keine andere Möglichkeit.

Nachdem Stéphane anfangs mit unserem Fortschritt zufrieden war, ist er in den letzten Wochen ungeduldig geworden. Unsere Gruppe kämpft mit einer Reihe von Problemen. Nächte, in denen wir auf einen klaren Himmel hofften, waren bewölkt. Ein Satz gefälschter Papiere war verschwunden, und am schlimmsten von allem: Bernard war festgenommen worden. Ja, Bernard, mein Schwarzmarkthändler. Man hatte ihn das letzte Mal vor zwei Wochen gesehen, als er in Handschellen aus der Wohnung seiner Mutter abgeführt worden war. Seither sind wir außer uns vor Angst, dass die Gestapo ihn foltert, damit er uns verrät. Bislang ist nichts passiert. *Dieu merci.* Aber unsere Gruppe ist nervös. Reizbar. Wir alle, aber vor allem Stéphane, der sorgfältig einen Plan ausgeheckt hat, um Bernard zur Flucht aus dem örtlichen Gefängnis zu verhelfen – und den Kern dieses Plans bildet eine Sprengstoffbombe.

»Klaut den Schwefel einfach«, befahl Stéphane uns. »Wir müssen handeln, bevor man ihn nach Drancy schickt oder noch schlimmer – nach Polen.«

Alle erschauderten. Polen hieß Arbeitslager. Polen bedeutete den Tod.

Doch was war mit Madame G.? Jedes Mal, wenn sie das Labor verließ, überprüfte ich die Tür des Vorratsschranks, um zu sehen, ob sie ihn offen gelassen hatte. Jedes Mal lautete die Antwort Nein – sie achtete akribisch auf den Schlüssel.

Gestern Nachmittag kamen wir zu unserer üblichen Laborsitzung, doch kaum hatten wir den Raum betreten, spürte ich, dass etwas nicht stimmte. Madame G. saß hinter ihrem Schreibtisch, starrte konzentriert auf ein Blatt Papier und blickte kaum auf. Rose und ich begannen, unser Arbeitsmaterial aufzubauen. Wir hatten beschlossen, mit der Hydrolyse von Salzen zu experimentieren.

»*Mince!*«, fluchte Rose. »Für eine der schwachen Basen brauchen wir Ammonium.« Unsicher blickte sie zu Madame G.

»Ich frage sie.«

Ich glitt vom Stuhl und ging zu unserer Lehrerin. Doch sie war so vertieft in ein Schreiben, das vor ihr lag, dass sie mich nicht mal bemerkte, als ich nur noch einen Meter hinter ihr stand. Mein Blick fiel auf das Papier.

Wir, die unterzeichnenden Lehrerinnen für Geschichte, Literatur und Naturwissenschaften, halten es für unsere Pflicht, unsere Schülerinnen zu Freiheit und Toleranz zu erziehen. Wir erklären hiermit, dass es unserer Aufgabe widerspricht, unsere Schülerinnen in den Film Le Juif Süss …

Bevor ich weiterlesen konnte, schob Madame ein Notizheft über das Papier, riss den Kopf herum und starrte mich erbost an.

»Oh, *excusez-moi*, Madame. Wir hofften, sie könnten uns etwas Ammonium aus dem Vorratsschrank geben.«

»*J'arrive*«, sagte sie gereizt, und ich zog mich zurück.

Kurz darauf erhob sich Madame, und ich wartete in respektvollem Abstand vor dem Schrank, während sie die Türen aufschloss. Sie reichte mir gerade die Flasche, als Madame Bernard, unsere ehemalige Literaturlehrerin, den Kopf durch die Tür steckte. »Eugénie, hattest du schon Gelegenheit, die Eingabe zu lesen?« Da entdeckte sie mich. »*Pardon, je m'excuse*«, entschuldigte sie sich. »Ich dachte, du wärst allein. Ich komme später wieder.«

»*Non, non, c'est bon.*« Madame G. nahm das Papier von ihrem Schreibtisch und eilte hinter ihrer Kollegin her. »Unterhalten wir uns in deinem Klassenzimmer.« Ich hörte, wie sich ihre zischelnden Stimmen über den Flur entfernten.

»Das ist ein Protestbrief«, erklärte ich Rose leise. »Sie weigern sich, mit ihren Schülerinnen diesen schrecklichen antisemitischen Propagandafilm anzusehen.«

Doch Rose hörte mir gar nicht richtig zu. »Der Schrank«, sagte sie atemlos. »Sie hat ihn offen gelassen.«

Im ersten Moment konnte ich mich nicht rühren. Dann zwang ich meine Glieder zu handeln, die Tür zu öffnen und wie verzweifelt in den Regalen nach der Flasche mit der Aufschrift »Schwefel« zu suchen. Wo war sie? Endlich, ziemlich weit oben, entdeckte ich ein Glas, das zur Hälfte mit einem kreideartigen eidottergelben Puder gefüllt war. Ich nahm es, doch bevor ich zu meinem Tisch zurückkam und die Flasche in meine Tasche schieben konnte, hörte ich Madame G. auf dem Flur. »*Merci!*«, rief sie. Eine Tür schlug. Das Klackern ihrer Absätze näherte sich dem Labor.

»*Vite!*«, zischte Rose mit riesigen Augen. Madame G.s Schritte kamen näher. Rose hob die Arme. Ohne nachzudenken, warf ich ihr das Glas zu, das in hohem Bogen über die Bunsenbrenner hinwegflog und dann in einem so unglücklichen Winkel nach unten fiel, dass die arme Rose einen Hechtsprung machen musste, um es zu fangen. Triumphierend versteckte sie es hinter ihrem Rücken, kurz danach rauschte Madame G. durch die Tür. Meine Beine zitterten dermaßen, dass ich kaum noch stehen konnte. Doch ich lehnte mich mit verschränkten Armen gegen die Wand und bemühte mich, einen lockeren Eindruck zu machen.

»Geht hier etwas vor sich, das ich wissen sollte?« Madame G.s Stimme schnitt durch den Raum.

»*Non*, Madame«, erwiderten wir brav im Chor.

Ihr Blick fuhr auf meine Hände, die leer waren.

Ehe sie zu Rose schauen konnte, trat ich einen Stuhl um. »Oh!« Ich schnappte nach Luft. »Entschuldigen Sie – mir ist plötzlich ganz schrecklich schwindlig.« Ich taumelte, und Madame G. sprang vor und ergriff meinen Arm.

»Setz dich einen Moment. Möchtest du einen Schluck Wasser?« Sie führte mich zu dem Stuhl und stellte ihn wieder auf.

Kurz darauf war Rose bei mir. »Hast du etwas zu Mittag gegessen?« Sie fächerte mir mit einem Notizheft Luft zu. »Ich weiß, der Hunger ist schrecklich. Mir passiert das auch hin und wieder.«

»Mir geht es gut, *ça va*.« Ich schloss die Augen und zwang mein Herz, sich zu beruhigen. Als ich sie wieder öffnete, starrten mich beide an. »Mir geht es gut«, wiederholte ich, stand auf und ging langsam zu unserem Arbeitsplatz zurück.

Die restliche Zeit im Labor sprachen Rose und ich nur leise miteinander. Madame G. korrigierte an ihrem Schreibtisch Klausuren. Mich auf das Experiment zu konzentrieren beruhigte mich, und als Rose und ich fertig waren und alles aufgeräumt hatten, lockerte die Panik ihren festen Griff um meinen Nacken.

Bevor wir gingen, machten wir wie üblich vor Madame G.s Schreibtisch halt, um uns zu verabschieden.

»*Merci*, Madame. *Au revoir*.«

»*Au revoir*«, erwiderte sie, ohne von ihrem Papierstapel aufzusehen.

Wir waren schon fast aus dem Zimmer, als ihr nächster Satz wie ein Pfeil auf uns zuschoss. »Ihr wisst ja, dass ich in Schwierigkeiten gerate, wenn etwas fehlt«, sagte sie.

Wie erstarrt blieben wir im Eingang stehen, dann drehte sich Rose um, und ich zwang mich, ihrem Beispiel zu folgen. Madame G. legte den Stift ab und blickte uns an. Mein Gewissen schnürte mir derart die Kehle zu, dass ich keine Luft mehr bekam. Madame Grenoble, die uns immer so großzügig ihre Zeit geopfert hatte, die immer so hilfsbereit gewesen war … Wie konnten wir sie in Gefahr bringen? Das Schweigen dehnte sich aus. Dann wanderte Madames Blick zu dem Stern, der neuerdings auf Roses Mantel genäht ist, und ich dachte an die Petition, die ich auf ihrem Schreibtisch gesehen hatte. Heiße Wut durchfuhr mich.

Ich setzte eine ernste Miene auf. »Natürlich würden wir nichts wegnehmen«, sagte ich liebenswürdig. »Sie wissen, dass Sie uns vertrauen können.«

»*D'accord*.« Sie nickte langsam, doch ihre Miene blieb argwöhnisch.

Wir zwangen uns, das Klassenzimmer langsam zu verlassen und schlenderten den Flur hinunter, als hätten wir überhaupt keine Sorgen. Ich rechnete damit, dass gleich jemand hinter uns herlaufen würde, Madame G.s Stimme zu hören oder eine Hand auf meiner Schulter zu spüren. Doch wir traten aus der Tür, überquerten den Hof, erreichten unsere Fahrräder, sagten uns Lebewohl und fuhren davon. Rose hatte ihren Ranzen auf dem Rücken, die Flasche mit dem Schwefel bildete eine kaum auszumachende Beule unter dem dicken Segeltuch.

Ich mache mir dennoch große Sorgen: Kommen wir wirklich so einfach davon?

22. Juli 1942

Ich bin außer mir vor Angst. Wo ist Rose? Ich habe sie seit einer Woche weder gesehen noch ein Wort von ihr gehört. Im Labor ist sie auch nicht aufgetaucht – Madame G. war äußerst argwöhnisch, als ich behauptete, es ginge ihr nicht gut. Und dann ist Rose nicht zum nächsten Treffen der Gruppe erschienen, obwohl sie vorher noch nie eines verpasst hat. Die anderen haben auch nichts von ihr gehört, und wir trauen uns nicht zu ihrem Haus. Obwohl er es vor uns zu verbergen versucht, spüre ich, dass Stéphane sich ebenfalls Sorgen macht. Er lässt sogar seine Kontaktleute im Gefängnis heimlich Nachforschungen anstellen. Aber wenn Rose festgenommen worden wäre, hätten wir das doch sicher gehört, oder?

Ich frage mich unablässig, ob sie verhaftet worden ist, weil sie den Schwefel genommen hat. Hat Madame G. sie angezeigt? Doch wäre ich dann nicht auch vernommen worden? Diese Gedanken gehen mir pausenlos durch den Kopf und quälen mich derart, dass es mir äußerst schwerfällt, ruhig und vernünftig zu bleiben. Heute war ich so durcheinander, dass mir eine ganze Schale Porridge auf den Boden gefallen ist. Es lag als dampfender Matschhaufen zwischen dem zerbrochenen Geschirr, und Madame hätte mir fast den Kopf abgerissen, während die Jungen vor Hunger weinten.

Ich spüre, wie dieser Krieg mir immer näher kommt, mich immer stärker bedrängt. Nicht nur die Angst, der Hunger und der Mangel, sondern auch die unendliche Unsicherheit. Und die Schuld. Wie lange kann das noch so weitergehen? Irgendwann werde ich zusammenbrechen.

24. Juli 1942

Ich habe eine Nachricht erhalten, dass ich Rose auf den Bänken am Ufer der Bouzaise treffen soll. Ich wartete eine Stunde, doch niemand kam. Heute bin ich um dieselbe Zeit dorthin zurückgekehrt und habe gewartet und gewartet, bis schließlich jemand erschien: Stéphane.

»Was soll das?«, fragte ich, als er die Arme um mich schlang.

»Wir tun so, als wären wir ein Liebespaar«, flüsterte er und neigte den Kopf. Seine Wange kratzte über meine, und er küsste mich, zunächst sanft, dann jedoch so leidenschaftlich, dass es mich überwältigte. Als wir voneinander abrückten, klammerte ich mich an ihn, bis meine Beine aufhörten zu zittern. »*Viens*«, murmelte er, führte mich zu einer Bank und legte einen Arm um mich.

»Wo ist … Simone?« Gerade noch rechtzeitig dachte ich daran, Roses Decknamen zu benutzen. »Ich bin völlig aufgelöst. Unentwegt frage ich mich, warum wir den Schwefel gestohlen haben. Wir hätten dieses Risiko niemals eingehen dürfen.« An seine Schulter gelehnt, wurde ich von meinen Gefühlen übermannt – heftige Angst, in die sich die rauschhafte Verwirrung über den unerwarteten Kuss mischte. Ich begann zu schluchzen.

»*Tiens*.« Er tastete in seiner Tasche und reichte mir ein überraschend sauberes Taschentuch. »Simone und ihre Familie sind in Sicherheit.«

»Oh, Gott sei Dank.«

Vor Erleichterung hätte ich weinen mögen, doch stattdessen putzte ich mir die Nase und fasste mich.

»Letzte Woche haben wir einen Tipp erhalten und es geschafft, sie in einen Unterschlupf zu bringen, bevor die Gestapo aufgetaucht ist.« Er starrte vor sich hin. »Aber du hast recht. Der Schwefel hat sie verdächtig gemacht. Wusstest du, dass eure Lehrerin mit einem deutschen Soldaten liiert ist?«

»Madame Grenoble?«, stieß ich keuchend aus. »Aber was ist mit ihrem Ehemann?«

»Der Krieg gebiert die absonderlichsten Verhaltensweisen.« Abgeklärt zuckte er die Schultern. »*Écoute*, Marie, hör zu. Im Moment sind Simone und ihre Familie in Sicherheit, aber wir müssen sie so schnell wie möglich fortbringen. Hast du von der Razzia im Vel d'Hiv gehört?«

»Aber das war doch in Paris.«

Die BBC hatte darüber berichtet, dass Tausende von Juden mitten in der Nacht zusammengetrieben worden waren – nicht nur Männer, wie zuvor, sondern auch Frauen und Kinder. Man hatte sie mit einem Bus zum Vélodrom d'Hiver geschafft, einer Radsporthalle in Paris. Tagelang hielt man sie dort unter erbärmlichen Bedingungen fest, dann brachte man sie in ein Internierungslager. Papa und ich hatten entsetzt zugehört, obwohl nur sehr wenige Einzelheiten bekannt waren.

»Die Deportationen finden jetzt auch hier statt. Nicht nur Männer, ganze Familien werden abgeholt.« Stéphane verstärkte den Griff um meine Schulter. »Jemand hat uns gesagt, dass sie in wenigen Tagen beginnen. Die Namen von Simone und ihren Eltern sowie von ihrem Bruder stehen auf der Liste, und dass eure Lehrerin sie angezeigt hat, verschärft ihre Lage noch. Wir versuchen, gefälschte Papiere für die Familie zu besorgen, damit sie alle in den Süden fliehen können.«

Ich wickelte das Taschentuch um meine Finger, bis sich die Spitzen weiß färbten. »In den Süden?«

»Simones Vater hat Verwandte in den Vereinigten Staaten. Wenn sie es bis nach Portugal schaffen, haben sie die Chance, mit einem Schiff nach New York zu kommen. Ehrlich gesagt hätten sie schon vor Monaten aufbrechen sollen – vor Jahren. Jetzt brauchen sie, so schnell es geht, einen weiteren sicheren Unterschlupf, einen Ort, an dem sie bleiben können, bis ihre Dokumente fertig sind.«

»Du denkst an das Gut«, sagte ich leise.

»Dein Vater hat unmissverständlich klargemacht,

dass er seine Aktivitäten für eine Weile einstellen muss. Doch dies scheinen mir besondere Umstände zu sein.«

»Natürlich müssen sie zu uns«, sagte ich so überzeugt wie möglich, obwohl das strenge Gesicht meiner Stiefmutter vor meinen Augen aufblitzte. »Keine Sorge, ich kümmere mich darum.«

Ich blickte auf die Algen, die wie grüne Wolken unter der Wasseroberfläche schwebten, und erinnerte mich an den Nachmittag, als Rose und ich hier zum ersten Mal Verschwörungspläne geschmiedet hatten. Konnte das wirklich erst ein Jahr her sein? Es kam mir vor, als wären seither fünf Leben vergangen.

»*Merci, ma chère* Marie, du kümmerst dich immer so fürsorglich um alle.« Stéphanes Griff um meine Schultern entspannte sich, doch er nahm den Arm nicht fort.

»Du hättest einfach meinen Vater fragen können«, sagte ich. »Er hätte Ja gesagt. Du hättest nicht das Risiko eingehen müssen, mich hier zu treffen.«

»Ich wollte dich sehen. Ich weiß, dass du verrückt vor Sorge bist.«

»Wer hat dir das erzählt?« Ich stutzte.

Ich habe nur dir meine Sorgen anvertraut, *cher journal*, niemandem sonst, noch nicht einmal Papa.

»Das musste mir niemand sagen. Mich hat die Sorge aufgefressen, und ich habe mir gedacht, dass es dir genauso geht.«

Stéphane legte seine Wange an meinen Kopf, und diesmal fühlte es sich nicht an, als würde er nur den Geliebten spielen. Einen flüchtigen Moment lang schloss ich die Augen und tat so, als wären wir das junge Liebespaar, als das wir uns ausgaben. Als wäre dies ein ganz normaler Sommertag und ich ein ganz normales Mädchen, dessen Lippen von ihrem ersten Kuss kribbelten. Doch es war zu gefährlich zu bleiben, und ich rückte von ihm ab, bevor wir uns leichtfertig in Gefahr brachten.

29. Juli 1942

Sie sind hier, alle vier. Am Ende ging es leichter als erwartet, weil Papa und ich beschlossen, Madame einfach nichts von unserem Vorhaben zu erzählen, Rose und ihre Familie im Keller zu verstecken. Ja, Gott vergib uns, wir belügen sie, bis uns die Nasen abfallen, wenn die Reinachs dafür sicher fliehen können.

Am Samstagmorgen erklärte ich Madame, ich sei fiebrig und würde nicht mit in die Kirche gehen. Papa, der die Messe gar nicht mehr besucht, fuhr mit dem Eselskarren fort und kehrte mit den Reinachs zurück. Er hatte sie unter Säcken auf der Ladefläche versteckt. Wir schmuggelten sie nach unten, bevor Madame und die Jungen zum Mittagessen zurückkehrten. Meine *»grippe«* hat sich als nützlich erwiesen, um Mahlzeiten ausfallen zu lassen und meine Portion für die vier Flüchtlinge aufzuheben. So oft ich es wagen kann, schleiche ich mich mit Essen, frischem Wasser, Wäsche und anderen Dingen nach unten.

Während ihre Eltern und ihr Bruder gefasst wirken, mache ich mir Sorgen um Rose. Sie hat einen schlimmen Husten, der sich in dem kühlen, feuchten Keller sicher noch verschlimmert. Oft krümmt sie sich zusammen, in dem Bemühen, ihn zu unterdrücken. Sie versichert mir zwar, ihre Kraft kehre zurück, aber die bevorstehende Reise macht mir Sorge. Ihr stehen viele beschwerliche Kilometer bis nach Spanien bevor, dann weiter bis nach Portugal und von dort mit einem Schiff über den Ozean. Selbst unter den besten Umständen scheint es eine Herkulesaufgabe, und die Umstände sind alles andere als gut.

Heute Morgen, als ich im Hühnerstall die Eier einsammelte, ließ ich eines in meiner Tasche verschwinden. Ich will es kochen und Rose dann später nach unten bringen. Sie wird sagen, dass das zu viel ist, aber ich kenne die Wahrheit – es ist nicht genug, und es wird niemals genug sein.

27. August 1942

Ich habe dieses Tagebuch angefangen, um darin festzuhalten, was in diesen Zeiten in meinem Leben geschieht, deshalb schreibe ich nun, auch wenn ich es kaum ertrage. Unablässig gehe ich die Ereignisse in meinem Kopf durch, immer wieder analysiere ich jeden schrecklichen Moment und frage mich, was ich hätte anders machen können.

Natürlich war uns bewusst, dass die Gefahr mit jedem Tag wuchs, den Rose und ihre Familie auf dem Gut blieben. Aber vier Sätze gefälschter Dokumente sind nicht leicht zu bekommen – und so wurde aus Tagen eine Woche, dann eine zweite und schließlich eine dritte. Die Reinachs bewegten sich leise in dem geheimen *cave* und gingen nur hinaus, um etwas Licht und Luft zu bekommen, wenn Madame und die Jungen nicht im Haus waren. Als wir die Papiere erhielten, stand der Mond voll und hell am Himmel. Wir entschieden, noch zwei weitere Wochen zu warten, bis er wieder abgenommen hätte, damit Papa die Familie im Schutz der Dunkelheit zu ihrem nächsten Unterschlupf bringen konnte.

Kurz bevor es so weit war, entschied Papa, dass die Reinachs *unbedingt* noch einmal ein Bad nehmen müssten. »Sie dürfen auf dem Weg auf keinen Fall wie Flüchtlinge aussehen. Das wäre zu verräterisch«, sagte er bestimmt. Wir warteten, bis die Jungen zu den Nachbarn gegangen waren und Madame zu einem ihrer fürchterlichen Treffen des Cercle du patrimoine. Ja, *cher journal*, ich kann auch nicht glauben, dass sie weitermachen – was für ein Erbe bleibt Frankreich denn noch? Ich ging in den Keller und lud die Reinachs nach oben zu einem Bad ein. Sie suchten etwas frische Kleidung zusammen, dann kletterten sie aus dem Kleiderschrank und stiegen geschlossen zu unserem Badezimmer im zweiten Stock hinauf.

Madame Reinach ging zuerst ins Bad, dann Rose und Theo. Wenn einer fertig war, kam er zu uns anderen an den Küchentisch. Papa schenkte Wein ein – »etwas Nahrhaftes«, sagte er –, und ich bereitete ein einfaches Mittagessen aus Kartoffeln, gekochten Eiern und einem Salat aus Löwenzahn zu. Als Monsieur mit dem Bad fertig war, waren wir alle recht fröhlich. Ich hatte die Hintertür offen gelassen, sodass eine leichte Brise durch den Raum zog, das Tischtuch bewegte und den Duft reifer Pfirsiche aus der Schale auf dem Fenstersims zu uns herübertrug.

Wie dumm, die Tür offen zu lassen.

Wie sie später sagte, hatte sie uns gesehen, bevor wir sie entdeckten. Wegen unserer fröhlichen Unterhaltung hatten wir ihre Schritte nicht gehört, sodass Madame uns durch die Tür beobachten konnte. Sie hatte reglos gelauscht, und wir hatten sie erst bemerkt, als ihr Schatten auf den Tisch gefallen war.

Alle Luft wich aus dem Raum.

»Oh, *chérie*! Du bist früh zurück. Wie schön.« Papa bemühte sich zu lächeln. »Setz dich zu uns. Bitte.«

Madame trat in die Küche. Auf ihrem Gesicht lag ein seltsamer Ausdruck, den ich in all den Jahren, die ich sie kannte, noch nie bei ihr gesehen hatte – die Wut ließ ihr Gesicht zu kaltem Marmor erstarren.

»Du erinnerst dich doch an Rose, *n'est-ce pas?*«, sagte Papa. »Sie und Hélène waren zusammen auf dem *lycée*. Und das sind ihre Eltern, Monsieur und Madame Reinach sowie ihr Bruder Théodore. Wir essen gerade etwas zu Mittag. Léna«, er wandte sich an mich, »leg ein Gedeck für deine *belle-mère* auf.«

»Edouard.« Madame spie Papas Namen geradezu aus. »Ich will dich im *salon* sprechen. Sofort.« Sie schritt aus dem Raum, ohne sich zu vergewissern, dass er ihr folgte.

»Natürlich, *chérie. Pardon*.« Papa lächelte den Reinachs entschuldigend zu und folgte ihr ins Nebenzimmer.

Auf einmal fiel mir das Atmen schwer. Ich blickte zu den Reinachs und sah, wie ihre Gesichter aschfahl wurden. »Kommen Sie, trinken Sie noch etwas Wein«, drängte ich. »Die Kartoffeln sind gleich fertig.« Ich mischte schnell den Salat, füllte die Kartoffeln in eine Schale und pellte die Eier. »Fangen wir an, bevor es kalt wird. Papa macht das nichts aus.« In Wahrheit wollte ich, dass sie noch ein gutes Essen bekamen, falls Madame sie aus dem Haus warf.

Gedämpft hörte ich sie im Wohnzimmer sprechen, die Stimmen gepresst vor unterdrückter Wut.

Madame: »Was machen diese Leute hier? Warum sitzen sie in *meiner* Küche? Warum essen sie *mein* Essen?«

Papa: »Virginie, hast du denn gar kein Mitgefühl? Diese Leute sind Freunde deiner Tochter. Du willst sie darben lassen? Und du bezeichnest dich als Christin?«

Madame: »Meine Tochter? Sie ist nicht *meine* Tochter. Und ja, diese Leute … Wie kannst du sie in unser Haus lassen? Wie kannst du sie willkommen heißen? Edouard, ich weiß, ich habe schon einmal ein Auge zugedrückt, aber die anderen waren wenigsten keine *Juden*.« Bei diesem letzten Satz ließ Madame jede Zurückhaltung fahren. Sie schrie wie von Sinnen. Ich wandte mich vom Tisch ab, damit ich nicht den Ausdruck auf den Gesichtern der Reinachs sehen musste. »Sie müssen das Haus verlassen«, erklärte Madame resolut.

»*Chérie,* natürlich bleiben sie nicht für immer hier. Wir warten nur, bis der Mond abgenommen hat. Sobald eine dunkle Nacht kommt …«

»Sie müssen das Haus sofort verlassen«, wiederholte Madame ruhiger. »Oder ich gehe auf die Wache zu Michel und sage ihm, er soll sie abholen lassen. Ich hoffe, du hast nicht vergessen, dass mein Neffe bei der Polizei ist.«

Mein Kopf fühlte sich leicht an, und vor meinen Augen tanzten Punkte, bis ich merkte, dass ich zu atmen vergessen hatte. Madame Reinach sah ebenfalls aus, als würde sie gleich ohnmächtig werden, aus ihren Wangen war jegliche Farbe gewichen, ihre dunklen Augen waren geweitet und voller Panik.

»Gib uns nur noch ein paar Tage, andernfalls ist es nicht sicher. Bitte, Virginie, nur noch ein oder zwei Tage, bis der Mond nicht mehr so hell scheint«, flehte Papa.

»Nein.« Ihre Stimme klang hysterisch. »*Sie gehen heute Nacht!*«

Schritte polterten die Treppe hinauf, dann schlug eine Tür, und das Gespräch war beendet.

Keiner von uns hatte noch Appetit, aber ich füllte die Teller und drängte die Reinachs, etwas zu essen. »Sie wissen nicht, wann Sie das nächste Mal eine warme Mahlzeit bekommen«, sagte ich, und sie zwangen ein paar Bissen herunter. Dann gingen sie nach unten, um ihre Sachen zu packen. Sobald sie den Tisch verlassen hatten, kochte ich noch mehr Kartoffeln und Eier und durchsuchte die Schränke nach Essbarem, das ich ihnen einpacken und mitgeben konnte.

Um neun Uhr war es ganz dunkel, doch Papa wartete bis Mitternacht, bevor er aufbrach. Ich flehte ihn an, mich mitzunehmen, doch er überzeugte mich, dass es sicherer ohne mich war. »Du kennst den Weg nicht, *ma choupinette*«, erklärte er. »Wenn wir davonlaufen oder uns verstecken müssen, ist es leichter, wenn ich mir keine Sorgen um dich machen muss.«

Wir verabschiedeten uns im Keller, damit wir meine Brüder nicht weckten, die oben schliefen. Ich umarmte zuerst Monsieur Reinach, dann Madame Reinach – zwei förmliche Wangenküsse für jeden von ihnen –, danach drückte ich Théo an mich. Schließlich umarmten Rose und ich uns.

»Wenn das alles vorbei ist, kommst du nach New York«, sagte Rose. »Ich mache meinen Abschluss an einer amerikanischen Universität, und du kommst nach.«

»Les États-Unis!«, rief ich aus. »Ich werde niemals gut genug Englisch sprechen.«

»Pff, *c'est facile*«, schnaubte Rose. Sie ahmte die amerikanische Sprechweise nach: *»'ow do you do?«* Wir kicherten hysterisch.

»Wir müssen gehen.« Papa zog sich eine dunkle Mütze über den Kopf und knöpfte die schwarze Jacke bis zum Kinn zu. »Um Mitternacht ist Schichtwechsel bei den Patrouillen, das müssen wir ausnutzen.«

Leise gingen wir in die Küche, sie richteten ein letztes Mal ihre Kleider und hievten die Bündel mit ihren wenigen Habseligkeiten auf ihre Schultern.

»Keine Sorge, *ma choupinette*«, flüsterte Papa mir zu. »Ich habe den Weg schon hundertmal gemacht. *C'est rien.*« Er legte einen Arm um mich und küsste mich auf den Scheitel. »Zum Frühstück bin ich zurück. Heb mir eine Tasse von diesem schrecklichen Getreidekaffee auf, *d'accord?*«

Ich zwang mich zu lächeln und nickte.

Papa bedeutete mir, das Küchenlicht auszuschalten, dann öffnete er die Hintertür, und einer nach dem anderen schlichen die fünf in die feuchte Nacht hinaus. Der vernachlässigte Rasen in unserem Garten verschluckte ihre Schritte, sodass ich nur das Zirpen der Grillen hörte. Der Mond schien wie ein silberner Leuchtturm auf die Landschaft. Obwohl sie sich im

Schatten hielten, konnte ich die kleine Gruppe durch die Weinberge gehen sehen, bis sie hinter der Kuppe verschwand.

Ich war viel zu unruhig, um zu schlafen, und beschäftigte mich mit einer Strickarbeit – die ersten Reihen einer Socke aus ungewaschener Wolle, doch ich ließ so viele Maschen fallen, dass ich das ganze Ding wieder auftrennte und noch einmal von vorn anfing. Schließlich ließ meine Nervosität nach, ich legte den Kopf auf den Tisch, nutzte die Arme als Kopfkissen und schloss die Augen. Wenn Papa früh zurückkehrte, wollte ich hier auf ihn warten.

Die Jungen weckten mich mit ihrem Kreischen, die übliche morgendliche Kabbelei darum, wer sich zuerst waschen durfte. In meinem Nacken pochte ein dumpfer Schmerz, und meine Hände kribbelten, als das Blut in sie zurückkehrte. Hinter den Verdunkelungsvorhängen sickerte milchiges Licht durch die Bäume in den Garten. Die Wohnzimmeruhr schlug sieben. In einer halben Stunde gab es Frühstück. Bald würde Papa nach Hause kommen.

Ich holte ein paar Holzscheite, schürte die restliche Glut im Herd, füllte den Kessel mit Wasser und setzte einen kleinen Topf mit Grieß für die Jungen auf. Es tat mir gut, mich mit häuslichen Aufgaben von den Gedanken abzulenken, die wie eine Endlosschleife in meinem Kopf kreisten. Über mir hörte ich dumpfes Poltern und noch mehr Kreischen. Ich lief nach oben, um meinen Brüdern beim Anziehen zu helfen.

»Léna, *j'ai faim!*«, rief Albert, als er mich sah.

»Du bist immer hungrig, *cochon!*« Benoît bohrte seinem Bruder den Zeigefinger in den Bauch.

»Schluss jetzt, Jungs! Der Grießbrei steht auf dem Herd – er ist in ein paar Minuten fertig.« Ich blickte zur Tür von Madame und stellte überrascht fest, dass sie offen war. Sie stand vor dem Spiegel, steckte sich das Haar hoch und war bereits in ein Tageskleid aus violetter Seide und Schuhe mit Absatz gekleidet. Anstelle von Nahtstrümpfen hatte sie einen Strich auf jede Wade gemalt.

»Ach gut, dass du da bist, Hélène. Kannst du heute Morgen auf die Jungs aufpassen? Ich möchte gern mit Edouard frühstücken.« Sie hob die Arme, um ihr Haar zu richten, und eine Parfumwolke umfing mich – Chanel No. 5. Sie hing wie ein Schädlingsbekämpfungsmittel im Zimmer.

Offenbar hat Madame ein schlechtes Gewissen wegen gestern, dachte ich, während ich Albert Socken über die Füße streifte.

»Natürlich«, antwortete ich.

»*Merci!*«, flötete sie.

Nachdem ich die Jungen angezogen hatte, lief ich nach unten, um den Grießbrei zu retten, bevor er anbrannte, kochte eine Kanne schwachen Getreidekaffee und deckte den Frühstückstisch. Als ich fertig war, war es acht. Während ich den Breitopf auskratzte, die mageren Portionen in die Schüsseln füllte und meinen Brüdern beim Essen zusah, spitzte ich die Ohren. Madame leerte die Kaffeekanne, und ich kochte klaglos neuen Kaffee, weichte das Geschirr ein, zog mir Schuhe an und brachte meine Brüder zum Spielen ins Nachbarhaus. Währenddessen sagte ich mir unentwegt: Wenn ich zurückkomme, ist Papa da. Papa ist zu Hause, wenn ich zurückkomme. Doch als ich zurückkehrte, war Madame im *salon*, hatte sich elegant auf eine samtene *chaise longue* drapiert, und Papa war nirgends zu sehen.

Zehn Uhr. Elf Uhr. Kein Papa.

Beim Mittagessen würgte ich eine kalte Kartoffel herunter und fuhr dann mit dem Fahrrad in die Weinberge. Ich nahm denselben Hügel, den Papa und die Reinachs einige Stunden zuvor erklommen hatten, doch wenn die Reben wussten, wo sie waren, behielten sie es für sich. Als ich am späten Nachmittag nach Hause zurückkehrte, stürzte ich in die Küche, sicher, dass Papa am Tisch sitzen, Zeitungsseiten zerknüllen und in den Herd schieben würde.

Als sie die Tür gehen hörte, kam Madame die Treppe heruntergelaufen. Bei meinem Anblick machte sie ein langes Gesicht. »Ach, du bist es.«

Auch ich war enttäuscht, nicht auf Papa zu treffen, aber ausnahmsweise gelang es mir, mit ruhiger Stimme zu antworten. »Tut mir leid.« Ich senkte den Kopf und schlich aus dem Zimmer.

»Hélène.« Sie folgte mir in den Flur, ich war bereits auf der Treppe, und sie sah zu mir hoch. »Wo ist er.« Es war keine Frage.

Ich schüttelte den Kopf und stieg eine weitere Stufe nach oben.

»Sag mir nicht, dass du es nicht weißt. Du weißt alles – ihr zwei seid wie Pech und Schwefel, andauernd flüstert ihr hinter meinem Rücken!«

»Virginie.« Ich drehte mich zu ihr um. »Ich mache mir auch Sorgen um ihn. Wenn ich wüsste, wo er ist, würde ich es Ihnen sagen.« Gegen meinen Willen begann meine Stimme zu zittern.

»Aber sonst ist er doch immer nach Hause gekommen! Er ist noch nie *nicht* zurückgekommen. Das ist wegen dieser Leute, stimmt's? Ich habe dir gesagt, sie hätten niemals herkommen dürfen. Er hat ihnen geholfen, und jetzt ist das Schlimmste passiert. Ich bin ganz allein!« Sie schlug die Hände vors Gesicht und begann zu schluchzen.

Ich starrte sie an. Ich war krank vor Sorge, doch für einen Moment empfand ich nichts als Abscheu für diese selbstsüchtige Frau, die keine Spur Mitgefühl für andere hatte.

Madame ließ die Hände sinken und sah mich flehend an, die Tränen ließen ihre Wimpern wie Stacheln aussehen. »Was machen wir denn jetzt?«

Wir?

»Das Einzige, was wir tun können«, sagte ich und wandte mich wieder zur Treppe um, »ist zu warten.«

Zwei Tage vergingen – zwei angespannte, qualvolle Tage, in denen mein Herz jedes Mal aussetzte, wenn ich Absätze über die Auffahrt knirschen hörte oder das Knarren der Hintertür. Aber Papa kehrte nicht zurück. Madame hatte sich derweil in ihr Zimmer zurückgezogen, lag mit einem feuchten Lappen auf der Stirn auf dem Bett und schrie mich an, wenn die Jungen etwas anderes taten, außer zu flüstern. Als am Ende des zweiten Tages Michel auf das Gut kam, war es fast erleichternd.

Auf sein Klopfen hin öffnete ich die Tür – die Jungen waren im Garten und Madame, natürlich, im Bett. Wenn er überrascht war, mich zu sehen, zeigte er es nicht.

»*Bonsoir*«, sagte er mit unbewegter Miene. »Ist meine Tante zu Hause?«

»Edouard? Bist du das?« Madame kam in Hausschuhen die Treppe herunter. Nach zwei Tagen nervlicher Anspannung war ihr Gesicht bleich, doch sie hatte sich die Zeit genommen, das Haar zu einem Knoten zu frisieren und einige Strähnen in die Stirn zu zupfen. »Oh, Michel! Was für eine Überraschung!«

»*Ma tante, bonsoir.*« Sie tauschten Wangenküsse.

»Darf ich dir einen Kräutertee anbieten?«, fragte sie. »Ein Glas Wein? Hélène«, sie warf mir einen scharfen Blick zu, »bereite ein Tablett für meinen Neffen vor.«

»*Non, non, c'est bon*«, lehnte er ab. »Können wir irgendwo ungestört sprechen?«

Ihre Augen weiteten sich, aber sie antwortete mit fester Stimme. »Natürlich! Komm, wir gehen in den *salon.*«

Ich hörte, wie sie die Vorhänge öffnete und sich in die Polster sinken ließen, das Auf und Ab ihrer Stimmen.

Warum war er gekommen? Wusste er etwas über Papa? Ich musste die Worte aus seinem Mund hören – ich konnte mich nicht darauf verlassen, dass Madame mir die Information übermittelte. Schnell schlüpfte ich aus den Holzpantoffeln, schlich zur offenen Tür des *salon* und stellte mich so hin, sodass sie mich nicht sehen konnten.

»Tatie, ich habe schlechte Nachrichten, fürchte ich«, sagte Michel. »Dein Ehemann …«

»Dein Onkel«, wandte Madame ein.

»Edouard wurde vor zwei Tagen von einer unserer Patrouillen aufgegriffen. Er behauptete, einen abendlichen Spaziergang zu machen, aber wir glauben, dass er einer Gruppe Juden geholfen hat, die Demarkationslinie zu überqueren.«

Madame schnappte nach Luft. »*C'est pas possible.*«

»Wusstest du, dass er etwas Derartiges plant?«

»*Non*«, sagte Madame sofort.

Lange Stille. Ich hielt den Atem an und wartete auf Michels Reaktion.

»Wo ist er jetzt?«, fragte Madame schließlich. »Im Gefängnis in Beaune? Kann ich ihn besuchen?«

»Ich fürchte, nein.« Michel räusperte sich. »Wie gesagt, er wurde mit einigen Juden aufgegriffen. Man hat sie sofort in ein Internierungslager gebracht – und Edouard mit ihnen.«

»Aber er ist doch kein Jude! Das ist ein schrecklicher Irrtum! Man muss ihn sofort freilassen.«

Michel scharrte mit den Schuhen über den Boden. »Die Behörden werden das klären, Tatie. Aber selbst wenn sich herausstellt, dass er am falschen Ort ist, nun, dann wird man ihn … woanders unterbringen. Er wird nicht nach Hause zurückkommen.«

Madame brach in lautes Schluchzen aus, und mein Herz hämmerte in der Brust.

»Aber wie sollen wir ohne ihn überleben? Das können wir nicht«, schrie Madame.

Michels Antwort bekam ich nicht mehr mit, ich wollte nur noch allein sein. Auf Socken schlich ich die Treppe hinauf in mein Zimmer, wo ich am Schreibtisch saß und beobachtete, wie das Licht am nachmittäglichen Himmel verblasste. Papa war fort. Rose war fort. Théodore, Madame und Monsieur Reinach, alle waren so gut wie tot.

Schließlich hörte ich Schritte in der Halle, und einige

Minuten später beobachtete ich, wie Michel auf dem Fahrrad davonfuhr. Ich ließ den Kopf auf die Arme sinken und fragte mich, ob ich meinen Vater jemals wiedersehen würde. Tränen liefen mir über das Gesicht. Ich schluchzte so heftig, dass ich keine Luft mehr bekam und schließlich mein ganzes Gesicht schmerzte – meine Augen, meine Zähne, mein Kiefer.

Ich war so in meinen Gefühlen gefangen, dass ich Madame an meiner Zimmertür erst bemerkte, als sie sprach. »Ich nehme an, du hast unser Gespräch belauscht«, sagte sie. In der Hand hielt sie meine Pantinen, die ich in der Halle zurückgelassen hatte.

Ich nickte und versuchte, mein Schluchzen hinunterzuschlucken. »Papa … *Papa*. Ich habe solche Angst, Virginie, ich habe so schreckliche Angst.«

Ihr Gesicht war weiß, die Lippen schmal, die Augen funkelten vor Wut. »Das hättest du dir vorher überlegen sollen, bevor du diese Leute in unser Haus gelassen hast«, stieß sie bissig hervor.

Ich starrte sie fassungslos an, unfähig, ihre Worte zu begreifen. »Diese Leute? *Ich* soll sie hereingelassen haben?«

»*Du* hast sie in unser Haus geschleppt! *Du* hast uns alle in Gefahr gebracht! Und jetzt sieh, was aus meinem Haus und meinem Mann geworden ist. Bist du jetzt zufrieden, Hélène? Bist du zufrieden?« Sie schrie aus vollem Hals. »Das ist alles deine Schuld. Das ist ganz allein deine Schuld!«

Und ehe ich mich schützen konnte, schleuderte sie mir die Schuhe ins Gesicht, einer traf mich an der Stirn, der andere an der Nase. Blut mischte sich in meine Tränen.

Drei Tage sind seither vergangen, *cher journal*. Die ersten drei Tage vom Rest meines Lebens. Nur wegen der Jungen habe ich es geschafft weiterzumachen. Meine kleinen Brüder wollen versorgt werden. Sie zeigen ihre Angst, indem sie miteinander kämpfen, und sie schieben mich fort, wenn ich einzugreifen versuche. Nur mitten in der Nacht, wenn sie von ihren Träumen aufwachen, kriechen sie in mein Bett.

Madame verlässt ihr Zimmer nicht mehr, spätabends höre ich sie schluchzen. Ich bin mir nicht sicher, ob sie weint, weil sie meinen Vater vermisst oder lediglich seinen Schutz.

23. September 1942

Gestern Abend habe ich mich in Papas Arbeitszimmer geschlichen und am Radio gedreht, bis ich die BBC fand. Ich hörte aufmerksam die Nachrichten, dann harrte ich aus, bis auch noch alle persönlichen Botschaften gesendet waren, obwohl sie für mich wie Kauderwelsch klangen. *Jean hat einen großen Schnurrbart. Yvette mag große Karotten. Paul hat guten Tabak.* Obwohl ich weiß, dass es unmöglich ist, fragte ich mich unwillkürlich, ob eine dieser Nachrichten für Papa bestimmt war. Gab es eine Chance, dass er das hörte und seine Flucht plante?

Schließlich überwältigte mich die Trauer. Ich schaltete das Radio aus, ging nach oben ins Bett und hoffte, den Schlaf zu finden, der mir seit so vielen Wochen versagt geblieben war. Der Mond schien hell vom Himmel, und ich ließ die Verdunkelungsvorhänge einen Spalt geöffnet, um Trost in seiner Gegenwart zu finden. Irgendwann döste ich ein und wachte einige Stunden später von einem leisen Rumpeln auf. Donner? Nein, es war ein gleichmäßiges Dröhnen, das Brummen eines Motors. Als ich aus dem Fenster spähte, sah ich in der Ferne ein Flugzeug, und Tausende von Flugblättern flatterten vom Himmel.

Was war das? Ich musste es wissen. Ich ignorierte die Ausgangssperre, die uns von der Abend- bis zur Morgendämmerung in den Häusern gefangen hielt, schlich durchs Haus zur Hintertür und hinaus in die Weinberge. Die steinige Erde riss meine nackten Fußsohlen auf, aber ich spürte es kaum, rannte zum nächstgelegenen Blatt und hob es auf.

Es war ein Gedicht mit dem Titel *Liberté*. Nein, nicht nur ein Gedicht – eine Ode. Auf die Freiheit. Auf die Kraft. Auf die Hoffnung. Ich las die Worte nicht, ich sog sie in mich auf, flüsterte sie immer wieder vor mich hin, bis sie sich in mein Herz einbrannten.

Ist das ein Zeichen? Eine Erinnerung, eine Anweisung, ein Gebet? Während ich das Gedicht wieder und wieder lese, höre ich, wie Papa die Zeilen vorträgt, mein Papa, der niemals von seinen moralischen Überzeugungen abgewichen ist.

Papa, bist du da draußen?

12. Kapitel

Um drei Uhr nachmittags nimmt man in Frankreich Tee und Kekse zu sich. An diesem Tag gab es bernsteinfarbenen Lapsang Souchong mit einer rauchigen Note, und dazu Butterkekse – in der Mitte goldgelb, an den Rändern bronzefarben. Sie waren zart und knusprig. Doch noch nicht einmal diese Köstlichkeit konnte die kleine Gruppe reizen, die sich in Heathers und Nicos Wohnzimmer versammelt hatte. Die Charpins saßen mit geradem Rücken auf der Stuhlkante, die Füße übereinandergelegt, und nicht ein Krümel ging über ihre Lippen.

Von meinem Platz neben dem Kamin beobachtete ich, wie Heather und Nico vergeblich mit vollen Tabletts die Runde machten. Auf dem Sofa saß meine Tante Jeanne, frisch von der *coiffeuse*, das Haar zu einem apricotfarbenen Dutt aufgetürmt, daneben graugesichtig und mit strenger Miene Onkel Philipp, die Arme vor der Brust verschränkt. Chloé hockte wie ein schmaler dunkler Vogel auf der Sofalehne. Ihr Mann Paul saß daneben auf einem Stuhl und wischte mit kaum verhohlener Ungeduld über das Display seines Smartphones.

Nur meine Mutter hatte so kurzfristig nicht kommen können. Wie üblich war ihre Antwort auf meine E-Mail kurz und knapp ausgefallen: *Sorry, Katherine, ich ertrinke in Arbeit. PS: Ich rate dir, dich aus Familienangelegenheiten herauszuhalten*. Dieser Nachsatz hatte mich stutzig gemacht. Warum warnte sie mich vor Familienangelegenheiten, wenn ich sie mit keinem Wort erwähnt hatte?

Schließlich trat Nico vor den Kamin. »Danke, dass ihr alle gekommen seid«, sagte er. »Ihr seid bestimmt neugierig, warum ich euch hergebeten habe. Deshalb will ich gleich zur Sache kommen.« Er holte tief Luft. »Vor einigen Wochen haben Kate und Bruyère begonnen, den *cave* auszumisten.« Ich blickte zu Onkel Philippe, der keine Miene verzog. »Nach einigen Wochen Arbeit haben sie etwas Erstaunliches entdeckt. Dort unten steht ein alter Schrank, in dessen Rückwand sich eine geheime Tür befindet.« Er beschrieb den verborgenen Keller und den Wein, den wir dort gefunden hatten. »Einige der größten *millésimes* des 20. Jahrhunderts«, sagte er.

Chloé schnappte nach Luft. »Wie lange hat der Wein da unten gelegen?«, fragte sie.

Nico zögerte. »Einige Jahrzehnte. Das genaue Datum kennen wir nicht, aber vielleicht seit den 1940er-Jahren.«

»Du glaubst, er wurde während des Zweiten Weltkriegs versteckt?«

Wieder kurzes Zögern. »*C'est possible*«, antwortete Nico.

Chloé legte auf anmutige Art die Stirn in Falten. »*Mais c'est incroyable!* Wir sitzen seit siebzig Jahren auf einem Schatz und haben keine Ahnung. Wie ist das möglich?«

»Es muss im Krieg gewesen sein«, sagte Tante Jeanne. »Es gibt viele Legenden aus jener Zeit. Ich habe gerade einen Artikel über einen versteckten Renoir gelesen, den man auf einem Dachboden in der Dordogne entdeckt hat.«

»Na ja, dass sie den Wein im Krieg dort versteckt haben, ist ja wohl klar«, blaffte Paul. »Die Frage ist … Wer hat ihn dort versteckt?«

»Grandpère Benoît?«, schlug Chloé vor.

»Aber der war damals noch ein kleiner Junge«, wandte Paul ein. »Es müssen eure Urgroßeltern gewesen sein.«

Chloé dachte darüber nach. »Unser Urgroßvater ist in einem Arbeitslager gestorben«, sagte sie. »Dann muss es vor 1942 gewesen sein.«

»Ehrlich gesagt«, Heather räusperte sich, »haben wir uns gefragt, ob es sein könnte …«

»*Genug!*«, explodierte Onkel Philippe. »Ihr tratscht wie ein Haufen alter Hexen. Habt ihr keinen Respekt vor euren Urgroßeltern?« Er sah uns wütend an, dann stand er auf und schritt zum Kamin, sodass Nico gezwungen war, zur Seite zu treten. »Hört zu. Ganz offensichtlich ist das eine interessante Entdeckung. Ich bin mir sicher, dass einige von euch diese kleine Aufregung genießen. Aber als *patron* dieses Gutes ist es meine Pflicht, sein Vermächtnis zu schützen – und das heißt mit Bedacht vorzugehen. Ich wünschte, man hätte mich sofort über diesen angeblichen *cave secrète* informiert.« Er warf Nico einen finsteren Blick zu. »Da das nicht der Fall war, muss ich darauf bestehen, dass wir diese Unterhaltung verschieben, bis ich mich persönlich mit den Einzelheiten vertraut gemacht habe. Wir werden ein weiteres Treffen einberufen. *Merci.*« Energisch stieß er das letzte Wort hervor und entließ uns mit einem Nicken.

Ohne zu widersprechen, glitt Chloé von der Sofalehne und zog ihren Mantel an. Paul steckte sein iPhone in die Hosentasche und schlang sich in einer fließenden Bewegung einen Schal um den Hals. Heather räumte die Teetassen auf ein Tablett, und Nico schickte sich an, ihr zu helfen. Tante Jeanne kramte in ihrer Handtasche. Nur ich kauerte reglos auf dem Stuhl neben dem Kamin. Als ich sah, wie sie sich widerstandslos fügten, loderte Wut in mir auf. Ja, Onkel Philippe war das Familienoberhaupt, aber dennoch, welches Recht besaß er, uns wie ein Herrscher Anweisungen zu erteilen?

Ohne weiter nachzudenken, sprang ich auf. »*Attendez, tout le monde*«, rief ich. »Wartet, nur einen Moment, bitte!«

»Was ist los, Katreen?« Onkel Philippe gab sich keine Mühe, seinen Unmut zu verbergen.

Ich atmete tief durch. »Onkel«, sagte ich in beschwichtigendem Ton, »Sie wissen, wie sehr ich Sie bewundere.« Ich senkte den Kopf. »Aber in diesem Fall muss ich Ihnen, bei allem Respekt, widersprechen.« Ich zögerte und verschränkte die Finger. »Ich glaube, jeder von uns hat das Recht, mehr über diesen geheimen *cave* zu erfahren und gemeinsam zu entscheiden, wie wir weiter vorgehen. Wir sind alle Nachfahren von Edouard Charpin, was bedeutet, dass dieses Erbe uns allen gehört.«

»Natürlich. Da stimme ich Ihnen zu, das würde auch jedes französische Gericht so sehen«, schnappte Onkel Philippe, »aber ich habe ganz bestimmt auch das Recht, mein Eigentum zu inspizieren.«

»Unser Eigentum«, korrigierte ich milde.

Onkel Philippes Gesicht versteinerte. »Ist Ihnen jemals in den Sinn gekommen, dass ich versuche, alle hier zu schützen?«

Chloé wandte sich an ihren Vater. »Wusstest du von diesem *cave*, Papa?«

Mein Onkel schüttelte den Kopf. »Ich hatte absolut

keine Ahnung. Es ist nicht wegen des *cave*, es ist ...« Doch er brachte die Worte nicht heraus.

»Ist es wegen Hélène?«, fragte Nico.

»Wer ist Hélène?«, fragten Chloé und Paul im Chor.

»Sie war unsere Halbgroßtante«, erklärte Nico und sah seinen Vater flehend an. Onkel Philippe schwieg grimmig, den Blick auf den Rand des Teppichs gerichtet, an dem ein paar Fransen fehlten. Es war so still, dass ich die Dielen knarren hörte, als ich mein Gewicht vom einen Fuß auf den anderen verlagerte.

»Entschuldigt, *je m'excuse.*« Heather trat vor. »Es tut mir leid, Papi, aber es gibt einen Grund, warum Sie nie von ihr sprechen – von Hélène. Einen schrecklichen Grund, *n'est-ce pas?* Am Ende des Krieges hat man sie ...«, sie zögerte und fuhr dann fort: »... der Kollaboration beschuldigt.« Sie sprach leise, doch ihre Augen blitzten vor unterdrückter Wut.

Paul zuckte zusammen. Chloé rang um Atem. Tante Jeanne starrte auf den Boden.

»Papa«, fragte Chloé an ihren Vater gewandt, »stimmt das?«

»*Oui.*« Er ließ die Schultern sinken. »Es stimmt. Nach der Befreiung wurde Hélène vorgeworfen, eine Kollaborateurin zu sein. Kurz darauf ist sie gestorben.«

»Warum hast du uns das nicht erzählt?«

Chloés Gesicht war blass, nur auf ihren Wangen prangten zwei feuerrote Flecken. Ich hatte sie noch nie so aufgelöst gesehen.

»Ich ...« Onkel Philippe hustete und räusperte sich. Als er wieder sprach, war sein Blick verschleiert. »Mein Vater hat nie von Hélène gesprochen.«

»Aber du weißt von ihr«, drängte Nico. »Woher?«

Mein Onkel verschränkte die Arme, doch ich sah, dass seine Hände zitterten. »Ich muss ungefähr zehn oder elf gewesen sein. In der Schule gab es eine Bande – aggressive, harte Burschen –, die Céline und mich geärgert haben.« Er deutete mit dem Kopf auf mich. »Ihre Mutter hasste sie. Sie nannten uns *collabos* – sagten, unsere Tante sei eine Nazihure. Ich sagte Céline, sie solle sie ignorieren, aber sie bestand darauf, es unserem Vater zu erzählen. Zuerst wies Papa uns an, sie nicht zu beachten, dann würden sie das Interesse verlieren und aufhören. Doch es hörte nicht auf, und als wir uns erneut bei ihm beklagten, verbat er uns, *jemals* von Hélène zu sprechen. Er sagte, sie habe Schande über unser Haus gebracht. Jahrelang gingen die Sticheleien weiter, und unser Vater hat nie etwas dagegen unternommen, nie etwas gesagt. Daher wussten wir, dass es stimmte.«

Die gesamte Kindheit meiner Mutter war von dieser Familienschande, von diesem unauslöschbaren Makel überschattet gewesen. Schließlich ergab es einen Sinn, dass jeder Besuch hier so angespannt gewirkt hatte und warum sie niemals hierher hatte zurückkehren wollen. Endlich verstand ich Onkel Philippes Abneigung gegen die simpelsten Dinge – seinen Widerwillen, das Gut für Besucher zu öffnen, seine Weigerung, eine Webseite einzurichten. Doch in dem Bemühen, die Wahrheit zu verschleiern, hatte unsere Familie sich selbst daran gehindert, sich weiterzuentwickeln. Sie hatte sich eine Zukunft verbaut.

Verstohlen blickte ich mich im Raum um. Heather nestelte an einem Teesieb herum, sie sah zwar erschöpft aus, irgendwie aber auch erleichtert. Nico ging zu ihr und legte einen Arm um ihre Taille. Chloé rang immer noch um Fassung, ihre Brust hob und senkte sich schwer. Paul stand mit verschränkten Armen da und hatte den Blick auf den Boden gerichtet. Meine Tante und mein Onkel rührten sich nicht, die Schuld hatte sich in ihre Gesichtszüge gegraben.

Ein Krachen im Kamin brach den Bann – von einem auseinanderbrechenden Holzscheit stoben Funken auf. Nico sprang vor, um den Schutz zurechtzurücken. Als er wieder zurücktrat, ließ er den Blick über unsere bedrückten Mienen gleiten und verharrte schließlich bei der gebeutelten Gestalt seines Vaters.

»Sollen wir …«, seine Gesichtszüge wurden weicher, »… wollen wir eine Flasche Wein aufmachen? Was meinst du?«

Onkel Philippe entspannte sich sichtlich. *»Bonne idée«*, sagte er und ging zum Schrank mit den Weingläsern.

»Ich hole ein paar Flaschen aus dem Keller«, sagte Nico. »Was denkst du? Den 2011er?«

»Einen etwas älteren, denke ich«, erwiderte Onkel Philippe.

Nico hob die Brauen. »Den 2009er?«

»Älter.«

»1985er?«

»Mon fils«, Onkel Philippe legte seinem Sohn eine Hand auf den Arm, »heute Abend trinken wir den 1945er.«

Ich schnappte nach Luft – 1945 galt als einer der besten *millésimes* des 20. Jahrhunderts. »Bist du dir sicher, Onkel?«, fragte ich. »Das ist äußerst großzügig.«

Er straffte die Schultern. »Ganz sicher«, antwortete er. »Wir trinken den 1945er auf das Ende des Krieges und zu Ehren all jener, die unter ihm gelitten haben. Und wir trinken auf Hélène, unsere Tante. Wir haben sie viel zu lange versteckt, uns ihrer Schande gebeugt.« Sein Blick suchte Heather, und er nickte ihr zu. »Es ist Zeit, der Wahrheit ins Auge zu sehen. Unsere Fehler, sowohl die der Vergangenheit als auch die der Gegenwart, einzugestehen, damit wir sie hinter uns lassen können. Und es ist auch Zeit, über die Zukunft zu sprechen und über die Entdeckung dieses geheimen *cave*. Ich hoffe, Katreen«, er drehte sich zu mir um und nickte mir zu, »dass Sie uns einen Überblick über das geben können, was Sie gefunden haben.«

»Natürlich«, sagte ich sofort.

Heather schenkte ihrem Schwiegervater ein fast verschämtes Lächeln. »*Merci*«, sagte sie.

Ich hätte es niemals für möglich gehalten, doch nach so vielen Stunden im *cave* hatte ich den Ort lieb gewonnen. Einst war mir die dunkle unterirdische Kammer bedrohlich erschienen, voller Lebewesen mit vielen Beinen, ohne Licht und Luft. Jetzt fühlte sich die Dunkelheit friedlich an – ruhig und still. Jeden Morgen stieg ich die Stufen hinunter, atmete die Atmosphäre ein und genoss aufs Neue die feuchte Kälte, die zum Wein gehörte wie Trauben, Sonne und Erde.

An diesem Morgen machte ich mich gleich an die Arbeit, die Flaschen zu zählen und die Mengen in mein grünes Notizheft einzutragen, das Walker mir schließlich zurückgegeben hatte. Ja, Walker war einige Tage zuvor vorbeigekommen, und wir hatten kurz miteinander gesprochen. Er wirkte verlegen und entschuldigte sich, ich gab mich spröde und war vorsichtig. Solange ich mir über seine Motive im Unklaren war, beschloss ich, so zu tun, als würde ich ihm glauben, mir insgeheim jedoch eine gesunde Skepsis zu bewahren.

Als ich merkte, dass ich Hunger bekam, war es vier Uhr, und es musste nur noch ein Regal erfasst werden. Moment. Nur noch eines? Im ganzen Keller? War es möglich, dass ich bald fertig war? Vorsichtig bewegte ich mich durch den *cave*, untersuchte die Reihen und überprüfte zweimal, dreimal, viermal meine Notizen. Aber es stimmte – nur noch ein letztes Regal, und die Inventarliste des geheimen Kellers war komplett.

Mit angehaltenem Atem wandte ich mich den letzten Flaschen zu, es war die letzte Chance, den wertvollen Vorrat an Gouttes d'Or zu finden. Ich nahm eine Flasche aus dem Regal, wischte sie mit einem Tuch ab und hielt sie ins Licht. Beim Anblick der geschwungenen gotischen Schrift schlug mir das Herz bis zum Hals. Ich wischte über das Etikett.

Les Caillerets. Wo auch immer der Gouttes d'Or versteckt, gestohlen, verkauft worden war, er war für immer verloren. Ich stieß einen tiefen Seufzer aus und blies ein paar Schimmelflusen von der Flasche in meiner Hand. Doch dann blickte ich wieder auf das Etikett und besann mich. Les Caillerets war einer der größten Weine der Welt, eine legendäre Parzelle, die seit dem Mittelalter kultiviert wurde. Unter normalen Umständen wäre ein geheimes Lager von Les Caillerets eine fantastische Entdeckung.

In weniger als einer Woche würde ich nach San Francisco zurückfliegen. Ich würde meine Wohnung von den japanischen Professoren zurückerhalten und meinen klapprigen Volvo aus dritter Hand aus Jennifers Einfahrt holen. Ich würde unter meinen ehemaligen Kollegen verbreiten, dass ich zurück war, bis ich einen neuen Job in einem neuen Restaurant gefunden hatte, und würde wieder als Sommelière arbeiten. In einigen Monaten würde ich den Test machen und darauf hoffen, dass mich das Ergebnis auf der Karriereleiter weiter nach oben brachte. Ich würde Heather, Nico und die Kinder vermissen, ihren chaotischen, vollgekrümelten Haushalt. Nachdem ich sie nun wiedergefunden hatte, wollte ich ihre Freundschaft nicht wieder verlieren. Doch ich würde sie mit dem Versprechen, Alcatraz zu besuchen und Schokolade von Ghirardelli zu naschen, nach Kalifornien locken. Mir war klar, dass ich nicht mehr ins Burgund zurückkommen konnte. Mit diesem Ort waren zu viele Erinnerungen verknüpft, die Gedanken an die Schande und an ein verlorenes Glück umgaben mich mit einem Nebel aus Wehmut.

Ich machte meine letzten Notizen, schloss das Heft, blieb jedoch noch einen Moment im *cave* und atmete die Mischung aus Feuchtigkeit, Schimmel und Geheimnissen ein. Ich war ins Burgund gekommen, um mich gründlich mit seinem Wein zu befassen, um endlich zu verstehen, was mir so lange verborgen geblieben war. Doch ich befürchtete, dass die letzten Wochen meine Wissenslücken nur noch vergrößert hatten. Obwohl ich so viele unterschiedliche Sorten probiert und analysiert hatte, schienen mir die Weine immer noch fremd zu sein. Sie waren wie elegante, geschmeidige Fremde. Ich hatte gehofft, diese Weinregion hier mit der Zeit zu verstehen – zumindest genug, um die Prüfung zu bestehen. Doch jetzt wusste ich, dass die Zeit nicht gereicht hatte. Sie würde niemals reichen.

13. Kapitel

»Hey, der Chef hat das Probiermenü um ein Artischocken-Lemongras-Carpaccio erweitert.« Becky – oder hieß sie Betsy? – gab mir eine Speisekarte. »Passt das noch zu der Weinbegleitung?«

»Mmh, nein«, sagte ich und unterdrückte ein Stöhnen. »Dann muss ich die noch einmal neu zusammenstellen.«

»Okay, wir öffnen in fünf Minuten. Kümmere dich bitte gleich darum, ja?«

»Klar«, erwiderte ich, und sie stolzierte davon.

Es war mein dritter Tag im Pongo y Perdita, einem neuen »thaitalienischen« Restaurant mit kleinen Portionen, das gerade erst eröffnet hatte. Es war eine ganz andere Nummer als das Courgette – laut, protzig und geleitet von dem Gewinner einer Kochshow, der meinte, Essen vertrage sich am besten mit Johnny Walker Red Label. Ich musste allerdings zugeben, dass ich eine Schwäche für das Kaffir-Lime-green-Curry-Redsnapper-Cioppino hatte.

Seit ungefähr zwei Monaten war ich zurück in San Francisco – lange genug, um nicht mehr alles im Geiste auf Französisch zu übersetzen, ehe ich sprach. Nicht lange genug, um meine Vorliebe für Rohmilchkäse abzulegen, nach dessen mildem, salzigem, intensivem Aroma ich mich noch immer nach jedem Essen sehnte. Ich hatte die angebrochenen Gläser mit Würzmitteln aus dem

Kühlschrank entfernt und die Weingläser unter dem Spülbecken hervorgeholt. Außerdem hatte ich mir eine Karte für die Bibliothek und einen Stapel Bücher über das besetzte Frankreich und den Zweiten Weltkrieg besorgt, in der Hoffnung, dass sie mir halfen, die jüngsten Erlebnisse einzuordnen. Und auf Jennifers Drängen hin hatte ich mich für den Test im Juni angemeldet – bis dahin waren es nur noch knapp sechs Monate. »Wenn du dann noch nicht bereit bist, wirst du es niemals sein«, hatte sie gesagt. Und obwohl ich mich in keinster Weise bereit fühlte, wusste ich, dass sie recht hatte. Es war Zeit, die Prüfung zu machen und mich meinem Schicksal zu stellen: Ruhm und Erfolg oder Durchfallen und Neuanfang.

Das Bedienen an diesem Abend war ein ungelenker Quickstepp gewesen. Das Restaurant hatte erst drei Wochen zuvor eröffnet, und die Bedienungen mussten noch einige Scharten auswetzen, bevor wir einen so geschmeidigen Walzer wie im Courgette hinlegen konnten. Am Ende des Abends war ich erschöpfter als üblich von der Anstrengung, ständig den Ellbogen und Hacken meiner Kollegen auszuweichen. Ich hängte meine Schürze in den Spind und fuhr nach Hause, ohne noch einen Absacker mit meinen Kollegen zu trinken, obwohl Becky uns erklärt hatte, wir müssten uns um das Teambuilding kümmern. Das würde ich später tun.

Die Nacht war in einen salzigen Nebel gehüllt, der eine feuchte Schicht auf meinen Wangen hinterließ und mein Haar kräuselte. Ich zitterte auf dem Weg zum Wagen, und als ich auf den Fahrersitz stieg, beschlugen sofort die Scheiben. Schnell startete ich den Motor und schaltete das Gebläse an. Während ich darauf wartete, durch die Windschutzscheibe wieder etwas sehen zu können, scrollte ich durch meine Nachrichten und lächelte, als ich eine E-Mail von Heather entdeckte.

Hi, Kate! Wie geht's dir?, begann sie. Fast konnte ich ihre fröhliche, hohe Stimme hören. Sie schrieb von Weihnachten: *Zum ersten Mal überhaupt waren wir nur zu viert. Wir waren in den Alpen zum Skifahren – es war fantastisch!* Von Annas neuester Leidenschaft: *Sie hat sich eine Nähmaschine von Père Noël gewünscht. Ich kann kaum eine Nadel einfädeln … ist sie wirklich mein Kind?!* Von Thibaults jüngstem Erfolg: *Er kann Fahrrad fahren! Ein Zweirad! Was kommt als Nächstes? Eine eigene Wohnung?!* Von Nicos neuestem Fitnesswahn: *Er macht einen Yogakurs in der* mairie *und grüßt alle mit ›namaste‹.* Sogar Jean-Luc erwähnte sie: *Er war Silvester bei uns und hat uns Omelette Surprise gemacht. Die Kinder waren ganz aufgeregt.* Mir fiel auf, dass sie nichts über Louise schrieb – vermutlich wollte Heather meine Gefühle schonen. *Die größte Neuigkeit*, fuhr sie fort, *ist, dass wir mit dem B&B vorankommen.* Sie und Nico wollten die Küche renovieren und oben neue Bäder einbauen. Sie hatten eine Genehmigung beantragt. *Papi hat uns an einige Architekten verwiesen*, schrieb sie. *Er würde es zwar niemals zugeben, aber ich glaube, insgeheim freut er sich, dass wir diesem Ort ein bisschen Leben einhauchen. Natürlich wäre all das ohne deine Entdeckung niemals möglich.*

Onkel Philippe, Nico und ich hatten in Ruhe den Verkauf der Weinsammlung aus dem geheimen Keller geplant. *Wie du weißt*, schrieb Heather, *waren Jennifers Kontakte superhilfreich. Vielleicht kannst du ja zur Auktion kommen, wenn sie in London stattfindet. Oh, und es wird dich amüsieren, dass Walker – ob du es glaubst oder nicht – noch immer bei Jean-Luc wohnt, aber angeblich dieses Wochenende in ein* chambre de bonne *in Beaune umzieht.*

Auf einmal kam mir die Luft im Auto stickig vor. Ich blickte auf und sah, dass die Windschutzscheibe frei war, also schaltete ich die Heizung aus, dann las ich die letzten Absätze von Heathers Mail.

Noch eine Neuigkeit, schrieb sie. *Es ist nichts Großes, aber du bist die Einzige, die das versteht. Erinnerst du dich noch an die Briefe, die wir in dem Karton mit Hélènes Schulbüchern gefunden haben?*

Ich erinnerte mich an einen schmalen Stapel Umschläge, der von einem blassrosa Seidenband zusammengehalten wurde. Briefe, die Hélène von einer gewissen Rose erhalten hatte und die von der Freundschaft zwischen zwei Mädchen erzählten, die ihrer Zeit voraus waren und ein Interesse für Wissenschaft teilten.

Ich wollte mehr über Rose herausfinden, schrieb Heather. *Ich dachte, vielleicht könnte ich Kontakt zu ihrer Familie aufnehmen und sie fragen, ob sie noch Briefe hat von Hélène an Rose geschrieben. Ich musste nicht lange forschen, denn sie und Hélène waren Klassenkameradinnen.* Heather berichtete, dass sie mit vollem Namen Rose Sara Reinach hieß und 1940 ihren Abschluss am Lycée de jeunes filles gemacht hatte. Dem Foto im *annuaire* nach zu urteilen war sie ein kleines, schmales Mädchen mit dunklen Locken gewesen. Aber etwas an ihrem Namen war Heather aufgefallen. *Sara ist kein geläufiger französischer Name, es sei denn, man ist Jude. Nun, angesichts der Umstände war ich beunruhigt. Ich suchte online und fand nichts. Doch dann entdeckte ich die Webseite des Holocaust Museums, auf der es eine Datenbank für aus Frankreich deportierte Juden gibt. Als ich den Namen eingab, erschienen zwei Seiten mit Reinachs.*

Rose war die Nummer sieben. Da standen alle Informationen. Geburtsdatum: 3. März 1921. Geburtsort: Beaune. Die Nummer des Transports: 18. Das Datum: 9. September 1942. Das Ziel: Auschwitz.

Ich dachte an Roses Briefe, rief mir das brüchige Papier mit der mädchenhaften Handschrift ins Gedächtnis und das wissenschaftliche Gerede von einer spontanen Verbrennung oder Ähnlichem. Die Briefe zeichneten kein sehr klares Bild von ihr, aber sie hatte klug und leidenschaftlich gewirkt. Und jung. Wie schrecklich, dass ihr Leben so grausam geendet hatte, ihr Versprechen ausgelöscht und vergessen war. Hatte Hélène von Roses Schicksal gewusst? Oder … unwillkürlich kam mir ein furchtbarer Gedanke: Hatte Hélène sie verraten? Vor einer solchen Entdeckung hatte mir gegraut, jetzt schien sie wahr zu werden. Trotz der Hitze im Wagen lief mir ein kalter Schauder über den Rücken. Einen Moment starrte ich durch die Windschutzscheibe auf die unscharfen Lichthöfe um die Straßenlaternen, dann wandte ich mich wieder der Mail zu.

Ich biss mir auf die Lippe und las den Rest der Nachricht: *Ich verstehe allmählich, warum Papi uns vor den Leichen im Keller gewarnt hat. Ich weiß, ich war diejenige, die darauf gedrängt hat, mehr über Hélène herauszufinden, aber die Wahrheit ist so grausam, dass mich der Mut verlässt. Versteh mich nicht falsch – ich finde nicht, dass Hélène ein Geheimnis bleiben sollte. Ich finde immer noch, dass wir die Pflicht haben, Anna und Thibault von ihr zu erzählen, wenn sie älter sind, so wie sie ihren Kindern. Nichtsdestotrotz … Ich bin bereit, dieses Kapitel der Familiengeschichte zu schließen. Zumindest vorerst.*

Sie beendete die Mail mit einer Menge Fragen – *Wie*

geht es dir? Wie waren deine Ferien? Wie ist dein neuer Job? – und sandte mir zum Abschluss Umarmung und einen Kuss.

Langsam ließ ich das Handy in den Schoß sinken, das Licht des Displays erlosch, und legte den Kopf auf das Lenkrad. Ich hatte eine solche Entdeckung gefürchtet, doch ich war nicht darauf vorbereitet gewesen, dass sie mir derart auf den Magen schlagen würde. Meine Vorfahren waren Antisemiten gewesen. Nein, schlimmer. Sie waren Nazis gewesen. Ein bitterer Geschmack stieg in meiner Kehle hoch, und ich öffnete die Autotür, lehnte mich nach draußen und würgte, als könnte ich mich auf diese Weise vom Gift meiner Ahnen befreien. Wie konnten wir so etwas jemals hinter uns lassen und nach vorn schauen? Ich zwang mich, langsam zu atmen, und ließ meine Wangen vom Nebel kühlen. Schließlich begriff ich, dass wir es mit dem Verhalten eines ganzen Landes zu tun hatten. Man sprach einfach nicht darüber.

25. Oktober 1942

Cher journal,
Radio Paris wird so stark von Vichy zensiert, dass die Leute sich leise zuraunen: »*Radio Paris ment, Radio Paris ment, Radio Paris est allemande*« (Radio Paris lügt, Radio Paris lügt, Radio Paris ist deutsch). Die einzig verlässlichen Nachrichten über Frankreich sendet *Radio Londres* von der BBC, aber das Signal ist zunehmend gestört. Gestern Abend habe ich ewig danach gesucht, bis ich mich schließlich geschlagen gegeben habe und ins Bett geschlichen bin, um einen der wenigen Lichtblicke des Tages betrogen. Offensichtlich steht auch in den Zeitungen Unsinn. Jede militärische Aktion geht stets zum Vorteil der Deutschen aus – ständig sagen sie Dinge wie: »Dieser Rückzug gibt uns neuen Auftrieb.« Also müssen wir zwischen den Zeilen lesen und Vermutungen über die aktuelle Situation anstellen.

Papa ist seit acht Wochen und drei Tagen verschwunden. Wir haben nichts von ihm gehört – weder von Stéphane und der Gruppe noch aus Madames *cercle* rückgratloser Kollaborateure –, und so sind wir gezwungen zu warten. Abzuwarten und uns um die Erinnerungen an Papa herumzuschlängeln, die überall lauern. Sein Platz am Tisch: leer. Seine Winterstiefel in der Halle: leer. Der Haken, an dem seine Mütze hing: leer. Nur seine Reben sind übervoll – und sie warten sehnsüchtig darauf, für den Winter zurückgeschnitten zu werden, aber das schaffe ich nicht allein. Was die diesjährige *vendange* angeht … Nun, ich konnte auch die Lese nicht allein bewältigen. Wir haben die Trauben an Monsieur Parent oben in der Straße verkauft, und zum ersten Mal in der Geschichte des Gutes hat jemand anderes Wein aus unseren Trauben gekeltert. Papa wird entsetzt sein, wenn er das erfährt, aber nachdem die Sonne in diesem Sommer so selten geschienen hat, ist die diesjährige Ernte bestenfalls mittelmäßig ausgefallen.

3. November 1942

Madames *crise de nerfs* – was man wohl so nennt, wenn jemand sein Zimmer nicht mehr verlässt – dauert an. Seit einigen Wochen verbringt sie den Großteil ihrer Zeit bei zugezogenen Vorhängen im Bett und steht nur nachts auf, wenn es ruhig im Haus ist. Morgens stelle ich fest, dass in der Speisekammer Essen fehlt, und finde auf dem Tisch Krümel vor.

Die Atmosphäre im Haus ist bedrückend und kaum noch zu ertragen, sodass ich schon tausendmal überlegt habe wegzugehen. Ein anderes Netzwerk hat versucht, mich anzuwerben – sie brauchen *passeurs*, die Leute zu den versteckten Start- und Landeplätzen führen. Ich könnte in einem sicheren Haus mit anderen *résistants* wohnen, unter ihnen offen sprechen, offen für unsere Sache kämpfen. Ja, es wäre gefährlich – aber oh, ich wäre frei! Frei von den Pflichten in diesem Haus. Befreit von Madames vorwurfsvollem Blick. Nur zwei Dinge halten mich hier. Erstens, die Jungen. Wer würde sich um sie kümmern? Madame wird bei dem kleinsten

Anlass wütend, sodass sie gelernt haben, vor ihren Launen zu kuschen. Wenn ich gehen würde, hätte ich Angst, dass sie vollkommen vernachlässigt würden. Der zweite Grund ist das Versprechen, das ich Papa gegeben habe. Ich habe nicht vergessen, dass ich ihm geschworen habe, zu bleiben und das Gut zu beschützen, egal was passiert. Und da Madame nicht in der Lage (oder nicht bereit) ist, jegliche Art von Verantwortung zu übernehmen, scheint dieser Schwur wichtiger als je zuvor. Nein, ich sitze hier fest, bis Papa zurückkehrt.

Gerade hat die Uhr Viertel vor vier geschlagen. Ich muss die Jungen von der Schule abholen. Und dann kehren wir nach Hause zurück, und ich zaubere irgendetwas für sie zum Abendessen zusammen, treibe sie möglichst leise und ohne Gezanke durch den Abend, bevor wir alle erschöpft vom nie gestillten Hunger ins Bett fallen.

7. November 1942

Das heutige Gruppentreffen war furchtbar. Wir haben erfahren, dass eine unserer Botinnen, Agnès, vor zwei Tagen verschwunden ist. Stéphane berichtete, dass man sie vor der *pharmacie* erwischt hat, das Futter ihrer Tasche voll mit Flugblättern der Résistance. Ihre Lage ist ausgesprochen übel, aber Stéphane hat uns versichert, dass Agnès stark und furchtlos ist. Wir könnten uns darauf verlassen, sagte er, dass sie nicht rede und dass sie mehr oder weniger unbeschadet wieder zurückkomme. Ich bete, dass er recht hat, aber wenn ich an sie denke, spüre ich einen kalten, harten Stein im Bauch.

Abgesehen von der schrecklichen Gefahr, die von Agnès' Lage ausgeht, hinterlässt ihr Verlust auch eine riesige Lücke in unserer Organisation. Im letzten halben Jahr hat sich unsere Zahl bedrohlich reduziert, sodass inzwischen ein Bote die Arbeit von dreien erledigt. Seit Papas Festnahme habe ich mich zurückgehalten, aber jetzt erscheint es mir sinnvoll, meinen Teil beizutragen und mit meinem Fahrrad Anweisungen und Informationen auf dem Land zu überbringen. »Wenn du angehalten wirst, sagst du, du würdest Essen für deine Kaninchen sammeln«, wies Stéphane mich an. Ich verließ das Treffen mit einem Stapel Botschaften, die ich in den Saum meines Mantels schob, und mit Anweisungen, so viel Papier und Tinte von meinen Kontakten zurückzubringen, wie ich ausliefere.

1. Januar 1943

Heute ist Neujahr, aber es gibt nichts zu feiern. Ein weiterer Tag ohne Papa. Ein weiteres Jahr dieses endlosen Krieges ist vorbei. Die Ration ist erneut reduziert worden, nur noch tausendeinhundertsechzig Kalorien pro Tag, eine lachhafte Menge. Es gibt keine Kartoffeln, keine Milch – noch nicht einmal für Kinder. Kein Stück Kohle ist aufzutreiben, und wir sind dazu übergegangen, mit kaltem Wasser zu waschen, um unseren Holzvorrat zu schonen. Zu Hause schreit Madame die Jungen an, weil sie beim Spielen zu laut kreischen. Benoît hat seit Allerheiligen einen Husten.

Alberts Beine sind spindeldürr. Auch von der Gruppe kommt nichts Aufbauendes – seit drei Wochen hat kein Treffen stattgefunden, und Stéphane hat mich über einen der geheimen Briefkästen wissen lassen, dass ich Botschaften in der *boulangerie* einsammeln soll.

Immer häufiger frage ich mich: Wie lange können wir noch durchhalten? Wo sind die Alliierten? Wann kommen sie? (Oder noch schrecklicher: Was, wenn sie *niemals* kommen?) Diese Gedanken jagen sich, fletschen die Zähne und schnappen wie ein Rudel wütender Hunde nach mir, bis ich mich in eine Panik hineingesteigert habe. Dann versuche ich, mich zu beruhigen, schließe die Augen und bete die folgende Litanei herunter, an die wir uns klammern: Die Deutschen werden schwächer. Die Ostfront wird sie vernichten. Die Amerikaner kommen. Wir müssen nur noch diesen Winter überleben.

Nur noch einen Winter.
Nur noch einen Winter.
Nur noch einen Winter.
Lieber Gott, bitte nur noch einen Winter.

10. März 1943

Vor zwei Tagen erfuhr ich, dass ich mich an einem unserer üblichen Treffpunkte einfinden solle, der Werkstatt des Fassbauers. Doch als ich dort klingelte, öffnete niemand. Eingedenk unserer Vorsichtsmaßnahmen kehrte ich heute um dieselbe Zeit zurück und klingelte noch einmal. Auf der anderen Straßenseite eilte mit klappernden Absätzen ein schmales Mädchen über den Bürgersteig. War es Emilienne? Ich dachte, ich hätte die zarten Locken meiner Gruppengenossin erkannt, aber sie würdigte mich keines Blickes. Ich klingelte noch einmal, wartete und wartete, dann ging ich schließlich. Die Angst lässt mich heute Nacht nicht schlafen.

23. März 1943

Als ich heute Morgen in der Schlange vor der *boulangerie* stand, sah ich eine große Gestalt im Hof des Stadtpalais auf der anderen Straßenseite verschwinden. Die zerrissene Jacke und die Mütze kamen mir nicht bekannt vor, aber etwas an der Schulterhaltung ließ mein Herz aussetzen. Nachdem ich mein Brot abgeholt hatte (ein Viertel Laib heute), schob ich das Fahrrad an den schweren Eingangstüren des Gebäudes vorbei – die einst glänzende blaue Farbe ist jetzt stumpf und blättert ab –, und jemand mit einer rauen Stimme flüsterte mir zu: »Café des Tonneliers. In fünfzehn Minuten.«

Meine Beine zitterten dermaßen, dass ich nicht aufs Fahrrad steigen konnte. Ich schob es zum Café, ging direkt ins Hinterzimmer und begegnete unterwegs dem Blick der Eigentümerin Madame Maurieux, die unserer Gruppe wohlbekannt ist. Sie brachte mir einen Kräutertee, und ich rührte mit einem Löffel in der dampfenden Flüssigkeit, obwohl es nichts Süßes gab, das man hineingeben konnte. Schließlich sprang eine große Gestalt die Kellerstufen herauf und ließ sich auf einen Stuhl mir gegenüber gleiten. Sein Gesicht war unter einem schwarzen Bart verborgen – gefärbt, erzählte er mir später –, aber ich erkannte die dunkelblauen Augen sofort, denn hatte ich nicht überall nach ihnen gesucht? Es war Stéphane.

»Marie.«

Er nickte und verschränkte die Arme, als wollte er sich wärmen, obwohl der Ofen den verglühenden Kohlen überraschenderweise noch einen Hauch Wärme entlockte.

»Wie geht es dir?«, fragte ich und musterte die Schatten unter seinen Augen. Er hatte deutlich an Gewicht verloren.

»Ich wollte dich sehen, ehe ich …« Stéphane verzog das Gesicht zu einer merkwürdigen Grimasse und begann zu husten – ein Reizhusten, der mindestens eine Minute anhielt.

Ich schob ihm meine unberührte Tasse hin, und er trank einen großen Schluck. »Bevor du was?«, fragte ich, als er sich erholt hatte.

»Ich schließe mich dem Maquis an«, sagte er. »Dem Untergrund.«

Leere breitete sich in mir aus. Seit letzten Monat das Gesetz in Kraft getreten war, standen die Zeitungen voll von dem Service du travail obligatoire, der französische Männer zum Arbeiten nach Deutschland deportierte. Viele weigerten sich und schlossen sich dem Widerstand im Untergrund an – und es überraschte mich nicht, dass Stéphane dasselbe vorhatte. Doch bis ich die Worte aus seinem Mund hörte, war mir nicht klar gewesen, wie sehr ich an ihm hing. Allein die Vorstellung, ihn in dieser zugigen alten Druckerei zu wissen, tröstete mich ungemein. Die Hoffnung, ihn auf der Straße zu erspähen oder eine Nachricht von ihm zu erhalten – das waren kleine Lichtblicke in meinem traurigen Dasein. Ein furchtbarer Schluchzer stieg meine Kehle hinauf, doch ich schaffte es, ihn und mein Selbstmitleid herunterzuschlucken.

Stéphane hatte mich über den Tisch hinweg beobachtet, jetzt berührte er meinen Arm. »Achte auf meine Nachrichten«, sagte er. »Ich werde dir schreiben.«

9. April 1943

Merkwürdige Dinge sind im Gange. Heute Morgen ist Madame Fresnes auf das Gut gekommen, um meine Stiefmutter zu besuchen. Ich glaube, sie ist im Wagen vorgefahren worden und hat sich vor der Auffahrt absetzen lassen, denn sie sah makellos aus, als sie über den Kies eilte. Jedes Haar an seinem Platz, das frisch gepuderte Gesicht blass und glatt.

»*Bonjour*, bitte sagen Sie Madame Charpin, dass ich da bin«, verkündete sie an der Tür. Sie sprach mit mir wie mit einer Bediensteten.

»Ist sie … äh … erwartet Sie sie?«, stotterte ich und spürte Albert hinter mir.

»Ich bin mir sicher, dass sie mich empfangen will«, lautete Madame Fresnes' Antwort.

Natürlich sagte *belle-mère*, als ich nach oben ging, um sie über ihren Besuch zu informieren, sie werde in Kürze herunterkommen.

»Führ Madame in den *salon*«, wies sie mich an.

»Eine Tasse Tee mit Zitrone. *Merci*«, sagte Madame Fresnes, als ich die Fenster des *salon* öffnete und versuchte, das Zimmer zu lüften.

Eine Staubfluse brachte mich zum Husten. Tee? Zitrone? Welchen Krieg erlebt Madame Fresnes?

»*Désolée*, Madame«, entschuldigte ich mich. »Einen solchen Luxus gibt es hier schon seit einigen Jahren nicht mehr.«

»Ah, nun gut.« Sie blickte sich ein wenig verwirrt um, fasste sich jedoch schnell. »Bringen Sie mir ein Glas Wasser. Wasser gibt es ja wohl noch, nehme ich an.« Sie zog eine Augenbraue nach oben.

Bevor ich etwas erwidern konnte, erschien *belle-mère* in einem Hauskleid, dem einzigen ohne Flicken, und mit eilig frisiertem Haar. »Joséphine! Was für eine Überraschung!« Die beiden umarmten sich, und ich ging, um Wasser zu holen. Wenn ich es ihnen brachte, konnte ich wenigstens lauschen.

In der Küche füllte ich am Wasserhahn einen Krug und stellte ihn mit zwei sauberen Gläsern auf ein Tablett, dann huschte ich, so leise ich konnte, zur Tür des *salon*. Aus dem leisen Gemurmel waren nur einzelne Worte zu verstehen. »*Choquée … navrée …* keine Neuigkeiten … ganz allein … *ganz* allein!« Ich hörte Madames vertrautes Schluchzen. Kurz darauf klopfte ich an und trat ein.

»Sie müssen stark für Ihre Söhne sein«, murmelte Madame Fresnes. »Es wird Ihnen guttun, sich wieder unter Leute zu begeben.« Sie blickte auf, sah mich und runzelte die Stirn.

»Wasser!«, verkündete ich und stellte das Tablett auf dem niedrigen Tisch vor ihnen ab.

»Danke, Sie können gehen«, wies mich Madame Fresnes an. »Schließen Sie die Tür hinter sich.«

Widerwillig verließ ich das Zimmer, und sie setzten

ihr Gespräch fort. Eine halbe Stunde später fegte Madame Fresnes aus dem Haus, und meine *belle-mère* summte den Rest des Tages vor sich hin und steckte sich das Haar hoch.

Was hat sie vor?, frage ich mich.

10. April 1943

Gerade hat Madame für den Nachmittag das Haus verlassen. »Ich muss zu den Fresnes«, verkündete sie. Wenige Minuten später wurde sie mit einem Wagen abgeholt. *Mit einem Wagen.* Nur die unterwürfigsten Kollaborateure haben heutzutage Zugang zu einem Wagen. Wenn Papa von diesem Verrat erfährt, wird er fuchsteufelswild werden. Eine widerliche Wolke Chanel No. 5 schwebt in der Halle. Ich kann noch das Klackern ihrer Absätze hören, als sie aus der Tür stolziert ist. Wie kann sie das nur tun? Abgesehen von der Schande, die ihr Verrat im Ort bedeutet. Wie hält sie es auch nur *eine Sekunde* in der Gesellschaft von Madame Fresnes und deren Gesinnungsgenossinnen aus? Mein Ekel vor dieser Frau überwältigt mich, er schnürt mir die Kehle zu.

8. Juni 1943

Cher journal,
das Leben folgt neuerdings einem merkwürdigen Muster. Madame verbringt noch immer die Tage im Bett – jetzt allerdings, weil sie die ganze Nacht fort ist.

Nach Sonnenuntergang, nach der Ausgangssperre, manchmal sogar bis nach dem Morgengrauen. Wenn ich morgens hinuntergehe, um Feuer zu machen, finde ich ihre Stola auf einem Küchenstuhl. Sie riecht nach vergessenem Luxus: Zigaretten, Parfum, Brandy. Heute Morgen entdeckte ich zwei Dosen Sardinen auf dem Tisch, und das war noch nicht alles. Ein Paket Schinken, dessen Einwickelpapier durchsichtig vom Fett war. Einen Laib feines weißes Brot. Einen ganzen Époisses, der ein köstliches Aroma verströmte.

Zuerst weckten diese Dinge heiße Wut in mir. Am liebsten hätte ich auf sie eingeschlagen, sie mit meinem Absatz auf dem Küchenfußboden zermalmt. Doch als die Jungen das Essen sahen, leuchteten ihre Gesichter vor Glück. Benoît fiel über den Käse her, schnitt sich ein Riesenstück ab und stopfte es sich in den Mund. Albert, meine Güte, sah mich an und wartete auf meine Erlaubnis, ehe er sich den Schinken schnappte, das Papier aufriss und eine halbe Scheibe auf einmal verschlang. Auch wenn ich mir schwor, dass nicht ein Krümel über meine Lippen käme, konnte ich es meinen Brüdern nicht versagen.

»Oh, gut, ihr habt die Leckereien gefunden, die ich euch mitgebracht habe.« Madame schwebte in ihrem Morgenrock in die Küche und strahlte ihre Söhne an. Sie war früh auf – vielleicht war sie auch noch gar nicht im Bett gewesen. »*C'est bon? Mangez bien, mes puces.* Langt zu.« Sie strich über Benoîts weiche Locken. Die Jungen waren so mit dem Essen beschäftigt, dass sie sie kaum wahrnahmen. Madame beobachtete sie milde lächelnd, dann fiel ihr Blick auf mich. »Du isst ja gar nichts, Hélène«, bemerkte sie in messerscharfem Ton.

»Ich habe keinen Hunger«, log ich, obwohl mein treuloser Magen leise knurrte.

»Na, na, ich höre doch, dass das nicht stimmt. Eine Mahlzeit wird dich schon nicht umbringen, oder? Ich verrate auch niemandem, dass du den Käse des Feindes gegessen hast.« Ihre Lippen zuckten.

»*Non, merci.*«

Ich drehte mich zum Spülbecken, wandte dem Tisch mit dem Essen den Rücken zu und füllte den Kessel.

Madame trat zu mir und zischte mir ins Ohr: »Du bist genauso armselig wie dein Vater. Ihr zwei schneidet euch lieber ins eigene Fleisch, statt zu genießen, was ihr bekommen könnt.«

Ich schwieg, denn was hätte ich anderes sagen können, als dass es stimmte?

26. Juli 1943

Sie war um einen Viertellaib groben Brotes gewickelt, mit dem ich aus der *boulangerie* nach Hause kam: eine Nachricht von Stéphane. Eine Unterschrift fehlte, aber ich erkannte seine Handschrift sofort.

Ma chère professeur,

ein Gruß aus dem Busch. Ich habe von meinen Freunden gehört, du hättest kränklich ausgesehen. Nur Mut, chérie, und eine Warnung: Die Henne legt faule Eier. Bisous.

Ich habe lange über diese Nachricht gegrübelt. »*Ma chère professeur*« – das bin ich, ein Bezug zu meinem *nom de guerre*, Marie (Curie). »Der Busch« bezieht sich sicher auf den Maquis, es ist sowohl der Name eines wilden Busches als auch der Résistance-Bewegung.

Aber »die Henne legt faule Eier« … Was soll das heißen? Ich habe tausend Möglichkeiten erwogen und wieder verworfen, aber am Ende komme ich immer wieder auf eine zurück: Könnte *Madame* gemeint sein?

Was will er sagen? Was sind faule Eier? Tut sie Schlimmeres, als sich mit unseren Besatzern abzugeben und ihre großzügigen Gaben mit nach Hause zu bringen? Oh, lieber Gott, was kann sie im Schilde führen?

4. August 1943

Ich weiß, es ist albern, aber in letzter Zeit habe ich mir angewöhnt, Stéphanes Nachricht in der Tasche bei mir zu tragen. Wann immer ich niedergeschlagen bin, hole ich sie heraus und streiche mit dem Finger über das letzte Wort. *Bisous.* Küsse.

10. September 1943

Heute Morgen habe ich Folgendes auf dem Küchentisch vorgefunden:

2 Dosen Pastete
½ Zuckerhut
1 riesiges Stück Butter
1 Paket Reis
4 Riegel Schokolade

Die Jungen sind außer sich.

22. September 1943

Als ich heute im Café des Tonneliers haltmachte, erklärte Madame Maurieux, sie könne mir keinen Kräutertee servieren.

»Dann eine Tasse Getreidekaffee«, sagte ich lächelnd und stieß einen übertriebenen Seufzer aus.

»Den haben wir auch nicht mehr«, zischte sie und drehte mir den Rücken zu, um die Weingläser zu polieren.

Ich stand bewegungslos am Tresen und versuchte, die Situation zu begreifen. Madame Maurieux war immer freundlich zu mir gewesen, wir hatten über die idiotischen Lebensmittelrationierungen geschimpft oder ein bisschen Tratsch ausgetauscht. Was war passiert?

»Habe ich Sie irgendwie verärgert, Madame?«, fragte ich schließlich.

Sie ordnete in aller Ruhe die Gläser auf dem Regal, dann drehte sie sich wieder zu mir um. »Ich hoffe«, sagte sie in leisem, angespanntem Ton, »dass Sie und Ihre Brüder das ganze gute Essen genossen haben. Während der Rest des Landes *Hunger leidet*.« Die letzten Worte fauchte sie.

Ich versuchte zu schlucken, aber mein Mund war so trocken, dass ich würgte. »Wie meinen Sie das?«, fragte ich unaufrichtig.

»Denken Sie, wir würden Ihre *belle-mère* nicht sehen, wenn sie im Auto von diesem deutschen Leutnant sitzt? Wenn sie sich aus seiner Unterkunft im Hôtel de la Poste schleicht? Beladen mit einem Korb voller Lebensmittel – Schinken, Zucker, Marmelade –, Dingen, die wir seit Jahren nicht mehr bekommen haben? Wir sehen alles, Mademoiselle. Sogar die Wände haben Augen.«

»L… Leutnant?«, stammelte ich.

Plötzlich ergab alles einen Sinn – die Nächte, in denen Madame unterwegs war, die verbotenen, luxuriösen Lebensmittel, das Essen eines Beamten.

Madame Maurieux tippte sich an die Nase. »Sie hat sich den geschnappt, der die Vorräte vor Ort verwaltet, stimmt's? Nicht dumm, Ihre Stiefmutter.«

Eine kalte Angst schloss sich um meinen Nacken, bis mir schwindelig wurde und Punkte vor meinen Augen tanzten.

»Wenn Sie ohnmächtig werden, seien Sie doch wenigstens so nett und machen das draußen«, blaffte Madame Maurieux ohne das geringste Mitgefühl.

Ich klammerte mich an den verzinkten Tresen. »Madame, bitte, Sie müssen mir glauben, wenn ich sage, dass kein Krümel von diesem Essen über meine Lippen gekommen ist. *Je vous jure.* Das schwöre ich Ihnen. Lieber würde ich verhungern … *S'il vous plaît*«, flehte ich. »Sie wissen doch, wer ich bin, an was ich glaube … Mein Vater …« Ich rang nach Luft. »Bitte.«

Sie verschränkte die Arme, aber ihre Miene war milder geworden. »Sie müssen sie aufhalten, Mademoiselle. Die Leute fangen an zu reden. Sie macht sich Feinde. Verstehen Sie?«

Ich nickte, schwieg jedoch. Was soll ich sagen? Ich bin die Letzte, auf die sie hört.

Später

Den ganzen Nachmittag habe ich über das Gespräch mit Madame Maurieux nachgedacht. Ein deutscher Leutnant? Eine Liebesbeziehung? Das ist absurd gefährlich. So dumm ist Madame doch nicht. Oder doch?

19. Oktober 1943

Die Tage werden kürzer. Das Licht und die Wärme des Sommers haben meine Arbeit für die Gruppe so viel leichter gemacht, und mir graut vor den eisigen Monaten, die vor uns liegen. Könnte ich mich doch nur wie ein Bär mästen, mich in eine Höhle zurückziehen und Winterschlaf halten.

Die Nachrichten aus der Gruppe sind gemischt. Wir werden weiter stetig weniger, auch wenn die Zahl der Bauern, die heimlich Waffen horten, wächst. In der Folge werden meine Touren mit dem Fahrrad länger und gefährlicher. Die *boches* haben begonnen, spontan neue Kontrollpunkte zu errichten – heute Morgen berichtete mir Madame Maurieux von einem vor Beaune. Um ihn zu umgehen, musste ich das Fahrrad durch die Weinberge schieben. Ich achte darauf, keine Unterlagen der Résistance mit nach Hause zu nehmen, was bedeutet, dass ich regelmäßig Umwege zur *cabotte* machen muss und nicht direkt nach Hause radeln kann. Ständig werde ich von Verfolgungswahn gequält, als würde ich permanent mit der Zunge nach einem unerbittlich pochenden Zahn tasten.

2. Dezember 1943

Ich bin krank vor Sorge. Vor drei Tagen klagte Benoît über Halsschmerzen. Natürlich geriet Madame sogleich in Panik, bestand darauf, dass er im Bett blieb, und schlug sogar vor, ein Huhn zu schlachten, um ihm eine nahrhafte Brühe zu kochen. Ich dachte, sie würde wie üblich überreagieren und Benny verhätscheln, der nur eines seiner Wehwehchen hat. Weil er ein zartes Baby war, behandelt sie ihn wie zerbrechliches Glas. Dabei wirkt mein Bruder dank seiner neuen Käse-und-Fleisch-Diät gesünder als die Hälfte der Kinder im Dorf. Ich machte mir keine Sorgen.

Doch heute Morgen haben sich die Dinge gewendet. Als ich die Jungen für die Schule wecken wollte, lag Benny mit klappernden Zähnen zusammengerollt im Bett. Ich fühlte seine Stirn, die trocken und heiß war – erschreckend heiß. Was noch schlimmer war, als ich ihn mit der Lampe beleuchtete, sah ich, dass er an Oberkörper und Hals einen knallroten Ausschlag hatte, der sich anfühlte wie Schmirgelpapier. Ich schnappte laut nach Luft. Albert hörte mich und begann zu weinen.

»Was? Was ist los?«

Madame eilte in das Zimmer der Jungen, das fadenscheinige Nachthemd wehte um ihren Körper. Als sie Benny sah, bekam sie riesige Augen.

»Maman«, krächzte Benny, und sie setzte sich an sein Bett und legte die Arme um ihn. »*J'ai froid* …« Er zitterte unkontrolliert.

»Keine Sorge, *mon coeur,* Maman *est là … J'suis là …*«, gurrte sie, dann drehte sie sich zu mir um und zischte: »Hélène, Herrgott, setz den Kessel auf.«

Irgendwie schaffte ich es, Albert anzuziehen, ihm Frühstück zu machen und ihn in die Schule zu bringen sowie einen Kräutertee aus Thymianblättern für Benny zuzubereiten, den er kaum anrührte.

»Es tut so weh!«, stieß er stöhnend aus, und tatsächlich waren Rachen und Hals geschwollen.

Madame türmte weitere Decken über ihm auf, und schließlich sank er in einen unruhigen Schlaf.

3. Dezember 1943

Benoîts Zustand ist kaum verändert, wenn überhaupt, dann hat er sich verschlechtert. Seine Augen sind glasig, und er zittert vor Kälte. Der Ausschlag hat sich auf seinem gesamten Oberkörper ausgebreitet, er ist rot und heiß wie ein Sonnenbrand. Wir zwingen ihn, etwas zu trinken, doch er nimmt nur winzige Schlucke zu sich. Madame hält ihm den Becher an die Lippen und versucht, ihre hysterische Angst nicht zu zeigen, wenn sie sieht, wie schwer ihm das Schlucken fällt.

»Wir brauchen einen Arzt«, sagte sie heute Nachmittag, als ich ging, um Albert von der Schule abzuholen.

Ich knöpfte mir die Strickjacke zu und zog noch eine zweite darüber, in der Hoffnung, dass die Kälte so nicht durch die Löcher an den Ellbogen meines Mantels drang.

»Einen Arzt?« Im Ort gibt es seit Jahren keinen mehr, nicht seit der alte Docteur Gaunoux kurz nach Kriegsbeginn verschieden ist. Und jetzt, nachdem unsere Männer zum Arbeiten nach Deutschland geschickt worden sind, gibt es auch in Beaune keinen mehr. »Wo sollen wir einen Arzt finden?«

Sie schwieg mit verschlossener Miene. Bevor ich weiter nachhaken konnte, schlug die Uhr in der Halle vier, und ich musste aus der Tür eilen.

4. Dezember 1943

O Gott, o Gott. Benoît geht es schlechter. Er atmet nur noch ganz flach, und er deliriert im Fieber und ruft nach Papa, manchmal auch nach Pépita – unserem geliebten dicken Kaltblut, das vor Monaten an die Ostfront gebracht wurde. Madame kniet auf dem Boden neben seinem Bett und bewegt unentwegt die Lippen in stummen Gebeten. Es ist sehr spät, nach Mitternacht. Albert liegt zusammengerollt in meinem Bett – der arme Schatz hat sich in den Schlaf geweint –, und ich sitze am Schreibtisch und schreibe das hier im Dämmerlicht.

Was, wenn das Schlimmste geschieht? Was, wenn Benoît … Nein. Ich kann mich nicht überwinden, die Worte zu schreiben. Und dennoch, ohne Arzt … Welche Hoffnung bleibt uns?

Später

Die Wolken sind dicht heute Nacht, und es ist so dunkel, dass uns selbst Mond und Sterne verlassen zu haben scheinen. Vor ein paar Minuten bin ich aus dem Schlaf hochgeschreckt, weil mir im Traum eine Idee gekommen ist: Stéphane. Könnte er uns nicht helfen?

Im Netzwerk des Maquis muss es einen Arzt geben, *n'est-ce pas?* Ich weiß, Stéphane hasst Madame, aber er würde doch sicher ein Kind nicht im Stich lassen.

Voilà, so sieht mein Plan aus: Nachdem ich Albert zur Schule gebracht habe, gehe ich zur *boulangerie* und bitte die Frau hinter dem Tresen, Stéphane eine Nachricht zukommen zu lassen. Ich werde … Moment, Moment. Was ist das?

Da ist ein Wagen in der Auffahrt. Räder knirschen über den Kies. Als ich durch die Verdunkelungsvorhänge spähe, sehe ich zwei Lichtkegel von Scheinwerfern … Ist das Madame, die da aus dem Fond aussteigt? Hat sie sich aus dem Haus geschlichen, während ich geschlafen habe? Wer passt auf Benoît auf?

Sie betreten das Haus. Jetzt höre ich Stimmen in der Halle. Madame und ein Mann. Nein, nein, zwei Männer. Sie folgen Madame die Treppe herauf. Durch das Schlüsselloch kann ich ihre glänzenden Stiefel sehen, in denen sich das Flurlicht spiegelt.

»*Merci d'être venus*«, sagt Madame den Tränen nahe.

»Ach was, Virginie, du hättest mich früher rufen sollen.« Eine jugendlich helle Stimme. Der Mann spricht fließend Französisch, aber unüberhörbar mit Akzent.

»Ich wollte dich nicht belästigen …«

»Liebes, ich hoffe, du weißt, dass ich immer für dich da bin.«

Als sie an meiner Tür vorbeikommen, bemühe ich mich, einen Blick auf ihre Gesichter zu erhaschen, aber der Winkel durch das Schlüsselloch ist ungünstig. Dann höre ich einen lauten unregelmäßigen Schritt, als würde jemand stolpern. »*MEIN GOTT!*«, höre ich eine raue ältere Männerstimme.

»Herr Doktor!«, sagt der jüngere Mann auf Deutsch, gefolgt von einer Frage. Ich kann sie nicht verstehen, aber er klingt besorgt.

»Ja, danke schön«, antwortet der Ältere ebenfalls auf Deutsch.

Es folgt ein schneller Wortwechsel, von dem ich nur ein Wort verstehe: gut. Die drei gehen den Flur hinunter und in Benoîts Zimmer.

Deutsche. Es sind Deutsche in unserem Haus.

Noch später

Sie waren ungefähr eine Stunde in Bennys Zimmer. Als sie wieder herauskamen, wurde es langsam hell am Himmel. Ich blieb oben, bis ich den Wagen wegfahren hörte. Als ich in die Küche ging, traf ich auf Madame, die auf dem Tisch Fläschchen sortierte.

»Er bekommt alle drei Stunden zwei von den kleinen Pillen und alle vier eine von den großen. Kannst du dir das merken?«, fragte sie, ohne mich zu grüßen.

»Woher hast du das?«, fragte ich und tat, als hätte ich unseren nächtlichen Besuch nicht bemerkt.

»Das Fieber hat nachgelassen«, murmelte sie, als hätte sie mich nicht gehört. »*Dieu merci*, das Fieber hat nachgelassen.«

14. Kapitel

»Sind die glutenfrei?«

Der Blick der Frau sprang von mir zur Weinkarte, dabei warf sie eine violette Haarsträhne nach hinten. Sie war vielleicht Mitte sechzig und trug eine hautenge Lederhose, die zusammen mit ihrer exzentrischen Haarfarbe allerdings nicht über die tiefen Falten in ihrem Gesicht hinwegtäuschen konnte.

»Ja, alle!«, sagte ich in gespielt fröhlichem Tonfall.

»Sind Sie sich da ganz sicher? Denn ich leide an Glutenunverträglichkeit …«

»Mom!«, ihre Tochter – Mitte zwanzig, schlank, stark getuschte Wimpern und gereizt – schaltete sich ein. »*Bitte*. Solange du keine Zöliakie hast, solltest du nicht sagen, dass du kein Gluten verträgst. Das macht die Sache für die Leute, die wirklich darunter leiden, nur noch schlimmer.«

»Liebes, letzte Woche habe ich ein Sandwich gegessen und war drei Tage lang aufgebläht. Wir können nicht alle so gertenschlank sein wie du.«

Ich wartete, dass sie einen Wein auswählte, und bewahrte eine freundliche Miene. Innerlich verglich ich ihre Sorgen allerdings unwillkürlich mit denen von Rose Reinach. Obwohl seit Heathers E-Mail einige Monate vergangen waren, verfolgte mich Roses tragischer Tod. Ich stellte fest, dass ich meine Gedanken genau hinterfragte, aus Angst, ich könnte auf tief sitzende Vorurteile stoßen, auf irgendeinen Beweis dafür, dass ich genetisch bedingt zu Charakterschwäche neigte. Und ich dachte oft an das, was Onkel Philippe an jenem Nachmittag auf der Treppe der *mairie* gesagt hatte. Unsere Probleme waren vergleichsweise lächerlich. Mein Onkel hatte recht, das verstand ich jetzt, aber er hatte auch wieder nicht recht, denn so war das Leben. Es war nicht weniger bedeutsam als das vergangener Generationen. Auch wenn unsere Probleme trivial waren, machte sie das nicht weniger real.

»Also«, die Frau blickte wieder zu mir auf, »Sie sagen, dass all diese Weine glutenfrei sind?« Sie beugte sich leicht vor und strahlte mich über das ganze Gesicht an. »Wir feiern, dass ich seit einem Jahr keinen Brustkrebs mehr habe«, sagte sie verschwörerisch. »Ich möchte mich einfach weiter so gut wie möglich fühlen.«

»Natürlich«, murmelte ich. »Im Grunde …« Ich holte tief Luft und wollte ihr milde erklären, dass alle Weine von Natur aus glutenfrei waren – genauso wie Wodka, Tequila, Rum und jeder andere Alkohol. Bevor ich meinen Satz jedoch zu Ende bringen konnte, sah ich aus dem Augenwinkel, dass die Kellnerin einen Gast an Tisch Nummer 12 brachte. Etwas an seiner Gestalt – groß, schlank, mit federndem Schritt – ließ mir das Herz bis zum Hals schlagen. »Also, mein Chef hat sehr viel Verständnis für Glutenunverträglichkeit. Haben Sie sich schon einen Wein ausgesucht? Den Russian River Chardonnay? Kommt sofort. Und zwei Gläser Champagner als Aperitif. Aufs Haus«, fügte ich lächelnd hinzu, und sie kreischten vor Freude.

Ich eilte vom Gastraum durch die Küche und weiter in die Kühlkammer im hinteren Teil des Restaurants, lehnte mich gegen ein Metallregal und sog die kühle Luft ein. Die Technik der Kühlung brummte. Das Neonlicht entzog den englischen Erbsenschoten die Farbe und ließ sie in ihren durchsichtigen Boxen blass wirken. Warum war Jean-Luc hier? Seit unserer Auseinandersetzung auf dem Friedhof hatte ich ihn nicht mehr gesprochen. Jetzt löste sein Anblick einen derartigen Adrenalinschub in mir aus, dass ich die Zähne zusammenbiss, damit ich nicht am ganzen Körper zitterte. Ich nestelte an den Bändern meiner Schürze, band sie zu und wieder auf und wieder zu und wieder auf.

Die Tür der Kühlkammer flog auf. »Oh, *da* bist du«, stellte Becky mit Gewittermiene fest. »Ich bin gerade an Tisch 3 für dich eingesprungen, und jetzt verlangt 24 nach dir. Schaff deinen Hintern raus ins Restaurant.« Ohne meine Antwort abzuwarten, schlug sie die Tür hinter sich zu.

Ich durchquerte den Speisesaal, ignorierte die Gäste an Tisch 24, die nach mir winkten und »Sommelier, Sommelier!« riefen.

»Kat!«, rief Jean-Luc, als ich auf ihn zukam. Er war im Begriff aufzustehen, um mich zu begrüßen.

»Bitte bleib doch sitzen«, sagte ich.

Ich bemerkte, dass er ein halbes Glas Wein getrunken hatte. Das Display seines Smartphones zeigte ein französisch-englisches Wörterbuch.

»*C'est délicieux!*« Sein Blick war meinem zum Glas gefolgt. »Rund, tief, wunderbare malolaktische Note … ein herrliches Beispiel für einen kalifornischen Chardonnay.«

»Was machst du hier?«, platzte es aus mir heraus. »Tut mir leid, so meinte ich das nicht. Ich habe … nur nicht damit gerechnet, dich zu sehen.«

Sein Lächeln wurde brüchig. »Ich hatte ein Treffen mit meinen amerikanischen Händlern. Bruyère hat mir erzählt, dass du hier arbeitest.« Er zeigte auf die Speisekarte. »Was ist Carbonara von der grünen Papaya?«

»Das ist ein warmer Salat mit grünen Papayascheiben und Guanciale sowie einem Wachtelei. Ach, weißt du was? Vergiss es.« Ich senkte die Stimme. »Das Essen hier ist exzentrisch. Aber nicht auf eine gute Art.«

»*Non, non*«, beharrte er. »*Je veux bien essayer*. Ich möchte die kalifornische Küche kennenlernen, von der ich so viel gehört habe. Bitte, ich nehme diese Carbonara *papaye verte*, und dann …« Nachdenklich blickte er auf die Speisekarte.

Als ich aufsah, warf Becky mir einen tödlichen Blick zu. »Ich lasse dir die Papaya bringen«, sagte ich eilig zu Jean-Luc. »Um zehn habe ich Schluss, dann können wir zusammen was essen gehen. Kannst du so lange warten?« Becky schritt auf mich zu. »Ich muss weitermachen. Warte vor dem Eingang auf mich, okay? *Dix heures*.«

»*D'accord*.« Er nickte verdattert, und ich eilte davon, um Tisch 24 zu bedienen.

Um sieben Uhr war der Laden voll, die Gäste drängten sich in Dreierreihen vor der Bar und warteten wie die Haifische auf ein positives Zeichen von der Restaurantmanagerin. Ich zählte die Sekunden bis zehn, doch über der Hektik verging die Zeit schließlich. Als ich das vierzigste Mal die Kellertreppe hochlief, stellte ich überrascht fest, dass das Restaurant fast leer war. Nur noch an einem Tisch saßen Gäste über kleinen Gläsern mit dem von unserem Chef auf spezielle Art gebrannten Mekhong.

Auf dem Weg in die Küche hielt mich Amy, die Barfrau, an. »Hast du jemanden an der Kaffeemaschine gesehen, als ich nicht da war?«, fragte sie und polierte das Chrom.

»Tut mir leid, nein. Warum?«

»Da ist überall Kaffeesatz. So eine Sauerei.« Sie runzelte die Stirn und senkte die Stimme. »Meinst du, das war Becky?«

»Hmm. Scheint mir unwahrscheinlich.« Ich mochte Amy, aber sie tratschte zu gern, als dass ich ihr vertraute.

Amy warf einen finsteren Blick in Richtung unserer Restaurantmanagerin, dann schleuderte sie den Lappen in das Becken mit Spülwasser. Sie beugte sich über den Tresen, nahm eine Flasche österreichischen Riesling aus dem Weinkühler und ließ ihn vor meiner Nase baumeln.

»Das Übliche?«

»Nein, danke. Ich kann heute Abend nicht.«

»*Du* hast was vor?« Sie betonte das »du«, als ob ich nie etwas vorhätte, und zog eine Augenbraue hoch, sodass sich das Licht in ihrem Piercing fing. »Moment, lass mich raten. Ist es der scharfe Typ von Tisch 12, der vorhin da war?«

»Wie, was?« Ich zog die Träger von meiner Schürze über den Kopf und tat lässiger, als mir zumute war.

»Tatsächlich! Kate Elliott, du Schlitzohr.« Sie lachte. »Pass auf dich auf«, rief sie mir nach, als ich mich von der Bar zurückzog.

Polieren. Aufräumen. Wischen. Als ich endlich fertig war, war es halb elf. Ich ging zur Hintertür hinaus, sodass meine Kollegen, die sich bei einem Feierabendgetränk an der Bar entspannten, nicht merkten, dass ich mich davonstahl. Jean-Luc lehnte an einer Bank vor dem

Restaurant, die Hände in die Hosentaschen geschoben, einen Baumwollschal gegen die abendliche Kälte locker um den Hals gebunden. Wir drückten die Wangen aneinander und umarmten uns kurz.

»Hast du Hunger?«, fragte ich und führte Jean-Luc zu meinem Auto, das ein paar Blocks entfernt stand.

»*Ouais*. In Frankreich ist jetzt Frühstückszeit.« Er blickte auf seine Uhr. »Wohin gehen wir?«

Ich schnallte mich an und startete den Wagen. »Du wolltest doch echtes kalifornisches Essen kennenlernen? Ich zeige dir den besten Laden.«

Wie durch ein Wunder fand ich einen Parkplatz direkt vor dem Restaurant, eingepfercht zwischen einem Prius und einem rosa Moped. Neonlicht fiel durch die Scheiben, und als wir die Tür öffneten, empfingen uns feuchte Luft und laute Musik. Einen Moment blieb Jean-Luc im Eingang stehen und nahm schweigend die roten Resopaltische auf, die angetrunkenen Gäste, die Sombreros, die von der Decke hingen, den Geruch von Kreuzkümmel, Zwiebeln und brutzelndem Fleisch.

»Man bestellt da drüben«, rief ich über den Lärm hinweg. »Die Speisekarte ist da oben.«

Er legte den Kopf in den Nacken, blickte zu dem Schild an der Wand und studierte nachdenklich die ihm unbekannten Wörter. »Äh … was nimmst du?«, fragte er.

»Ich bestelle für uns beide, okay? Warum setzt du dich nicht schon mal dort ans Fenster?« Ich zeigte auf einen Tisch, auf dem Tabletts voller Essensreste standen. »Ist Bier okay?«

Er nickte, ging zu dem Tisch und entsorgte den Müll. Ich bestellte zweimal das, was ich immer bestellte, zusammen mit zwei Sierra Nevadas. Am Tisch setzte ich mich Jean-Luc gegenüber und reichte ihm eine der eiskalten Flaschen Pale Ale.

»*Cin*«, sagte er, und als sich unsere Blicke trafen, wurde ich rot. »Ich bin so froh, dich zu sehen, Kat. Aber …«

»*Fünfundsiebzig!*«, dröhnte eine Stimme aus dem Lautsprecher, und wir zuckten zusammen. »*Fünfundsiebzig, Ihre Bestellung ist fertig.*«

»Das sind wir.« Ich schob meinen Stuhl zurück. »Ich hole es.«

Als ich mit unserem Tablett zurückkehrte, blickte Jean-Luc auf das Essen, um es zu inspizieren. »Also, wie macht man das …« Er tat, als würde er Messer und Gabel benutzen.

»Nimm einfach die Hände. So.« Ich klemmte den Deckel der Verpackung ein und führte den Taco zum Mund, um abzubeißen. Die knusprige gebackene Hülle bildete einen herrlichen Kontrast zu dem cremigen Bohnenmus, begleitet von einem Hauch scharfer Salsa. »Mmm, ist das gut«, murmelte ich.

Jean-Lucs Augen weiteten sich etwas erschrocken, doch er folgte meinem Beispiel, führte den Taco an die Lippen und beförderte dabei eine Ladung Eisbergsalat in seinen Schoß. »*Ohh!*«, sagte er mit vollem Mund. »*C'est shshhehsh!*« Er kaute weiter und machte zustimmende Laute. »Mmm. Wie heißt das Ding noch? *Taykoi?*«

Ich lachte. »Das ist ein Taco. Also«, ich blickte auf die Karte an der Wand, »das ist eigentlich ein Super-Vegi-Taco.«

Er nahm noch einen großen Bissen, den er mit einem Schluck Bier hinunterspülte. »Kalifornien ist toll! Man darf mit den Händen essen, man darf aus der Flasche trinken, und niemanden stört's! Ich glaube, hier gefällt es mir!« Er grinste mich an, dann gähnte er plötzlich und schlug sich beide Hände vor den Mund. »*Désolé*!«, sagte er schnell. »Das wollte ich nicht. Das liegt am Jetlag.«

»Wann bist du angekommen?«

»Gestern Morgen, glaube ich. Es kommt mir vor, als wäre es eine Woche her.«

Ich zupfte am Etikett der Bierflasche. »Wie geht es den anderen?«

Er wischte sich mit einer Papierserviette über den Mund. »Hat Heather dir von dem … wie nennt ihr das … *chambres d'hôtes* erzählt?«

»Dem Bed and Breakfast, ja. Ich freu mich sehr für die beiden. Ich glaube, das wird ein Riesenerfolg …« Ich verstummte. Ich wollte mich erkundigen, wie es Heather gefühlsmäßig ging, wusste aber nicht, wie ich das ansprechen sollte. »Hast du sie in letzter Zeit gesehen?«

Jean-Luc nickte. »Ich war vor ein paar Abenden zum Essen da.«

»Und schien es ihr … gut zu gehen?«

Er nahm eine Plastikgabel und balancierte den Salat zurück in die Pappschale. »Sie haben mir erzählt … von dem geheimen *cave*. Und von Hélène. Keine Sorge, sie haben mich zum Stillschweigen verpflichtet«, sagte er, als ich den Blick abwandte. »Kat«, fuhr er sanft fort. »Es tut mir leid wegen des Nachmittags auf dem Friedhof. Wenn ich das gewusst hätte, dann hätte ich nichts von alldem gesagt.«

»Schon okay.« Ich dachte an jenen Tag zurück und erinnerte mich daran, was er über seinen Vater gesagt hatte. »*C'est comme ça, alors*«, fügte ich schulterzuckend hinzu.

Sorgfältig platzierte er ein Korianderblättchen auf einer schwarzen Bohne. »Bruyère geht es gut«, sagte er dann. »Sie spricht nicht viel von Hélène, aber ich glaube, sie denkt ständig an sie. Manchmal unterhalten wir uns – *par exemple* – über die beste *boulangerie* in Beaune, und plötzlich platzt sie mit einer Frage über den Krieg heraus. Neulich hat sie gefragt: ›War dieses Haus von deutschen Soldaten besetzt?‹ Fragen, auf die wir keine Antwort haben.«

»Kannst du ihr das verübeln? Hélènes Geschichte ist für sie von besonderer Bedeutung.«

»*Mais bien sûr!*« Jean-Luc verzog mitfühlend das Gesicht. »Das ist furchtbar. Eine Zeit dunkler Schande für unser Land. Und für Bruyère … Nun, ihre Lage ist besonders kompliziert.«

Ich starrte auf den Tisch. »Ja, das stimmt.«

»Was ist … Bu-ri-toh?«, fragte Jean-Luc einige Sekunden später, und als ich merkte, dass er die Speisekarte an der Wand studierte, war ich ausgesprochen dankbar.

»Das wirst du mögen«, versicherte ich ihm und nahm von der scharfen Soße. »Willst du dir einen mit mir teilen? Der Carne Asada ist richtig gut hier.«

»Klar!« Seine Miene hellte sich auf. »Ich besorge ihn«, fügte er hinzu, ehe ich aufstehen konnte. Kurz darauf kehrte er mit einem schweren, in Folie verpackten Zylinder und zwei weiteren Bieren zurück.

»Und haben Heather und Nico dir den geheimen Keller gezeigt?«, fragte ich, während ich den Burrito mit einem Plastikmesser teilte und eine Hälfte auf einen Pappteller bugsierte.

Jean-Luc nickte. »*C'est incroyable.* Wie aus einem Film. Und Nico sagt, ihr habt keine Ahnung, wer den Wein versteckt hat.«

»Ich glaube, es war Edouard. Mein Urgroßvater. Aber das werden wir wohl nie mit Bestimmtheit wissen. Zumindest haben wir eine Inventarliste gefunden, sodass ich die Mengen überprüfen konnte. Nicht eine einzige Flasche fehlt – nur die Gouttes d'Or.«

»Das hat Nico mir erzählt.« Jean-Luc kaute nachdenklich. »Zu schade. Die Sammlung ist natürlich exquisit, aber mit den Gouttes-d'Or-Flaschen wäre sie wirklich herausragend.«

»Ja, na ja, ich bin mittlerweile davon überzeugt, dass diese Flaschen nur ein Mythos sind.«

»Hast du deine Mutter gefragt?«

»Sie interessiert das nicht. Und Onkel Philippe sagte, dass ihr Vater ihnen verboten habe, jemals vom Krieg zu sprechen.«

»Kann man sonst niemanden fragen? War dein Großvater Benoît ein Einzelkind?«

Ich erinnerte mich an die Fotos, die wir in Hélènes Koffer gefunden hatten, an die zerzausten Jungen, die auf einigen von ihnen abgebildet waren.

»Nein, er hatte einen Bruder. Albert. Er ist Mönch geworden.«

»Hast du versucht, ihn zu finden?«

Ich hob resigniert die Hände. »Müssen Mönche nicht ein Schweigegelübde ablegen?«

Jean-Luc lachte. »Nicht alle.«

»Ich halte es für ziemlich unwahrscheinlich, dass wir ihn finden. Wenn er überhaupt noch lebt, ist er über achtzig.«

»Er ist nur ein Mönch, Kat, nicht von der Erdoberfläche verschwunden.« Das Lächeln nahm seinen Worten die Schärfe.

Ich griff nach meiner Hälfte des Burritos. »Wie schmeckt dir der Carne Asada?«, fragte ich und zeigte auf seinen Teller.

Doch Jean-Luc antwortete nicht. Er starrte irgendwo über meiner Schulter ins Leere und sagte nachdenklich: »Louise hatte vor einigen Wochen einen Termin in der Abbaye de Cîteaux.«

»Ach ja?« Ich konnte mir keinen ungewöhnlicheren Besucher in einem Kloster vorstellen. »Na, das war sicher nur ein Zufall. Nico hat gesagt, Albert sei Trappist geworden.«

Er hustete so heftig, dass ich fürchtete, er bekäme keine Luft. »Oh, Kat«, sagte er. »Trappisten und Zisterzienser … sind dasselbe.«

Ein wohlbekanntes panisches Gefühl breitete sich in meiner Brust aus, aggressiv wie ein Wespenschwarm. »Worum ging es bei dem Termin? Sie weiß doch nichts von dem geheimen Keller, oder?«, fragte ich.

»Ich …« Röte stieg ihm in die Wangen. »Vielleicht. Ich habe es ihr nicht erzählt«, fügte er rasch hinzu. »Aber neulich hat sie mir merkwürdige Fragen über Nico und seinen Vater gestellt und darüber, wie deine Familie den Krieg überlebt hat. Damals wusste ich damit noch nichts anzufangen, aber …«

Das Gefühl in meiner Brust wurde zunehmend unangenehmer. Jean-Luc beobachtete mich mit Sorge. »Wenn Albert noch lebt …« Ich holte tief Luft. »Verdammt! Ich wünschte, ich wäre nicht so weit weg.«

»Kannst du nicht mit ins Burgund zurückkommen?

Ich habe wahrscheinlich genug Bonusmeilen, um dir ein Ticket zu kaufen.« Jean-Luc stützte sich auf die Ellenbogen.

Ich konnte noch den feuchten Keller riechen, die modrige Luft, spürte noch seine Kälte auf meinem Gesicht und den nackten Armen. Ich war weggefahren, ohne all seine Geheimnisse zu lüften. Ich zögerte, es war verlockend. Aber nein, das war unmöglich.

»Natürlich, du kannst jetzt nicht weg.« Jean-Luc beobachtete mich aus seinen bernsteinfarbenen Augen. »Deine Pflichten halten dich hier in San Francisco fest. Der Test für den Master of Wine ist in ein paar Wochen, *n'est-ce pas?*«

»In zwei Wochen«, sagte ich, gerührt, dass er es sich gemerkt hatte. »Obwohl eine weitere Reise an die Côte d'Or zum jetzigen Zeitpunkt wahrscheinlich nicht die schlechteste Idee wäre.« In der letzten Übungssitzung mit Jennifer hatte ich dermaßen miserabel abgeschnitten, dass sie spitz bemerkte, es sei schwierig zu glauben, dass ich jemals im Burgund gewesen sei.

»Und deine Arbeit im Restaurant natürlich auch. Du bist richtig gut in deinem Job, Kat. Ich habe heute Abend gesehen, wie sehr die Gäste sich auf dich verlassen.« Er lächelte mich auf eine Art an, die irgendwie stolz wirkte.

»Ach, ich weiß nicht.« Ich räusperte mich verlegen. »Aber es stimmt, ich darf sie nicht verärgern. Falls ich durch die Prüfung falle, brauche ich den Job.« Es war das erste Mal, dass ich diese Möglichkeit laut aussprach.

»*Ne t'inquiète pas*«, beruhigte er mich. »Du schaffst das.«

Er nickte so entschieden, war sich so sicher, dass ich

mir für einen winzigen Moment ebenfalls sicher war. Die plötzlich aufkeimende Hoffnung überraschte mich.

»Danke«, sagte ich. Ohne nachzudenken, drückte ich seinen Arm – aber ich hatte vergessen, dass meine Hand noch fettig von dem Taco war, und meine Finger hinterließen Fettflecken auf seinem sauberen Ärmel. »Oh! Das tut mir leid«, sagte ich, zog die Hand weg und stieß dabei Jean-Lucs Bier um. Es ergoss sich über den Tisch in seinen Schoß. »O mein Gott, entschuldige«, rief ich.

»*C'est bon, ça va.*«

Jean-Luc tupfte sich mit einer Serviette die Hose ab. Er stand auf, um noch mehr Servietten zu holen, und ich sah, dass er komplett durchnässt war.

»Vielleicht sollte ich dich zurück ins Hotel bringen«, sagte ich.

Er öffnete den Mund, um zu antworten – und plötzlich übermannte ihn ein Gähnen, gefolgt von einem weiteren und dann noch einem.

»*Désolé*«, entschuldigte er sich, zwang sich, die müden Lider offen zu halten und blinzelte. Dann sagte er: »*Ouais,* ich sollte wohl ein bisschen schlafen. Ich habe morgen einen langen Rückflug vor mir.«

»Klar.«

Ich schob meinen Stuhl zurück, stand auf und schulterte schwungvoll die Tasche, um mir nicht anmerken zu lassen, dass ich absurderweise enttäuscht war.

Zwanzig Minuten später setzte ich Jean-Luc am Hotel ab, verabschiedete mich mit einer ungelenken Umarmung vom Fahrersitz aus und beobachtete, wie er durch die Glastüren in die Lobby wankte. Dann fuhr ich nach Hause und ging erschöpft direkt ins Bett. Doch in den letzten Minuten vor dem Einschlafen dachte ich über unser Gespräch nach, und als ich schließlich wegdämmerte, trieb ich auf einem sicheren Floß aus Überzeugung davon und fühlte mich ruhiger und klarer als seit Wochen.

Am nächsten Morgen schlief ich lange und zog mir die Decke über den Kopf, um das trübe Licht eines weiteren bewölkten Tages auszuschließen. Mein Handy klingelte ein paarmal, doch als ich sah, dass es Amy war, ignorierte ich es. Meine Kollegin wollte bestimmt Einzelheiten über den Abend mit Jean-Luc erfahren, und obwohl absolut nichts passiert war, widerstrebte es mir, mit jemandem über ihn zu reden.

Es war fast zwölf, als ich schließlich unter der Decke hervorkroch und zu beruhigenden Radioklängen den Tag begann. Ich kochte mir einen Kaffee, duschte und steckte die letzten Brotscheiben in den Toaster. Mir fiel ein, dass ich vor der Arbeit noch einkaufen musste, und begann, eine Liste zu schreiben …

BZZZZ BZZZZ. Mein Handy auf der Arbeitsplatte vibrierte. Ich wischte mit dem Finger über das Display und beschmierte es dabei versehentlich mit Erdnussbutter. Mein Lächeln erlosch, als ich eine Nachricht von Amy las.

HALLO! WO BIST DU? Ich habe versucht, dich zu erreichen, aber du bist wahrscheinlich noch mit dem Franzmann unterwegs. ALSO, rate mal, was passiert ist! Das Gesundheitsamt war heute Morgen da. ÜBERRASCHUNG! Erinnerst du dich noch, dass komischerweise überall Kaffeesatz verschüttet war? War KAKERLAKENSCHEISSE. Lange Rede, kurzer Sinn: Wir haben die Prüfung nicht bestanden. Der Chef ist SAUER, und Becky GEFEUERT. Das Restaurant ist fünf Tage für die Schädlingsbekämpfung GESCHLOSSEN. *Der Chef ruft uns nächste Woche wegen eines Personaltreffens an. Perfektes Timing für dich, stimmt's? ;-) Viel Spaß mit dem Süßen!* RUF MICH AN!!!

Das Restaurant war *geschlossen?* War das ein Zeichen? Ich holte tief Luft und googelte »Hotel Lombard San Francisco«. Kurz darauf sprach ich mit dem Empfang, dann hörte ich es klingeln: Einmal, zweimal, dreimal, vier, fünf…

»*Allô?*«, meldete sich jemand mit einer müden Stimme.

»Jean-Luc«, sagte ich. »*C'est moi*, Kat. *Je veux t'accompagner*. Ich will dich begleiten.«

15. Kapitel

Ich lag unter frischen Laken und spürte das angenehme Gewicht einer Daunendecke auf meinem Körper. Unter den Kopf hatte ich mir zwei wunderbar dicke Kopfkissen geschoben, die jedoch immer wieder in sich zusammenfielen. Ich schüttelte sie auf, damit sie meinen Nacken stützten. Doch wieder drückte mein Kopf die Kissen platt. Wieder und wieder. Wenn ich die Kissen nicht richtig aufschütteln konnte, würde ich nicht schlafen können. Und wie sollte ich mich dann morgen auf die Prüfung konzentrieren? Ich brachte die Kissen in eine anständige Form und legte mich wieder hin. Flatternd schloss ich die Lider, ich döste ein … Und plötzlich wurde mein Kopf nach vorn geschleudert. Ich öffnete erschrocken die Augen, und da stand Louise und entwand mir die Kopfkissen.

»*Meine*«, rief sie. »Meine, meine, meine …«

»Kat. Kat. *On est presque là.*« Jean-Lucs Stimme drang in meinen Traum.

Ich riss die Augen auf, der Traum zerschellte. Wir saßen in Jean-Lucs Transporter und rasten über die Autobahn. Der dumpfe Schmerz in meinem Nacken rührte von der unbequemen Haltung, in der ich geschlafen hatte.

Jean-Luc und ich waren fast vierundzwanzig Stunden unterwegs. Erst der Flug von San Francisco nach Paris.

Am Flugplatz Charles de Gaulle hatten wir dann Jean-Lucs Transporter aus dem Parkhaus für Langzeitparker geholt, und es folgte die Fahrt von Paris nach Beaune. Aufgrund des Pfingstwochenendes brauchten wir sieben anstelle der sonst üblichen dreieinhalb Stunden. Überflüssig zu sagen, dass wir öfter eine Kaffeepause eingelegt hatten.

Ich unterdrückte ein Gähnen und blickte aus dem Fenster. Das letzte Mal hatte ich diese Landschaft vor einem halben Jahr gesehen. Damals begann das leuchtende Herbstlaub an den Hängen gerade zu verblassen. In meiner Abwesenheit hatten die Reben geschlafen und waren wieder zu neuem Leben erwacht. Aus ihnen trieben fächerartige, noch fest eingerollte Blätter, die in der Ferne grün leuchteten. Aus dem fahrenden Auto konnte ich die harten, unreifen Früchte unter dem grünen Baldachin nicht erkennen, aber ich wusste, dass sie da waren. Genau wie ich wusste, dass die Sonne den Trauben Süße verleihen und ihrer Haut Farbe einhauchen würde.

Wir kamen an einem Schild mit der Aufschrift ROUTE DES GRANDS CRUS vorbei, dann an einem Ortsschild von Beaune, umfuhren die Stadt und bogen in Richtung Westen nach Meursault ab.

»Vielleicht sollte ich Heather anrufen«, sagte ich und grub in meiner Tasche nach dem Smartphone. »Ich habe ein schlechtes Gewissen, dass ich sie nicht früher gefragt habe, ob ich bei den beiden wohnen kann.«

Jean-Luc sah mich an, dann richtete er den Blick wieder auf die Straße. *»Ils sonst en plein travaux«*, sagte er. »Im Haus herrscht totales Chaos. Sie wohnen mit einer Kochplatte in drei Zimmern. Ich glaube, dass du bequemer bei mir wohnen kannst.«

»Klar!«, sagte ich schnell, bevor sich peinliche Stille ausbreiten konnte. »Danke, die Renovierung hatte ich ganz vergessen.« Wir fuhren weiter, und als wir am Gartencenter, dem Supermarkt Carrefour und der Tankstelle vorbeikamen, wurde die Umgebung immer vertrauter. Es fühlte sich merkwürdig an, ohne Heather und Nico hier zu sein, doch dann erinnerte ich mich an ihre E-Mail von vor ein paar Monaten: *Ich bin bereit, dieses Kapitel der Familiengeschichte zu schließen.* Vielleicht war es das Beste, ihnen diese neue Runde als Amateurdetektiv zu ersparen – oder zumindest erst herauszufinden, ob es sich lohnte, bevor ich sie in neue Gefühlsturbulenzen stürzte.

Der Transporter erklomm jetzt einen Hügel. Jean-Luc blickte durch die Windschutzscheibe und betrachtete kritisch seine Trauben, die überaus gepflegt wirkten und vor Gesundheit zu strotzen schienen. Wenige Minuten später bogen wir in die Einfahrt ein. Im Vorgarten blühte eine Fülle an Päonien, frühen Rosen und wildem Lavendel. Die dicken Mauern des alten Steinhauses schimmerten in der Nachmittagssonne. Ich zögerte einen Augenblick, dann folgte ich Jean-Luc zum Seiteneingang.

Hinter den Mauern war es dunkel, still und kühl. Ich stand in der Diele, atmete den Geruch von muffigen Fleecejacken und gewachsten Regenjacken ein, die an der Wand hingen, und den Duft von Waschmittel, das aus einem Nebenraum herüberwehte. Ich war seit fast zehn Jahren nicht mehr in diesem Haus gewesen, doch es wirkte unverändert. Wie oft hatte ich mir gegen meinen Willen die beigen Arbeitsflächen aus Laminat vorgestellt, die zerschrammten Eichenschränke, den sauberen, aber abgenutzten Linoleumboden, den großen runden

Tisch, der in der Nische vor dem Erkerfenster stand. Wie oft hatte ich an die Wärme des alten cremefarbenen Ofens an der Wand gedacht. Ich trat zu ihm und hielt die Hände über die Platten. Doch er war eiskalt.

»Ach, den habe ich aufgegeben, als Maman nach Spanien gegangen ist«, sagte Jean-Luc, als er mein Gesicht sah. »Wenn ich Nudeln oder so etwas mache, geht das leichter mit einem Elektroherd.«

»Klingt einleuchtend«, stimmte ich ihm zu.

Doch irgendwie schien die Küche ohne die stete Wärme des Ofens ein Stück ihrer Seele verloren zu haben.

»Ich dachte, du könntest im blauen Zimmer wohnen«, sagte Jean-Luc. »Die erste Tür oben an der Treppe. Die *femme de ménage* war in meiner Abwesenheit hier. Das Bett müsste frisch bezogen sein.« Er ging zurück in die Diele. »Ich hole die Taschen rein. Wenn du willst, kannst du dich ein bisschen ausruhen, bevor wir überlegen, was wir als Erstes machen.«

Die breiten Stufen unter dem dicken Teppich knarrten. Ich linste ins Bad – geblümte Vorhänge, Toilette und Waschbecken wie eh und je in der Farbe wasserblau, nur die gesprungene Wanne hatte Jean-Luc durch eine Dusche ersetzt. Ich ging weiter zum blauen Zimmer. Zwei schmale Einzelbetten mit weiß-blauen Überdecken empfingen mich. Ich ließ mich auf das erste fallen, schloss die Augen und sank in einen tiefen, traumlosen Schlaf.

Als ich mit rasendem Herzschlag erwachte, dämmerte es. Nach und nach fiel mir alles wieder ein. Das Burgund. Jean-Lucs Haus. Mein Großonkel Albert. Hatte Louise sich mit ihm im Kloster getroffen?

Ich quälte mich aus dem Bett, putzte mir im Bad die Zähne und spritzte mir kaltes Wasser ins Gesicht, dann ging ich nach unten in die Küche. Jean-Luc beugte sich mit einem Holzlöffel in der Hand über den Elektroherd. Ein Sieb mit klein geschnittenem Brokkoli stand auf der Arbeitsplatte, und der Duft von gedünstetem Knoblauch erfüllte den Raum.

»Oh, hallo!« Er schien überrascht, mich zu sehen. »Hab ich dich geweckt?« Ich schüttelte den Kopf. »Hast du Hunger?« Er zeigte mit dem Löffel auf einen brodelnden Topf. »Ich mache Nudeln.«

»*Du kochst?*« Die Frage war mir so herausgerutscht und hörte sich an, als könnte ich es nicht fassen. Jean-Luc errötete. »Tut mir leid.« Ich räusperte mich. »Ich meine … Wow, du kochst! Nudeln hören sich toll an. *Merci*«, sagte ich, als er mir ein Glas Weißwein reichte.

Wir aßen am Küchentisch – dem Ort, an dem wir schon so viele Mahlzeiten zusammen eingenommen hatten, dem Ort unserer unglückseligen Verlobung.

»Das sieht köstlich aus.« Ich blickte auf den Teller mit Nudeln und Brokkoli. »Danke.« Ich aß eine Nudel und stellte überrascht fest, dass sie leicht mit Chili gewürzt war.

»Ich dachte, ein warmes Essen würde uns guttun«, sagte Jean-Luc und reichte mir eine Schale mit geriebenem Käse.

»Mmm, nein, danke, es ist super so.« Plötzlich hatte ich einen unbändigen Hunger und aß schneller.

»Während du geschlafen hast, habe ich in der Abbaye de Cîteaux angerufen«, berichtete Jean-Luc und nippte an seinem Wein. »Ich habe niemanden erreicht.«

Ich stocherte mit der Gabel im Essen. »Vielleicht ist das eine aussichtslose Unternehmung. Wir wissen noch nicht einmal, ob Albert dort ist. Und bei meinem Glück sind die Mönche wahrscheinlich gerade nicht zu sprechen, weil sie an irgendwelchen Schweigeexerzitien teilnehmen müssen.«

»Morgen ab zehn Uhr dreißig gibt es Führungen«, sagte Jean-Luc ruhig. »Die Fahrt dauert ungefähr vierzig Minuten. Wir sollten also gegen neun Uhr aufbrechen.«

»Wir?« Ich richtete mich auf meinem Stuhl auf.

Er schien überrascht. »Natürlich, Kat. Du hast doch nicht etwa gedacht, dass ich dich jetzt im Stich lasse?«

Die Abbaye de Cîteaux war von grünen Weiden umschlossen, die die einfachen Gebäude ungeschützt der Witterung aussetzten. Eine Windböe drang durch meinen Mantel, und ich zitterte, als wir ein riesiges Steingebäude mit höhlenartigen Gewölbedecken und enormen Bogenfenstern betraten, das kein bisschen beheizt war.

»Die Abtei wurde 1098 gegründet. Damals ließ sich eine Gruppe von Mönchen an diesem abgelegenen Ort nieder, um hier ein einfaches Leben zu führen, wie es in den Evangelien beschrieben ist«, sagte unser Führer, ein überraschend junger Novize, der sich uns als Frère Bernard vorgestellt hatte. »Dieser Raum ist das Skriptorium, in dem Schriftgelehrte im Mittelalter Bücher kopiert, illustriert und gebunden haben.« Er zeigte in einer umfassenden Geste auf den riesigen Saal. »Den Vorschriften des heiligen Benedikt gehorchend, wurde meist schweigend gearbeitet, obwohl unser Orden kein Schweigegelübde verlangt. Heute leben ungefähr dreißig Brüder in der Gemeinschaft. Wir sprechen tatsächlich nur, wenn es nötig ist. Überflüssiges Geplauder wird nicht gutgeheißen, und jedes Gespräch, das in Spott oder Hohn endet, wird als Sünde angesehen – was natürlich bedeutet, dass wir keine sozialen Medien nutzen.« Er lächelte uns milde an.

Jean-Luc und ich lachten, doch andere Besucher, eine Gruppe rüstiger Rentner, schien sein Humor nicht zu beeindrucken.

»Bitte werfen Sie einen Blick auf die Exponate, dann besichtigen wir den Kreuzgang, ein frühes Beispiel romanischer Architektur.« Frère Bernard trat ein wenig zurück, und ich eilte sofort zu ihm, bevor einer der anderen ihm eine Frage stellen konnte.

»Ist es möglich, mit den Brüdern hier in Kontakt zu treten?«, fragte ich und versuchte, in der Zugluft, die durch die dünnen Fensterscheiben hereindrang, nicht zu zittern.

»Wir bieten Schweige-Retreats für Menschen an, die sich auf der geistigen Suche befinden«, sagte er mechanisch, und ich hatte das Gefühl, dass man ihm diese Frage nicht zum ersten Mal stellte. »Jene, die Gott suchen oder Frieden. Oder die sich an einem Wendepunkt in ihrem Leben befinden.« Er musterte mich genauer. »Meinen Sie das?«

Ich errötete. »Nein, nicht ganz.« Ich zögerte und überlegte, was ich ihm sagen sollte. »Ich suche meinen Großonkel. Ich habe Grund zu glauben, dass er sich vor Jahren der Gemeinschaft angeschlossen hat. Bitte, können Sie mir sagen, ob es bei Ihnen einen Frère Albert gibt?«

Frère Bernard stutzte und nestelte an dem Stoffgürtel um seine Taille. Die Ränder waren ausgefranst, vermutlich eine nervöse Angewohnheit von ihm.

»Warum suchen Sie ihn?«, fragte er.

Wieder zögerte ich. Was sollte ich sagen? Hier, in dieser Atmosphäre strengen Ästhetizismus schien der Gedanke, dass wir nach einem Vorrat an seltenem Wein suchten, furchtbar raffgierig. Ich dachte an Hélène und an den Aufruhr und die Zerstörung, die sie über so viele gebracht hatte.

»Ich hoffe, Frieden zu finden«, sagte ich leise. »Ich hoffe, vergeben zu können.«

Sein Blick wurde milde. »Warten Sie nach der Tour«, sagte er halblaut, als die anderen in unsere Richtung kamen. »Ich sehe, was ich tun kann.«

»Ist Albert hier?«, fragte Jean-Luc leise, als ich wieder zu ihm trat.

»Frère Bernard hat nur gesagt, er sieht, was er tun kann.«

»Hmmm. Sehr vage.«

Wir folgten weiter der Führung, marschierten zu einer schlichten Kapelle, dem kargen Speisesaal und einer topmodernen *fromagerie* – in der die Mönche schweigend köstlichen cremigen Käse herstellten, der Fromage de Cîteaux hieß. Schließlich landeten wir im Klosterladen. Jean-Luc und ich warteten auf Frère Bernard und füllten derweil unruhig einen Einkaufskorb mit Honig- und Marmeladengläsern, einem Laib Käse und anderen Trappistendelikatessen. Jean-Luc legte noch eine Schachtel Kamillentee in den Korb, dann gingen wir zur Kasse, an der eine junge Frau unsere Käufe eingab und in eine Tüte packte.

»Das macht hundertsiebzig Euro«, sagte sie.

Mir klappte die Kinnlade herunter.

Jean-Luc reichte ihr seine Kreditkarte und lachte über den Ausdruck auf meinem Gesicht. »Verrückt, oder? Diese Klosterläden sind teurer als Harrods Food Hall.«

»Mademoiselle?« Frère Bernards in eine Kutte gewandete Gestalt erschien in einer Tür auf der Rückseite des Ladens. »Wenn Sie mir bitte folgen wollen?« Er nickte, und seine Einladung schloss Jean-Luc eindeutig nicht mit ein.

»Ich warte am Wagen auf dich«, sagte Jean-Luc. »Lass dir Zeit.«

Frère Bernard führte mich draußen über das Klostergelände, unsere Absätze versanken im Gras. Ich suchte nach einem banalen Thema, um ein wenig Small Talk zu betreiben, bis mir wieder einfiel, dass die Brüder ja nur das Nötigste sprachen. Eigentlich war das Schweigen erholsam.

Wir umrundeten ein langes Gebäude und betraten einen Gemüsegarten, in dem sorgfältig Pflanzbeete angelegt waren, von Frühlingsgewächsen gesäumt. Ein älterer Mönch kniete in der Ordenstracht, einem cremefarbenen Gewand mit schwarzer ärmelloser Tunika, die von einem Lederriemen zusammengehalten wurde, auf dem Boden. Die weißen Haarsträhnen schützten die rosa Kopfhaut nur dürftig vor der Sonne, dafür war sein weißer Bart umso üppiger.

Frère Bernard hüstelte leise. Der Mönch blickte auf, und mir blieb einen Moment der Atem weg, denn dort, in seinem faltigen Gesicht, sah ich die Augen meiner Mutter – meine Augen – dunkelgrün, an den Rändern in Braun übergehend.

»*Bonjour*«, flüsterte ich.

Albert setzte sich auf die Fersen und streckte mir die Hand hin. »Mein Kind«, sagte er. »Ich habe gehofft, dass du kommst.«

Als Frère Bernard sich verneigte und zurückzog, trat ich vor, ergriff Alberts Hand und kniete mich neben ihn auf die Erde. »Ich bin Ihre Großnichte«, erklärte ich. »Ich bin Benoîts Enkeltochter.«

»Magst du Erbsen? Benoît mag Erbsen«, sagte er und reichte mir einen Pflanzenheber.

»Ja«, versicherte ich ihm, doch meine Hoffnung sank. Ließ sein Verstand nach? Ich zog eine Pflanze heraus und hoffte, dass es Unkraut war. »Frère Albert«, begann ich, »ich habe mich gefragt, ob Sie mir wohl von Ihrer Kindheit erzählen würden.«

»Von meiner Kindheit … Ja … Benoît war sehr zart. Immer kränklich. Maman gab ihm Kalbssülze, ich musste Kaninchen essen.«

»Und was ist mit … Hélène?« Ich wappnete mich.

»Ahhh, Léna.« Zu meiner Überraschung klang seine Stimme zärtlich, und er lächelte. »Sie hat mich immer in den Schlaf gesungen … *Fais dodo, Colas, mon petit frère* …« Er summte einige Takte des Schlaflieds. »Natürlich waren sie hart, die Kriegsjahre. *C'est absolument affreux.* Aber Léna versuchte, mich und Benoît vor dem Schlimmsten zu schützen.«

»Sie hat Sie beschützt? Wie meinen Sie das?« Vor Erstaunen wurde meine Stimme schrill.

»Sie hat mich vom Kirschbaum gerettet. Sie konnte klettern wie ein Junge. Wenn es wärmer war, campierte sie mit mir in der *cabotte.*« Sein Gesicht verfinsterte sich. »Es stimmt nicht, weißt du. Mir ist egal, was alle sagen. Die Tatsachen wurden verdreht. Das war ein Irrtum.«

Ich hielt den Atem an. »Was war ein Irrtum?«

»Hélène kann kein *collabo* gewesen sein, und wenn ich älter bin, werde ich Nachforschungen anstellen. Ich werde die Wahrheit herausfinden. Maman sagt, ich soll die Toten ruhen lassen, aber das sagt sie nur, weil sie lieber so tut, als hätte es Léna nie gegeben … Nein, nein! Das ist ein Setzling!« Alarmiert hielt er meine Hand fest. Ich setzte mich auf die Fersen, und Albert drückte die Pflanze fest zurück in den Boden und klopfte die Erde fest. Als er liebevoll die zarten Blätter betrachtete, spürte ich, wie sich ein Fenster schloss. Vergeblich suchte ich nach einer Möglichkeit, ihn zurück ins Gespräch zu holen, doch als ich gerade dachte, es wäre zu spät, sprach er wieder. »Sie hat danach gesucht.« In seinem schiefen Lächeln erkannte ich den Lausebengel, der er einst gewesen war. »Im ganzen Haus. Im Keller. Sie hat die Bücher aus den Regalen genommen, die Schränke durchsucht. Maman weiß nicht, wo Léna es versteckt hat, aber ich. Oh ja«, er tippte sich an die Nase, »ich habe eine Idee! Ich glaube, sie hat einen Hinweis in Papas Lieblingsbuch hinterlassen – ich habe es auf ihrem Schreibtisch gesehen. Aber das ist ein Geheimnis.« Plötzlich wurde sein Blick ängstlich. »Das erzählst du doch niemandem, oder? Sag es nicht Maman.«

»Das werde ich nicht«, versprach ich.

Er drückte meinen Arm. »Wir schweigen hier. Wir sprechen nur, wenn es nötig ist. Ich brauche die Stille, um meine Seele zu reinigen.« Sein Blick schweifte ab. »Ich habe gesündigt. Ich habe sie nicht aufgehalten. Nach dem Krieg …«

»Wen aufgehalten?«, hakte ich nach. Er presste die Lippen fest zusammen. »Sind Sie deshalb ins Kloster gegangen?«

»Dieses andere Mädchen hat die Regeln des heiligen Benedikt nicht geachtet.«

»Welches andere Mädchen?« Wieder spürte ich dieses merkwürdige Kribbeln in der Brust.

»Sie war vor einigen Wochen hier. Hat eine Menge Fragen gestellt.« Er stieß einen Seufzer aus. »Wie hieß sie noch?« Er musterte mich. »Wie heißt du?«

»Katherine.«

»Ja!«, rief er aus. »Genau. Sie war meine Großnichte Katreen. Benoîts Enkeltochter. Benoît mag Erbsen. Magst du Erbsen?«

Ich presste eine Hand auf mein Herz und versuchte, es zu beruhigen. »*Oui.*« Er streckte die Hand aus, hob mein Kinn an und ließ den Blick über mein Gesicht gleiten. »Du siehst Léna sehr ähnlich«, stellte er verwundert fest. Unsere Blicke trafen sich, und einen Augenblick lang waren seine Augen ganz klar, dann trübten sie sich wieder ein. »Es gab keinen Tag, an dem ich nicht an dich gedacht, dich nicht um Vergebung gebeten habe.«

Ich schluckte schwer gegen den Kloß in meinem Hals an. »Frère Albert, ich bin mir sicher, dass sie Ihnen vergeben hat«, sagte ich.

Verwirrt verzog er das Gesicht. »Wer?«

Ich holte tief Luft und erschauderte. »*Je te pardonne*«, flüsterte ich. »Ich vergebe dir.«

Er nahm meine Hand, und als meine Tränen auf die Erde fielen, sah ich, dass sie sich mit denen meines Großonkels verbanden.

»Es war furchtbar traurig«, sagte ich kurz darauf, während die Weiden vor den Autofenstern vorbeiflogen. »Tragisch. Offensichtlich hat er das ganze Leben lang unter seiner Schuld gelitten.«

»Welcher Schuld?«, fragte Jean-Luc.

»Das weiß ich nicht. Ich konnte es nicht herausfinden,

aber es hat mit Hélène zu tun.« Ich nagte an meiner Unterlippe.

Wir waren im Transporter auf dem Rückweg nach Meursault. Ich hatte Jean-Luc schon von meinem Gespräch mit Albert erzählt – doch ich konnte nicht aufhören, an den kurzen Moment zu denken, in dem die Augen meines Großonkels ganz klar gewesen waren.

»Er war verwirrt«, sagte ich. »Ich bin mir ziemlich sicher, dass er unter Demenz leidet. Am Ende dachte er, ich wäre sie.«

»Was hat er gesagt, als du ihm erklärt hast, dass du Benoîts Enkeltochter bist?«

»Er, also … eigentlich dachte er, ich würde von jemand anderem sprechen.« Eine ganze Minute verging, in der ich sieben Kühe zählte. »Ich glaube, Louise hat ihn im Kloster besucht und sich für mich ausgegeben.«

»Im Ernst?« Jean-Luc klang skeptisch. »Das scheint mir ein bisschen weit hergeholt. Würde Louise so etwas Niederträchtiges tun?«

Ja, dachte ich gereizt. Aber es war sinnlos, Louise schlechtzumachen. »Wenn sie ihn getroffen hat«, sagte ich in ruhigem Ton, »kann ich mir jedoch nicht vorstellen, dass ihre Unterhaltung informativer gewesen ist. O mein Gott.«

Ich schoss so abrupt nach vorn, dass der Sicherheitsgurt blockierte und mir in die Brust schnitt.

»Was ist?«, fragte Jean-Luc, als er meinen Gesichtsausdruck sah. »*Quoi?*«

»*Papas Lieblingsbuch* … Albert sagte, Hélène habe im Lieblingsbuch seines Vaters einen Hinweis hinterlassen. Monte Christo.« Ich zögerte und versuchte, die Teile zusammenzufügen. »Onkel Philippe hat mir erzählt, dass

Der Graf von Monte Christo das Lieblingsbuch seines Vaters gewesen ist. Bei der Entrümpelung des *cave* haben Heather und ich eine Ausgabe gefunden. Wir dachten, es wäre Zufall. Aber was, wenn Hélène eine geheime Nachricht in einer der Ausgaben hinterlassen hat?«

»*Attends*, ich kann dir nicht ganz folgen.« Jean-Luc legte die Stirn in Falten. »Du denkst, Hélène hätte etwas im *Le Comte de Monte-Cristo* hinterlassen?«

»Nicht nur etwas«, sagte ich ungeduldig. »Informationen darüber, wo sie die Flaschen des Gouttes d'Or versteckt hat.«

»Wo ist das Buch jetzt? Bei Nico und Bruyère?«

»Ich glaube, wir haben es zum Wohltätigkeitsladen gebracht, also muss es … Oh, Mist.« Ich wusste mit Gewissheit, wo das Buch war. »Louise hat es.«

»Ah.« Einige Kilometer vergingen. »Noch nicht einsortierte Bücher bewahrt sie in ihrem Büro hinter dem Laden auf«, sagte Jean-Luc schließlich sanft. »Da herrscht das totale Chaos. Überall stapeln sich Kartons.«

»Ja, aber wie soll ich in ihr privates Büro kommen?«

An einem Wagen vor uns leuchteten die Bremslichter auf. Jean-Luc schaltete herunter und verlangsamte das Tempo. »Vielleicht«, er tippte aufs Lenkrad, »könnte ich Louise morgen zum Mittagessen einladen. Sie hat gesagt, sie würde gern mal ins Le Jeu de Paume gehen.«

Wie von allein schossen meine Augenbrauen nach oben. Le Jeu de Paume war eins der besten Restaurants von Beaune. Erst kürzlich hatte es zwei Michelin-Sterne erhalten, und die Preise waren entsprechend. »Wow! Ich habe gehört, dass der Laden wirklich …« Ich zögerte und suchte nach dem richtigen Wort. Teuer? Romantisch?

»… langsam ist«, schaltete sich Jean-Luc ein. »*Oui,* du hast bestimmt gehört, dass sich ein Essen dort über mehrere Stunden hinzieht. Vier Gänge, Wein, Kaffee. Du solltest genug Zeit haben, ihr Büro zu durchsuchen.«

»Moment«, sagte ich, und in meiner Brust keimte schwache Hoffnung auf. »Ihr Büro durchsuchen? Aber wie komme ich da rein, wenn sie nicht da ist?«

»Ich kann mir vorstellen, dass Walker da ist und auf den Laden aufpasst. Vielleicht ist es nicht so schwer, ihn abzulenken. Natürlich nur, wenn du einverstanden bist.«

»Natürlich«, sagte ich und versuchte, ein breites Grinsen zu unterdrücken. »Einverstanden.«

»Gut.« Er lächelte. »*Alors,* ich habe mir Folgendes überlegt …«

Mit einem kleinen Löffel rührte ich zum zwanzigsten Mal in der Espressotasse mit dunklem Kaffee vor mir. Vor einer halben Stunde hatte Jean-Luc mich in diesem Café in Beaune abgesetzt, bevor er abgeschwirrt war, um Louise zum Mittagessen zu treffen. Jetzt hatten sie wahrscheinlich ihren Champagner ausgetrunken und die *gougères* verspeist und begannen mit den *entrées* – Krebs auf Eis vielleicht? Dazu weißer Spargel in Trüffelvinaigrette? Ein Glas eisgekühlter Meursault, dann eine Flasche Gevrey-Chambertin? Ich schob die schlaffen Reste eines Salats mit Ziegenkäse fort, überprüfte auf meinem Smartphone die Uhrzeit und bestellte die Rechnung.

Zu Louises Buchladen brauchte ich zu Fuß zehn Minuten. Unterwegs ging ich im Geiste das Szenario durch, das Jean-Luc und ich am Abend zuvor ausgearbeitet hatten. »Geh genau um zwei Uhr hin«, hatte er mich angewiesen, weshalb ich die letzten vier Minuten auf der gegenüberliegenden Straßenseite auf dem Bürgersteig wartete.

»*Bonjour*?«, rief ich, als ich den Laden betrat, doch der Platz hinter der Kasse war leer.

Ich blickte mich um und musterte die Auslage. In Louises Laden, der sich im Erdgeschoss eines heruntergekommenen *hôtel particulier* befand, war es sogar um die Mittagszeit dunkel. Das Fenster zierte ein kunstvolles Eisengitter. Die Regale quollen über von gebrauchten Büchern, ein paar schlappe Orchideen waren die einzige Deko. Durch eine halb offene Tür in der Wand spähte ich in Louises Büro und sah einen großen Schreibtisch, der zum Teil mit Kartons vollgestellt war.

Ich wechselte meine Tasche von einer Schulter auf die andere. »Hallo?«, rief ich noch einmal. Mindestens fünf Minuten vergingen, dann kündigte das Geräusch von rauschendem Wasser Walkers Erscheinen an, der kurz darauf aus einer Seitentür trat.

»*Bonjour*«, sagte er, dann entdeckte er mich. »Kate?«

»Walker, hallo!« Ich lächelte und ging auf ihn zu, um ihn zu umarmen.

»Was machst du hier?«

»Überraschung! Ich dachte, ich komme kurz vor der Prüfung noch mal zum Büffeln her.« Ich hoffte, er hatte mein kurzes Stocken nicht bemerkt.

»Wow, das ist ja echt Hardcore.« Walker zog die dunklen Brauen hoch. »Ist der Test nicht in zwei Wochen?«

»In neun Tagen«, korrigierte ich ihn. »Aber wen interessiert das?«, trällerte ich mädchenhaft und verzog innerlich das Gesicht.

»Ja … echt Hardcore«, sagte er wieder, diesmal langsamer. Waren seine Augen gerade schmaler geworden?

»Wie geht es dir?«, fragte ich schnell. »Schön, dich zu sehen! Ich … ich hab dich vermisst.«

»Wirklich«, sagte er unüberhörbar unterkühlt.

»Das gemeinsame Lernen«, berichtigte ich. »Ich habe wirklich viel von dir gelernt.«

»Was machst du hier, Kate?« Er verschränkte die Arme und taxierte mich mit argwöhnischem Blick. »Warum zum Teufel nimmst du kurz vor dem wichtigsten Tag in deinem Leben eine so lange Reise auf dich?«

»Das habe ich dir doch gesagt«, beharrte ich. »Ich lerne für die Prüfung, treffe mich mit Winzern und Sommeliers. So vielen wie möglich. Ich lerne sehr viel!«

»Zum Beispiel?«, forderte er mich heraus.

»Zum Beispiel … gestern habe ich die beste Zusammenstellung aus Wein und Käse kennengelernt«, plapperte ich nervös. »Volnay und fromage de Cîteaux. Hast du das mal probiert? Der Wein bildet einen Kontrast zu dem erdigen Geschmack des Käses.«

»Fromage de Cîteaux?«

»Äh … ja. Kennst du den? Das ist dieser Käse mit der gewaschenen Rinde …«

»Der nur im Kloster von Cîteaux hergestellt wird«, vollendete er meinen Satz. »Also warst du offensichtlich da und hast ihn auch getroffen. Den alten Mönch? Nicht mehr ganz richtig im Kopf, stimmt's?« Wütend über mich selbst presste ich die Lippen zusammen. »Weißt du«, Walker stieß einen Seufzer aus, »wir hätten zusammenarbeiten können. Wir hätten dir helfen können, den Wein zu finden, und einen Käufer noch dazu. Und natürlich wären wir absolut diskret vorgegangen. Stattdessen haben wir die ganze Zeit aneinander vorbeigeredet. Warum vertraust du mir nicht, Kate?« Er tippte sich auf die Brust. »Ich meine, wir sind beide Amerikaner. Wir arbeiten im Restaurantgeschäft. Was ist mit der Kameradschaft unter Sommeliers?«

Machte er Witze? Wie so oft bei Walker wusste ich es nicht.

»Ist Louise da?«, fragte ich nach einer peinlichen Pause. »Ich würde sie gern um ihren Rat bei einem seltenen Buch bitten, das ein Freund von mir verkaufen will.«

»Tut mir leid«, sagte er, obwohl er keineswegs bedauernd wirkte. »Sie hat einen Termin.«

»Nun, wenn sie bald zurückkommt, warte ich. Kein Problem.«

»Es könnte eine Weile dauern«, sagte er knapp.

»Willst du sagen, dass Louise nicht an einer handgebundenen Erstausgabe von *Die Physiologie des Geschmacks* interessiert ist?«

Er zögerte.

»Auf Dänisch«, fügte ich hinzu.

Walker blickte auf die Uhr. Es war fast Viertel nach zwei. Ich sah, dass er überlegte, wie lange Louise fürs Mittagessen brauchte.

»Okay«, stimmte er schließlich zu.

Er hätte mir leidgetan, hätte er nicht genervt aufgeseufzt.

Ich setzte mich auf einen der Gartenstühle, die an der Wand aufgereiht waren, und beschäftigte mich mit meinem Smartphone, als würde ich meine E-Mails checken. Stattdessen stellte ich den Timer, schaltete den Alarm lauter und wartete. Drei Minuten später klingelte mein Handy, und ich tat, als würde ich ein Gespräch annehmen.

»Hallo?«, sagte ich in die Stille. »Oh, hallo, Dr. Iqbal. Wie bitte? Sie haben die Testergebnisse aus dem Labor? Klar habe ich Zeit. Moment, ich suche mir nur eben einen Ort, an dem ich ungestört bin.« Ich stand auf und fing Walkers Blick auf. »Okay?«, fragte ich lautlos, hob die Brauen und zeigte auf die Tür zu Louises Büro. Ohne seine Antwort abzuwarten, schlüpfte ich hinein.

Während man die Atmosphäre im Laden bestenfalls als karg und vernachlässigt bezeichnen konnte, quoll Louises Heiligstes über vor Kartons, die bis zur Decke gestapelt waren, nur eine kleine Insel um ihren Schreibtisch herum war frei. »O mein Gott, ist das Ihr Ernst?«, sagte ich für Walker, während ich auf die Massen brauner Pappe starrte. Wie zum Teufel sollte ich in diesem Chaos etwas finden? Ich holte tief Luft und öffnete so leise wie möglich den ersten Karton. »Aber wie wird das übertragen?«, fuhr ich fort. »Ich meine, wir haben doch verhütet.« Schäm dich, Walker, schäm dich, dachte ich.

Im ersten Karton fand ich nur einen Haufen alter Kochbücher. Ich schob sie zur Seite und zog einen anderen aus dem Stapel. »Entschuldigen Sie, nein, nein. Ich stehe nur unter Schock.« Ich starrte auf einen zerlesenen Stapel Romane von Georges Simenon. »Können Sie das noch einmal wiederholen?« Ich klappte einen weiteren Karton auf. Nichts als ziegelrote Bücher – Restaurantführer von Gault-Millau.

»Was für ein Scan?«, fragte ich, während ich nach dem nächsten Karton griff. Alte Reiseführer, Groschenromane mit Eselsohren und zerknickten Umschlägen, ein wankender Stapel Taschenwörterbücher: *English-French, Français-Italiano, Français-Español*. Dann stießen meine

Finger auf dickes strukturiertes Leder, und ich fasste einen schweren Band. *Les Frères Corses.* Mein Blick wanderte zum Namen des Autors: Alexandre Dumas.

Mein Herz begann heftig zu schlagen. Ich zog den Karton näher zu mir heran, arbeitete mich nach unten vor und warf die anderen Bücher auf den Boden, ohne auf den Lärm zu achten. Schließlich förderte ich ein mit schwarzem zerschlissenem Gewebe gebundenes Buch hervor, auf dem Deckel das Porträt eines dicken Mannes in einem altmodischen Anzug. Der Titel lautete: *Le Comte de Monte-Cristo.* Als ich es aufschlug, sank der Buchrücken ein. Ich blätterte zur ersten Seite, auf der in ordentlicher Handschrift der Name Edouard Charpin geschrieben stand.

Als ich aufgebrachte Stimmen aus dem Laden hörte, sprang ich auf. Das Buch an die Brust gepresst, stürzte ich zu meiner Tasche, doch da flog schon die Bürotür auf, und im Rahmen erschien Louise in einem schmalen grauen Kleid. Die Absätze ihrer Sling-Pumps klapperten, als sie auf mich zustürmte.

»*Vous!*«, zischte sie. Trotz meines Schrecks bemerkte ich gleich, dass sie das förmliche »Sie« benutzte. »*Qu'est-ce que vous faîtes?*« Was machen Sie hier? Ihr Blick irrte durch den Raum, und sie bemerkte die offenen Kartons. »Was ist das?«, fragte sie und wies mit dem Kopf auf das Buch in meinen Händen. »Wo ist das her?« Mit zwei schnellen Schritten stand sie vor mir und versuchte, mir das Buch wegzunehmen.

Ich warf einen Blick auf meine Tasche, aber sie befand sich außer Reichweite. »Louise, was für eine Überraschung, dich hier zu sehen!«, sagte ich schwach, um Zeit zu schinden.

»Verarsch mich nicht, Katreen. Ich weiß genau, worauf du aus bist.«

Ich schlang die Arme um das Buch. »Dasselbe könnte ich von dir sagen.«

Sie trat einen Schritt näher, und ich roch den erdrückenden Moschusduft ihres Parfums. »Gib mir das Buch. Gib mir das Buch, und ich werde sogar …«, sie kniff die Augen zusammen, »… ja, ich werde den Erlös mit dir teilen. Darum geht es doch, *n'est-ce pas?* Um Geld. Aber du vergisst, dass ich diejenige bin, die ihre ganze Zeit investiert hat, um all diesen Müll zu sammeln und nach der Nadel im Heuhaufen zu suchen.« Sie wedelte mit der Hand in Richtung der Kartons. »Ich kenne einen französischen Sammler, der bereit ist, ein Vermögen zu bezahlen – bar, unter der Hand. Er würde sein Leben für diese Flaschen Gouttes d'Or geben und wird keine Fragen stellen. Gib mir einfach das Buch, und wenn es uns zu etwas führt, beteilige ich dich. Wir machen halbehalbe, *d'accord?*«

Die Empörung trieb mir das Blut in die Wangen. »Diese Flaschen gehören meiner Familie!«

»Der Wein gehört Frankreich. Er ist Teil unseres französischen Erbes, Kate. Wie zum Teufel kannst du ihn auf einer Auktion an reiche Ausländer verscherbeln? Sein Platz ist hier in unserem Heimatland!« Bevor ich etwas erwidern konnte, griff sie nach dem Buch, ihre scharfen Fingernägel hinterließen einen langen roten Kratzer auf meinem Arm. Ich strauchelte und blieb mit dem Stiefelabsatz am Teppich hängen. Da griff jemand fest meinen Ellenbogen und zog mich wieder auf die Beine.

»Qu'est-ce qui se passe là?«, rief Jean-Luc. Er ließ meinen Arm los, und ich fing mich an der Wand ab.

»Oh, Jean-Luc!« Zwei Rosen erblühten auf Louises Wangen. »Was machst du hier? Katreen und ich haben gerade …« Sie lachte. »Ich habe nicht damit gerechnet, dich so schnell wiederzusehen!«

»Ganz offensichtlich nicht«, sagte er.

Louise stutzte kurz. »Wusstest du, dass Katreen wieder in der Stadt ist?« Ihr Ton hatte sich kaum merklich verschärft.

Ohne auf ihre Frage zu antworten, nahm mir Jean-Luc das Buch aus der Hand. *»Le Comte de Monte-Cristo.«* Er lächelte.

»Ist das nicht ein wunderbares Buch? Was für ein Schatz!« Louise langte nach dem Buch, doch Jean-Luc wich ihr geschickt aus und drehte sich zu mir um.

»On y va?«

Schnell schnappte ich meine Tasche und ging zur Tür. Jean-Luc folgte mir hinaus, ohne dass einer von uns stehen blieb, um sich zu verabschieden.

»Wir haben uns getäuscht.« Jean-Luc sank am Küchentisch in sich zusammen. »Da ist nichts.« Er griff noch einmal nach dem Buch und blätterte zum hundertsten Mal durch die Seiten, die weich und leicht vergilbt, sonst aber unbeschädigt waren. Noch einmal überprüfte er den Rücken, den Titel, Vor- und Nachsatz. Nichts.

Den ganzen Nachmittag hatten wir hier über dem Buch gegrübelt und versucht, ihm sein Geheimnis zu entlocken. Draußen waren die Schatten länger geworden, und es hatte sich rasch abgekühlt. Ratlos beugte sich Jean-Luc über die Seiten. »Bist du *sicher*, dass sie hier drin eine Nachricht hinterlassen hat?«, fragte er.

Ich erinnerte mich an die Bücher über den Zweiten

Weltkrieg, die ich gelesen hatte. In einigen war die Rede von verschlüsselten Nachrichten gewesen, die im besetzten Frankreich eine große Rolle gespielt hatten. »Sie haben mit einem Bleistift winzige Punkte über einzelne Buchstaben gesetzt, aus denen sich Worte ergeben«, sagte ich. »Siehst du irgendwelche Zeichen?«

Er versetzte dem Buch einen Stoß, sodass es über den Tisch rutschte. »Das sind über tausend Seiten«, sagte er. »Willst du etwa jede einzelne untersuchen?«

Auf seinen kurzen Wutausbruch folgte Stille. Ich hörte das Ticken seiner Armbanduhr und ein Auto, das leise über die unbefestigte Straße hinter dem Haus knirschte. Ein Vogel stieß einen hohen Balzlaut aus.

»Hast du eine Lupe?« Ich nahm das Buch und strich über das Deckblatt. »Was ist?«, sagte ich, als er mich ungläubig ansah. »Niemand hat gesagt, dass es leicht wird.«

Jean-Luc kramte in der obersten Schublade im Sekretär seines Vaters, schob einige nicht mehr gültige Francs und diverse ausgetrocknete Fountain-Stifte zur Seite (Warf in Frankreich eigentlich niemand etwas weg?) und förderte schließlich ein kunstvoll verziertes Vergrößerungsglas zutage. Ich schaute durch die Linse und begann mit der mühseligen Aufgabe, jeden Buchstaben im Buch zu untersuchen. Jean-Luc machte sich in der Küche zu schaffen, räumte die Spülmaschine aus, wischte die Arbeitsplatte ab und rührte in einem alten Marmeladenglas Vinaigrette an.

»Sind Salat und Käse zum Abendessen okay?«, fragte er.

»Du kochst schon *wieder?*«, fragte ich. Und dann: »Tut mir leid, tut mir leid, ich höre auf damit. Das klingt köstlich, danke.«

Ich wandte mich wieder den altmodischen Buchstaben zu. Auf Seite 26 bedauerte ich meine Großzügigkeit bereits. Auf Seite 43 hatte ich das Gefühl, ich fange an zu schielen. Als Jean-Luc eine Schüssel Salat und ein Holzbrett mit leicht zerlaufendem Käse auf den Tisch stellte, war mir richtiggehend schwindelig. Wir aßen schnell, wischten mit einem Stück Baguette die letzten Tropfen Vinaigrette von unseren Tellern, dann widmete ich mich hartnäckig wieder meiner Aufgabe.

Jean-Luc spülte die Teller ab, dann trat er hinter mich, sodass sein Schatten auf die Seite fiel. »Ich muss noch ein paar Mails beantworten«, sagte er. »Wenn du nichts dagegen hast, hole ich meinen Computer her.«

»*Pas du tout*«, versicherte ich ihm.

Und so stellte er seinen Laptop auf den Küchentisch, und wir arbeiteten in geselligem Schweigen, nur unterbrochen vom Klappern der Tastatur und dem Rascheln von Papier, wenn ich eine Seite umblätterte.

Eine Stunde verging. Dann noch eine. Jean-Luc klappte den Laptop zu und begann Zeitung zu lesen. Trotz meiner guten Vorsätze wurden meine Augenlider schwer, mein Griff um das Vergrößerungsglas lockerte sich, und mein Kopf fiel nach vorn. Ich riss mich zusammen, blätterte die nächste Seite um und konzentrierte mich aufs Neue. Die Buchstaben verschwammen vor meinen Augen, schwarze Linien und Punkte auf der leicht vergilbten Oberfläche. Da. Mitten auf der Seite war ein zarter Strich über einem C. Weiter unten fand ich einen weiteren über einem U. Eilig ließ ich den Blick über die nächsten Absätze gleiten und fand noch mehr markierte Buchstaben. Ich nahm einen Stift und notierte sie auf einem Stück Papier.

»Das ergibt keinen Sinn«, murmelte ich.

»*Comment?*« Jean-Luc klang verwirrt, als hätte er hinter der Zeitung gedöst.

»Guck mal.« Ich rutschte neben ihn. »Diese Buchstaben sind im Buch markiert. Aber die Nachricht ergibt keinen Sinn. Das muss ein Code sein.« Ich zeigte ihm das Stück Papier.

CUSOQUATREPLUSNADEUXCO3DEVIENTAU

»*Attends.*« Jean-Luc nahm den Stift. »CUSO QUATRE PLUS NADEAUX CO TROIS?«, murmelte er und versuchte, die Buchstaben zu Worten zu formen. »DEVIENT?« Er runzelte die Stirn. »Moment. Was, wenn es eine Zahl ist?« Er schrieb: *CUSO4PLUSNA2CO3DEVIENTAU*

»Nein.« Ich stöhnte. »Das ist und bleibt Kauderwelsch.«

Doch er starrte auf die Seite und wurde blass. »Eine Formel«, murmelte er.

»Was?« Ich konnte ihn kaum hören und schüttelte leicht verwirrt den Kopf.

»*Bouillie bourguignonne.* Das Pilzvernichtungsmittel. Sieh doch! Kupfersulfat plus Natriumkarbonat.« Er schrieb: $CuSO_4 + Na_2CO_3$ und verzog vor lauter Konzentration das Gesicht. »*DEVIENT* – das heißt ›wird‹.«

»Also, die Mischung wird … A. U.? Was bedeutet das?«

Die Buchstaben sagten mir irgendetwas. Wo hatte ich sie schon einmal gesehen?

A. U.

A. U.

A. U.

»Gold!«, rief Jean-Luc, und ich wich auf meinem Stuhl zurück. »A. U. Das ist die Abkürzung für Gold im Periodensystem. Nur …« Er hielt inne und schüttelte den Kopf. »Das ergibt keinen Sinn. Wie wird aus der Mischung Gold?«

Ich starrte auf die Formeln vor uns. »Was, wenn … nicht direkt Gold gemeint ist«, überlegte ich, »sondern … Goldtropfen? Gouttes d'Or«, flüsterte ich, als die Puzzleteile an ihren Platz fielen. »Wenn Hélène im Krieg dieses Pilzvernichtungsmittel hergestellt hat, sind aus den Trauben, die sie behandelt hat, Gouttes d'Or geworden. Das ist genial.«

»Nur«, Jean-Luc ließ die Schultern sinken, »das sagt nichts darüber aus, wo sie den Wein versteckt hat.«

Irgendein Gedanke nagte an mir, aber ich bekam ihn nicht zu fassen. »A. U.« Ich schloss die Augen und sah einen dunklen Raum vor mir, eine trockene Steinmauer. Ich schnappte nach Luft. »Die *cabotte!* Die Initialen von meinem Großonkel Albert an der Wand. A. U. Albert Ulysse. Aber weißt du noch? Seine Initialen standen zweimal dort.«

Jean-Luc schob den Stuhl zurück und stand auf. »Komm.« Er nahm meine Hand und zog mich hoch, dann führte er mich durch die Küche und aus dem Haus zu seinem Transporter, öffnete die Beifahrertür und schob mich auf den Sitz.

»Aber sie kann den Wein nicht in der *cabotte* versteckt haben«, bemerkte ich, als wir über die unbefestigte Straße holperten, die durch die Weinberge führte. »Dort kann man nichts verstecken.«

»*Non*«, stimmte er mir zu. »Ich glaube, dass sie dort etwas anderes versteckt hat – eine Karte *peut-être?*«

Wir erklommen einen sanften Hügel, und die *cabotte* kam in Sicht. Jean-Luc hielt am Wegrand, wir stiegen aus. Inzwischen war die Sonne untergegangen und hatte haufenweise zerklüftete Wolken in Rosa-, Bronze- und Lavendeltönen zurückgelassen. Im nachlassenden Licht wirkten die Reben wie ein dunkles Labyrinth, aber Jean-Luc führte uns mit sicherem Schritt zum Eingang der kleinen Steinhütte.

Hier drin war es noch kühler und dunkler, und es roch schwach nach verbranntem Holz. Jean-Luc ließ den Schein der Taschenlampe über die rauen Wände gleiten und richtete ihn auf die Stelle, an der die Buchstaben eingeritzt waren – Nicos Initialen, Onkel Philipps, Grandpère Benoîts, Onkel Alberts, Urgroßvaters Edouards. Und da war es: A. U. Ich kniete mich auf den Boden und begann leise vor mich hin fluchend, mit den Händen in der Erde zu graben. »Warte«, sagte Jean-Luc und ging zum Wagen. Kurz darauf kehrte er mit einer Schaufel zurück. Er reichte sie mir und hielt die Taschenlampe, während ich den Boden der *cabotte* bearbeitete und immer tiefer grub. Als ich das Geräusch von Metall auf Metall hörte, setzte mein Herz aus.

Noch ein paar Schaufeln Erde, und ich hatte eine alte, gelb-blau gestreifte Keksdose aus Blech heraufbefördert. Ich öffnete den Deckel, und zog etwas Flaches heraus, ein in ein wasserfestes Tuch eingewickeltes *cahier d'exercices* – ein Schulheft mit einem dicken braunen Einband, der mir bekannt vorkam.

»Was ist das?«, fragte Jean-Luc.

Mit hämmerndem Herzen schlug ich es auf. Im schwachen Schein der Taschenlampe blickte ich auf die ordentlich beschriebenen Seiten.

12. September 1939

Cher journal,
… Ich bin mir nicht sicher, wie ich dieses Tagebuch beginnen soll. Am besten fange ich mit den Fakten an wie eine richtige Wissenschaftlerin. Ich heiße Hélène Charpin und bin heute achtzehn Jahre alt geworden …

Es war keine Karte. Es war ein Tagebuch.

6. Januar 1944

Cher journal,
heute hat Benoît Geburtstag. Madame hat ihn mit Geschenken überhäuft – ein Paar Schuhe, natürlich gebraucht, aber nur leicht abgestoßen. Außerdem eine Pudelmütze und ein Pullover, beides von ihr selbst gestrickt. Und *la pièce de la résistance* für einen zehnjährigen Jungen: eine glänzende, spielzeuggroße Falle mit messerscharfen Zähnen, bestens geeignet, um Eichhörnchen, Wildhasen oder andere kleine Wesen damit zu fangen. Sie hat ihm auch einen Kuchen gebacken, hat summend Butter, Zucker, Eier und Walnüsse zusammengerührt. Die Tatsache, dass seit Monaten niemand im Ort mehr einen Kuchen bekommen hat, wenn nicht sogar seit Jahren, störte sie nicht im Geringsten.

Nachdem wir zu Abend gegessen hatten – Kartoffeln in Schweineschmalz gebraten für Madame und die Jungen, zwei Teller dünne Kohlsuppe für mich –, wollte Madame den Kuchen anschneiden. Da hörten wir ein Motorrad über die Auffahrt röhren, dann ein leises Klopfen an der Tür. Wie derzeit so oft war Madame ganz aus dem Häuschen, öffnete die Tür und ließ den Leutnant herein. Er küsste sie auf beide Wangen, nickte mir wie immer höflich zu und wandte sich dann an die Jungen, denen er beiden einen Riegel Schokolade mitgebracht hatte.

»Oh, Bruno, du verwöhnst sie!«, sagte Madame in

diesem fürchterlich atemlosen Tonfall, in dem sie ihm gegenüber sprach, doch die blöde Brechbohne grinste nur und ließ sich am anderen Ende des Tisches auf einen Stuhl fallen. Auf Papas Stuhl. Ich räumte das Geschirr ab, damit ich ihm nicht ins Gesicht sehen musste.

Während ich abwusch, schnitt Madame den Kuchen an, bediente erst die Brechbohne, dann die Jungen.

»Und du, Hélène? Ein kleines Stück?«, rief sie.

»*Non, merci*«, sagte ich aus Gewohnheit über die Schulter hinweg und dachte zu spät daran, dass meine Ablehnung als Rebellion verstanden werden konnte. »Ich … äh … ich habe keinen Hunger.«

»Dann bleibt mehr für uns«, sagte Madame lachend. Das Klappern von Metall auf Porzellan sagte mir, dass sie zu essen begonnen hatten.

»Warum isst Léna nichts?« Alberts junge Stimme klang wie eine Fanfare.

»Frag sie selbst, *chéri*«, lautete Madames Antwort.

Ich schrubbte heftig an einem Stück Kartoffel, das an der Bratpfanne festklebte. »Ich habe heute Abend genug gegessen, *ma puce*«, erwiderte ich schließlich, als mein kleiner Bruder mich fragte.

Wieder folgte Schweigen, das schließlich vom Räuspern der Brechbohne durchbrochen wurde. »Deine Schwester ist eine junge Frau mit starken Prinzipien, Albert«, sagte er. »Du solltest stolz auf ihre Willenskraft sein.« Seine Worte hingen in der warmen Luft, bevor er fortfuhr: »Obwohl es natürlich albern und töricht ist. Schließlich sind wir keineswegs der schreckliche Feind, für den sie uns hält. Stimmt's, junger Mann?«

Das Blut schoss mir in die Wangen, doch ich wandte ihnen weiterhin den Rücken zu und hoffte, dass es niemand bemerkte. Eine Sekunde später hörte ich, wie ein Teller über den Tisch geschoben wurde.

»Wenn sie keinen isst, esse ich auch keinen«, erklärte Albert.

»Albert!«, zischte Madame. »Iss deinen Kuchen!«

»*Non! J'en veux plus!*«

»Muss ich dich etwa bestrafen?«, drohte sie.

Er schwieg, und aus dem Augenwinkel sah ich, wie er die Arme vor der Brust verschränkte. Ich zählte das Ticken der Uhr – elf Mal.

»Ich esse ihn«, sagte Benoît. »Wenn er ihn nicht will.« Er zog den Teller zu sich heran und stopfte sich eine volle Gabel in den Mund.

»Benoît«, protestierte Madame.

Doch als die Brechbohne zu lachen begann, verstummte sie.

12. Januar 1944

Heute steckte eine Nachricht zwischen den Botschaften, die ich in der *boulangerie* abgeholt habe. Ein Gedicht von Paul Verlaine in Stéphanes Handschrift und eine Nachricht: *Lern das für die Prüfung.*

Sehr merkwürdig. Welche Prüfung? Ich kann mir nicht erklären, was er meint, trotzdem habe ich angefangen, das Gedicht auswendig zu lernen. Hier ist die erste Strophe:

Les sanglots longs
Des violons
De l'automne
Blessent mon coeur
D'une langueur
Monotone.

17. Januar 1944

Die Brechbohne ist wieder da. Schon zum dritten Mal in dieser Woche. Ich habe gesehen, wie der *boche* sein Motorrad über die Auffahrt geschoben hat, dann auf Zehenspitzen über den Weg und durch die Hintertür gehuscht ist. Einige Minuten später schlich er auf Socken über den Flur zu Madames Zimmer. Vermutlich meint sie, ihre nächtlichen Rendezvous würden mir verborgen bleiben, aber mir können die zwei nichts vormachen – nicht wenn sie morgens zusammen am Frühstückstisch sitzen.

Wie kann sie ihn nur ertragen? Ja, er ist auf diese steife deutsche Art höflich, aber seine Haut ist unanständig rosig, sie strotzt vor Gesundheit, und er hat eisgraue Adleraugen. Er sieht alles, beobachtet alles. Ich bemühe mich, ihm aus dem Weg zu gehen, und ich glaube, das gefällt ihm. Und was Madame angeht … Nun, sie steht in seiner Schuld. Das gefällt ihm anscheinend auch.

27. Januar 1944

Heute ist Albert mit einer blutigen Nase von der Schule nach Hause geschickt worden. Er hat sich in der Pause geprügelt, sagte der Lehrer. Als ich ihn darauf ansprach, erklärte Albert, einige Jungen hätten ihm auf dem Schulhof aufgelauert, ihn verhöhnt und beschimpft.

»Wie beschimpft?«, fragte ich ihn. Tränen liefen ihm über die schmutzigen Wangen und hinterließen dort Spuren, dann vergrub er das Gesicht an meiner Schulter und schluchzte. »Was ist passiert?«, drängte ich.

»Maurice hat mich einen *collabo* genannt«, sagte er erstickt an meiner Schulter. »Dann hat Claude auch noch mitgemacht, und ich war so wütend, dass ich ausgeholt und ihn geschlagen habe. *J'suis pas collabo,* Léna.« Ich bin kein Kollaborateur.

Mit vor Wut zitternden Händen strich ich ihm über den Rücken. Er wird bald acht Jahre alt. Was weiß er von Kollaboration? Das ist unfassbar ungerecht.

Natürlich hat man auch mir in der Stadt böse Blicke zugeworfen, mich vermeintlich aus Versehen angerempelt. Mich angespien. Meine Freunde aus der Gruppe meinen, meine Lage könnte nützlich sein, wenn der Brechbohne Informationen herausrutschen, was natürlich nicht passiert. Aber warum ist mir nie in den Sinn gekommen, dass dieselbe Aggression auch auf dem Schulhof herrscht? Ich drückte meinen kleinen Bruder an mich und wünschte, ich wüsste, wie ich ihn beschützen könnte. Was kann ich tun? Was kann ich sagen?

Waschtag. Ich war so damit beschäftigt, in der Waschküche die Blutflecken aus Alberts Hemd zu schrubben, dass ich Madame erst bemerkte, als sie sagte: »Ist das Blut? Ist das Benoîts Hemd?«

Von dem eiskalten Wasser waren meine Finger taub, sodass ich vielleicht knapper antwortete, als beabsichtigt. »Es ist Alberts.«

»Was ist passiert?«, kreischte sie.

Vorsichtig wrang ich das Hemd aus, um den fadenscheinigen Stoff nicht zu zerreißen. »Er ist in der Schule in eine Prügelei geraten.«

Sie machte ein missbilligendes Geräusch. »Ich habe ihm gesagt, er soll aufhören, sich mit anderen Jungs zu prügeln. Na, dafür muss er natürlich bestraft werden. Erst diese entsetzliche Szene an Benoîts Geburtstag und jetzt das. Aus ihm ist ein fürchterlicher Bengel geworden. Du hast ihn verdorben, Hélène. Es tut mir leid, aber ich muss dir die Schuld an seinem Verhalten geben.«

»*Moi*?« Ich schluckte ungläubig. »Sie geben *mir* die Schuld? Wissen Sie, warum er sich geprügelt hat, Virginie? Die Kinder in der Schule haben ihn einen *collabo* genannt. Einen Kollaborateur!«

»Wer? Wer hat das gesagt?« Sie fuhr zu mir herum. »Wie können sie es wagen! Warte nur, bis ich das Bruno erzähle. Diesen kleinen Gören wird es noch leidtun, dass sie ihre arroganten kleinen Mäuler aufgerissen haben. Und was ihre selbstgerechten Eltern angeht …« Sie ballte die Hände zu Fäusten.

Ich sah vor mir, wie die Brechbohne und seine

Untergebenen im Dorf an die Türen hämmerten und unsere Nachbarn und deren Kinder aus den Häusern zerrten. Oh, *cher journal*, wie sehr ich mir wünschte, ich hätte diese unüberlegten Worte nie gesagt!

Rasch versuchte ich, die Sache herunterzuspielen. »Das war doch nichts, nur kindisches Gezanke. Ich habe keine Ahnung, wer das gesagt hat. Das hat Albert mir nicht erzählt. Ich glaube, er erinnert sich gar nicht mehr.«

Sie blähte die Nasenflügel. »Vergiss es«, zischte sie. »Ich finde es selbst heraus.« Sie stolzierte hinaus und kurz darauf schlug sie die Tür zu ihrem Zimmer zu.

Mir bricht das Herz. Warum sieht sie denn nicht, was sie tut? Schlimm genug, dass sie ihren Ruf ruiniert – wie kann sie auch noch das Leben ihrer Kinder zerstören?

4. Februar 1944

Madame hielt mich auf, als ich gerade mit dem Einkaufskorb aus dem Haus eilte. »O gut, dass ich dich treffe, Hélène. Ich muss mit dir sprechen. Komm in den *salon*.«

Ich verzog das Gesicht, folgte ihr jedoch in das Zimmer, das sie für sich reklamiert – mit polierten Möbeln, dicken Polstern und einem fröhlichen kleinen Feuer, das sie ohne den Hauch eines schlechten Gewissens mit trockenen Holzscheiten füttert.

Virginie ließ sich aufs Sofa sinken und bedeutete mir mit einem Nicken, auf dem gegenüberliegenden Sessel Platz zu nehmen. Ich hockte auf der Sesselkante und merkte, dass sie mich mit ihren großen blauen Augen taxierte.

»Sag mal.« Sie zupfte an einem losen Faden an ihrem Kleid. »Bevor dein Vater … gegangen ist«, sie hielt kurz inne, »hat er dir gegenüber da irgendwie die *caves* erwähnt?«

Trotz des knisternden Feuers richteten sich die feinen Härchen in meinem Nacken auf. »Die *caves?*«, wiederholte ich, um Zeit zu schinden. »Nicht dass ich wüsste. Denken Sie an etwas Bestimmtes?«

Sie blinzelte – ich sah ein kaltes, heimtückisches Flackern in ihrem Blick. »Bevor die Deutschen gekommen sind, hat er da nicht gesagt, dass er die wertvollsten Flaschen verstecken wollte?«

»Hmmm, hat er das gesagt?« Ich legte die Stirn in Falten und hoffte, so meine Gedanken verbergen zu können. War es möglich, dass Papa Madame nichts von dem geheimen *cave* und dem Schatz, der dort lagerte, erzählt hatte? Wenn ich mich an jenen Winter vor der Besatzung zurückerinnere – vor vier langen schrecklichen Jahren war das – und an all die Nachmittage, die Papa und ich im Keller verbracht und im Halbdunkel geschuftet haben … Er hatte gesagt, er würde ihr »irgendwann« davon erzählen. Hatte er sich am Ende dagegen entschieden? Wenn das der Fall war, würde ich ihr das Geheimnis ganz sicher nicht verraten. Ich holte tief Luft, um meine Stimme zu festigen. »Mir gegenüber hat er nichts erwähnt«, sagte ich.

Die Lippen meiner *belle-mère* wurden schmal, doch sie bewahrte eine freundliche Miene. »Bist du dir sicher?«, hakte sie nach. »Bruno sagt …« Sie brach ab und hustete. »Ich meine, wir wissen alle, dass jeder

Winzer in der Region die besten Flaschen vor der Besatzung versteckt hat. Der Führer ist immer noch begierig darauf, den besten französischen Wein zu bekommen. Wusstest du, dass Goebbels Burgunder liebt? Es wäre dumm, wenn wir uns das nicht zunutze machten.« Ungläubig starrte ich sie an. Der Führer? Goebbels? Hatte sie gerade tatsächlich diese Bestien erwähnt, als wären sie ganz normale Wesen und nicht Schlächter, die unaussprechliches Elend verursachten? Madame deutete mein Schweigen offenbar falsch, denn sie fuhr fort: »Ich war gestern im Keller und konnte keine Flasche von dem 1929er Gouttes d'Or finden – keine einzige Flasche!«

»Papa hätte den Wein lieber in die Gosse gekippt, als ihn den *boches* zu überlassen.«

Sie kniff die Augen zusammen. »Hélène, ob es dir gefällt oder nicht, nachdem dein Vater fort ist, bin ich das Familienoberhaupt. Du kannst dich entscheiden, mit mir zu kooperieren oder nicht. Aber merke dir, dass ich die Entscheidungen treffe, und es ist mir egal, was dein Vater getan hätte. Die Kollaboration schützt uns vor den schlimmsten Schrecken der Besatzung.«

Rechtfertigte sie so ihr Handeln? Ich schluckte und versuchte, an ihren Geiz zu appellieren. »Papa sagt, dass der Wein zum Vermächtnis des Gutes gehört.«

»Vermächtnis?«, stieß sie hervor. »Ich mache mir größere Sorgen um unser derzeitiges Überleben. Und was deinen hochmütigen Vater angeht … Nun, du kannst aufhören, so zu tun, als würde er zurückkommen. Es wird Zeit, dass du den Tatsachen ins Auge siehst.« Sie hob das Kinn an. »Er ist tot.« Mir schoss die Hitze in die Wangen, als hätte sie mich geohrfeigt. Tot?

Woher wusste sie das? Hatte die Brechbohne es ihr erzählt? »Sei vernünftig«, fuhr sie fort. »Nach so vielen Monaten keine Nachricht? Das ist die einzig mögliche Erklärung.«

Langsam, sodass sie es nicht sehen konnte, atmete ich aus. Sie wusste es nicht mit Bestimmtheit. Es war nur die Entschuldigung, die sie sich ausgedacht hatte, um ihr Handeln zu rechtfertigen.

»Er ist noch am Leben«, beharrte ich. »Er ist in einem Lager, und man erlaubt ihm nicht, uns zu schreiben.«

»Glaub, was du willst.«

Wir starrten uns mit unverhohlenem Missfallen an. Aber wir hatten ein Patt – es gab nichts mehr zu sagen. Deshalb nahm ich ungelenk den Einkaufskorb und verließ das Haus.

Als ich mit dem Fahrrad nach Beaune fuhr und mir ein scharfer Wind ins Gesicht schnitt, ging ich das Gespräch noch einmal durch. Wieder hörte ich Madames kalte, klare Worte über den Führer, ihre Pläne für den versteckten Wein, ihre kühle Erklärung zu Papa.

Ich mochte sie noch nie. Das ist kein Geheimnis. Ein Großteil meiner Abneigung speist sich aus kindischer Eifersucht – das ist mir jetzt klar –, und aus unserer Rivalität um die Aufmerksamkeit und Zuneigung von Papa. Ich weiß, dass sie hartherzig, manipulativ und scheinheilig ist, aber ich hätte niemals geglaubt, dass sie einem von uns tatsächlich schaden würde. Bis jetzt.

Seit Benoîts Geburtstag – nein, es fing schon davor an. Seit jenem Abend im Dezember, als Benoît so schrecklich krank war und die Brechbohne diesen deutschen Arzt ins Haus gebracht hat, tritt sie mit neuem Selbstbewusstsein auf. Sie steht in der Schuld der Deutschen, ja, vor allem in der von der Brechbohne, aber sie aalt sich auch in ihrer Macht und genießt aufrichtig die Privilegien, die ihr zuteilwerden.

Wie konnte ich nur so blind sein? Es ist mir peinlich, dass ich es erst jetzt begreife. Madame kollaboriert nicht nur mit dem Feind. Sie ist selbst zum Feind geworden.

8. Februar 1944

Heute Nachmittag hat sich die Gruppe zum ersten Mal im neuen Jahr getroffen. Die Stimmung war sehr gedämpft. Wir haben gute Gründe anzunehmen, dass das umfangreiche Netzwerk im Westen zerstört worden ist. Wie besessen wurde von angezapften Telefonen, Gestapospionen, bezahlten Informanten und anonymen Hinweisen gesprochen.

»Ich zögere, das zu sagen«, sagte Stéphane, »aber fast beneide ich sie. Nachdem sie aufgeflogen sind, müssen sie keine Angst mehr davor haben.« Alle nickten zustimmend.

In dem Bemühen, das Gespräch auf ein fröhlicheres Thema zu lenken, fragte ich nach den *messages personnels*, die wir jede Nacht auf der BBC hören.

»Wer ist Yvette, und warum mag sie große Karotten?«

Es könnte heißen, erklärte mir Emilienne, dass erfolgreich per Fallschirm Waffen abgeworfen worden sind. »Der große blonde Mann heißt Bill« könnte über die sichere Ankunft eines Flugzeugs in England informieren.

Stéphane hatte ein Nachrichtenblatt des Untergrunds studiert, jetzt blickte er auf. »Habt ihr alle das Gedicht von Verlaine auswendig gelernt, das ich euch geschickt habe?«, fragte er.

Wir nickten. »Etwas deprimierend, oder?«, bemerkte Danielle. Sie ist unsere Funkerin, ein rundgesichtiges Mädchen mit einem dichten dunklen Schopf. »Die langen Seufzer der Herbstvioline … treffen mein Herz mit dumpfer Wehmut«, intonierte sie in dramatischem Ton.

Stéphane lächelte schwach. »Seht es euch einfach an. Seht es euch jeden Tag an.«

»Warum?«, hakte ich nach. »Was bedeutet es?«

»D-Day«, sagte er auf Englisch.

Ich stutzte – Stéphane wusste, dass ich kaum Englisch sprach. »Was ist das?«

»Le Jour J«, erklärte er. »Es heißt, dass wir gerettet sind.«

Doch als ich nach Einzelheiten fragte, sagte er nichts mehr.

10. März 1944

Cher journal,
heute Morgen wurde es erst spät hell, und als ich den Himmel sah, wusste ich, dass es einer dieser grau verhangenen Frühlingstage würde, an denen sich die Sonne nie ganz durchkämpfen kann. Die Luft fühlte sich drückend und gewittrig an, und ich erwog kurz, den Plan aufzugeben, mit dem Fahrrad an die Côte de Nuits zu fahren. Doch im Futter meiner Tasche steckten

zwei Nachrichten. Also zog ich Papas gewachsten Regenmantel und seinen Filzhut über, hängte einen Korb über den Lenker und fuhr los, als die ersten Tropfen vom Himmel fielen.

Ich war ungefähr zehn Minuten unterwegs, als ein regelrechter Wolkenbruch einsetzte. Aus stetem Tröpfeln entwickelte sich erst prasselnder Regen, dann Hagel. Eiskörner trommelten mir auf Kopf, Gesicht und Hände. Ich hätte aufgeben und nach Hause zurückkehren sollen, aber ich fuhr noch einen Kilometer weiter. Als der Hagel wieder zu dichtem Regen wurde, konnte ich kaum noch etwas sehen.

Ich hatte gerade beschlossen umzukehren, da tauchte direkt vor mir ein Kontrollpunkt auf – ein neuer, der gestern noch nicht da war. Alles in mir schrie danach, die Flucht zu ergreifen, aber ich zwang mich, direkt auf ihn zuzuradeln. Unter meinem donnernden Herzschlag hörte ich leise Stéphanes Anweisungen: *Fahr immer direkt auf eine Polizeisperre zu, dreh niemals um. Lauf immer dem Verkehr entgegen, sodass sich dir nicht unbemerkt ein Wagen von hinten nähern kann. Zerreiß Nachrichten immer in winzige Schnipsel und wirf sie in großen Abständen weg.*

Nun, es war zu spät, die verbotenen Nachrichten in winzige Stücke zu zerreißen, ganz zu schweigen davon, sie zu beseitigen. Ich bemühte mich, möglichst ruhig zu wirken, als ich mich dem Kontrollpunkt näherte. Das Blut rauschte so laut in meinen Ohren, dass ich dachte, ich würde ohnmächtig.

»Halt! Stopp!«, befahl einer der Deutschen, als ich den Punkt erreichte. Er war groß und kräftig gebaut, der Schirm der Mütze überschattete seine Pausbacken. Ich stieg vom Rad und ging auf ihn zu. Damit er meine

zitternden Hände nicht bemerkte, umklammerte ich fest den Lenker. »*Guten Tag*«, sagte er auf Deutsch.

»*Guten Tag*«, antwortete ich brav, ebenfalls auf Deutsch.

»Papiere«, befahl er und wechselte zu Französisch. Stumm reichte ich ihm meinen Ausweis. »In welcher Sache sind Sie unterwegs?«

»Ich suche Futter für meine Kaninchen.« Die Lüge war heraus, bevor mir einfiel, dass das trostlose Wetter mich Lügen strafte. »Ich bin schon seit Stunden unterwegs. Ich hatte keine Ahnung, dass es regnen würde«, fügte ich hinzu.

Sein Blick glitt über mein Gesicht, meine Kleidung, das Fahrrad und die Tasche zu dem Korb, der über dem Lenker hing. »Warum ist er leer?«, fragte er und deutete mit dem Kopf auf den Korb. Ich errötete. Normalerweise denke ich stets daran, etwas Grünzeug hineinzulegen, aber heute hatte der Regen mich zu sehr abgelenkt. Bevor ich etwas erwidern konnte, sagte er: »Zeigen Sie mir Ihre Tasche.«

Während er die Klappe öffnete und den Inhalt durchwühlte, starrte ich auf den Boden und atmete ganz langsam ein und aus, um die Übelkeit zu vertreiben.

Meine Sachen flogen in den Matsch: abgetragene Handschuhe, ein Fläschchen Tusche, unsere Lebensmittelkarten. Dann folgte eine Pause. Verstohlen blickte ich unter meinen Wimpern hervor, und eiskalte Angstschauer krochen mir über den Rücken. Der Deutsche hielt eine Ausgabe von *La Voix* in den Händen, der Résistance-Zeitung, die ich letzte Woche in die Tasche gesteckt und vollkommen vergessen hatte. Wie konnte ich nur so dumm sein? Als Nächstes würde er den Saum aufreißen und die versteckten Botschaften entdecken, die ich dort eingenäht hatte. Was stand in diesen Briefen? Wessen Namen? Wie viel von der Gruppe wurde verraten? Um nicht in Tränen auszubrechen, biss ich die Zähne zusammen.

Der *boche* winkte einem Militärfahrzeug. »Herr Leutnant!«, rief er. Ich hielt das Gesicht starr geradeaus gerichtet, doch aus den Augenwinkeln sah ich, wie sich eine große Gestalt vom Wagen schwang und zu uns kam. Die zwei Männer besprachen sich auf Deutsch, ein langes, bärenartiges Knurren, das ewig anzuhalten schien, von dem ich nur *»La Voix«* verstand.

Der Leutnant trat näher. Ich richtete den Blick auf den Boden, felsenfest entschlossen, ihm nicht meine alles beherrschende Angst zu zeigen. »Mademoiselle Charpin!«, sagte er. Daraufhin hob ich das Kinn und sah ihn an. Ich versuchte, mein Erschrecken nicht zu zeigen. Es war die Brechbohne. »Mademoiselle.« Er nickte mir zu. »Wie reizend, Sie hier zu sehen – und wie erhellend.« Mit durchdringendem Blick musterte er aus seinen eisgrauen Augen den leeren Korb am Fahrradlenker.

»Ach ja?«, stieß ich krächzend hervor.

»Durchaus.« Er faltete die Zeitung zweimal zusammen und schob sie in die Hosentasche. Ich konnte ihn kaum hören, so laut dröhnte mir der Herzschlag in den Ohren. Er sah mich einen langen Moment durchdringend an, taxierte mich. Der Regen fiel gleichmäßig – Papa würde ihn einen »Winzerregen« nennen – und lief mir in Bächen den Nacken hinunter. Auch der *boche* wurde durchnässt, aber das schien er kaum zu bemerken. Schließlich trat er noch einen Schritt näher – zu nah – und sagte leise, so leise, dass nur ich es hören konnte. »Du und ich, wir wissen beide, dass ich dich zum Verhör mitnehmen sollte.« Er blickte zu mir hinunter, sodass seine Wimpern die Wangen berührten, ein weißblonder Kranz auf geröteter Haut. »Aber«, er beugte sich noch näher, »da wir gemeinsame *Freunde* haben, lasse ich dich gehen.«

Ich spürte, wie ich vor Erleichterung in mich zusammensackte, bemühte mich jedoch, es mit einem Schulterzucken zu überspielen. »Wie Sie wünschen.« Ich zwang mich, ihm in die Augen zu sehen. »Ich habe nichts zu verbergen.«

»Junge Mädchen, die nichts zu verbergen haben, sollten nicht so unvorsichtig sein, sich in einem Unwetter erwischen zu lassen, Fräulein.« Er tippte sich an die Nase. »Ich schlage vor, dass Sie nach Hause fahren und die … äh … Futtersuche bei milderem Wetter fortsetzen.«

Er reichte mir meine Tasche, die ich an die Brust drückte, dann schwang ich ein zittriges Bein über den Fahrradsitz. Die Brechbohne trat zur Seite, um mich vorbeizulassen, doch dabei tat er etwas wirklich Schreckliches: Er sah mich an, und er grinste.

11. März 1944

Ich komme nicht zur Ruhe, kann nicht schlafen. Nicht seit ich gestern an dem neuen Kontrollpunkt angehalten wurde. Ich kann immer noch nicht fassen, dass ich so dumm, so unvorsichtig gewesen bin. Wie konnte ich nur vergessen, die Ausgabe von *La Voix* aus der Tasche zu nehmen? Die Zeitung ist voll von Informationen über die Résistance – zwar verschlüsselt, ja, aber jetzt ist sie in den Händen des Feindes. Ständig gehe ich meine Begegnung mit der Brechbohne durch und betrachte sie von allen Seiten. Was weiß er? Was vermutet er? Was hat er Madame erzählt? Ist sie neuerdings ruhiger, nachdenklicher, oder bilde ich mir das nur ein? Wie in einer Endlosschleife laufen diese Gedanken immer wieder in meinem Kopf ab, bis ich irgendwann vor Erschöpfung wegdämmere, doch sie schwirren auch dann weiter.

Der Mond leuchtet heute Nacht wie ein Signalfeuer, so hell, dass er Schatten wirft. Beim Anblick der Reihen silbriger Weinstöcke denke ich an die Nacht, in der Papa und die Reinachs aufgebrochen sind – diese schreckliche helle Nacht. Es ist achtzehn Monate her, seit ich sie das letzte Mal gesehen habe, aber ich fühle mich, als wäre ich tausend Jahre älter.

Ich muss oft an etwas denken, was Rose vor all diesen Monaten gesagt hat, als wir das Kupfersulfat in der *cabotte* angerührt haben. Es sei Alchemie, sagte sie. Wir verwandelten Metall in Gold. Sie fabulierte, machte Scherze. Aber jetzt denke ich oft an das Wort »Alchemie«, denn was ist es anderes als ein Prozess wundersamer Verwandlung? Und ich frage mich, ob dieser Krieg eine Art Alchemie ist – er verändert uns, fordert uns heraus, bis alle den wahren Kern ihrer Seele zeigen.

16. März 1944

Seit ich heute Abend mein Zimmer betreten habe, fühlt es sich irgendwie seltsam an. Ich kann nicht genau sagen, warum. Als Erstes fürchtete ich, dass jemand dieses Tagebuch entdeckt hat. Aber nein, der Teppich war ein Stück über die lose Bodendiele geschoben, alles sah aus wie immer. Auch der Rest des Zimmers wirkt so, wie ich meine, es heute Morgen verlassen zu haben – der Bücherstapel auf dem Schreibtisch, mein senfgelber Pullover über der Stuhllehne, das gerahmte Foto von Papa und Maman ordentlich auf der Kommode. Aber etwas verursacht mir ein Kribbeln im Nacken. Es ist lächerlich, doch es kommt mir vor, als hätten sich die Moleküle in der Luft verschoben.

Ist es Madame? War sie hier? Wie ein tollwütiger Hund laufe ich durchs Zimmer. Rieche ich ihr Parfum? Nein, nichts.

Leide ich allmählich unter Verfolgungswahn? Gestern dachte ich, es würde mir jemand zum Postdepot folgen, doch als ich mich umdrehte, war meterweit niemand zu sehen. Ich habe wenig geschlafen und wenig gegessen. Kein Wunder, dass meine Nerven blank liegen. Die letzten Monate haben mich mürbe gemacht, argwöhnisch. Hinzu kommt die Mangelernährung, mit der wir alle kämpfen – das genügt, um jeden an den Rand des Wahnsinns zu treiben.

Ich muss meine Nerven stärken – es steht zu viel auf dem Spiel, ich darf jetzt nicht zaudern. *C'est rien, c'est rien, c'est rien.* Wenn ich es nur oft genug wiederhole, glaube ich es vielleicht irgendwann.

4. Mai 1944

Cher journal,
heute Morgen wurde ich von der Sonne geweckt, ein warmer Strahl strich über meine Wange. Einen Moment dachte ich, ich wäre in den Ferien am Meer (das ich noch nie gesehen habe). Albert hockte an der nahen Wasserkante und grub mit einer glänzenden neuen Schaufel im nassen Sand.

»*Regarde,* Léna«, rief er, stand auf und lief auf eine brechende Welle zu. »Ich kann schwimmen!«

»Warte, Albert! Sei vorsichtig!«, rief ich und fasste seine Hand.

Da schoss ein Schmerz durch meinen Arm, der mir den Atem raubte. Ich öffnete die Augen und stellte fest, dass ich noch in demselben schmuddligen Krankenhausbett lag, in dem ich schon seit zwei Wochen lag. In der Ecke sprachen zwei französische Polizisten mit einer Schwester. Kurz darauf trat sie an mein Bett.

»Charpin, Sie werden heute entlassen.«

Sie hatte das Haar zu einem festen Knoten frisiert, der ihre leicht vorstehenden Augen betonte.

»Entlassen?«, krächzte ich. »Oder ins Gefängnis verlegt?«

Sie presste die Lippen zusammen, ignorierte meine Frage und verließ das Zimmer.

Sagte sie mir die Wahrheit? Oder war das nur wieder ein Trick? Mein Herz hämmerte, aber ich konnte nichts tun, außer zu warten. Meine Gedanken kehrten zum tausendsten Mal zu den Ereignissen jenes Tages zurück, an dem ich hierhergebracht worden bin.

Es war ein warmer Tag für Mitte April. Ich hatte von

einem Treffen in Beaune erfahren, das um zwei Uhr im Haus von Docteur Beaumont in der Rue Paradis stattfinden sollte. Eine neue Adresse, aber das ist nicht ungewöhnlich. Wir müssen häufig den Treffpunkt wechseln, und Stéphane hatte den älteren Zahnarzt neulich als jemanden beschrieben, der »keiner von uns ist, aber mit uns sympathisiert«.

Stunden vorher, am späten Vormittag, brach ich auf. Das gute Wetter erlaubte mir, einen Umweg zu nehmen, sodass ich ganz sicher sein konnte, nicht verfolgt zu werden. Ich fuhr kreuz und quer durch die Weinberge und genoss den milden Wind, der mir über das Gesicht strich. Um Viertel vor zwei begab ich mich in die Straße des Arztes – eine schmale Kopfsteinpflastergasse mit sehr ordentlichen, sehr bürgerlichen Stadthäusern. Ein glänzendes Messingschild an der Tür wies darauf hin, dass sich die Behandlungsräume im Erdgeschoss des Hauses befanden. Ich klingelte, und eine beleibte grauhaarige Frau öffnete die Tür – die Haushälterin, schloss ich aus ihrer Schürze – und führte mich nach oben in ein leeres Wohnzimmer.

Dort war es düster und stickig, die Fenster und Läden waren fest verschlossen. Ich saß auf einem steifen antiken Stuhl und hoffte inständig, dass die anderen bald kamen. Ständig ging die Klingel – das Wartezimmer unten füllte sich mit den Nachmittagspatienten des Arztes –, und irgendwie zerrte das schrille Geräusch an meinen Nerven. Ich sagte mir, dass die vielen Patienten unserer Gruppe zumindest eine gute Deckung boten. Nach einer gefühlten Ewigkeit, aber wahrscheinlich waren es nur zehn Minuten, hörte ich leise Schritte auf der Treppe, und Emilienne erschien.

»Ist das nicht ein merkwürdiger Ort für ein Treffen?«, fragte sie, nachdem wir uns auf die Wangen geküsst hatten.

»Das Haus hat keine Hintertür«, stellte sie fest. »Das kann leicht zur Falle werden.« Sie trat an die Fenster. »Ich schätze, es ist zu hoch, um zu springen?«

Bevor ich antworten konnte, traf Danielle ein, das runde Gesicht gerötet und verschwitzt. Dann Bernard, der seit seiner Flucht aus einem Lyoner Gefängnis humpelte, dicht gefolgt von unserem neuesten Mitglied, einem jungen Mann, kaum sechzehn Jahre alt und die Wangen von Akne übersät. Wir nennen ihn das Kind.

Es wurde zwei Uhr. Dann Viertel nach zwei. Halb drei.

»Wo ist Stéphane?«, fragte Emilienne. »Sollen wir gehen?«

Wir hatten Treffen schon unter weniger zweifelhaften Umständen verlassen, uns aufgelöst und ein oder zwei Tage später wiedergetroffen. Ich blickte zu Bernard und versuchte zu erraten, was er dachte. Er saß zurückgelehnt auf einem Stuhl, die Beine von sich gestreckt, das Gesicht grau vor Erschöpfung. Stimmen drangen die Treppe herauf – das Weinen eines Kindes und die Schelte seiner Mutter, das Murmeln der Haushälterin, die sich an der Tür freundlich mit jemandem unterhielt. Es waren ganz normale Geräusche häuslichen Lebens, friedliche Geräusche, sodass ich für eine Sekunde vergaß, wo wir uns befanden und warum wir uns hier versammelt hatten.

Mein Blick glitt zu der kunstvollen Kaminuhr aus glänzendem Gold, die von einem dicken Engel gehalten wurde. Daher weiß ich, dass es drei Minuten vor drei war, als es polternd an der Haustür klopfte. Mein Blick begegnete Emiliennes – ihr Gesicht war kreidebleich –, aber uns blieb keine Zeit, uns zu verstecken. Schon stürmten Stiefel die Treppen herauf, und die Tür zum Wohnzimmer flog auf.

»*Auf den Boden! Runter! Los runter!*«

Ein kräftiger Bulle von einem *boche* schrie uns mit starkem Akzent an. Zwei weitere Deutsche in einfacher Kleidung ragten hinter ihm auf, alle drei fuchtelten mit Pistolen herum.

Ich warf mich auf den Boden, das Gesicht auf den Teppich gerichtet, aber ich sah ihre Stiefel, die um uns herumgingen und unter ihren Absätzen einzelne Finger zerquetschten. Angst kroch meine Kehle hinauf, würgte mich, sodass ich mir auf die Lippe beißen musste, um mich nicht zu übergeben. Wo ist Stéphane?, dachte ich verzweifelt. Ist er entkommen? Bitte Gott, bitte Gott, bitte. Der große stämmige Bulle – der Anführer, nahm ich an – trat einen zierlichen Beistelltisch um, brach ein Bein ab und begann, auf Bernard einzuprügeln.

»Ich kenne dich, du kleiner Mistkerl!«, schrie er. »Diesmal kommst du mir nicht davon.«

Begleitet von fröhlichem Kettengerassel gingen seine zwei Begleiter durch den Raum und legten den anderen Handschellen an. Sie blieben stehen, um Bernard einige Tritte zu verpassen, dann legten sie ihm ebenfalls Handschellen an und zischten sich etwas zu. Einer von ihnen kniete sich neben mich und band meine Handgelenke mit einem Lederriemen zusammen.

»Sie sagen, dass sie keine Handschellen mehr haben«, murmelte Bernard, der nach einigen Monaten im

Gefängnis etwas Deutsch gelernt hatte. »Sie sind überrascht, dass wir so viele sind.«

»Halt's Maul!« Der Bulle schlug Bernard mit dem Tischbein auf den Rücken. *»Los.«*

Sie zwangen uns aufzustehen und trieben uns mit ihren Waffen nach unten. Wir schlurften am Wartezimmer vorbei – das voll war, aber unheimlich still – und durch die Haustür auf die Straße, wo uns Fahrzeuge erwarteten. Neben dem ersten Wagen stand mit gesenktem Kopf ein in sich zusammengesunkener Mann, die Handgelenke so gefesselt, dass er nicht die Schulter heben konnte, um sich das Blut aus dem Gesicht zu wischen. Mir sank das Herz bis in die Kniekehlen – es war Stéphane.

Unsere Blicke trafen sich und zuckten zur Seite. Von jetzt an mussten wir so tun, als wären wir uns noch nie begegnet. Wir konnten unsere Kontakte nur zu schützen versuchen, indem wir sie verleugneten und nicht beachteten. Auch meine anderen Kameraden hielten den Blick starr auf den Boden gerichtet, als wir nach draußen marschierten. Emilienne ging voran, ich kam als Nächste, gefolgt von einem *boche*, der das eine Ende des Lederriemens hielt, mit dem meine Handgelenke gefesselt waren. Irgendwo dahinter folgte Danielle. Der Bulle und seine Speichellecker drängten alle in die Wagen – Stéphane, Bernard und das Kind in das erste Auto, dann führten sie Emilienne zum zweiten. Bevor ich ihr folgen konnte, spürte ich mehr, als dass ich es sah, wie sich Danielle nach vorn beugte. Ich hörte sie würgen, und Erbrochenes ergoss sich auf dem Bürgersteig.

»Scheiße!«, brüllte der *boche* hinter mir auf Deutsch und sprang zur Seite.

Ich drehte mich um und sah in dem Moment, dass er das Ende des Lederriemens losgelassen hatte. Danielle hob den Kopf, unsere Blicke trafen sich, und sie zwinkerte mir kaum merklich zu. Schnell – ohne nachzudenken – schubste ich den *boche*, sodass er auf dem Erbrochenen ausrutschte, rannte los und wand die Hände aus dem Lederriemen.

Ich sprintete über das unebene Kopfsteinpflaster. Als ich mich umblickte, sah ich, dass mir zwei *boches* dicht auf den Fersen waren. Wenn ich es nur bis zum Park schaffte, konnte ich mich dort irgendwo verstecken. Hinter mir explodierte ein Schuss, aber ich rannte immer weiter …

Fast hatte ich die Ecke erreicht. Dahinter wäre ich sie los … nur noch ein halber Gebäudeblock … dann schoss ein heißer Schmerz durch meine Schulter, und ich strauchelte. Im nächsten Moment stürzte sich einer der *boches* auf mich. Das Letzte, woran ich mich erinnere, ist seine fleischige Hand, die mein Gesicht auf das Kopfsteinpflaster drückt.

Ich erwachte in einem Krankenhausbett, die pochende heiße Schulter verbunden. Die linke Gesichtshälfte war äußerst empfindlich, vor Schmerzen konnte ich nicht tief durchatmen. Eine Schwester mit einem Stapel gefalteter Laken eilte an mir vorbei.

»Ich bekomme keine Luft«, erklärte ich ihr.

»Ihre Rippen sind gebrochen«, sagte sie, ohne stehen zu bleiben.

Ich verschloss die Augen vor dem Schmerz und driftete in einen Halbschlaf ab. Minuten – oder waren es Stunden? – später strich eine Hand sanft über die Prellungen in meinem Gesicht. Ich öffnete die Augen. Ein Mann mit scharfen Gesichtszügen lehnte über mir und sah mich aus stechenden blauen Augen an.

»So ein hübsches Mädchen«, murmelte er und strich mit dem Daumen über mein Kinn. »Das blaue Auge ist eine Schande.«

Ich zuckte zusammen und wich zurück.

Er grinste. »Mademoiselle Hélène Charpin?«, fragte er und richtete sich ein wenig auf.

Hinter seiner schmächtigen Gestalt stand mit fleischigem Gesicht und stämmigem Körper der Bulle.

»Ja.« Es gelang mir, seinen Blick mutig zu erwidern.

»Wir würden Ihnen gern ein paar Fragen stellen. Es wird nicht lange dauern.«

Cher journal, was blieb mir anderes übrig, als einzuwilligen?

Der Mann zog einen Stuhl heran und begann mit dem Verhör. Er fragte nach dem Haus in der Rue Paradis, forderte mich auf, meine Kameraden zu identifizieren und drohte mir mit körperlichem Schmerz: Wer sind sie? Woher kennt ihr euch? Warum habt ihr euch getroffen? Und schließlich fragte er mit gespielter Beiläufigkeit, wer Stéphane ist.

Wir sind ein Kreis von Weinliebhabern, entgegnete ich und hielt mich an die Geschichte, die wir uns vor langer Zeit ausgedacht hatten. Am Anfang haben wir Weinproben veranstaltet, aber bei den Lebensmittelrationierungen heutzutage treffen wir uns nur noch, um über Wein zu *reden*. Ich ratterte unsinnige Dinge über den Clos de Vougeot herunter und die Lieblingsweine von Maréchal Pétain. »Stéphane? Den habe ich vor gestern noch nie gesehen«, log ich, als man mir ein

Bild von ihm zeigte – ein altes Schulfoto von einem mürrischen *lycéen* mit ernstem Gesicht.

Mit wissendem Lächeln machte sich der Vernehmungsbeamte Notizen, als würde er mir nur Fragen stellen, damit ich irgendwann über meine Antworten stolperte. Das Verhör dauerte Stunde um Stunde, bis ich vor Schmerz und Erschöpfung vollkommen willenlos war. Die stechenden blauen Augen des Beamten funkelten jedes Mal, wenn ich bei einer Bewegung gequält das Gesicht verzog.

Ich hatte gerade angesetzt, den Kreis aus Weinliebhabern zum fünften Mal zu beschreiben, als mein kleiner Gestapomann genauso plötzlich verschwand, wie er gekommen war. Vielleicht musste er zu einem anderen Termin, vielleicht hatte ihn jemand auf die andere Seite der Station gewinkt – was auch immer der Anlass war, er sprang auf und verschwand um die Ecke. Angespannt wartete ich, dass er zurückkehrte, unzählige Fragen wirbelten durch meinen Kopf: Wie hatten sie uns gefunden? Wer hatte uns verraten? Schließlich überwältigte mich die Müdigkeit, und ich schlief ein.

Am nächsten Tag war es genauso und am übernächsten und immer so weiter, bis die erste Woche in die zweite überging. Stets erschien er ohne Vorwarnung, immer strich er mir zur Begrüßung über die Wange, woraufhin mir die Galle hochkam, und jedes Mal verhörte er mich über Stunden, wobei die Fragen zunehmend persönlicher wurden. Er fragte mich nach meiner Kindheit und Erziehung, nach meinen Eltern und Freunden, dann verschwand er plötzlich. Ich fürchtete diese Begegnungen, auch wenn sie mein einziger Austausch waren, auch wenn sie das Einzige waren, das mich aus meiner stummen, einsamen Hölle aus Angst und Sorge herausriss. Die Anstrengung, in seiner Gegenwart ruhig und beherrscht zu wirken, zehrte mehr an meinen Kräften als die Schmerzen von meinen Verletzungen.

Und damit sind wir bei heute Morgen angelangt. Während ich durch das Fenster auf die grünen Bäume blickte, fragte ich mich, ob die Schwester die Wahrheit gesagt hatte. Wurde ich tatsächlich entlassen? Und wenn, wohin kam ich dann? In eine modrige Gefängniszelle? Ein grauenvolles polnisches Arbeitslager? Durfte ich Benoît und Albert sehen, bevor man mich fortschickte? Meine Brüder sollten verstehen, dass ich Widerstand geleistet hatte, weil ich es für richtig hielt.

Schließlich kam ein Arzt, um meine Verletzungen zu untersuchen, erklärte mich für gesund und setzte seine Unterschrift unter das Entlassungsformular. Nach weiterem Warten warf eine Schwester einen groben grauen Kittel aufs Bett und forderte mich auf, ihn anzuziehen. Während ich ihre Anweisung befolgte, kam sie mit meinen alten abgetragenen Schuhen zurück und ließ sie vor mir auf den Boden fallen. »Gehen wir«, sagte sie mit finsterer Miene.

Widerspruchslos folgte ich ihr aus der Station, den Korridor und die Treppe hinunter und wappnete mich innerlich für das, was nun auf mich zukam. Als ich mich umsah, stellte ich fest, dass uns eine Vichy-Polizistin ins Erdgeschoss des Krankenhauses gefolgt war. Die Schwester öffnete eine Tür, ich trat in ein Wartezimmer und rechnete mit dem Anblick der trostlosen graugrünen Gestapouniformen, mit einem eisernen

Griff um meine Arme. Stattdessen trat eine schlanke Frau mit hellbraunem Haar und mürrischer Miene auf mich zu.

»Da bist du ja, Hélène«, sagte sie. »Du hast dir ganz schön Zeit gelassen. Ich warte schon seit Stunden.« Es war Madame.

6. Mai 1944

Seit zwei Tagen bin ich zurück auf dem Gut. Zumindest Albert hat sich gefreut, mich zu sehen. Er hat sich auf mich gestürzt, ohne auf meine Verletzungen zu achten, und mich so fest gedrückt, dass mein gesamter Körper schmerzte. Benoît war zurückhaltender, er murmelte nur: *»Ça va?«*, und wich meiner Umarmung aus. Madame beobachtete uns mit messerscharfem Blick.

Sobald ich konnte, ging ich hoch in mein Zimmer. Meine Habseligkeiten waren durchsucht worden – was mich nicht überraschte –, der Inhalt der Schubladen auf den Boden geschüttet, Bücher und Kleidung durchwühlt und überall verstreut. Ich ging auf die Knie, griff tastend unter die Bodendiele und schloss erleichtert die Augen, als ich feststellte, dass du, *cher journal*, noch sicher in deinem Versteck lagst.

»Froh, wieder zu Hause zu sein, Hélène?«, fragte Madame von der Tür aus.

»Ich habe zum Dank gebetet«, erwiderte ich nach einer langen Minute und stand auf.

»Ich hoffe, du hast mich in dein Gebet mit eingeschlossen. Schließlich«, sagte sie mit vor Scheinheiligkeit triefender Stimme, »würdest du ohne mich in einem polnischen Arbeitslager verrotten.« Ich konnte meine Überraschung kaum verhehlen. »Sieh mich nicht so erschrocken an, Hélène«, fuhr sie fort. »Ich bin kein Monster. Ja, wir hatten unsere Differenzen, aber ich fühle mich für dich verantwortlich, vor allem da ich …« Sie verstummte, und Röte überzog ihre Wangen. »Ich bin es deinem Vater schuldig, dich zu retten.«

Merkwürdigerweise blickte sie mich irgendwie schuldbewusst an. »Mich zu retten?«, wiederholte ich. Ich durchforstete mein Gehirn und versuchte, die Bedeutung ihrer Worte zu begreifen. Plötzlich ergab alles einen Sinn. »Du … du hast mir hinterherspioniert!« Ich dachte nicht mehr daran, sie zu siezen, wie ich es sonst tat, ich hatte jeglichen Respekt verloren. Virginie wich meinem Blick aus, und ich wusste, dass ich recht hatte. »Du hast in meinen Sachen geschnüffelt. Und als du endlich etwas gefunden hattest, hast du es direkt den *boches* gebracht!« Ich schrie jetzt und ängstigte mit Sicherheit die Jungen, aber das war mir egal. »Hast du eine Ahnung, was du getan hast? Weißt du, was mit *résistants* passiert, die verhaftet werden? Ihr Blut klebt an deinen Händen, Virginie. Genau wie das der Reinachs. Genau wie das von Papa!«

Die Augen in ihrem blassen Gesicht waren zu glühenden Kohlestücken geworden. Sie hatte die Arme so fest vor der Brust verschränkt, dass die Sehnen an ihrem Hals hervortraten. Einen flüchtigen Augenblick lang dachte ich, ich hätte ihre trotzige Haltung durchbrochen. Doch stattdessen machte sie einen schnellen Schritt auf mich zu.

»Was immer du denkst«, zischte sie, »du wirst es niemals beweisen können!«

12. Mai 1944

Eine weitere schlaflose Nacht. Wenn ich die Augen schließe, sehe ich sie, kurz bevor die *boches* sie abgeholt haben. Danielle mit geröteten Wangen, Schweißperlen auf der Oberlippe. Das Kind, das mit dem linken Fuß auf und ab wippt, auf und ab, auf und ab. Emilienne mit einem verträumten, sehnsüchtigen Ausdruck in den wunderschönen Augen. Bernard blass vor Erschöpfung. Stéphane, der in dem vergeblichen Versuch, sich das Blut aus dem Gesicht zu wischen, die Schultern hebt. Habe ich sie wohl zum letzten Mal gesehen? Jeden Tag hoffe ich auf Nachrichten. Jeden Tag werden meine Hoffnungen enttäuscht. Meine Verletzungen hindern mich daran, nach Beaune zu fahren, und ohnehin ist mein Fahrrad verschwunden. Also bleibe ich hier auf dem Gut, gefangen in einem Nebel aus Kummer und Schuld. Immer wieder gehe ich die Einzelheiten jenes Tages durch und frage mich, was ich hätte tun können. Ich habe Angst zu schlafen, denn dann wache ich in derselben hässlichen Realität wieder auf: Die Gruppe ist zerschlagen, meine Freunde sind in Not – und dafür bin ich verantwortlich.

5. Juni 1944

Vier Tage lang war es unmöglich, BBC zu empfangen. Egal wie vorsichtig ich am Radio drehte, das Signal blieb gestört. Aber heute Abend wurde meine Geduld belohnt. *Cher journal,* ich habe es gehört. Verzeih meine zitternde Hand, die hastig geschriebenen Worte.

Das Programm fing wie üblich an: *Içi Londres. Les Français parlent aux Français.* Es folgten einige persönliche Nachrichten. Dann las der Sprecher plötzlich die Worte vor, die ich hundertmal vor mich hin geflüstert habe: zwei traurige Strophen des *Chanson d'automne*, des Verlaine-Gedichts, das Stéphane uns vor Monaten hat auswendig lernen lassen hat. Kristallklar rezitierte er jede Zeile.

Darf ich hoffen – wage ich zu hoffen –, dass die Alliierten endlich da sind?

6. Juni 1944

Den ganzen Tag habe ich auf Nachrichten gewartet. Ich war so unruhig und unkonzentriert, dass Madame die Geduld mit mir verlor. Nachdem ich versehentlich Essensreste an die Hühner verfüttert habe, die sie fürs Abendessen aufbewahrt hatte, giftete sie: »Was ist los mit dir?« Offen gestanden wundert es mich, dass sie die ungewöhnliche Energie nicht spürt, die in der Luft liegt und das Blut in meinen Adern vibrieren lässt.

Als ich heute Abend endlich das Signal der BBC suchen konnte, brauchte ich einen Moment, bis ich mich auf die Worte des Sprechers konzentrieren konnte. Doch als es mir gelang, *cher journal*, dachte ich, ich werde ohnmächtig. Général de Gaulle wandte sich an uns, an das französische Volk, und verkündete in klaren Worten: *»Die entscheidende Schlacht hat begonnen!«* Als ich seiner kurzen Rede lauschte, liefen mir Tränen über die Wangen, die ich mit einem Taschentuch fortwischte, als er schloss: *»Frankreich, unser Reich und unsere Armeen* *eint ein Wille, eine Hoffnung. Wie die Sonne sehen wir hinter den Wolken, die schwer von unserem Blut und unseren Tränen sind, das Land wieder zu nationaler Größe aufsteigen.«*

Die Alliierten kommen.

Die Alliierten kommen.

Die Alliierten kommen.

Danke, Gott. Vielen Dank. Vielen Dank. Vielen Dank. Vielen Dank.

21. Juni 1944

Heute konnte ich endlich wieder nach Beaune fahren. In einer seltenen (und sonderbaren) Anwandlung von Großzügigkeit lieh Madame mir ihr Fahrrad. Ich zwang mich, ganz langsam zu treten, um meine Schulter zu schonen, obwohl ich es kaum erwarten konnte, Madame Maurieux im Café zu besuchen. Ich konnte es nicht abwarten, endlich die neuesten Ereignisse mit jemandem zu besprechen, der meine Freude aufrichtig teilt.

Als ich in die Rue des Tonneliers einbog, nahm ich einen beißenden Geruch wahr. Kurz darauf starrte ich in fassungslosem Schweigen auf die verbrannten Überreste des Cafés.

Ich winkte eine gebeugte Frau heran, die auf einem Stock vorbeischlich, und keuchte: »Was ist passiert?«

»Kannten Sie sie?«

»Ich kenne sie«, korrigierte ich sie. »Wo ist sie?«

»Vermisst. Aber …« Sie schüttelte bedauernd den Kopf, und ich bemühte mich, meine Panik zu verdrängen. Aus runden glänzenden Augen musterte sie mein Gesicht, und schließlich sagte sie: »Die *boches* nehmen die Dinge in die Hand – bestrafen jeden, der der Sabotage verdächtigt wird. Wenn ich Ihnen einen Rat geben darf, *ma puce*«, unsicher trat sie einen Schritt vor und senkte die Stimme, »wenn Sie hier zu den Stammgästen gehörten, sollten Sie besser schnell nach Hause fahren. In Beaune sind Sie nicht sicher.«

Ich bin geflohen, *cher journal.*

21. August 1944

Es kommt mir vor, als hätte ich die letzten Wochen in einem Nebel erlebt. Ich war verloren in einem Albtraum grausamer Gewalt – Nachbarn verschwanden, es gab spontane Exekutionen, Plünderungen, Brandstiftung. Zuerst entschuldigte Madame die Racheakte der Deutschen, doch dann geschah etwas Unerwartetes: Die Brechbohne verschwand. Ja, der schreckliche alte *boche* verschwand ohne ein Wort des Abschieds. Ich habe erwartet, dass Madame aufgebracht wäre, ich habe gedacht, sie hätte irgendeine emotionale Bindung zu ihm aufgebaut, doch ich habe mich getäuscht. Sie tut, als hätte er nie existiert.

7. September 1944

Nach wochenlangem heftigem Bombardement erwachten wir heute Morgen im Keller, wo wir Schutz gesucht hatten, von der Stille. Madame traute sich vor

Angst nicht hinaus, deshalb schlich ich die Treppe hinauf, um die Lage zu erkunden. Angesichts der Explosionen, die in den letzten Tagen den Boden erschüttert hatten, war ich auf das Schlimmste gefasst – doch anstatt verbrannter Erde fand ich unsere wertvollen Reben in grüner Unschuld vor. Kühl und unberührt stehen sie an den Hängen.

Ich weiß nicht, wie lange ich dort, verzaubert von den wogenden Blättern, verweilte, doch irgendwann ließ mich ein fernes Donnern erstarren. Nach vier Jahren Besatzung kannte ich das Geräusch nur zu genau – ein Konvoi fuhr über die Hauptstraße. Kehrten die Deutschen etwa zurück? Die Motoren wurden immer lauter, und meine Angst wuchs. Schließlich kletterte ich auf den Kirschbaum, ohne auf den Schmerz in den Rippen und an der Schulter zu achten, ich musste es einfach wissen. Von meinem Ausguck zwischen den Ästen sah ich eine Reihe Fahrzeuge auf unser Haus zukommen. Ich hob eine Hand, um die Augen vor der Sonne zu schützen. Hatte ich eine Fahne gesehen? Ich blinzelte und versuchte, die Farben zu erkennen: rot, weiß und blau. Ich öffnete den Mund, brachte jedoch keinen Laut heraus. Es waren Amerikaner.

8. September 1944

Oh, was war das heute für eine Szene in Beaune! Solange ich lebe, werde ich die überschäumende Freude in den Straßen nicht vergessen. Die feiernden Menschen, die Flaggen, die aus jedem Fenster hingen.

Die Weinflaschen, die von Hand zu Hand gereicht wurden. Das Jubeln, das so laut war, dass es mir in den Ohren klingelte. Meine Brüder und ich tanzten, bis wir aus der Puste waren, hielten kurz inne, um wieder zu Atem zu kommen, und tanzten weiter. Ich umarmte all unsere Nachbarn, und auch die alte Frau von der *boulangerie,* von der ich ein Jahr lang die geheimen Botschaften erhalten hatte und die ich mich nie nach ihrem Namen zu fragen getraut habe. Zu meiner Überraschung sah ich sogar Monsieur Fresnes ein Fass auf die Straße rollen und Wein an die amerikanischen Soldaten ausschenken, als hätten er und seine Frau die Deutschen nie genauso bewirtet! Als ich ihn grüßte (ich konnte nicht widerstehen), nickte er mir kühl zu und reichte mir einen Becher Wein.

»Wo ist Ihre Stiefmutter?«, fragte er.

»Sie fühlt sich nicht gut«, erklärte ich. Benoît und Albert hatten sie angebettelt, uns zu begleiten, doch sie hatte ihre Bitten gereizt abgewiesen. »Sie hat Migräne … Oh!« Jemand hatte mich von hinten geschubst, sodass der Wein aus dem Becher über mein Kleid schwappte. Ich legte eine Hand auf meine schmerzenden Rippen.

»Ups, Entschuldigung, ich habe Sie nicht gesehen.« Madame Fresnes trat in mein Blickfeld. »*Bonjour.*« Sie schenkte mir ein böses kleines Lächeln.

»*Bonjour.*« Ich zögerte.

»*Chéri*«, wandte sie sich an ihren Mann. »Wolltest du nicht mit Monsieur le Maire sprechen? Ich habe ihn gerade dort drüben mit Jean Parent gesehen.«

»*S'il vous plaît*«, murmelte ich, obwohl sie keine Notiz von meiner Höflichkeit nahmen.

Geht, dachte ich, als sie sich aufmachten. Geht und versucht, euch beim Bürgermeister einzuschmeicheln, solange ihr könnt. Die Fresnes sind opportunistische alte Schleimer, doch den bösen Blicken nach zu urteilen, mit denen man sie bedenkt, scheinen das alle im Ort gemerkt zu haben. Sie haben ihr wahres Ich schon vor langer Zeit gezeigt. Ich bin mir sicher, dass das Glück nicht mehr lange auf ihrer Seite sein wird.

21. September 1944

Es gibt Dinge, vor denen ich mich nach vierjähriger Besatzungszeit zu fürchten gelernt habe. Das Aufblitzen einer graugrünen Uniform in den Augenwinkeln. Kontrollpunkte. Ein unerwartetes Klopfen an der Tür. Es war Letzteres, das uns vor zwei Tagen im Morgengrauen aufschreckte, ein lautes Donnern, das durchs Haus hallte. Benoît fing an zu weinen, und Albert rannte auf mich zu, als ich verschlafen in den Flur taumelte. Madame erschien im Nachthemd und flüsterte: »Wer ist das?« In meinem vernebelten Kopf dachte ich zuerst an Papa, und kaum war der Gedanke da, flog ich auch schon die Treppe hinunter. »Warte!«, zischte Madame. Aber es war zu spät – schon öffnete ich die Tür.

»Madame Virginie Charpin?«, hörte ich eine Stimme. Plötzlich schoben sich drei Männer an mir vorbei ins Haus. Ich sah ihnen blinzelnd in die Gesichter: Monsieur Parent, der Bürgermeister und Monsieur Fresnes. Sie trugen Hüte, Tweed-Kleidung und Armbinden in den Farben der Trikolore – blau, weiß, rot –, den Farben Frankreichs. Den Farben der Résistance.

»Was wollen Sie hier?«, schrie Madame. »Was wollen Sie?«

»Virginie Charpin«, sagte Monsieur Parent wieder. »Sie sind wegen Kollaboration verhaftet.« Monsieur Fresnes packte Madame an den Armen.

»Bitte«, flehte meine Stiefmutter. »Warum tun Sie das?«

»Haben Sie, Madame, nicht alle erdenklichen materiellen Vorteile im Tausch für die … äh … Aufmerksamkeiten erhalten, die Sie einem deutschen Offizier zukommen ließen? Ihre Kinder waren gut genährt. Ihr Haus war warm. Sogar Ihr Haar war frisiert!«

Madame blieb der Mund offen stehen, ebenso wie mir. Diese Vorwürfe von Monsieur Fresnes zu hören, einem Mann, der dem Vichy-Regime derart nahestand, dass er Maréchal Pétain ein Paket Clos de Vougeot geschenkt hat … Nun, fast wäre ich an der Ironie erstickt.

»Aber dazu haben Sie nicht das Recht!«, protestierte Madame. »Der Krieg ist noch nicht einmal vorbei!«

»Das Comité de Libération hat sich vor zwei Tagen gegründet, Madame«, sagte der Bürgermeister. »Wir beginnen sofort mit den Gerichtsprozessen. Ihnen wird vorgeworfen, mit Ihrem unpatriotischen Verhalten die nationale Moral geschwächt zu haben.«

Madame wehrte sich heftig gegen Monsieur Fresnes' Griff. *»C'est pas possible!«*, protestierte sie. *»Ce n'est pas juste!«* Ihre Worte hallten durchs Haus. Das ist nicht möglich. Das ist nicht fair.

»Na, na, Madame Charpin«, sagte der Bürgermeister in beruhigendem Ton. »Es gibt keinen Grund, hysterisch zu werden. Ich versichere Ihnen, es macht alles einfacher, wenn Sie ruhig bleiben.«

»Ruhig?« Wieder versuchte sie, sich loszureißen. »Ruhig?« Ihre Augen funkelten in ihrem blassen Gesicht. »Sie platzen mitten in der Nacht in mein Haus, bestürmen mich mit diesen lächerlichen Vorwürfen, nehmen mich vor meinen Söhnen fest, und dann erwarten Sie von mir, dass ich *ruhig* bleibe?« Sie schrie jetzt, Speicheltropfen flogen aus ihrem Mund, die Gesichtszüge waren wie bei einer Irren verzerrt. »Ich habe *nichts* Schlimmeres getan als *Sie!*«

Bei diesen Worten verdunkelte sich Monsieur Fresnes' Miene, er zwang ihre Arme auf den Rücken und verdrehte sie absichtlich in einem besonders gemeinen Winkel. »Das wird das Gericht entscheiden, Madame.«

Plötzlich sank Virginie in sich zusammen und begann zu weinen, ohne auf die Tränen und den Schnodder zu achten, die ihr über das Gesicht liefen. »Bitte!«, schluchzte sie. »Mein Junge, mein Benoît, er ist so zart. Ich konnte nicht mit ansehen, wie er dahinsiecht. Ich habe es nur für meine Söhne getan. Nachdem ihr Vater fort ist, haben sie niemanden mehr außer mir. Bitte lassen Sie mich bei ihnen bleiben – nehmen Sie mich nicht mit. Seien Sie gnädig. Bitte. *Bitte.*«

Der Bürgermeister und Monsieur Parent tauschten einen Blick. »Ich fürchte, Madame, dass man Sie nicht nur der horizontalen Kollaboration beschuldigt.« Der Bürgermeister hüstelte. »Dramatischer ist die Tatsache, dass Sie als Informantin für die Gestapo gearbeitet haben. Das Comité hat von der Razzia einer hier ansässigen Résistance-Gruppe erfahren, die zu mindestens einer Exekution geführt hat. Der Anführer wurde von einem Erschießungskommando umgebracht.«

»Er war mein Neffe!«, dröhnte Monsieur Parent.

Ich bekam keine Luft mehr. Stéphane war tot? Ich habe es vermutet – es befürchtet –, doch es bestätigt zu wissen, verursachte mir Übelkeit. Das Bild, wie ich ihn das letzte Mal gesehen habe, erschien vor meinen Augen. Die hängenden Schultern, das Blut, das über sein Gesicht rann, die vor Stolz glänzenden Augen. Er war so lebendig, so stark. Wie konnte er tot sein? Ich warf meiner Stiefmutter einen Blick zu, und heiße Wut strömte durch meine Adern.

»Ich?«, rief Madame aus. »Eine Informantin? Ich habe keine Ahnung, wovon Sie sprechen! Ich würde doch niemals … Ich könnte mir nicht vorstellen … Tief in meinem Herzen bin ich Frankreich immer treu gewesen.«

Ihre Dreistigkeit riss mich aus meinem Schweigen. »Lügnerin!«, kreischte ich. »Du weißt ganz genau, wovon sie reden! Du hast mich wochenlang ausspioniert, und dann hast du die Informationen an die Deutschen weitergegeben. Du bist eine Verräterin, Virginie, und jetzt wissen es alle, einschließlich deiner Söhne. *Fille de boches!*« Von Trauer und Wut getrieben, schossen mir die Worte aus dem Mund.

»Gehen wir.« Monsieur Parent trat vor, um Madame die Stufen hinunterzuschieben.

»Aber warum wurde Hélène freigelassen?«, sagte Madame schnell. »Wenn ich die Informantin war, die Verräterin, warum hat man sie dann als Einzige aus der

Gruppe freigelassen? Warum war sie die Einzige, der man keine Handschellen angelegt hat? Sie erzählt eine hübsche Geschichte, aber haben Sie mal überlegt, dass sie womöglich frei herumläuft, weil sie ihre Freunde verraten hat?«

»Was?« Ich taumelte. »Das ist pure Erfindung! Es gibt viele, die für mich bürgen würden. Fragen Sie nur Madame Maurieux vom Café des Tonneliers.« Zu spät fiel mir ein, dass sie vermisst und für tot gehalten wurde. »Oder – oder die alte Frau von der *boulangerie* am Place Carnot …«

Ich verstummte, als mir einfiel, dass ich sie niemals auch nur nach ihrem Namen gefragt hatte.

Monsieur Fresnes hatte den Griff um Madames Arm gelockert. Sie ging in die Hocke, schloss Benoît in die Arme und vergrub das Gesicht in seinem Haar. Das Schluchzen ließ ihre Schultern zucken. Es war eine überaus berührende Darstellung von Mutterliebe. So falsch wie ihre Worte waren, zweifle ich nicht daran, dass ihre mütterliche Hingabe – ebenso wie ihre Angst – echt war.

»Wissen Sie«, sagte Monsieur Fresnes, »ich habe bisher nichts gesagt, aber meine Frau hat einige Gerüchte über Hélène erwähnt.«

Der Bürgermeister wandte sich an mich, und ein eisiges Prickeln schlich über mein Rückgrat. »Sie lügt!«, beharrte ich. »Sie würde alles sagen, um ihre Haut zu retten.«

»Schhh, schhh, nicht weinen«, tröstete Madame Benoît. »Maman *est là,* Maman *est là.*«

»Hélène Charpin«, sagte der Bürgermeister. »Sie kommen mit zum Verhör.«

»Das ist doch lächerlich!«, protestierte ich. »Ich habe absolut nichts falsch gemacht. Jeder aus meiner Gruppe wird Ihnen das bestätigen.«

»Jeder aus der Gruppe ist tot«, sagte Madame.

Blitzschnell war Monsieur Fresnes bei mir und umfasste mit eisernem Griff meine Handgelenke. »Sag ihnen die Wahrheit, Virginie!«, rief ich. »Sag ihnen, dass ich unschuldig bin.«

Eine Sekunde flackerte Schuld in ihrem Blick auf, und ich spürte, dass sie zögerte. Doch ehe sie antworten konnte, trieben die Männer mich die Treppe hinunter und stießen mich weiter. Als Letztes sah ich Madames Kopf über Benoîts schlanke Gestalt geneigt, ihr Körper schlaff vor Erleichterung.

Die letzten beiden Tage waren ein einziger Albtraum – schlimmer noch, eine unvorstellbare Demütigung. Auf dem ganzen Weg nach Beaune glaubte ich noch an die Menschlichkeit meiner Mitbürger. Doch als wir eintrafen, gab es keine Gerechtigkeit. Es gab kein Gericht. Keine Stimme der Gnade. Nur ein nach Rache dürstender Mob, der die *»putes«* bestrafen wollte – die Huren, die Frauen, die sich körperlich den Besatzern unterworfen hatten. Eine Gruppe von sechs Frauen, in die ich irgendwie auf schier unglaubliche Weise geraten war. Die Menge war so erpicht darauf, uns zu demütigen, dass niemand innehielt, um die Wahrheit herauszufinden. Hände rissen mir die Kleider vom Leib. Mit Stöcken trieb man mich nackt durch die Straßen. Man schor mir mit einem Rasiermesser die Haare. Man schmierte mir mit Farbe Hakenkreuze an die intimsten Stellen. Hohn, Spott und Speichel wurden mir ins Gesicht geschleudert, zusammen mit den Rufen »Hure« und »Schlampe«. Man schleuderte Steine auf mich.

Ich schreibe diesen Bericht so sachlich wie möglich, damit es ein Zeugnis gibt. Damit niemand vergisst, was uns widerfahren ist. Ich schreibe diesen Bericht, weil ich mit eigenen Augen gesehen habe, dass diejenigen, die im Krieg die größten Feiglinge mit dem schwächsten Rückgrat waren – Verräter, Informanten, Verbrecher –, heute die eifrigsten Verfolger sind. Sie hoffen, ihre eigenen Taten auszulöschen, indem sie über diejenigen herfallen, die sich am besten zum Sündenbock eignen.

Später hörte ich, dass man es *die épuration sauvage* nannte, die wilde Säuberung, und das Wilde, ja, das verstand ich. Sie waren von einer unmäßigen Wut getrieben, die sich aus Selbstgefälligkeit und Angst speiste. Doch die Säuberung ergab weniger Sinn für mich. Sie behaupteten, die Gesellschaft von Schmutz zu befreien. Aber was sie wirklich wollten, war, die Schuld von ihren Seelen zu schrubben.

Ich habe das Gut im Morgengrauen verlassen und bin im Morgengrauen auf das Gut zurückgekehrt. Es ist der letzte Ort, an dem ich sein möchte. Aber halb nackt in meinen zerrissenen Kleidern, mit rasiertem Schädel und einer offenen Wunde am Kopf, aus der Blut sickert, kann ich nirgendwo anders hin. Wenigstens haben alle im Haus geschlafen, sodass ich Madame nicht sehen, nicht ihre heimtückische Stimme hören musste, mit der sie sicher ihr Handeln zu rechtfertigen versucht hätte. Mein Kopf hat gepocht, und alles hat sich gedreht,

Lichtblitze verschwammen vor meinen Augen, während ich in mein Zimmer taumelte und die Tür schloss.

Albert weckt mich. Er hat einen feuchten Waschlappen in der Hand und versucht, den Schnitt an meinem Kopf zu reinigen. Sonnenlicht fällt durchs Fenster herein, grelles Licht, von dem mir übel wird. Ich lege eine Hand auf die Augen.

»*Ça va,* Léna?«, fragt Albert. Seine schrille Stimme durchbohrt meinen Schädel. Ich drehe mich auf die Seite, würge und würge und würge. Was ist das für ein Geruch? Er steigt mir in die Nase und würgt mich, macht meine Lunge von innen schwarz. Ein beißender Gestank wie von den verbrannten Trümmern des Cafés des Tonneliers. Albert führt eine Tasse an meine Lippen. »Trink etwas Brühe, Léna«, drängt er. Ich atme den Dampf ein und weiche zurück, der penetrante Geruch brennt mir in der Nase.

»Geh weg!«, rufe ich und schlage ihm die Tasse aus der Hand. Sie fällt auf den Boden und zerschellt.

Ich dämmere weg und träume von Händen. Sie reißen an meinen Kleidern. An meinen Haaren. Werfen mir Steine an den Kopf. Packen nach meinen Schultern und schütteln mich, bis mein Kopf wackelt wie bei einer Stoffpuppe. Schreiend wache ich auf und stelle fest, dass eine Frau auf einem Stuhl an meinem Fußende sitzt. Sie verzieht das Gesicht auf vertraute missbilligende Art.

»Hélène«, ruft sie, *»comment vas-tu?«*

Ich versuche zu antworten, aber es kommt nur ein Nuscheln heraus wie bei einem Säufer. Stehe ich unter

Drogen? Vielleicht erklärt das, warum meine Glieder so schwer sind, warum ich ständig so benommen bin. Ich bin so müde, so müde, so müde, und doch findet mein Kopf keine Ruhe, wenn ich die Augen schließe. Ich schreibe diese Seiten, nachdem es mir kurz besser zu gehen scheint, und versuche meine rasenden Gedanken zu beruhigen. Wann immer ich Schritte auf der Treppe höre, verstecke ich das Buch unter dem Kopfkissen.

Jetzt ist ein Mann in meinem Zimmer, seine schwere Gestalt verschwimmt, als er näher kommt. Ich kenne ihn nicht – oder doch? Vorsichtig löst er den Verband um meinen Kopf. »Öffnen Sie die Augen«, drängt er mich. Unter Schwierigkeiten gehorche ich. Seine Worte umfließen mich. *Die Pupillen geweitet … sie ist verwirrt … Kopfverletzung … möglicherweise tödlich … lassen Sie sie nicht schlafen …*

Wieder beugt sich eine Frau über mich. Ich kenne ihr Gesicht, es kommt mir überaus vertraut vor. Es ist meine Mutter. Nein, nein, meine *Stiefmutter*. Sie fasst fest meine Hände, und ich versuche, sie wegzuschieben.

»Hélène«, sagt sie scharf, »bleib wach! Verdammt, bleib wach!«

Aber ich kann nicht.

16. Kapitel

»Das ist alles?« Jean-Luc zeigte auf das Tagebuch. »Mehr gibt es nicht?«

Ich blätterte durch die übrigen Seiten. »Nein.«

»Aber was ist mit Hélène passiert? Ist sie einfach … gestorben?«

»Das vermute ich.« Ich holte tief Luft und atmete langsam aus. »Gott, Jean-Luc, ich kann nicht glauben, was wir gerade gelesen haben.« Ich empfand eine Mischung aus Trauer und Abscheu, und mein Magen krampfte sich zusammen. »*Jetzt* verstehe ich, warum sie all die Jahre geschwiegen haben.« Meine Stimme brach. »Es ist noch viel schlimmer, als ich vermutet habe.«

Jean-Luc klopfte mir auf die Schulter, doch ich nahm es kaum wahr. Als die Uhr im Flur vier schlug, ging er in die Küche und machte Tee. Wir hatten uns mehrere Stunden aus Hélènes Tagebuch vorgelesen. Jetzt dämmerte es schon fast, und ich fühlte mich ausgelaugt und innerlich leer. Wie um alles in der Welt sollte ich Nico und Heather beibringen, was ich herausgefunden hatte? Bei dem Gedanken daran bildete sich ein dumpfer Schmerz in meinem Nacken. In den letzten Monaten hatte ich mir unzählige schreckliche Szenarien ausgemalt, was Hélène widerfahren sein könnte, aber nichts hatte mich auf diese Wahrheit vorbereitet.

»Hier.« Jean-Luc reichte mir einen dampfenden Becher. »Kräutertee mit Honig.« Dann griff er zum Sideboard, holte eine nicht beschriftete Flasche hervor und gab uns beiden einen Schuss davon in den Tee. »*C'est du marc*«, erklärte er.

»*Merci*«, sagte ich. Der Schnaps lief mir die Kehle hinunter, die Hitze breitete sich in meinem Magen aus und löste die Muskeln in meinem Nacken, sodass mein Kopf frei wurde. »Wie haben sie das nur ausgehalten?«, fragte ich. »Das ganze Leben mit dieser Riesenlüge zu leben? Onkel Philippe sagt immer, unser Schicksal verbinde uns mit diesem Land. Wir hätten eine Verantwortung, uns um diese Reben zu kümmern. Unsere Familie hätte über Generationen hinweg darum gekämpft, ihr Erbe zu bewahren. Aber jetzt, nachdem ich weiß, dass meine direkte Verwandte, meine Urgroßmutter, eine schändliche, hinterlistige …« Ich sog scharf die Luft ein. »Unser Erbe war ihr ganz egal. Sie wollte nur sich selbst retten!« Ich schüttelte den Kopf und versuchte, das alles zu verdauen. »Ich dachte immer, meine Mutter wäre verrückt, diesem Ort den Rücken zuzukehren. Es kam mir lächerlich vor. Ich hielt es für albernes Gehabe. Aber jetzt verstehe ich … Dieser Ort ist derart von der Geschichte belastet, dass wir nie darüber hinwegkommen können. Die Geschichte ist … unüberwindlich.« Ich erschauderte.

»Hier.« Jean-Luc zog seinen Pullover aus und versuchte, ihn mir über die Schultern zu legen.

»Schon okay, ich bin okay«, sagte ich.

»Ach, Kat!«, stieß Jean-Luc gereizt hervor. »Warum lässt du mich nicht für dich sorgen?«

Ich würgte einen Schluck Tee hinunter. Für mich sorgen? Als ich aufblickte, sah ich, dass Jean-Luc auf den Boden starrte, Röte kroch über sein Gesicht.

»Oh«, flüsterte ich.

»Als ich gehört habe, dass du zurückkommst, dachte ich, ich würde es nicht ertragen«, sagte er leise. »Wahrscheinlich ahnst du, wie ich mich gefühlt habe. Es war eine Qual für mich, dich plötzlich wieder in der Nähe zu wissen.«

Ich schüttelte den Kopf. »Aber was ist mit Louise?«

Er seufzte. »Kat, für mich hat es immer nur dich gegeben.«

Sein Gesicht wirkte so traurig und verletzlich, dass mein Herz zu schmelzen begann wie Butter auf heißem Toast. Ich schloss die Augen und erwartete, seine warme Umarmung zu spüren, dass er mich an sich zog und mit seinen Lippen über meine strich.

Ich öffnete die Augen wieder. Doch Jean-Luc saß bewegungslos auf dem Stuhl und starrte mit undurchdringlicher Miene in seinen Tee. So schnell, wie er einen Hauch von Zärtlichkeit gezeigt hatte, hatte er sich wieder verschlossen. Auch wenn er mir vergeben hatte, war der Schmerz nicht vergessen, den ich ihm einst zugefügt hatte.

Ich hielt den Atem an, in meinem Kopf rangen Sehnsucht und Vernunft miteinander. Was bedeutete das für uns beide? Ich betrachtete seine Hände auf dem Tisch, die langen Finger voller Schwielen, die kräftigen Hände, die Hände eines Bauern – sie waren in meinen Augen berührend schön –, und plötzlich beherrschte mich nur ein einziges Gefühl: Das, was ich wirklich wollte, war, dass wir uns liebten.

»Jean-Luc?«, flüsterte ich und streckte die Finger nach seinen aus.

Sein Lächeln trieb ein Kribbeln durch meinen Körper,

noch bevor wir uns berührten und vor lauter Ungeduld zueinanderzugelangen die Stühle umstießen. Er vergrub die Hände in meinem Haar, strich sanft über meinen Nacken, und wir küssten uns. Unsere Kleider fielen auf den Boden. Seine Zärtlichkeit war mir vertraut und fremd zugleich, wie etwas aus einem lange zurückliegenden Traum – aus einer fernen Zeit, in der ich einst glücklich gewesen war.

Die Vögel weckten mich mit ihrem aufdringlichen zänkischen Zwitschern. Im Zimmer war es dämmrig, aber durch die Ritzen der Fensterläden fiel Licht herein. Ich streckte mich, die Bettlaken fühlten sich rau auf meiner nackten Haut an. Langsam fielen mir die Ereignisse des vergangenen Abends wieder ein. Jean-Luc und ich in der Küche. Wie wir blitzschnell die Treppe hinauf in sein Schlafzimmer gestürmt waren. Uns aufs Bett gestürzt hatten. Ich errötete.

Auf dem Nachttisch fand ich einen Becher Kaffee und eine Nachricht.

Cherie,
du hast noch so tief geschlafen, dass ich dich nicht wecken wollte. Ich habe einen wichtigen Termin in Beaune und bin um zwei Uhr zurück, um dich nach Paris zu bringen.
Bisous, J-L

Der Kaffee war lauwarm, aber er belebte mich. Erneut kehrten meine Gedanken zu Hélène und ihrem Tagebuch zurück, und zu allem, was wir am Abend zuvor herausgefunden hatten. Im hellen Morgenlicht ließ der Schreck etwas nach, der mich anfangs bis ins Mark erschüttert hatte. Doch ich hatte immer noch absolut keine Ahnung, was ich tun sollte.

Ich duschte und packte meine kleine Tasche, wobei ich mich fragte, wann ich wieder herkommen würde. Was hielt die Zukunft für uns bereit? Gestern Abend war ich mir wie in einem Traum vorgekommen, doch jetzt begann sich der Nebel zu lichten. Waren Jean-Luc und ich zu einer Fernbeziehung bestimmt? Würden wir eine Liebesbeziehung führen, die aus von den unterschiedlichen Zeitzonen bestimmten Skype-Gesprächen bestand? Allein der Gedanke an die Logistik ermüdete mich. Ich wurde das Gefühl nicht los, dass wir uns noch genau in derselben Situation wie vor zehn Jahren befanden. Wir waren älter, aber kein bisschen weiser, noch immer zwischen Pflichten und Wünschen gefangen.

Ich legte einen Pullover in die Tasche und kämpfte mit dem Reißverschluss. War es möglich, dass unsere Leben nicht zusammenpassten? Konzentrier dich einfach auf den Test, sagte ich mir. Wenn ihr euch liebt, werden sich die Dinge finden. Doch bei dem Gedanken an die Prüfung begann mein Herz zu rasen. Nur noch gut eine Woche, und anstatt mich mit der Sortenvielfalt seltener Trauben oder der Rolle von Enzymen bei der Weinherstellung zu beschäftigen, war ich auf der anderen Seite der Welt in eine Familientragödie verstrickt. Ich presste mir die Hände an den Kopf, der plötzlich zu zerspringen drohte. Alles lastete zugleich auf mir – die Erschütterung wegen Hélène, die Sorge wegen meiner Zukunft mit Jean-Luc, meine Angst vor dem Test. Alles stürmte zugleich auf mich ein. Panik schnürte mir die Kehle zu, und ich bekam keine Luft mehr.

Ich musste weg. Ich musste nach Hause fahren und

die Prüfung machen, und wenn das erledigt war, konnte ich überlegen, was ich mit allem anderen tun sollte. Bei dem Gedanken daran, nach San Francisco zurückzukehren, löste sich der Druck auf meiner Brust. Ich würde Jean-Luc eine Nachricht hinterlassen – hoffentlich verstand er das – und mir ein Taxi rufen, das mich nach Dijon zum Zug brachte.

Eine Viertelstunde später saß ich auf der Rückbank eines Renaults und sah zu, wie die vertraute Landschaft an mir vorbeizog. »Können wir noch einen kurzen Halt einlegen, bevor wir auf die Autobahn fahren?«, fragte ich den Fahrer, und er nickte. »Biegen Sie hier in die Einfahrt. Ich bin sofort wieder da.«

Ich klopfte an die Hintertür, und als niemand öffnete, trat ich wie gewohnt ein. Die Küche war verödet, ein gähnendes Betonloch mit Abdeckplanen über den geschnitzten Holzarbeiten. »Gott, Kate, du hast mich zu Tode erschreckt!«, schrie Heather, als ich sie oben beim Wäschezusammenlegen überraschte. »Moment mal. Kate! Solltest du nicht in San Francisco sein? Machst du nicht bald den Test?«

Da der Taxifahrer mit laufendem Taxameter auf mich wartete, schob ich ihr Hélènes Tagebuch in die Hände. »Das haben Jean-Luc und ich gestern Abend gefunden. Du und Nico, ihr müsst es lesen.« Sie starrte mich völlig verwirrt an. »Ich erkläre dir alles später. Unten wartet ein Taxi auf mich, ich darf meinen Flug nicht verpassen. Lest es einfach!«, rief ich auf dem Weg durch den Flur. »Und ruft mich an, wenn ihr fertig seid.« So schnell ich konnte, lief ich die Treppe hinunter und zur Tür hinaus.

Die Rückreise dauerte mehr als einen Tag. Nachdem ich stundenlang auf einem Platz in der Economy-Class eingequetscht gewesen war, stakste ich mit steifen Beinen die Treppe zu meiner Wohnung hinauf. Mein Kopf schmerzte. Im Wohnzimmer grub ich einen Stapel Karteikarten aus, fragte mich selbst nach italienischen Traubensorten ab und konzentrierte mich grimmig ein weiteres Mal auf die Prüfung.

»Kate! Meine Liebe!« Jennifer riss die Haustür auf. »Morgen ist der große Tag! Wie fühlst du dich?«

»Nervös«, gab ich zu und küsste sie auf beide Wangen.

»Das wird schon!«, sagte sie mit einer wegwerfenden Handbewegung, nahm mir den Mantel ab und schmiss ihn über das Treppengeländer. »Aber heute reden wir nicht über die Prüfung. Heute entspannen wir uns. Baxter hat sich beim Kochen richtig ins Zeug gelegt. Wir werden einfach nur essen, reden und trinken.« Sie hob eine Augenbraue. »Natürlich nicht zu viel. Schließlich musst du morgen frisch sein.« Wie immer fühlte ich mich in dem fröhlichen Durcheinander, das bei ihr herrschte, gleich zu Hause. »Achtung, Schuhe«, warnte Jennifer und schob diverse Paare zur Seite. »Kinder!«, rief sie nach oben. »Sagt Kate Hallo.«

»Hallo, Kate!«, kreischten sie im Duett zurück.

Ich folgte Jennifer in die Küche und atmete den Duft von gedünstetem Knoblauch und gehackter Petersilie ein. Sie ging zum Kühlschrank und schenkte uns beiden ein Glas Sprudelwasser ein.

»Der Champagner des armen Mannes«, witzelte sie und reichte mir ein Glas. Ich lächelte schwach. »Ach, Liebes«, sagte sie. »Du siehst ein bisschen blass aus. Ich wünschte, du würdest aufhören, dir Sorgen zu machen. Schließlich ist es am Ende des Tages nur eine alberne Prüfung.« Sie musterte mich aufmerksam. »Oder … ist da noch etwas anderes?«

Ich schwieg, und meine Wangen wurden heiß. »Erinnerst du dich an den geheimen *cave* auf der Domaine Charpin?«, sagte ich schließlich.

»Natürlich.«

»Ich war letzte Woche noch einmal im Burgund. Nein, warte, lass mich erst erzählen«, fuhr ich schnell fort, als sich ihre Augen vor Überraschung weiteten. »Ich dachte, ich hätte einen Weg entdeckt, die Gouttes-d'Or-Flaschen zu finden. Stattdessen habe ich ein Tagebuch aus dem Zweiten Weltkrieg gefunden, und es enthielt schreckliche Enthüllungen über meine Familie.« Ich berichtete ihr Hélènes Geschichte und wandte den Blick ab, zu beschämt, ihr in die Augen zu sehen. »Die Geschichte ist so schrecklich, dass sie mir manchmal unwirklich vorkommt. Doch dann reiße ich mich zusammen und zwinge mich anzuerkennen, dass all diese Dinge tatsächlich passiert sind. Ehrlich gesagt bin ich mir nicht sicher, wie ich mit dieser Schande leben soll. Jeden Tag durchforste ich meine Gedanken, aus Angst, dass sich ganz tief in mir eine Fanatikerin verbirgt.«

»Ach, Kate.« Jennifer ließ den Kopf sinken.

Ich trank einen Schluck Wasser. »Tut mir leid. Das sollte ein entspannter Spätnachmittag werden. Ich will dich nicht mit diesem Zeug belasten.«

Sie blickte einen langen Moment auf den Boden. »Ich glaube, ehrlich gesagt«, antwortete sie nachdenklich, »dass ich einer der wenigen Menschen bin, die dich wirklich verstehen. Es war nicht schön, in Südafrika, im

Schatten der Apartheid, aufzuwachsen. Wenn ich nur selten darüber spreche, dann deshalb, weil es noch immer wehtut. Mein Vater war Afrikaner und Rassist im reinsten Sinne des Wortes. Meine Mutter ebenfalls. Jetzt ist mir das klar, aber ich habe lange gebraucht, um es zu akzeptieren. Mein Vater hat meine Mutter terrorisiert. Sie geschlagen. Meine Geschwister und mich auch. Uns alle – seine Mädchen.« Sie verzog die Lippen zu einem traurigen Lächeln. »Für dich ist es ein bisschen anders, weil du deine Urgroßmutter nicht kennengelernt hast. Aber ich habe viel Zeit damit verbracht, die Einstellung meiner Eltern zu verstehen. Manchmal frage ich mich, ob ich dadurch nur ihr Handeln rechtfertigen wollte.« Sie seufzte und schwieg.

»Aber wie gehst du damit um?« Ich wurde lauter. »Wie kannst du akzeptieren, dass sie deine Familie sind? Sie lieben und sie zugleich verurteilen?«

»Genau so«, erwiderte sie schlicht. »Indem ich Fragen stelle und versuche, ihre Entscheidungen zu verstehen. Nicht, um sie zu entschuldigen«, fügte sie hinzu, »sondern damit ich Verantwortung übernehmen kann.«

Bevor ich antworten konnte, stapfte eine schwere Gestalt die Stufen herunter. »Kate!«, dröhnte Baxter, Jennifers Mann, und streckte mir eine kräftige Hand entgegen. »Wie geht's dir, Schätzchen? Großer Tag morgen! Ich habe dein Lieblingsessen gemacht – Kalbsragout. Wenn dir das kein Glück bringt, weiß ich es auch nicht.« Er strahlte mich an, doch als er meine angespannte Miene sah, verblasste sein Lächeln. »Scheiß auf den Test, Jennifer. Gib diesem Mädchen ein Glas Wein!« Baxter tat alles, um uns aufzumuntern, füllte köstliches Essen auf unsere Teller und gab die lustigsten Geschichten aus seiner Kindheit in South Carolina zum Besten. Er ignorierte sogar den Protest seiner Frau und schenkte mir ein zweites Glas Wein ein. »Das ist Medizin«, beharrte er.

Als ich sie beide zum Abschied küsste, hatte ich es wieder einmal geschafft, meine Gefühle meinen Vorfahren gegenüber zu verdrängen.

Jennifer brachte mich nach draußen zum Wagen. »Ruf mich morgen an, wenn du fertig bist«, sagte sie. »Und denk dran: Jetzt ist es mehr eine Frage des Glücks als des Wissens.«

Ich lächelte so strahlend wie möglich. »Danke.«

Als sie die Tür hinter sich geschlossen hatte, startete ich den Wagen und fuhr auf die Straße. Es war noch sehr früh, noch nicht einmal acht Uhr, deshalb nahm ich den Weg durch Pacific Heights und betrachtete die Lichter der Bay Bridge, die wie Edelsteine vor dem dunklen Nachthimmel funkelten. Normalerweise fand ich diese Fahrt beruhigend, doch als mein Wagen über die Hügel der Stadt sauste und ich mich immer weiter von Jennifers Zuversicht entfernte, setzte die vertraute Angst wieder ein. Ich war noch nicht bereit für die Prüfung. Ich war immer noch nicht bereit. Erst in der Woche zuvor, in meiner letzten Übungsstunde, hatte ich einen französischen Chardonnay für einen kalifornischen gehalten. »Hast du malolaktische Aromen geschmeckt?«, hatte Jennifer scharf gefragt. »Analysierst du überhaupt, was du schmeckst?« Ich hatte eine Entschuldigung gemurmelt, und wir hatten weitergemacht. Doch ihre Meinung war unmissverständlich gewesen: Wenn ich noch derart dumme Fehler machte, würde ich durchfallen.

Beunruhigt parkte ich vor meinem Apartmenthaus und ging zur Tür. Ich war so in Gedanken, dass ich die

Gestalt, die auf den Treppenstufen saß, erst bemerkte, als ich direkt neben ihr stand.

»Kat.« Ich erschrak, stolperte und fing mich am Geländer auf. »*Sorry, sorry* … Ich wollte dich nicht erschrecken.« Jean-Lucs Gesicht war halb im Schatten der Straßenlaterne verborgen.

»Was machst du hier?«

Ich war so mit der Prüfung beschäftigt, dass ich mich ganz benommen fühlte, als wäre ich gerade aus einem Traum erwacht. Im nächsten Augenblick spürte ich Jean-Lucs kräftige Arme um mich. Im Dämmerlicht sah ich die Bartstoppeln auf seinem Kinn und die zerknitterte Kleidung – Zeugnisse der langen Reise.

»Darf ich reinkommen?«, fragte er.

Ich zögerte. Mehr als alles andere auf der Welt wollte ich die ganze Nacht mit ihm wach bleiben. Aber die Prüfung blinkte wie ein aggressives Alarmzeichen vor mir auf.

»Ich weiß, dass morgen der Test ist«, sagte er schnell. »Aber ich habe hier etwas, das du sehen musst, etwas Wichtiges, das ich dir persönlich bringen musste.«

In der Wohnung griff er in die Innentasche seiner Jacke und reichte mir einen Umschlag. »*Tiens*.«

»Was ist das?«

Er holte tief Luft. »Ein Brief von Hélène.«

Mit zitternden Fingern zog ich ein zerknittertes Blatt Papier aus dem Umschlag. Hélènes sorgfältige Handschrift erkannte ich sofort.

1. November 1944

Chers *Albert* et *Benoît*,
wenn ihr das hier lest, werde ich fort sein. Bitte versucht nicht, mich zu finden. Ich möchte neu anfangen, ohnehin weiß ich noch gar nicht, wohin ich gehe. Ich wünschte, es wäre anders. Ich wünschte, ich könnte zusehen, wie ihr zu netten jungen Männern heranwachst, denn ich weiß, das werdet ihr. Aber ich möchte, dass ihr die Chance bekommt, diesen Krieg hinter euch zu lassen, genau wie alle anderen – und das ist für euch ohne mich viel leichter.

In den letzten Wochen habt ihr einige schreckliche Dinge miterlebt. Um ehrlich zu sein, bin ich mir nicht sicher, ob ich eurer Mutter jemals vergeben kann. Doch damit ihr nicht zu harsch über sie urteilt, sollt ihr zwei Dinge wissen. Erstens bin ich fest davon überzeugt, dass sie aus tiefer Liebe zu euch, ihren Söhnen, gehandelt hat. Und das kann ich ihr nicht verübeln, weil auch ich euch von ganzem Herzen liebe. Zweitens habe ich es zum Teil eurer Mutter zu verdanken, dass ich fortgehen kann. Gestern Abend hat sie mir ihre Schmuckkassette gebracht, gemeinsam haben wir den Inhalt in das Futter meines Mantels genäht. »Ich hoffe, es ist genug, Hélène«, sagte sie mit leiser Stimme, der das schlechte Gewissen anzuhören war. Sie ist zu Recht beschämt und wird es immer bleiben. Das genügt nicht, um sie zu entlasten. Doch obwohl ich ihr nicht vergeben kann, empfinde ich einen Hauch von Mitgefühl für sie. Der Krieg hat das Beste und das Schlimmste in jedem von uns hervorgebracht.

Mes petits frères, *ich hoffe, dass ihr euch immer an Papa und mich erinnern werdet und an die glücklichen Stunden, die wir zusammen in den Weinbergen verbracht haben. Papas wahres Vermächtnis lebt in diesem Land weiter, in den Weinreben, die in der wundervollen, steinigen Erde gedeihen. Aber er hat uns auch etwas materiell Wertvolles hinterlassen – kostbare Weinflaschen, die an einem geheimen Ort versteckt sind. Niemand weiß davon, noch nicht einmal eure Mutter, aber ich habe einen Hinweis in Papas Lieblingsbuch hinterlassen, der euch helfen wird, ihn zu finden.*

Ich habe euch auch noch etwas anderes hinterlassen – mein Tagebuch. Ich gebe es euch, weil ich es für wichtig halte, dass es einen Bericht über das gibt, was geschehen ist. Aber ich verstehe, wenn ihr euch gleichzeitig von ihm und der Vergangenheit trennen wollt.

Und jetzt muss ich euch noch etwas gestehen: Wenn ich das Gut heute Nacht verlasse, nehme ich die Gouttes-d'Or-Flaschen in meinem Koffer mit. Es tut mir leid, dass ich euch um einen Teil eures Erbes bringe, aber ich sehe keine andere Möglichkeit. Ich werde nach Paris gehen, den Wein an den Höchstbietenden verkaufen und das Geld dazu nutzen, Frankreich für immer zu verlassen. Oh, wie mich diese Worte ängstigen – ich, die kaum einen einfachen Gruß in einer fremden Sprache zustande bringt. Ich hoffe jedoch, dass die Hilfe, die ich einst anderen gewährt habe, irgendwie zu mir zurückkommt.

Alors, *Albert, Benoît – ich sage euch* au revoir. *Wie ich eure Stimmen vermissen werde, eure geliebten Gesichter. Ich hoffe, dass ihr manchmal an mich denkt – und wenn, vergesst nicht: Wir haben für Gerechtigkeit und Barmherzigkeit gekämpft, die die Zivilisation ausmachen.*

Je vous embrasse,
Hélène

Ich sah von dem Brief auf und begegnete Jean-Lucs Blick. »Sie … sie ist gar nicht gestorben?«, krächzte ich.

Er schüttelte den Kopf.

»Und Virginie …« Ich räusperte mich. »Sie hat ihr am Ende geholfen?«

»Es macht nicht wieder gut, was sie getan hat. Aber es ist zumindest etwas.«

Ich berührte eine Ecke des Briefes. »Ich frage mich, ob Albert und Benoît den Brief gefunden haben.«

Er zuckte die Schultern. »Wer weiß? Vermutlich hat Virginie Hélènes Sachen in Kartons gepackt und alles in den Keller gebracht. Aus den Augen, aus dem Sinn, stimmt's? Die Schuld und die Scham müssen unerträglich gewesen sein. Sie konnte ihren Söhnen nicht verbieten, von ihrer Schwester zu sprechen. Deshalb hat sie ihnen bestimmt erzählt, Hélène sei gestorben und die Bank mit der Gedenktafel auf dem Friedhof aufstellen lassen.«

»Aber wo hast du den Brief her?«

»Von Louise«, gab er ein wenig verlegen zu. »Sie hat ihn mir gebracht, als du gerade weg warst. Sie hat ihn vor Monaten in einem alten Buch im Wohltätigkeitsladen in Beaune entdeckt. Damals, als sie den Karton kaufen wollte, aber du und Bruyère …«

»Ich weiß. Wir haben sie überboten.« Ich schnippte mit den Fingern. »Ich wusste, dass sie an dem Nachmittag etwas Bestimmtes im Schilde geführt hat.«

»Als Louise den Brief gelesen hat, fing sie sofort an, nach dem geheimen *cave* zu suchen. Sie bat Walker, ihr zu helfen. Sie vermuteten, dass er sich irgendwo auf der Domaine Charpin befindet. Und sie hofften, Nico und Bruyère würden ihnen einen Teil abgeben, wenn sie ihnen helfen, ihn zu entdecken.«

»Nur, dass ich ihn zuerst entdeckt habe. Aber warum hat sie dir den Brief gegeben?«

»Du und Nico, ihr habt so dichtgehalten, dass ihr nicht klar war, dass ihr den *cave* schon längst gefunden habt«, erklärte er. »Sie ist zu mir gekommen und hat mich gefragt, ob ich ihr helfen würde. Es hat sich herausgestellt, dass Louise viel patriotischer ist, als ich dachte – regelrecht beängstigend. Sie kämpft geradezu fanatisch darum, dass der Wein in Frankreich bleibt. Sie wusste, dass wir zusammen in der Abtei gewesen sind, und hat mir angeboten, mich an dem Erlös des Verkaufs in Frankreich zu beteiligen, wenn ich ihr erzähle, was du herausgefunden hast.«

»Klingt nach einem ziemlich abwegigen Plan.«

Er hob eine Braue. »Ist nicht alles im Weingeschäft etwas abwegig? Neunundneunzig Prozent meines Erfolgs hängen vom *Wetter* ab.«

Ich lächelte schwach, und Jean-Luc nutzte die Gunst der Stunde. »Hör zu, Kat, ich bin hergekommen, weil ich wusste, wie viel dir Hélènes Brief bedeutet. Aber das ist nicht der einzige Grund.« Er zögerte und strich sich durchs Haar. »Ich weiß, dass eine Menge passiert ist, seit … seit … Na ja, seit wir das letzte Mal zusammen waren. Wir sind vielleicht andere Menschen geworden. Aber meine Gefühle für dich haben sich nicht geändert. Du bist immer noch der Mensch, mit dem ich jeden Morgen aufwachen und jeden Abend ein Glas Wein trinken will.« Er schenkte mir ein schiefes Grinsen, das mich zum Schmelzen brachte. »Kat«, sagte er sanft. »Würdest du …«

Er verstummte, als ich zurückwich. »Ach, Jean-Luc.« Ich hielt inne und versuchte, meine Gedanken zu ordnen. »Darüber denke ich nach, seit ich aus dem Burgund abgereist bin. Über uns. Wie es funktionieren könnte. Ich glaube nicht, dass einer von uns eine Fernbeziehung führen will. Ich möchte jeden Morgen mit dir aufwachen. Mit dir frühstücken. Abends zusammen mit dir kochen. Aber mein Leben ist in Kalifornien, und dein Weingut ist in Frankreich, und …« Ich senkte den Kopf. »Dorthin kann ich nicht zurück.«

»Aber warte, warte, warte!« Warum strahlte er? »Du hast mich nicht ausreden lassen. Was, wenn ich …«, er stieß einen Fanfarenton aus, »… Frankreich verlassen möchte?«

Ich sah ihn mit offenem Mund an. »Und das Gut?«

»Das ist die Côte d'Or, *chérie*. Ich werde keine Schwierigkeiten haben, einen Käufer zu finden.«

»Aber wie könntest du … warum solltest du dein ganzes Leben …«

»Genau!« Seine Wangen röteten sich. »Mein ganzes Leben. Schon als ich ein kleiner Junge war, wusste ich, dass ich Winzer werden und das Weingut der Familie übernehmen würde. Genau wie mein Vater und sein Vater vor ihm, und der Vater seines Vaters und immer so weiter bis zum Anfang aller Zeiten! Aber Kat, hier bist du. Klar, natürlich könnte ich ewig weiter im Burgund Wein produzieren. Aber wenn es bedeutet, dass du bei mir bist, möchte ich lieber etwas anderes machen.«

Ich dachte an die Nacht so viele Jahre zuvor zurück, als Jean-Luc mich zum ersten Mal geküsst hatte. Viele Tage danach war mir noch schwindlig vor Glück gewesen, ich war mit seiner Stimme im Ohr durch den Unterricht geschwebt. Ich erinnerte mich an den Tag, an dem ich mit ihm Schluss gemacht hatte – an die Tränen, die

Zweifel und schließlich an die Selbstgerechtigkeit, die mich in meinem Entschluss bestärkt hatte. Ich war so überzeugt davon gewesen, dass ich für uns beide das Richtige tat. Wie hätte ich wissen sollen, dass ein Opfer nicht immer belohnt wird. Dass harte Arbeit sich nicht stets auszahlt. Dass das Glück eine größere Rolle beim Erfolg spielt, als irgendein erfolgreicher Mensch jemals zugeben würde.

Jean-Luc beobachtete mich aus seinen klaren Augen von der anderen Seite des Küchentresens aus. Jean-Luc, von dessen Berührung ich noch immer träumte. Jean-Luc, nach dessen Freundschaft ich mich noch immer sehnte. Jean-Luc, dessen Abwesenheit ich so deutlich gespürt hatte, dass ich sogar die Weinsorte ablehnte, die er herstellte. Zehn Jahre lang hatte ich es geleugnet, am meisten vor mir selbst. Ich holte tief Luft und sah ihm in die Augen.

»Ich habe dich vermisst. Sehr vermisst. Nein, nein, mehr als das, Jean-Luc ...« Meine Stimme versagte, und ich schluckte, um das Zittern in den Griff zu bekommen. »Es ist nicht ein Tag vergangen, an dem ich nicht an dich gedacht habe.« Ein Lächeln erschien auf seinem Gesicht. Bevor ich es mir wieder anders überlegte, ging ich zu ihm, stellte mich auf die Zehenspitzen, legte meine Hände an seine Wangen und küsste ihn. Sanft zuerst, dann, als er reagierte, mit wachsender Leidenschaft, bis sich die Welt um uns auflöste.

Zwölf glänzende Weingläser standen im Halbkreis angeordnet vor mir auf dem Schreibtisch. Mit den Fingerspitzen korrigierte ich den Platz des am weitesten entfernten Glases und musterte nachdenklich die Wasserspuren, die an seinem Fuß getrocknet waren. Warum hatte ich sie nicht sorgfältiger poliert? Brachten Wasserflecken Unglück? Ich blickte zu dem Typen zu meiner Rechten. Seine Weingläser waren makellos. Er bemerkte meinen Blick und deutete ein Nicken an.

»Nervös?«, fragte er und wippte mit dem Bein auf und ab. Ich entdeckte Marienkäfer auf seinen Knöcheln – Glückssocken.

»Mein Gott, ja. Und Sie?«

»Ich könnte mich jeden Moment übergeben«, gab er fröhlich zu. »Ich habe ewig gebraucht, um heute Morgen einen Parkplatz zu finden. Dachte schon, ich würde die ganze Sache verpassen. Schließlich habe ich eine Werkstatt angefleht, mich dort parken zu lassen. Der Besitzer kassiert ungefähr eine Monatsmiete dafür.«

Eine große Frau in einem Hosenanzug aus Crêpe de Chine und mit einer eulenartigen Brille betrat den Raum. »Guten Morgen«, sagte sie. Es wurde still, dreißig Augenpaare richteten sich auf sie. »Willkommen zur ersten praktischen Prüfung des Master of Wine.« Sie senkte den Blick auf das Papier in ihrer Hand und begann zu lesen. »Wie Sie wissen, haben Sie zwei Stunden und fünfzehn Minuten Zeit, zwölf Blindverkostungen zu absolvieren.« Ein Team aus Assistenten ging um uns herum in Position und schenkte Wein in die Gläser. »Heute Morgen befassen wir uns mit Weißwein. Sie werden gebeten, Sorte, Ursprung, Weinzubereitung, Qualität und Stil zu beurteilen.«

Ich starrte auf die Auswahl an Flüssigkeiten in den Gläsern vor mir, die von hellem Zitronengelb bis zu buttrigem Gold reichte. Weißwein war meine schwache Seite, und als ich die Beschreibungen in Angriff nahm, mich bemühte, die Antworten so klar und analytisch wie möglich zu formulieren, merkte ich, wie meine Zuversicht schwand. War Wein Nummer 1 ein Sauvignon Blanc oder ein Riesling? Stammte Wein Nummer 2 aus Südafrika oder aus Neuseeland? Deutschland oder Österreich? Jupiter oder Mars? Als ich die letzte Frage erreichte, war ich von Selbstzweifeln zermürbt.

Wein Nummer 11 und 12 stammen aus derselben Gegend. Benennen Sie so genau wie möglich die Herkunft.
Vergleichen Sie den Reifegrad und geben Sie den Jahrgang für den jeweiligen Wein an.
Vergleichen Sie die Qualität der zwei Weine in Bezug auf die Weinherstellung in einem kleinen Betrieb und in einem großen Unternehmen. Wenn ein großes Unternehmen einen Familienbetrieb übernimmt, sollte es die Werte der Familie bewahren? Wenn ja, wie?

Auch ohne die Weine probiert oder an ihnen gerochen zu haben, vermutete ich, dass sie aus dem Burgund stammten. Ich kostete vorsichtig von Wein Nummer 11, und eine scharfe Säure traf meine Zunge, die sich zu einem rauchigen, mineralischen Abgang verjüngte. Er war so streng wie ein Couture-Kleid – ein schlichter Schnitt, sorgfältig genäht – und sollte den Weinverkoster mit Ehrfurcht erfüllen. Ich ließ die Flüssigkeit in jeden Winkel meines Mundes fließen, dann spuckte ich sie in meinen Becher.

Chablis, dachte ich. Premier Cru?

Ich griff nach Wein Nummer 12.

Zuerst nahm ich die üppigen Noten tropischer Früchte

wahr, Pfirsiche und ein Hauch Zitrone. Sie war mir so vertraut, ich liebte sie so sehr wie den Geruch seines Haars. Ich schloss die Augen, probierte einen Schluck und ließ den kräftigen Wein mit den zurückhaltenden honigsüßen Tiefen auf meiner Zunge kreisen. Meursault, Gouttes d'Or. Er schmeckte nach Jean-Luc. Nach zu Hause.

Ich formulierte meine Antworten. Der Stift flog über die Seite, die Worte strömten aus mir heraus. Zum ersten Mal wusste ich genau, was ich sagen wollte. Wie ich meinen Aufsatz aufbauen musste, um die größte Wirkung zu erzielen und die meisten Punkte zu erhalten. Doch als ich zum Schlussteil der Frage gelangte, hielt ich inne und las sie immer wieder.

Wenn ein großes Unternehmen einen Familienbetrieb übernimmt, sollte es die Werte der Familie bewahren? Wenn ja, wie?

Die Worte schwirrten durch meinen Kopf, und ich stellte überrascht fest, dass mir Tränen in die Augen traten. *Ein großes Unternehmen übernimmt einen Familienbetrieb …* War das das Schicksal, das Jean-Lucs Domaine bevorstand? Dass ihn ein internationaler Konzern übernahm, der nur an Profit und Handelsspannen interessiert war? Ich ließ die goldene Flüssigkeit im Glas kreisen, sodass der Alkohol die Seiten benetzte, und plötzlich verstand ich, dass das Großartige an diesem Wein nicht die zurückhaltende Schönheit war, nicht der Geschmack des Terroirs. Nein, es war die Liebe des Winzers bei jedem Schritt der Herstellung, eine Hingabe, die ungebrochen in den Wein überging. Wenn ich aus Hélènes Geschichte etwas gelernt hatte, dann, dass die Verantwortung für dieses Land ein Privileg war, eine Art von

Freiheit. *Liberté*. Das Wort hatte so viele Facetten: Befreiung von Unterdrückung. Befreiung von der Vergangenheit. Die Freiheit, sich gegen Ungerechtigkeit zur Wehr zu setzen. Und die Freiheit, zu bleiben und für die eigenen Werte zu kämpfen, war ganz bestimmt ein ebenso wichtiges Vermächtnis wie das Land an sich.

Als sich mein Stift über die Seite bewegte, wusste ich mit absoluter Sicherheit, dass es ein Riesenfehler wäre, dieses Land aufzugeben. Ich musste dorthin zurückkehren, mich dort verwurzeln, damit ich mich mit der Vergangenheit auseinandersetzen und Verantwortung übernehmen konnte. Ich musste dafür sorgen, dass das, was mit meinen Vorfahren geschehen war, nie wieder geschah. Ob ich es wollte oder nicht, dieses Land war ein Teil meiner Seele.

»Die Zeit ist um. Danke. Legen Sie jetzt bitte die Stifte fort.«

Ich las noch einmal die letzten Absätze und klappte das Prüfungsbuch mit einem Seufzer zu.

»Nicht schlecht gelaufen, oder?« Maikäfersocke grinste mich an.

»Gut, dass es vorbei ist, stimmt's?« Ich grinste zurück.

Er hob die Hände. »Nur für mich. Mit der ersten Frage konnte ich nichts anfangen, und von da an ging es nur noch bergab. Ich meinte, dass es aussah, als wäre es bei *Ihnen* gut gelaufen. Sie haben ja geschrieben wie eine Irre. Sie müssen eine Menge tolles Zeug zu sagen gehabt haben.«

»Oh, ach …« Ich errötete und versuchte, es zu verbergen, indem ich mich umdrehte und nach meiner Tasche griff. »Wir haben noch zwei weitere Runden vor uns. Mir bleibt viel Zeit, es zu versauen.«

Er tupfte mit einem Papiertuch seinen Schreibtisch sauber. »Nein.« Er blickte auf, und ich bemerkte eine Spur von Neid auf seinem Gesicht. »Sie schaffen das.«

Draußen stand Jean-Luc, er lehnte am Wagen und hielt das Gesicht in die Sonne.

»Hey!« Vorsichtig stellte ich den Karton mit den Gläsern auf den Boden und stürzte mich auf ihn, um seine Arme um mich zu spüren.

»*Et, alors?*«, fragte er, nachdem er mich so fest umarmt hatte, dass mir die Luft wegblieb. »Wie war's?«

»Super. Aber ich möchte nicht über die Prüfung sprechen.« Ich fasste seine Hände und holte tief Luft. »Hör zu, mir ist mitten in der Prüfung etwas Wichtiges klar geworden, Jean-Luc.« Ich sah ihm in die Augen. »Du darfst das Burgund nicht verlassen, das darf ich nicht billigen. Wir haben eine Verantwortung für dieses Land. Hélènes Geschichte zeigt uns, dass es unser Schicksal ist, uns darum zu kümmern. Wenn wir Frankreich den Rücken kehren, verletzen wir unsere Pflicht. Das dürfen wir nicht. Versprich mir, dass wir das nicht zulassen.«

Ich hielt Jean-Lucs Blick stand und wartete, dass er mir zustimmte.

Er lachte verwirrt. »Aber … aber ich dachte, du willst in Kalifornien bleiben? Was ist mit dem Job bei Sotheby's?«

Ich schüttelte den Kopf. »Der ist mir egal. Ich meine, nein, er ist mir natürlich nicht egal, aber ich finde einen anderen Weg. Schließlich ist es das Burgund, nicht Osttimor. Da unten gibt es haufenweise Jobs in der Weinbranche.«

Pure Freude zeigte sich auf seinem Gesicht, doch er zögerte und blickte mich an, um sich davon zu überzeugen, dass ich mir auch sicher war. Dieser Mann liebte mich so sehr. Er wollte nicht, dass ich ihm jemals wieder etwas versprach, das ich hinterher bereute.

Ich sah ihm in die Augen und lächelte. »Solange wir zusammen sind, ist alles in Ordnung.«

San Francisco
Drei Monate später

»Kate!« Heather winkte mir zu, als ich in zweiter Reihe vor ihrem Hotel hielt, einem hellrosa Ungeheuer aus der Zeit Edwards des VII.

»Hey!« Ich stieß die Tür auf und stürzte hinaus, um sie zu umarmen. »Ich kann nicht fassen, dass ihr da seid! Ich weiß, das ist die schlimmste Zeit, um fort zu sein – nur wenige Wochen vor der *vendange.* Du hast sicher eine Million Sachen zu tun.«

»Im Ernst, Kate.« Ihre strahlenden Augen suchten meinen Blick. »Für nichts auf der Welt würden wir das hier verpassen wollen.« Ein verwegenes, fröhliches Lächeln schlich sich auf ihr Gesicht, und ich lächelte zurück. »Und«, fügte sie hinzu, als wir uns im Auto anschnallten und unsere Sonnenbrillen aufsetzten, »eine Reise über den Atlantik ohne Kinder ist wie eine Reise erster Klasse. Obwohl Anna mir vielleicht nie vergeben wird, dass ich sie nicht mitgenommen habe, damit sie dich schminken und frisieren kann.«

»Sind sie bei Onkel Philippe und Tante Jeanne?«

»Ja, Papi campiert mit ihnen in der *cabotte.* Kannst du dir das vorstellen?«

»Anna mag das?«

»Womöglich habe ich mit einer kleinen Bestechung nachgeholfen.« Sie warf mir einen gerissenen Blick zu, und ich lachte. »Aber Papi dachte, es wäre eine schöne Art, Hélènes zu gedenken. Und ich wollte ihm die Idee nicht vermiesen.«

»Das hast du richtig gemacht.« Ich warf einen kurzen Blick über meine Schulter und fädelte in den fließenden Verkehr ein.

Heather sah auf das Display ihres Smartphones. »Wann erwartet Jennifer Jean-Luc und Nico mit den Sachen?«

»Sie hat gesagt, dass sie bis um fünf zu Hause ist.« Ich beschleunigte einen Hügel hinauf. »Das sollte genug Zeit sein, um alles für den Empfang morgen hinzubringen. Wein, Blumen, Gläser …« Ich tippte mit den Fingern aufs Lenkrad.

Zuerst hatten Jean-Luc und ich überlegt durchzubrennen. Doch als Jennifer uns anbot, einen Empfang in ihrem Haus auszurichten, hatten sie mich gemeinsam zu einer kleinen Hochzeitszeremonie überredet. Keine Roben, Smokings oder steife Frisuren – nur Familie, Freunde und viel guter Wein. Ich kaufte ein wunderschönes cremefarbenes Seidenkleid mit einem schmalen kurzärmeligen Mieder und einem weiten, knieumspielenden Rock. Mit meinen glänzenden goldenen Pumps war ich immer noch einige Zentimeter kleiner als mein Verlobter. Jean-Lucs Mutter und Schwester waren begeistert, San Francisco kennenzulernen, meine Eltern hatten bedauerlicherweise abgesagt. Zum Glück war Jennifer da, um mich zum Altar zu führen.

»Bist du nervös?«, fragte Heather.

»Weil ich Jean-Luc heirate? Nein.« Gegen meinen Willen verzog sich mein Gesicht zu einem dümmlichen Grinsen. »Ich … freue mich.«

Sie lächelte zufrieden und schickte eine Textnachricht ab, dann ließ sie das Handy in den Schoß sinken. Wir fuhren schweigend durch die Stadt. An der Bay Bridge richtete Heather sich auf. »Oh«, sagte sie, als die Schilder zur UC Berkeley über unseren Köpfen auftauchten. »University Ave.«

»Wir können einen Boxenstopp bei Top Dog einlegen, wenn du willst«, scherzte ich.

»Vielleicht auf dem Rückweg.« Sie blickte aus dem Fenster auf den urbanen Dschungel aus Beton und Asphalt, der sich vor uns ausbreitete. »Wird es dir nicht fehlen?«

»Was? Das da?« Ich deutete auf ein großes Einkaufszentrum, ein riesiges lachsfarbenes Ungetüm auf der linken Seite des Freeway.

»Na ja … der Komfort. Das Wetter. Die … Freiheit.«

Ich dachte eine Weile über ihre Frage nach. »Klar«, sagte ich schließlich. »Es wird mir fehlen. Schließlich ist das der einzige Ort, an dem ich bislang gelebt habe. Aber auf der anderen Seite … ist das der einzige Ort, an dem ich bislang gelebt habe. Verstehst du, was ich meine? Wie soll ich jemals erwachsen werden, wenn ich nicht weggehe?«

»Ich glaube, ich weiß genau, was du meinst.«

Sie betrachtete ihre Hände, die rau vom vielen Arbeiten waren, die kurz geschnittenen Nägel – den Diamantring, ein Familienerbstück, der an ihrem Ringfinger funkelte. Als sie den Mund zu einem sehnsüchtigen Lächeln verzog, fiel mir ein, dass Heather vor langer Zeit einen ähnlichen Schritt getan hatte. Vielleicht bedauerte sie es manchmal, dass sie ihre Jugend und Freiheit hinter sich gelassen hatte, bevor sie wirklich bereit dazu gewesen war.

»Außerdem«, fügte ich hinzu, »glaube ich, dass wir eines Tages zurückkommen werden. Jean-Luc hat seinen Traum von einem Stück Land in den kalifornischen Weinbergen noch nicht aufgegeben.«

»Domaine Valéry Napa Valley?«, überlegte sie. »Das klingt eigentlich sehr hübsch.«

Die Landschaft wurde ländlicher, je weiter wir in den Norden kamen. Heather schlief wieder ein, doch beim ersten Schild nach Davis schoss sie auf ihrem Sitz hoch, nahm ihre Handtasche und kramte darin.

»Bist du sicher, dass es in Ordnung ist, dass wir allein hinfahren?«

Auch ich kämpfte plötzlich mit flatternden Nerven. »Du hast es geschafft, sie zu finden«, gab ich zu bedenken. »Ich glaube nicht, dass jemand anderes auf die Idee gekommen wäre, dass Hélène sich in Marie umbenannt hat.«

Sie blickte in einen winzigen Spiegel und puderte sich das Gesicht. »Nico wäre wirklich gern mitgekommen, aber ich hatte das Gefühl, dass wir das allein tun müssen – als Frauen der Familie Charpin. Wir sind die weibliche Zukunft.« Sie klappte die Puderdose zu. »Und es wird andere Gelegenheiten geben. Dafür werde ich sorgen.«

Der Campus der University of California in Davis lag in einem idyllischen grünen Gelände, das von einem Netz aus sorgfältig angelegten Wegen durchzogen war.

Wir folgten einem Rudel höflicher Fahrradfahrer an das glitzernde Wasser des Putah Creek und gingen zu einem funkelnden Glasgebäude, an dessen Seite in großen Buchstaben FACHBEREICH FÜR WEINBAU UND ÖNOLOGIE stand. In der Halle war es kühl.

»Mrs. Charpin?« Eine junge Frau kam auf uns zu, um uns zu begrüßen, und steckte sich das lange dunkle Haar hinter die Ohren. »Ich bin Anita Gonzalez, eine Studentin.« Sie lächelte freundlich.

»Hallo, Anita!« Heathers Gesicht hellte sich auf. »Vielen Dank für Ihre Hilfe bei der Organisation des heutigen Termins.« Sie schob mich vor. »Und das ist Kate Elliot.«

Anita schüttelte mir erfreut die Hand. »Ich bin ein großer Bewunderer vom Weingut Ihres Verlobten. Wir haben es im Seminar durchgenommen. Es ist bemerkenswert, was Mr. Valéry alles geschaffen hat. Das ist ... äußerst inspirierend.« Sie errötete.

»Möchten Sie Winzerin werden?«, erkundigte sich Heather, als wir über den glatten polierten Boden auf eine Reihe Aufzüge zugingen.

»O Gott, nein. Mein Vater ist Weinbauer in Modesto, und ich habe viel zu viel Zeit dort verbracht.« Sie drückte einen Knopf. »Nein, ich möchte in den Weinhandel. Oder vielleicht den Master of Wine machen.«

»Das macht Kate gerade«, sagte Heather.

»Echt?« Anita drehte sich zu mir um, ihre braunen Augen füllten sich mit Ehrfurcht. »Den Test zu bestehen ... ist doch fast unmöglich.«

»Das ist es tatsächlich«, stimmte ich ihr lachend zu.

Der Fahrstuhl öffnete sich auf der fünften Etage, und wir folgten Anita zu einer Doppeltür aus Glas.

»Mrs. Charpin! Ms. Elliott! Ich bin Professor Clarkson. Willkommen im Robert Mondavi Institute an der UC Davis!« Ein großer Mann trat durch die offenen Türen des Konferenzraums und entließ Anita mit einem Kopfnicken, die daraufhin diskret den Flur hinunter verschwand. Der Professor begrüßte erst Heather, dann mich mit einem kräftigen Händedruck. Er schob uns in den Raum und stellte uns den Personen am Tisch vor, alles Angehörige des Fachbereichs. Ihre Namen und Titel verschwanden aus meinem Kopf, kaum dass er sie ausgesprochen hatte. »Darf ich Ihnen etwas zu trinken anbieten? Wasser? Wein? Der Lunch steht schon bereit. Bitte, bedienen Sie sich.« Er zeigte auf ein Buffet, das auf einem Sideboard aufgebaut war – Platten mit Roastbeef, pochiertem Lachs, gegrilltem Gemüse, alles hübsch arrangiert.

Wir nahmen uns etwas zu essen und suchten uns einen Platz am Tisch. »Das ist sehr nett, haben Sie vielen Dank«, sagte Heather, nachdem alle zu essen begonnen hatten.

»Es ist das Mindeste, was wir tun konnten«, sagte Professor Clarkson eine Spur salbungsvoll. »Wir sind sehr dankbar für die Großzügigkeit Ihrer Familie. Das Hélène-Marie-Charpin-Stipendium ist eine große Hilfe für Studierende aus sozial schwachen Familien, die einen Abschluss in Önologie oder Weinbau anstreben. Dieses Geld bedeutet sehr viel für sehr viele Kinder.«

Heather lächelte. »Wir hoffen, die Zuwendung mit der Zeit erhöhen zu können«, murmelte sie leise.

Die Sotheby's-Auktion der Weine aus unserem geheimen Familienkeller, die schlicht als »Privatsammlung« angekündigt worden war, hatte einen Rekorderlös erzielt. Wir waren alle zu dem Ereignis nach London gereist und hatten uns anschließend im Nebenraum eines diskreten Restaurants getroffen, um die Zukunftspläne zu besprechen. Zu meiner Überraschung kam der Vorschlag einer Charpin-Stiftung von Onkel Philippe – und die Familie stimmte einhellig zu. Die Stiftung sollte sowohl Spenden an Flüchtlingshilfeorganisationen leisten als auch Stipendien für Weinforschung und -lehre vergeben. »Bruyère soll sie leiten«, hatte Onkel Philippe erklärt. »Natürlich nur, wenn sie einverstanden ist.« Heather war rot geworden und hatte gerührt angenommen, und wir alle hatten gejubelt.

Was das Gut anging, so konnte kein noch so großer Geldregen Nico und Onkel Philippe von ihrem Land fortbringen. Sie blieben leidenschaftlich den Reben ergeben und setzten große Hoffnungen auf den *millésime* von diesem Jahr. Ein außergewöhnlicher Jahrgang, um die Eröffnung von Heathers charmantem Bed and Breakfast zu feiern, das schon acht hervorragende Bewertungen auf TripAdvisor erhalten hatte.

Ich räusperte mich in die Stille hinein, die sich plötzlich über den Raum gelegt hatte. »Ich habe mich gefragt … ob hier jemand mit Marie zusammengearbeitet hat … Ich weiß, sie ist schon vor vielen Jahren gestorben, aber …«

»Ich.« Eine schlanke grauhaarige Frau beugte sich auf ihrem Stuhl vor. »Ich war ihre Lehrassistentin in den … Oh, das muss in den Achtzigern gewesen sein. Sie war ein zäher Knochen – wir Studenten hatten alle Angst vor ihr. Aber zweifellos war ihre Arbeit äußerst einflussreich. Ihre Forschungen über künstliche Zusätze haben viel dazu beigetragen, den Weinanbau in Sonoma zu etablieren.« Alle am Tisch nickten und murmelten zustimmend. »Professor Charpin hatte eine komische Eigenheit«, fuhr sie nachdenklich fort. »Sie liebte Chardonnay, weigerte sich aber strikt, weißen Burgunder zu trinken. Ich habe tatsächlich nie gesehen, dass auch nur ein Tropfen ihre Lippen berührt hätte.«

Überraschend stiegen mir Tränen in die Augen, und ich blinzelte sie fort. »Und sie hatte keine Familie?«

Die Frau wirkte unsicher. »Nein. Niemanden. Nur einige Freunde … in New Jersey, glaube ich.«

»In New York«, sagte Heather leise.

»Irgendwo im Osten«, bestätigte die Frau. »Sie hat sehr liebevoll von ihnen gesprochen, aber ich hatte den Eindruck, dass sie sich nicht oft sahen.«

»Die Familie Reinach«, erklärte ich. »Sie hat ihr geholfen, nach Amerika zu kommen.« Das war die größte Entdeckung, die Heather gemacht hatte. Rose Reinach und ihre Eltern waren tatsächlich in Auschwitz ermordet worden. Aber ihr Bruder Théodore hatte wie durch ein Wunder überlebt. Er war irgendwann 1944 nach New York gekommen, hatte einen Abschluss in Columbia gemacht, erfolgreich eine Druckerpresse auf den Markt gebracht und – irgendwann Ende der Vierzigerjahre – die Immigration einer gewissen Marie Charpin finanziert. Er war vor circa zehn Jahren gestorben, und Heather hatte erfolglos versucht, seine Nachkommen zu finden.

Ich glaube, wir hätten noch den Rest des Nachmittags mit allen plaudern können, aber Heather und ich mussten rechtzeitig zurück in San Francisco sein, um uns für das Probeessen am Abend vor der Hochzeit umzuziehen. Nachdem wir Händedrücke und Visitenkarten getauscht hatten, gingen die Professoren. Professor Clarkson brachte uns zum Wagen, und wir umarmten ihn flüchtig zum Abschied.

»Bist du bereit für die Rückfahrt?«, fragte Heather, nachdem er auf seinem Fahrrad davongerollt war.

Ich zögerte und nestelte an meinem Smartphone herum. »Die Ergebnisse des Tests sollen heute veröffentlicht werden«, gestand ich. »Ich habe mir gesagt, dass ich mir davon nicht das ganze Wochenende verderben lassen will, falls ich nicht bestanden habe. Aber …« Mein Herz schlug in einem ungleichmäßigen Rhythmus.

Sie blickte mich ernst an. »Hast du versucht, dir den Erfolg vorzustellen?«

Ich rollte mit den Augen. »Einmal Berkeley, immer …«

»Ich mein's ernst!« Sie warf mir einen gekränkten Blick zu, aber sie lachte. »Schließ die Augen. Stell dir die E-Mail auf deinem Bildschirm vor …«

»Heather!«, jammerte ich verzweifelt.

»Würde es dich umbringen, mir nur dieses eine Mal den Gefallen zu tun?«, schnappte sie.

Und weil sie meine beste Freundin, meine Schwiegercousine und meine Trauzeugin war, weil sie sich stundenlang meine Sorgen wegen des Tests angehört hatte, mich wochenlang bei sich beherbergt und durchgefüttert hatte und weil ich wusste, dass sie mich genauso liebte wie ich sie, schloss ich brav die Augen.

»Okay.« Heather klang besänftigt. »Stell dir eine E-Mail vor …«

»Vom Institute of Masters of Wine.«

»Und darin steht …«

Ich schlug die Augen auf. »Das ist lächerlich.«

»Ach bitte, Kate«, bettelte Heather.

»Da steht so etwas wie …« Ich schloss erneut die Augen. »Wir freuen uns, Ihnen mitteilen zu dürfen, dass Sie den praktischen Teil der Prüfung bestanden haben. Herzlichen Glückwunsch zu dieser hervorragenden Leistung! Jetzt gehen Sie los und betrinken Sie sich mit Champagner – aber nur mit gutem! Wir sind äußerst zuversichtlich, dass Sie es erkennen werden. Zwinkerndes Emoji. Alles Gute von den alten Knackern vom Institute of Masters of Wine.«

»Okay.« Ich hörte sie lächeln. »Was passiert dann?«

»Ich hüpfe auf und ab. Du fängst an zu weinen. Wir rufen Jean-Luc an, und er fängt ebenfalls an zu weinen.«

»Und dann?«

»Und dann …«, ich schluckte schwer, »erzähle ich es heute Abend beim Abendessen Jennifer. Jean-Luc und ich heiraten morgen, und anstelle uns auf in die Flitterwochen zu machen, arbeiten wir bei der Weinlese, aber das ist egal, weil wir zusammen sind. In ein oder zwei Monaten entscheide ich mich für das Thema meiner wissenschaftlichen Arbeit und beginne zu schreiben. Inzwischen richten Jean-Luc und ich uns in unserem häuslichen Glück auf dem Gut ein. Und dann, in einem Jahr, so Dionysos will, werde ich offiziell zum Master of Wine erklärt!«

»Und dann?«

»Und dann …« Ich zögerte. Niemals hätte ich mir erlaubt, so weit vorauszudenken. »Schreibe ich über Wein für den *Decanter, Wine Spectator* und … Ach Teufel, klar, warum nicht? Das *Wall Street Journal*, die *New York Times, Bon Appétit*. Ich bin Expertin für erlesene Burgunderweine. Die großen Auktionshäuser bitten mich, ihr Büro in Beaune zu leiten, aber ich bestehe darauf, Beraterin zu bleiben, damit ich genügend Zeit für Jean-Luc und das Baby habe.« Ich öffnete die Augen und bemerkte Heathers überraschten, erfreuten Blick. »Nur ein Baby.«

Sie wandte sich ab und konnte ihr Grinsen nicht ganz verbergen. »Siehst du? War doch gar nicht so schwer, oder?«

»Nein«, gab ich zu. »Sieht so aus.«

Wir blickten uns an, und obwohl mein Herz nicht mehr stolperte, schlug es schwer und bedrohlich.

Das Handy war glitschig in meiner schweißnassen Hand. Ich entsperrte den Bildschirm, dann tippte ich auf das Umschlagzeichen und wartete, dass die Nachrichten geladen wurden. »Es ist langsam. Ich habe kein starkes Netz«, sagte ich überflüssigerweise. *E-Mails werden geladen … E-Mails werden geladen …* Eine einzige Nachricht von The Institute of Masters of Wine erschien in meinem Postfach, gefolgt von einem Vibrieren. Bevor ich ganz den Mut verlor, biss ich die Zähne zusammen, tippte mit zitternden Fingern auf das Display und überflog die Zeilen bis zum zweiten Absatz.

»Was ist? Was steht drin?«

Wortlos reichte ich Heather das Handy. Sie überflog die E-Mail, dann packte sie mich an den Schultern. »Oh, Kate!«, rief sie. Ihre Stimme schien von sehr weit weg zu kommen. »Du hast es geschafft. Du hast es geschafft!«

Sie warf die Arme um mich und drückte mich derart fest, dass ich keine Luft mehr bekam, dann ließ sie mich so schnell los, dass ich rücklings gegen das Auto taumelte. Meine Muskeln versagten, ich konnte es nicht glauben.

Die Freude würde sich später einstellen, wenn die Korken knallten und der Champagner prickelte. Wenn

Jennifer mir tief gerührt erklärte: »Ich bin stolz auf dich, Süße.« Mit Jean-Lucs Freudenschrei, wenn er mich in die Arme nahm, in die Luft hob und mir zuflüsterte, dass sein Glaube an mich niemals wankte. Mit der Flut an Glückwunschnachrichten. Mit Händedrücken und Umarmungen, E-Mails und Facebook-Nachrichten, Blumensträußen und vielen, vielen Flaschen Wein.

Aber jetzt, als ich darauf wartete, dass die Nachricht sich setzte, dachte ich an das Land, in dem sich die Reben in einem Streifenmuster zum Ort hinunterzogen. An den steinigen Boden, das zarte Hellgrün der Trauben, die durch einen Schleier aus Blättern hervorlugten. Burgund, der Ort, den ich liebte und dem ich mich so viele Jahre verweigert hatte, rief nach mir. Sie wartete auf mich – meine einstige und meine künftige Heimat.

Dank

Bei der Recherche zum Leben im besetzten Frankreich habe ich viele Geschichten, Erinnerungen und Filme studiert. Insbesondere haben mich die Fakten und Erkenntnisse aus *Wein und Krieg* von Don und Petie Kladstrup stark inspiriert – ein faszinierender Bericht über die Weinbauregionen Frankreichs während des Zweiten Weltkriegs. *A Train in Winter* von Caroline Moorehead, *A Cool and Lonely Courage* von Susan Ottaway und *Fashion Under the Occupation* von Dominique Veillon beleuchten die mutige und oftmals vergessene Rolle französischer Frauen während des Krieges.

Outwitting the Gestapo von Lucie Aubrac und *Resistance and Betrayal* von Patrick Marnham haben mir sehr geholfen, mir Hélènes Résistance-Gruppe vorzustellen und die Einzelheiten ihrer Verhaftung zu beschreiben. Für Informationen zur horizontalen Kollaboration und die *épuration sauvage* habe ich mich auf *'45: Die Welt am Wendepunkt* von Ian Buruma bezogen, auf *Women and the Second World War in France, 1939–1949* von Hanna Diamond und auf Alain Resnais' Film *Hiroshima mon amour*.

Dem Tatsachenbericht *Résistance* von Agnès Humbert habe ich viel zu verdanken. Er hat mich tief bewegt und mich bis in meine Träume verfolgt. Der Charakter von Hélène ist stark an Humbert angelehnt, Hélènes letzte Worte an ihre Brüder sind von ihrem Buch inspiriert.

Von Herzen danke ich meiner Agentin Deborah Schneider – frankophil, Weinliebhaberin und unerschütterliche Mitstreiterin. Meiner unermüdlichen und hervorragenden Lektorin Katherine Nintzel, die dieses Buch mit ihren scharfsinnigen Einsichten geformt und die Geschichte unendlich bereichert hat. Für seine Begeisterung und Unterstützung danke ich dem Team bei William Morrow – Kaitlyn Kennedy, Kaitlin Harri, Lynn Grady, Liate Sthlik, Stephanie Vallejo und Vedika Khanna. Mein Dank gilt auch dem Team bei Gelfman Schneider/ICM Partners und Curtis Brown UK – Penelope Burns, Enrichetta Frezzato, Cathy Gleason und Claire Nozieres.

Für ihre strengen Blicke und klugen Vorschläge danke ich meinen Erstlesern: Meg Borin, Allie Larkin, Kathleen Lawrence, Laura Neilson, Susan Hans O'Connor, Amanda Patten, Hilary Reyl, Steve Rhinds, Lucia Watson und meinen Eltern, Adeline Yen Mah und Robert Mah, die dieses Buch fast genauso oft gelesen haben wie ich.

Für Informationen über Weinhandel, Schulchemie und/oder die französische Bürokratie danke ich Josh Adler, Jérôme Avenas, Gesha-Marie Bland, Claire Fong und Adrian Thompson. Jegliche Unkorrektheiten im Roman gehen allein auf mein Konto.

Meine Erfahrung als freiwillige Helferin bei der Champagnerernte 2015 war der Beginn für diese Geschichte. Ich danke Anne und Antoine Malassagne von AR Lenoble für die herzliche Aufnahme in ihren Weinbergen und ihrer *cuverie*, ebenso Christian Conley Holthausen, der ein wandelndes Lexikon ist, was Wein und Tafelfreuden angeht.

Shamroon Aziz bin ich zu unendlichem Dank verpflichtet, weil sie mir Raum und Zeit gegeben hat, jeden Tag ohne Sorge zu schreiben.

Meine Liebe und mein Dank gelten Christopher Klein, der diese Kapitel gelesen hat, bevor sie zu einem Buch wurden, der mich ermutigt hat weiterzumachen, und der immer weiß, wann der rechte Moment ist, eine Flasche Wein zu öffnen.